AF284708

Jan Zweyer

Verkauftes Sterben

Kriminalroman

Bibliografische Information der Deutschen Nationalbibliothek: Die
Deutsche Nationalbibliothek verzeichnet diese Publikation in der
Deutschen Nationalbibliografie; detaillierte bibliografische Daten sind
im Internet über http://dnb.dnb.de abrufbar.

Herstellung und Verlag:
BoD – Books on Demand, Norderstedt

ISBN: 978-3-752-67336-4

Covergestaltung: Jan Zweyer

Prolog

Der Mann sah nicht so aus, als ob er nur noch weniger als ein Jahr zu leben hätte: knapp dreißig Jahre alt, schlank und hoch gewachsen, leicht gebräunter Teint, volles dunkelbraunes Haar.

Horst Mühlenkamp saß seit fünf Minuten vor dem Schreibtisch Rainer Eschs und hatte mit seinem Anliegen tiefe Bestürzung bei dem Anwalt ausgelöst.

Nervös zog Esch an seiner Zigarette. »Es gibt also keinen Zweifel, dass Sie ...« Ihm fehlten die Worte.

Sein neuer Mandant schüttelte den Kopf. Dabei zeigte er ein resignierendes Lächeln. »Ich verstehe Ihre Reaktion. Aber Sie brauchen mich nicht mit Samthandschuhen anzufassen. Ich wurde eine Woche in einer Spezialklinik untersucht. Meine Ärztin hat mir vor einigen Tagen den Befund mitgeteilt. Leukämie im Endstadium. Da ist nichts mehr zu machen. Wenn ich Glück habe, kann ich mit meinen Freunden noch Weihnachten verbringen.«

Der Anwalt schluckte. Vor drei Wochen hatte er mit Elke und anderen Freunden Sylvester gefeiert. Kein Jahr mehr bis zum nächsten Heiligabend! Er versuchte, sich in die Gefühlswelt seines Gegenübers zu versetzen. Wie würde er selbst reagieren? Zunächst vermutlich mit seinem Schicksal hadern. Und dann? Könnte er sich mit einer solchen Diagnose abfinden? Unheilbarer Blutkrebs. Ein Todesurteil. Nein, er hatte nicht die geringste Ahnung, wie Horst Mühlenkamp empfand. Und wenn er ehrlich war, wollte er den Gedanken an seinen eigenen Tod lieber unterdrücken. Eine Überlegung drängte sich ihm auf. Konnte Rauchen eigentlich auch Leukämie auslösen? Plötzlich schmeckte ihm die Reval nicht mehr. Esch zerdrückte die Königskippe im Aschenbecher und erinnerte sich an seinen in der Sylvesternacht gefassten Vorsatz, die Qualmerei sein zu lassen. Bis zum Neujahrsabend hatte er tatsächlich keine Zigarette angerührt. Das lag zum einen an seinem Kater, zum anderen hatten Elke und er bis spätnachmittags im Bett gelegen. Aber dann hatte doch wieder das Verlangen nach Nikotin gesiegt. Kleine persönliche Niederlagen. Same procedure as every year.

»Ich weiß nicht, was ich sagen soll ... Es tut mir Leid«, presste Rainer zwischen den Zähnen hervor und vermied es, seinem Mandanten in die Augen zu schauen.

Mühlenkamp winkte ab. »Danke. Aber ich habe mich schon fast damit abgefunden. Mir geht es jetzt darum, die mir verbleibende Zeit so gut wie möglich zu nutzen.«

Das verstand Rainer. »Was kann ich denn genau für Sie tun?«

Mühlenkamp griff zu einem Aktendeckel, den er vor sich deponiert hatte, und holte ein Schriftstück heraus. »Wie ich Ihnen eben schon sagte, bin ich allein stehend. Und: Ich brauche Geld, um das zu tun, was ich schon immer machen wollte.«

Esch vermutete, dass Mühlenkamp über Immobilien oder Aktien verfügte, die er jetzt so effektiv wie möglich versilbern wollte. »Nachvollziehbar.«

»Ich besitze eine Lebensversicherung über fünfzigtausend Euro. Begünstigte war meine Mutter. Sie ist aber vor zwei Jahren verstorben.«

Der Anwalt rekapitulierte, was er über Lebensversicherungen wusste. Damit war er schnell fertig. Da er selbst noch nie über ein ausreichendes und vor allem regelmäßiges Einkommen verfügt hatte, um Prämien bezahlen zu können, bezog er seine Kenntnisse aus dem oberflächlichen Studium diverser Presseorgane. Juristisch war ihm diese Thematik ebenso fremd wie ein Anhänger von Borussia Dortmund. Rainer meinte, sich zu erinnern, dass eine solche Versicherung nach einigen

Jahren kündbar war. Wenn er das richtig im Kopf hatte, führte ein solcher Schritt allerdings meistens zu erheblichen Verlusten.

»Vor einiger Zeit habe ich das Kleingedruckte meiner Police genauer gelesen und festgestellt, dass es jederzeit die Möglichkeit gibt, den Begünstigten zu wechseln«, setzte Mühlenkamp seine Erläuterung fort.

Rainer ging in Gedanken seine nicht sehr umfangreiche juristische Bibliothek durch. Wo, zum Teufel, konnte er mehr darüber erfahren? Er versuchte, ein wissendes, leicht gelangweiltes Gesicht zu machen. »Hm.«

»Haben Sie schon mal etwas von der *FürLeben GmbH* gehört?«

»Nein.« Esch erinnerte der Firmenname an einen Kampfruf katholischer Bischöfe gegen Abtreibung und vorehelichen Geschlechtsverkehr.

»Wenn ich meine Lebensversicherung kündigen würde, bekäme ich, wenn ich Glück habe, nur meine eingezahlten Beiträge heraus.«

»Klar.«

»Sobald ich sterbe, ist allerdings die volle Versicherungssumme fällig. Nur habe ich dann nichts mehr davon.«

»Aber Ihre Erben«, warf Rainer ein. »Oder Sie machen ein Testament. Damit können Sie das Erbe für Angehörige ersten Grades auf das Pflichtteil reduzieren.« Das war gut. So musste ein Anwalt agieren.

»Das wäre mein Bruder.«

»Der nicht. Nur Kinder oder Eltern erhalten ein Pflichtteil«, korrigierte Rainer.

»Egal. Ich habe mit ihm schon über meine Absichten gesprochen. Er stimmt mir völlig zu. *FürLeben* bietet Folgendes an: Die Gesellschaft vermittelt todkranke Menschen, die eine Lebensversicherung abgeschlossen haben und keine Erben absichern müssen oder wollen, an Investoren. Es wird ein notarieller Vertrag geschlossen und die Investoren lassen sich als Begünstigte in die

10

Versicherungspolice eintragen. Im Gegenzug überweisen die Geldgeber bis zu fünfundsiebzig Prozent der Versicherungssumme an *FürLeben,* die eine Provision von fünf Prozent abzieht und mit dem Rest den Kranken befriedigt.«

Hektisch griff Rainer zu einer weiteren Zigarette und steckte sie an. »Verstehe ich Sie richtig: Sie verkaufen quasi die Option, Begünstigter Ihrer Lebensversicherung zu werden?«

»Genau. Natürlich darf die Lebenserwartung des Versicherten nicht mehr allzu hoch sein, da sich das Investment für die Anleger sonst nicht rechnet.«

»Lebenserwartung ... darf nicht ... hoch sein ...«, echote Rainer völlig konsterniert und verschluckte sich am Rauch.

»Wenn Sie das Modell durchdenken, werden Sie feststellen, dass es keinen Grund gibt, so schockiert zu sein. Es ist für viele Todkranke die einzige Möglichkeit, an Geld zu kommen, und für die Anleger ist es, wenn der Versicherungsnehmer eher als geplant stirbt, ein wirklich gutes Geschäft. Die Rendite ist dann auf jeden Fall höher, als wenn das Kapital zu üblichen Zinsen angelegt worden wäre.«

Mühlenkamp erklärte Rainer das Geschäft mit seinem Tod so, als ob er einen Kleinkredit aufnehmen wollte.

»Sehen Sie es doch von meiner Seite. *FürLeben* bietet mir fünfundzwanzigtausend Euro, wogegen ich mich sonst mit bestenfalls fünfzehntausend zufrieden geben müsste.«

Der Anwalt gewann nur mühsam seine Fassung wieder. »Und was erwarten Sie von mir?«

»Dieses Vertragsmodell stammt aus England. *FürLeben* ist erst seit kurzem auf dem deutschen Markt. Ich möchte sichergehen, dass die Verträge nicht sittenwidrig sind. Ich möchte keinen Prozess führen müssen, dessen Ausgang ich vermutlich nicht mehr erleben werde. Dann würde ich meine Versicherung lieber einfach kündigen.«

»Woher weiß der Investor, dass er nicht betrogen wird?«

»Der Kranke muss natürlich seine Lebenserwartung durch ärztliche Gutachten belegen. Von der restlichen Lebenszeit hängt die prozentuale Höhe der Zahlung ab. Bei mir würde der Höchstsatz gezahlt. Fünfundsiebzig Prozent. Mindestens einmal im Jahr müssen alle ärztlichen Gutachten, Untersuchungsergebnisse et cetera an den Anleger geschickt werden, damit der weiß, wann er mit der Rendite rechnen kann.«

Rainer klappte der Unterkiefer herunter. »Das heißt, der Anleger kennt Sie und wartet auf Ihren Tod?«

»So ist es. Wie auf die jährliche Wohnungsbauprämie.«

Jetzt war Esch völlig bedient. »Entschuldigen Sie mich einen Moment«, sagte er und stürmte aus seinem Büro in das Vorzimmer. Dort holte er zur Überraschung der Rechtsanwaltsgehilfin der Anwaltssozietät *Schlüter und Esch* die Brandyflasche aus dem Schrank hervor, die normalerweise nur bei Abschluss wirklich lukrativer Mandate zum Einsatz kam und deshalb noch fast voll war. Rainer goss sich mit zitternder Hand ein halbes Glas ein und kippte es mit einem Schluck.

»Rückfall in frühere Zeiten?«, spottete Martina Spremberg.

»Halt die Klappe«, knurrte Rainer und kehrte, die Alkoholfahne ignorierend, zu seinem Mandanten zurück.

»Übernehmen Sie die Sache?«, fragte Mühlenkamp, als Rainer wieder hinter seinem Schreibtisch saß.

»Natürlich. Haben Sie denn irgendwelche Unterlagen, aus denen ich ersehen kann ...«

»Bitte.« Mühlenkamp reichte dem Anwalt das Schriftstück, das er bis jetzt in der Hand gehalten hatte. »Das ist eine Kopie des Mustervertrages. Natürlich habe ich noch nicht unterschrieben. Wie Sie sehen werden, steht auch weder mein Name noch der des Investors in den Papieren.«

Esch blätterte den Vertragsentwurf flüchtig durch. »Ich werde das prüfen.« Er schob eine Vollmacht über den Tisch. »Bitte füllen Sie das hier aus.«

Und ganz im Gegensatz zu seinen üblichen Gepflogenheiten verzichtete er auf einen Vorschuss.

1

Theo Bauer genoss auf seinem Balkon die spätnachmittägliche Sommersonne. Zugegeben, der Ausblick von hier oben war nicht gerade umwerfend. Aber jetzt, drei Stunden nach Feierabend, war der asphaltierte Hof, auf dem die Angestellten und Kunden der *Heiligen-Apotheke* ihre Fahrzeuge abstellten, leer. Kein aufheulender Motor und Abgasgestank störten ihn mehr an diesem frühen Samstagabend in seiner grünen Oase, wie er den gut zehn Quadratmeter großen Balkon bezeichnete. Das, was dem Parkplatz, auf den er herabblickte, an Pflanzen fehlte, wucherte in seinem Refugium umso heftiger. Sah man von dem Klappstuhl, der schmalen Liege, dem Tischchen und dem dreibeinigen Rundgrill ab, stand auf fast jedem freien Zentimeter ein Kübel oder ein Blumentopf. An den Wänden waren Kletterhilfen befestigt, an denen wilder Wein und Rosen der Sonne entgegenrankten. Wenn sich Theo Bauer auf die Liege zwischen seine Pflanzen legte, konnte er beinahe vergessen, dass er auf einem Balkon im ersten Stock eines Geschäftshauses im Recklinghäuser Stadtteil Suderwich ruhte.

Er war vierundsechzig Jahre alt, Rentner und lebte schon seit knapp vier Jahren in der Zweizimmerwohnung über der *Heiligen-Apotheke*. Kurz nach dem Tod seiner Frau im Frühjahr 1996 war er hier eingezogen.

Seine alte Wohnung in der Innenstadt war für ihn allein zu groß geworden. Die beiden Kinder waren schon lange aus dem Haus und gingen ihre eigenen Wege. Deshalb hatte er das Angebot des Hausbesitzers und Apothekers Klaus Lehmann gern angenommen. Er musste keine Miete bezahlen. Als Gegenleistung spielte er den Hausmeister und führte kleinere Reparaturen durch, sorgte im Winter dafür, dass die Verkehrsflächen schnee- und eisfrei blieben, pflegte die Blumen in den großen Waschbetoncontainern vor dem Eingang und half manchmal mit, größere Lieferungen von Fruchtsäften und andere Waren in die Lagerräume im Keller zu tragen.

Der Hauptgrund aber, warum er hier mietfrei wohnen durfte, war, dass sich jemand nachts und an den Wochenenden im Haus aufhalten sollte. Früher wohnten die Lehmanns in der anderen Wohnung, die sich auf derselben Etage befand. Bauers Zimmer hatten damals als Büroräume gedient. Dann aber bezog das Apothekerehepaar einen Neubau in Datteln und es wurde mehr Platz für das Büro und zusätzliche Lagerkapazitäten benötigt. Kurzerhand wurden die alten Büroräume umfunktioniert und die frühere Wohnung diente nun geschäftlichen Zwecken.

Für Theo Bauer war das ein wirklicher Glücksfall. Er kam mit seiner Knappschaftsrente mehr als gut aus und konnte nun sogar einen kleinen Sparvertrag bedienen, den er für seine Enkelkinder abgeschlossen hatte. Er hatte keinen Grund, unzufrieden zu sein.

Der Rentner hörte ein Geräusch vom Garagenhof. Er erhob sich ächzend von der Liege, beugte sich über das Geländer und sah nach unten. Er konnte nichts Ungewöhnliches entdecken. Er wollte sich gerade wieder hinlegen, als er erneut etwas wahrnahm. Ein Scharren, dann ein dumpfes Klacken, so als ob vorsichtig eine Tür zugezogen wurde. Die Kellertür, dachte er. Er machte sich noch länger. Zu sehen war immer noch nichts.

Doch, da. Zwischen den Büschen des Nachbargrundstücks, etwa fünfzig Meter von ihm entfernt, registrierte er eine Bewegung. Und da war auch wieder ein Geräusch, diesmal etwas lauter. Dann erkannte er den Verursacher. Eines der Nachbarkinder schlug mit einem Messer Äste ab und riskierte damit vermutlich erheblichen Ärger mit seinen Eltern. Nicht sein Problem.

Das Telefon schellte. Am Apparat war Kirsten, Bauers Tochter, die in der Nähe von Dülmen wohnte. Kirsten feierte morgen ihren dreißigsten Geburtstag.

»Willst du es dir nicht noch überlegen?«, fragte sie. »Wenn du den nächsten Bus zum Hauptbahnhof nimmst, kannst du den Zug noch erreichen. Stefan würde dich in Dülmen am Bahnhof abholen.«

Kirsten hatte ihn eingeladen, das Wochenende mit ihnen gemeinsam zu verbringen. Er hatte erst zugesagt und seine Abwesenheit Lehmanns schon angekündigt, dann aber die Einladung seiner Tochter doch wieder abgelehnt. Natürlich erwarteten seine Vermieter nicht von ihm, dass er sich ständig im Haus aufhielt. Sein Sinneswandel hatte andere Gründe. Theo Bauer kannte den Rummel, den seine Tochter und ihr Mann bei Geburtstagsfeiern veranstalteten. Fünfzig Gäste und mehr, die bis in die frühen Morgenstunden lautstark feierten, waren der Normalfall. Und für solche Feste mit Musik, Tanz und Alkohol fühlte er sich zu alt. Da zog er es vor, den Sommerabend auf seinem Balkon zu verbringen, leise seine alten Schlager zu hören und das eine oder andere Bierchen zu zwitschern.

»Nein, feiert lieber ohne mich. Außerdem habe ich bereits den Grill angezündet«, log er. »Viel Spaß.«

»Wie du meinst.« Kirsten war nicht wirklich enttäuscht. »Was ist mit nächstem Freitag? Kommst du?«

»Vielleicht.«

Als sie ihr Gespräch beendet hatten, warf er einen Blick in das Fernsehprogramm. Trotz der dreißig Kanäle wurde nichts ins Kabelnetz eingespeist, was ihn interessierte.

Vielleicht sollte er seine Notlüge von eben in die Tat umsetzen. In seiner Tiefkühltruhe lagerten noch Bratwürstchen, die er in der Mikrowelle auftauen konnte. Zudem war gestern etwas Salat übrig geblieben, Grillkohle befand sich noch im Keller.

Theo Bauer holte die Würstchen aus der Truhe. Bis sie aufgetaut waren, konnte er sich noch einen Moment auf seiner Liege gönnen. Zwei Minuten später war er fest eingeschlafen.

Als er erwachte, dämmerte es bereits. Er sah auf die Uhr. Kurz vor neun. Aber immer noch war die Luft sehr warm. Also blieb es beim Grillen.

Theo Bauer schlüpfte in seine Sandalen und griff zum Wohnungsschlüssel. Der Rentner verzichtete darauf, das Dielenlicht einzuschalten. Er konnte noch genug erkennen. Er stieg die Treppe hinab und ging durch den unteren Flur nach hinten, wo sich der Eingang zum Keller befand. Dort war es merklich finsterer. Deshalb benötigte Bauer einen Moment, um den richtigen Schlüssel zu finden, schenkte sich aber den Weg zurück nach vorn, zum Lichtschalter für die Kellerbeleuchtung. Er hätte den Weg mit verbundenen Augen gehen können.

Als er die Treppe hinunterstieg, schnupperte er. Es roch seltsam. Ein bisschen wie nach faulen Eiern. Und etwas zischte leise. Ein Wasserrohrbruch?

Theo Bauer beschloss, nun doch das Licht anzuschalten, um der Sache nachzugehen. Er ging Richtung Hinterausgang, um sein Vorhaben in die Tat umzusetzen. Dabei stieß er mit dem Fuß gegen ein Teil, das metallisch klappernd über die Fliesen rutschte. »Verdammt«, fluchte der Rentner und griff zum Schalter. »Können die Mädchen denn nicht …«

Das war das Letzte, was Theo Bauer in seinem Leben sagte. Die Explosion hörte er sowieso nicht mehr.

2

Hauptkommissar Rüdiger Brischinsky von der Kriminalpolizei Recklinghausen haderte mit seinem Schicksal, den Dienstplänen und seinen Vorgesetzten. Seit seiner Scheidung vor einigen Jahren war er nicht mehr im Theater gewesen. Für diesen Samstagabend aber hatte er sich endlich eine Karte für *Starlight Express* in Bochum besorgt, um sich das Musical anzuschauen, bevor es abgesetzt wurde. Er hatte sich für diesen Anlass sogar ein paar neue Schuhe gegönnt und seinen besten Anzug in die Reinigung gebracht. Um sechs Uhr wollte er losfahren. Um fünf vor klingelte das Telefon.

Und er Idiot musste ja den Hörer abnehmen. Jemand aus dem Präsidium. Zwei Kollegen hatten auf einer Dienstfahrt einen Unfall gehabt. Nichts Ernstes, meinten die Ärzte des Knappschaftskrankenhauses, aber die beiden Beamten mussten über das Wochenende zur Beobachtung in der Klinik bleiben. Das allein hätte genügt, die Dienstpläne durcheinander zu kegeln. Aber es war Urlaubszeit und die Personaldecke dementsprechend dünn. Und vermutlich waren alle anderen Hauptkommissare schlauer als er gewesen und hatten das Telefon Telefon sein lassen und ihre Piepser im Büro vergessen.

Deshalb saß Brischinsky nun in seinem Ausgehanzug in seinem Büro und schob zähneknirschend Notdienst. Seine Füße mit den neuen Schuhen ruhten auf der einzigen freien Fläche auf seinem Schreibtisch und er blätterte missmutig in der erstbesten Kochzeitschrift, die er an einer Tankstelle erworben hatte. Aber auch die konnte ihn nicht ablenken. Mit jeder Minute verschlechterte sich seine Laune. Sein Dienst würde erst morgen Mittag enden. Das Wochenende war gelaufen.

Kommissar Heiner Baumann, sein Assistent und ohnehin

planmäßig im Einsatz, versuchte, Brischinsky keine Angriffsfläche zu bieten. Baumann war der berechtigten Auffassung, sich nur bedingt als Ventil für die Wutausbrüche von Hauptkommissaren zu eignen.

Brischinskys Telefon klingelte. Es war halb zehn.

»Geh schon ran«, maulte er.

Baumann musste einige Verrenkungen machen, um an den Akten und den Schuhen seines Vorgesetzten vorbei das Telefon erreichen zu können.

»In Ordnung. Wir kommen sofort«, sagte er und legte auf.

»Was ist?«, wollte Brischinsky wissen, machte aber keine Anstalten, seine Körperhaltung zu verändern, obwohl Baumann schon mit der Türklinke in der Hand auf ihn wartete.

»Eine Gasexplosion. In Suderwich.«

»Und? Was haben wir damit zu tun?«

»Ist sonst keiner da«, stellte Heiner Baumann lakonisch fest.

Brischinsky schwenkte seine Beine vom Schreibtisch. Sein Stuhl knirschte unter der Belastung der fast zwei Zentner.

»Gasexplosion«, schnaubte der Hauptkommissar. »Demnächst helfe ich bei der Verkehrspolizei aus.« Er stand langsam auf. »Na gut. Du fährst.« Er warf seinem Assistenten die Schlüssel für den Passat zu. »Aber vernünftig.«

Baumann schenkte sich eine Entgegnung.

Die Schulstraße war vor und hinter dem Explosionsort weiträumig abgesperrt. Feuerwehr, Polizei und Krankenwagen schleuderten blaue Blitze in die Nacht. Uniformierte Polizeibeamte hielten die zahlreichen Schaulustigen auf Distanz.

»Kaum kracht es irgendwo, strömt das sensationsgeile Volk auf die Straße«, knurrte Brischinsky, während sie im Schritttempo durch die gaffende Menge fuhren. »Wie im alten Rom. Brot und Spiele. Und am interessantesten ist es, wenn Menschen ums Leben kommen. Daumen runter, Rübe ab. Widerwärtig.«

Baumann stoppte den Wagen nach fünfzig Metern. Weiter konnten sie nicht fahren, ohne in der engen Straße die Arbeit der Rettungstrupps zu behindern.

Helle Scheinwerfer tauchten die Unglücksstelle in ein unwirkliches Licht. Es sah aus wie nach einem Bombeneinschlag. Die vordere Hausfront fehlte fast vollständig, sodass man in das Innere des Gebäudes blicken konnte. Die Apotheke im Erdgeschoss war verwüstet. Brischinsky identifizierte umgestürzte, noch leicht qualmende Regale. Die zerfetzte Verkaufstheke lag halb auf der Straße. Und im hinteren Teil des Ladenlokals klaffte im Boden ein großes Loch. Dagegen erschien der erste Stock seltsam unberührt, wenn man von der fehlenden Fassade absah. Selbst die Aktenordner in dem Büroraum standen, Rücken an Rücken, noch in den Regalen.

Steinstaub hing in der Luft. Der Hauptkommissar spürte ihn zwischen den Zähnen. Seinen Anzug würde er postwendend wieder der Reinigung übergeben müssen. Wenn nur die Schuhe nicht …

»Herr Hauptkommissar?«

Er drehte sich zu dem Feuerwehrmann hin, der ihn angesprochen hatte. »Ja?«

»Hauptbrandmeister Meier.«

Sie gaben sich die Hände.

»Die Explosion hat sich im Keller ereignet. Die Seitenwände und Teile der Rückwand stehen noch. Sonst wäre hier nur noch ein Schuttberg zu sehen. Trotzdem müssen meine Leute extrem vorsichtig sein. Hier vorn«, der Brandexperte zeigte auf die Überreste des Hauses, »scheint alles standfest zu sein. Was man so standfest nennen kann. Hinten sieht es schon anders aus. Wir müssen erst die Decken abstützen und sichern, bevor wir das Gebäude betreten können. Nach der Explosion ist ein Brand ausgebrochen, den meine Leute jedoch schnell unter Kontrolle hatten. Die Gasleitung, die die Straße versorgt, ist gesperrt. Um diese Zeit wird sich sowieso keiner mehr ein Mittagessen zubereiten wollen.«

Zehn Meter entfernt von ihnen waren Beamte damit beschäftigt, Fotoreporter am weiteren Vordringen auf das Gelände zu hindern.

»Personenschäden?«, erkundigte sich der Hauptkommissar.

»Bis jetzt noch nicht. Glücklicherweise. In dem Haus war nur eine Wohnung bewohnt. Da oben, im ersten Stock. Ein Mann namens Theo Bauer ist dort gemeldet. Wir können nicht sagen, ob er sich noch im Gebäude befindet. Seine Räumlichkeiten wurden verhältnismäßig wenig in Mitleidenschaft gezogen. Wenn er sich dort aufgehalten hat, kann er die Explosion überlebt haben. Möglicherweise steht er unter Schock und hat das Gebäude fluchtartig verlassen.«

»Konnte er das denn?«

»Ja. Die Treppe wurde nicht zerstört.«

»Und die Explosionsursache?«

Der Hauptbrandmeister zuckte mit den Schultern. »Das ist noch zu früh. Wir müssen erst in den Keller hinein.«

»Wie lange brauchen Sie?«

»Etwa eine halbe Stunde. Vielleicht etwas länger.«

Die Männer betraten den Parkplatz hinter der Apotheke.

»Passen Sie auf. Hier liegen überall Steine und Gebäudeteile herum«, warnte der Feuerwehrmann.

Brischinsky nickte. In diesem Moment wurde ein weiterer Scheinwerfer in Betrieb genommen. Für einige Sekunden war der Hauptkommissar geblendet. Er hielt sich eine Hand vor die Augen und ging weiter. Prompt stieß er mit dem rechten Fuß gegen einen Stein und geriet ins Straucheln. Um nicht zu fallen, machte er zwei, drei hektische Ausfallschritte nach vorn, spürte plötzlich einen kurzen, stechenden Schmerz im Außenrist und schrie auf: »Verdammter Mist!«

Der Hauptkommissar hob das Bein und hüpfte einige Meter zurück, bis er sich an einem der Fahrzeuge abstützen konnte. Er besah sich den Schaden. Ein spitzer Gegenstand hatte das Leder seines Schuhs aufgerissen und den Fuß verletzt. Die Wunde blutete.

Zwei Feuerwehrleute griffen Brischinsky unter die Arme und wuchteten ihn ins Fahrzeuginnere. Kurz darauf kam ein Rettungssanitäter.

»Nicht weiter schlimm«, beruhigte der Mann den Hauptkommissar, als er den Schnitt verband. »Zwei, drei Tage tut es beim Gehen etwas weh. Den Schuh allerdings können Sie wegschmeißen. Wann haben Sie Ihre letzte Tetanusimpfung erhalten?«

»Woher soll ich das wissen?«, blaffte Brischinsky los. »Ich …«

Der Sani war die Ruhe selbst. Schlecht gelaunte Hauptkommissare waren das kleinste Problem, mit dem er fertig werden musste. »Machen Sie Ihren Oberarm frei. Ich gebe Ihnen eine Spritze.«

Nach fünf Minuten packte der Sanitäter seine Sachen und Rüdiger Brischinsky war bedient. Er zwängte seinen bandagierten Fuß in den zerstörten Schuh. Vierhundert Euro zum Teufel! Dabei hatte er die handgefertigten italienischen Treter heute zum ersten Mal getragen.

Gern hätte er jetzt eine geraucht. Seit sechs Monaten – oder in Gewichtseinheiten ausgedrückt: seit zehn Kilo rauchte er nicht mehr. Während der ersten drei Wochen seines Nikotinentzuges hatten ihn Baumann und seine Kollegen auf Knien angefleht, sein Laster wieder aufzunehmen. Das hatte sich in den letzten Monaten gegeben. Brischinskys Gemütslage war nun dauerhaft so mies, dass die vor Beginn seiner Zeit als Nichtraucher geradezu als Hochgefühl bezeichnet werden musste.

»Baumann!«, brüllte er erfolglos gegen den Lärm der Aggregate an, die den nötigen Strom für das schwere Räumgerät und die Beleuchtung lieferten. »Baumann!«

Sein Assistent blieb verschwunden. Vorsichtig versuchte er, seinen Fuß zu belasten. Es ging halbwegs. Er humpelte zu dem zerstörten Haus zurück. Dieses Mal achtete er aber darauf, wohin er trat.

Mittlerweile hatten die Rettungskräfte das Gebäude so weit gesichert, dass ein Betreten der Ruine ohne größere Gefahr möglich war. Die Männer begannen, das Kellergeschoss zu durchsuchen. Nach einigen Minuten kehrten zwei Feuerwehrleute ins Freie zurück, um kurz darauf mit einer Trage wieder im Inneren zu verschwinden.

Brischinsky wandte sich an Hauptbrandmeister Meier, der einige Meter von ihm entfernt in sein Funkgerät sprach.

»Was ist los?«

»Wir haben einen Toten gefunden. Beziehungsweise das, was von ihm noch übrig ist.«

»Den Bewohner?«

»Möglich.«

Heiner Baumann bog um die Hausecke.

»Wo hast du gesteckt?«, wollte der Hauptkommissar wissen.

Baumann hob entschuldigend beide Hände. »Bei der Feuerwehr in Recklinghausen wurde heute Abend um fünf vor zehn ein Anruf aufgezeichnet. Der Anrufer gab an, vor dem Gebäude der *Heiligen-Apotheke* in der Schulstraße den Geruch von ausströmendem Gas wahrzunehmen.«

»Sag das noch einmal!«

»Um fünf ...«

Brischinsky winkte ab. »Quatsch. Das war nicht wörtlich gemeint. Wann war die Explosion?«

Hauptbrandmeister Meier schaltete sich ein: »Gegen neun. Wir wurden von Anwohnern um drei Minuten nach verständigt.«

Brischinsky sah Baumann an. Der nickte verstehend. »Wenn jemand behauptet, dass Gas aus einem Haus austritt, das eine Stunde zuvor in die Luft geflogen ist, dann ist er entweder ein Spinner …«

»… oder es handelt sich um eine Warnung, die dummerweise zu spät gekommen ist«, ergänzte der Hauptkommissar.

»Dann sind wir ja wirklich zuständig«, stellte Baumann fest.

3

»Das darf doch wohl alles nicht wahr sein.« Frustriert schmiss Rainer das Handbuch auf den Schreibtisch. »Von wegen Plug and Play. Dass ich nicht lache! Nichts funktioniert. Gar nichts. Ich werde die Telekom auf Schadensersatz verklagen. Uns geht wertvolle Arbeitszeit mit diesem Mist verloren. Ich …«

»Jetzt bleib ruhig. Ich kriege das schon hin. Außerdem ist Samstagabend. Ich kann mich nicht erinnern, dass ihr da jemals Mandanten hattet.« Cengiz Kaya versuchte, die Netzwerkkarte des Computers zur Zusammenarbeit mit der Telefonanlage der Kanzlei *Schlüter und Esch* zu bewegen.

»Na und? Aber wir könnten welche haben. Wir könnten. Und darauf kommt es an. *Telekom!*« Rainer spukte das Wort förmlich aus. »Kein Wunder, dass deren Aktien auf Talfahrt sind.«

Cengiz schmunzelte. Er wusste, was er von diesen leicht cholerischen Anfällen seines Freundes zu halten hatte. Nach fünf Minuten waren sie wieder Geschichte.

Rainer und Elke Schlüter, Rainers Lebensgefährtin und Mitinhaberin der gemeinsamen Anwaltssozietät, hatten beschlossen, nicht nur die drei Computer zu vernetzen, sondern auch die Telefonanlage auf ISDN umzustellen und die Rechner an das Internet anzuschlie-ßen. Nach erfolgter Umstellung war Rainer sofort in den nur wenige Meter entfernten Verkaufsladen der Telekom gelaufen und hatte dort die entsprechende Hardware gekauft. Eine Stunde später stand der Anwalt wieder in seinem Büro, war um zweihundert Euro ärmer und kurz darauf um die Erfahrung reicher, dass zwischen Werbung – *Einfach nur anschließen* – und der Realität – *Fehlermeldung: Capi-Treiber nicht gefunden* – häufig eine sehr große Lücke klafft.

Deshalb bastelte sein Freund nun schon seit etwa zwei Stunden an den vorsintflutlichen Computern der Kanzlei herum. Rainer kannte Cengiz schon seit Jahren. Der Türke war ursprünglich Bergmann auf der Recklinghäuser Zeche *Eiserner Kanzler* gewesen, bis er sich vor zwei Jahren mithilfe eines Förderprogramms seines ehemaligen Arbeitgebers mit einem Computer-fachgeschäft selbstständig gemacht hatte. Rainer war damals trotz seines angeborenen Optimismus davon überzeugt gewesen, dass Cengiz nach wenigen Monaten aufgeben und entnervt das Handtuch werfen würde, musste sich aber vom Gegenteil überzeugen lassen. Sein Freund hatte seinen Laden vergrößert, in den fuß-läufigen Teil der Recklinghäuser Innenstadt in die Nähe des Alten Marktes verlegt und beschäftigte mittlerweile drei Angestellte.

»Für was braucht eigentlich ein geistig gesunder Mensch das Internet?«, fragte Rainer, ohne wirklich eine Antwort zu erwarten, und blätterte wieder in den Unter-lagen. »Cengiz, was ist ein TAE-Stecker?«

»Das Ding am Telefonkabel, das du in die Dose steckst.«

»Aha. Und eine NTBA?«

»Rainer, du nervst. Reich mir den Kreuzschlitzschrau-benzieher. Ich bin gleich fertig.«

»Dann läuft alles?«

»Hardwareseitig. Ich muss aber die Software noch installieren.«

Esch steckte sich eine Reval an. »Ich habe Hunger. Wann bist du fertig?«

Nach weiteren zwei Stunden betraten Cengiz und Rainer Elkes Büro. Sie hatte es sich mit Kaffee und einem Buch auf dem Besprechungssofa bequem gemacht.

Cengiz ließ sich in den einzigen Sessel fallen. »Erledigt. Eure Anlage läuft.«

»Auch das Netzwerk?«, erkundigte sich Elke.

»Klar. Internet funktioniert, elektronische Briefchen schreiben klappt, kurz: Ihr seid drin.«

»Toll. Vielen Dank.«

»Nur …«

»Was?«

Cengiz grinste sein breitestes Grinsen und zeigte auf Rainer. »Ihm würde ich einen Arbeitsplatz weit weg von einer Computertastatur geben. Sonst werde ich in eurer Praxis Dauergast.«

Bemerkungen dieser Art überhörte Rainer aus Prinzip. »Gehen wir nun essen? Es ist gleich zehn.«

»Wer zahlt?«, fragte sein Freund.

»Ich«, meldete sich Rainer ohne Zögern.

»Du?«, wunderten sich Cengiz und Elke wie aus einem Mund.

Das *Neo-Kyma* war noch gut gefüllt, als die drei das griechische Lokal in der Herner Innenstadt betraten. Rainer hatte natürlich keinen Tisch reserviert und so machten sie erst ziemlich lange Gesichter, weil nichts frei war. Aber Vasili, der Wirt, verhandelte kurz mit anderen Gästen, schob zwei Tische nebeneinander, platzierte einen Einzelsitzenden um und schaffte so eine Sitzgelegenheit für die drei direkt neben der Theke. Die mit sanftem Zwang Umgesiedelten erhielten einen Ouzo als Entschädigung und die Angelegenheit war kurz darauf vergessen.

Als sie fertig gegessen hatten, war es schon nach zwölf. Die meisten Gäste waren längst gegangen. Die Busukiklänge von der Konserve waren verstummt und Vasili und sein Koch unterhielten die noch Anwesenden mit dem Spiel ihrer Gitarren.

Rainer schlürfte seinen Brandy. »Gestern war übrigens Horst Mühlenkamp bei mir.«

»Muss ich den kennen?«, fragte Cengiz.

»Du nicht, aber Elke.«

Die Angesprochene machte ein erstauntes Gesicht. »Ich?«

»Ja. Einer unserer Mandanten.«

»Von dir oder von mir?«

»Von mir. Ich habe dir von ihm erzählt. Er war im Januar zweimal bei uns. Der Leukämiekranke, der seine Lebensversicherung verkaufen wollte und nur noch etwa ein Jahr zu leben hatte.«

»Ich erinnere mich. Und?«

»Er wollte eigentlich nichts Besonderes. Der Verkauf seiner Police ist über einen Treuhänder abgewickelt worden, so wie ich es ihm geraten hatte. Er hat eine Weltreise gemacht und einen kleinen Teil des Geldes in ziemlich waghalsigen Aktienoptionsscheinen investiert. Spielgeld, nannte er das. Als er von seiner Reise zurückkam, hatte sich der Wert der Optionsscheine vervielfacht. Er verfügt jetzt über ein fast doppelt so hohes Vermögen wie vor seiner Reise.«

»Und?«

»Ich habe ihm für die damalige Beratung nur das Mindesthonorar abgeknöpft. Er tat mir Leid. Und als über Mühlenkamp nun dieser unverhoffte Geldsegen niedergegangen ist, fiel ihm sein damaliger Gönner wieder ein.« Rainer tippte sich mit dem Zeigefinger auf die Brust. »Ich. Er hat mein Honorar verdoppelt. In bar.«

Elke nickte. »Deshalb deine Einladung. Ich habe mich schon gewundert, woher du die Knete hast. Seit einer Woche bist du doch notorisch klamm.«

Ihr Freund winkte ab. »Das Schönste kommt aber noch. Mühlenkamp muss natürlich wegen seiner Krankheit regelmäßig zum Arzt, um sich untersuchen zu lassen. Dazu ist er vertraglich verpflichtet.«

»Verstehe ich nicht«, warf Cengiz ein. »Wieso verpflichtet? Der muss doch auch so zum Doc, oder?«

»Erkläre ich nachher. Das jüngste Untersuchungsergebnis liegt mittlerweile vor. Die neuen Medikamente, die man ihm verschrieben hat, haben geholfen. Seine Blutwerte sind deutlich besser geworden. Es sieht so aus, als ob er den Krebs besiegen kann.«

Elke fing an zu lachen. »Er wird wieder gesund?«

»Wahrscheinlich.«

»Und die Investoren, die auf seinen baldigen Tod gesetzt haben, gucken in die Röhre?«

»So ist es. Stellt euch deren Gesichter vor.« Jetzt lachte auch Rainer.

Cengiz schaute etwas erstaunt von einem zum anderen.

»Wie viel hat Mühlenkamp denn nachgezahlt?«, wollte Elke wissen.

»Dreihundert.«

Elke drehte sich um und rief: »Vasili, bringst du uns bitte drei Gläser Sekt?« Und dann sagte sie: »Lasst uns auf ein langes Leben Horst Mühlenkamps anstoßen. Die Investoren müssen sich noch etwas gedulden. Wenn's nach mir geht, noch hundert Jahre.«

4

Brischinsky malträtierte den Automaten im Flur der ersten Etage des Polizeipräsidiums. Nicht nur Baumanns Kaffeemaschine hatte den Geist aufgegeben, jetzt schien auch dieser altersschwache Apparat das Zeitliche zu segnen. Ungehalten schlug der Hauptkommissar mehrmals mit der flachen Hand gegen die Seitenwand. Plötzlich fing es im Inneren der Maschine an zu rumoren und tröpfelnd lief Kaffee in Brischinskys Plastikbecher. Als dieser halb gefüllt war, gab der Automat ein Geräusch von sich, das entfernt an einen Seufzer erinnerte, und dann war Ruhe. Kein Laut mehr. Und kein Kaffee.

»Verdammter Mist!«, schimpfte Brischinsky und begutachtete das Ergebnis seiner bisherigen Bemühungen. Das Zeug im Becher war tiefschwarz und roch etwas seltsam. Vorsichtig probierte er einen Schluck. »Brr.« Er schüttelte sich. Das Gesöff war zwar stark, schmeckte aber wie ausgekochte Strümpfe.

Er sah sich um. Kein Kollege auf dem Flur. Die Plörre landete im Topf der alten Yuccapalme, die schon seit Menschengedenken ein eher tristes Dasein neben dem Kaffeeautomaten fristete. Brischinskys schlechtes Gewissen hielt sich in Grenzen. Kaffeesatz, hatte er gelesen, sei ein guter Dünger. Warum dann nicht auch Kaffee?

Auf dem Rückweg zu seinem Arbeitsplatz kam er an einer offen stehenden Tür vorbei. Das Büro der Kollegen Pauly und Kossler, der eine im Krankenhaus, der andere im Sommerurlaub. Und gut sichtbar, fast zum Greifen nah, befand sich deren nagelneue Kaffeemaschine. Brischinsky zögerte keinen Moment. Sonntagmorgen und kein Kaffee. Dieser Zustand musste geändert werden.

Baumann sah erstaunt auf, als sein Vorgesetzter mit der Kaffeemaschine unterm Arm ihr Büro betrat. »Woher hast du das Ding?«

»Kurzzeitig ausgeliehen.«

»Von wem?«

»Das Gerät stand in Paulys Büro und fühlte sich einsam.«

»Das ist doch nur zwei Türen weiter. Warum kochst du den Kaffee nicht dort?«

28

»Willst du ständig mit der Kanne zwischen den Büros pendeln?«

»Wieso ich?«, fragte Baumann, bekam aber keine Antwort.

Brischinsky stellte sein Beutestück auf dem Schreibtisch ab und sah sich suchend nach einer freien Steckdose um. Er fand keine. Kurz entschlossen riss er den nächsten Stecker heraus und versorgte die Maschine mit Strom. »So.« Er drückte Baumann die Kanne in die Hand. »Hol du bitte das Wasser. Ich fülle den Kaffee ein.«

Der Kommissar schüttelte energisch den Kopf. »Nee. Ich trinke Tee, wie du siehst. Du willst doch das Zeug.« Er stellte die Kanne wieder hin. »Dann mach ihn dir auch selbst.«

Brischinsky zeigte auf den Pantoffel, der seinen verletzten Fuß zierte. »Ich bin verwundet.«

»Aber gerade konntest du …«

»Deshalb tut mir auch jetzt alles weh. Wenn du dann so freundlich wärst …« Er schob die Kanne wieder zurück zu Baumann. Murrend machte sich der auf den Weg.

Zehn Minuten später lehnte sich Brischinsky in seinem Stuhl zurück, vor sich einen Pott dampfenden Kaffee und eines der Sonntagsblättchen. Der Hauptkommissar gähnte herzhaft. Er verspürte den schwer zu bekämpfenden Drang, eine Zigarette zu rauchen.

»Gibt es schon etwas Neues von der Spurensicherung?«, fragte er Baumann.

»Ja. Der Verdacht einer Gasexplosion hat sich bestätigt. An der Gasleitung im Keller wurde manipuliert. Der Prüfstutzen am Zähleranschluss ist abgeschraubt worden.«

»Wozu dient so ein Teil?«

»Bin ich Installateur? Steht hier so.«

»Aha. Und womit macht man das? Mit Spezialwerkzeug?«

»Würdest du einen Maulschlüssel oder eine Pumpenzange als Spezialwerkzeug bezeichnen?«

»Nee. Eigentlich nicht.«

Baumanns Telefon klingelte. Als er das Gespräch beendet hatte, sagte er: »Das war die Einsatzzentrale der Feuerwehr. Der Anruf gestern Abend wurde von einer Telefonzelle am Hauptbahnhof geführt. Wir bekommen den Mitschnitt im Laufe des Tages.«

»Hm. Und der Tote?«

»Ich habe telefonisch bei den Hauseigentümern nachgefragt. Das Haus gehört den Apothekern. Eine Familie Lehmann aus Datteln. Der Mieter, dieser Theo Bauer, wollte an diesem Wochenende zu seiner Tochter nach Dülmen fahren.«

»Und?«

»Nichts ›und‹. Lehmanns wussten nicht, wie die Tochter heißt.«

»Wieso?«

»Sie ist verheiratet«, erklärte Baumann.

»Verstehe. Und sonstige Verwandte?«

»Soweit wir wissen, Fehlanzeige. Ich habe alle Bauer, die ich im Recklinghäuser Telefonbuch gefunden habe, angerufen. Ohne Ergebnis.«

»Was sagt die Gerichtsmedizin?«

»Im Moment noch nichts.«

Brischinsky gab sich einen Ruck. »Dann fahren wir zur Schulstraße. Wenn die Spurensicherung in das Gebäude darf, gilt das ja wohl auch für uns. Wir sehen uns die Wohnung von Bauer an. Vielleicht finden wir dort einen Hinweis auf den Nachnamen der Tochter.«

»Sofort?«

»Wann sonst?«, fragte Brischinsky zurück.

»Was ist mit deiner Verletzung?«

»Schon wieder besser.«

»Und dein Kaffee?«

»Kann warten.«

Baumann verstand die Welt nicht mehr. Kopfschüttelnd folgte er seinem Chef auf den Flur.

Die vollständige Sperrung der Straße war mittlerweile aufgehoben worden. Nur unmittelbar vor dem halb zerstörten Gebäude blockierte ein Absperrzaun eine Fahrbahnhälfte. Die Besatzung eines Polizeifahrzeuges sicherte den Unglücksort. Hinter dem Gebäude waren Bauarbeiter damit beschäftigt, Schutt zu räumen, um einem Kranwagen freie Fahrt zu verschaffen.

»Was machen die hier?«, erkundigte sich der Hauptkommissar bei einem seiner uniformierten Kollegen und zeigte auf den Kran.

»Die brauchen das Gerät, um Hydraulikstützen aufzustellen«, antwortete der Beamte. »Der Sachverständige, der die Statik beurteilt, hat gemeint, dass das Haus nicht abgerissen werden muss. Aber die Decken müssen sicherheitshalber abgestützt werden, bis die tragenden Teile wieder aufgemauert sind.«

»Aha. Wo ist der Gutachter?«

»Schon wieder gefahren. Es sei schließlich Sonntag, hat er gemeint.«

»Wie wahr. Können wir in das Gebäude rein?«

Der Beamte warf einen skeptischen Blick auf Brischinskys Pantoffel und zuckte mit den Schultern. »Die Spurensicherung und die Feuerwehr haben das Haus betreten. Der Sachverständige auch. Er hat uns aber angewiesen, keinen hineinzulassen.«

»Das gilt nicht für uns.« Brischinsky humpelte schon in Richtung Hauseingang. Baumann, der dem Gespräch mit wachsendem Unbehagen zugehört hatte, folgte seinem Chef nur zögernd. »Meinst du wirklich, dass es eine gute Idee ist, uns in dieser baufälligen Ruine umzusehen?«, fragte er.

»Das Haus ist nicht baufällig. Du hast es ja eben gehört.«

»Aber es muss noch abgestützt werden.«

»Reine Vorsichtsmaßnahme.« Der Hauptkommissar hatte den Hauseingang erreicht und bemühte sich, den vielen Glasscherben auszuweichen. Baumann blieb in sicherer Entfernung stehen.

»Was ist?«, fragte Brischinsky erstaunt. »Brauchst du eine schriftliche Einladung?« Er sah seinen Mitarbeiter forschend an. »Du hast doch nicht etwa Muffensausen?« Als Baumann nicht sofort antwortete, spottete Brischinsky: »Tatsächlich. Er hat Muffensausen. Du arbeitest bei der Kriminalpolizei und nicht als Sozialarbeiter bei der Bahnhofsmission. Das bisschen Risiko ist in dein monatliches Gehalt eingerechnet. Und jetzt hör auf, dir unnötige Gedanken zu machen, und beweg endlich deinen Arsch.«

Baumann war anderer Meinung. Nach seiner Auffassung hätte die Gefahrenzulage für das Betreten dieses Baus rund das Doppelte von dem betragen müssen, was er am Monatsende von seinem Dienstherrn auf sein Konto überwiesen bekam. Und deshalb …

»Baumann!« Brischinsky hatte die Treppe nach oben schon halb bewältigt und war von Baumanns Position aus nicht mehr zu sehen. Dafür hörte er seinen Chef umso deutlicher. »Los, komm! Sonst kannst du einen Versetzungsantrag zur Streifenpolizei schreiben.«

Das überzeugte Baumann. Mit schlotternden Knien folgte er seinem Chef.

Die Tür zu Theo Bauers Wohnung war aus der Angel gerissen und lag im Flur. Die Fensterscheiben waren zersprungen. Überall befanden sich Glassplitter und alles war gleichmäßig von einer feinen Staubschicht überzogen. Aber ansonsten sahen die Zimmer noch relativ intakt aus.

Brischinsky hob den Hörer des Telefons ab. »Funktioniert sogar noch«, sagte er, als er das Freischaltsignal wahrnahm.

»Leg wieder auf«, bat ihn sein Assistent. »Wenn hier noch Gasreste sind, genügt ein Funke und …«

»Quatsch. Wir sind im ersten Stock. Gas ist schwerer als Luft und sammelt sich immer unten.«

»Sagst du.«

»Sagt die Physik. Außerdem wäre das Telefon nicht mehr in Betrieb, wenn noch Explosionsgefahr bestehen würde. Dafür hätten die Kollegen von der Feuerwehr schon gesorgt.«

Baumann war nicht sonderlich beruhigt. Er hatte schon zu viele interne Dienstanweisungen gelesen, die zum Ziel hatten, Versäumnisse auszuschließen. Und wenn es bei der Kripo Versäumnisse gab, würde das bei der Berufsfeuerwehr ...

»Wie heißt Bauers Tochter mit Vornamen?« Brischinsky störte die düsteren Gedanken seines Mitarbeiters.

Baumann zückte sein Notizbuch. »Kirsten, meint Lehmann. Er war sich aber nicht hundertprozentig sicher.«

Der Hauptkommissar blätterte in einem Telefonverzeichnis. »Unter welchem Buchstaben würdest du die Nummer deiner Tochter notieren?«

»Vermutlich überhaupt nicht. Ich hätte sie im Kopf.«

Sein Vorgesetzter ignorierte die Bemerkung. »Sicher unter *K*.« Er suchte weiter. »Treffer. Hier ist eine Kirsten.« Er las die Nummer vor. »Ist das die Vorwahl für Dülmen?«

»Keine Ahnung.«

»Egal. Ich versuche es.« Brischinsky griff zu Bauers Telefon, ließ den Hörer aber wieder sinken, als er Baumanns entsetzten Gesichtsausdruck bemerkte. »Jetzt arbeiten wir schon so lange zusammen und ich lerne immer noch überraschende Seiten an dir kennen«, grinste er, schnappte sich sein Handy und tippte die Nummer ein.

Baumann zuckte zusammen. Auch Akkus können Funken auslösen. Aber nichts passierte.

»Brischinsky«, meldete sich der Hauptkommissar. »Kripo Recklinghausen. Ich möchte Herrn Theo Bauer sprechen. – Nicht da? – Wo könnte ich ihn ...? – Zu Hause, verstehe. – Ja?« Er warf Baumann viel sagende Blicke zu. »Wir werden uns selbstverständlich mit Ihnen in Verbindung setzen«, sagte er dann nach einer Weile und unterbrach das Gespräch.

»Was ist?«

»Das war tatsächlich Bauers Tochter, Kirsten Schubert. Er hat seinen geplanten Besuch bei ihr abgesagt, weil er das Wochenende zu Hause verbringen wollte. Sie hat im Radio etwas von einer Explosion in Suderwich gehört, und als sie ihren Vater am Telefon nicht erreichte ... Und dann auch noch mein Anruf ... Sie macht sich verständlicherweise große Sorgen.«

Baumann nickte. »Dann ist der Tote im Keller vermutlich Bauer.«

»So ist es«, bekräftigte Brischinsky. »Zumindest sollten wir bis zum Beweis des Gegenteils davon ausgehen.«

5

Ilse Popenka war spät dran. Aus irgendeinem Grund war heute Nacht der Strom ausgefallen und hatte ihren Radiowecker seiner Funktion beraubt. Vermutlich wurden am Netz Reparaturen durchgeführt und sie hatte den Hinweis darauf in der Zeitung übersehen. Dass ihr so etwas passieren musste! Gott sei Dank war sie nur zwanzig Minuten nach ihrer üblichen Aufstehzeit von selbst aufgewacht.

Ilse Popenka trat kräftiger in die Pedale. Es war schon fast halb vier und sie war erst auf der Höhe des Gestüts Bladenhorst. Eigentlich hätte sie schon vor zehn Minuten die Zeitungen in Empfang nehmen sollen. Seit fast zwanzig Jahren trug sie die *WAZ* aus. Erst in ihrer Heimatstadt Castrop-Rauxel, seit drei Jahren in Herne-Horsthausen. Noch nie war sie zu spät gekommen. Und jetzt das. Und dann noch an einem Montagmorgen! Das musste doch so aussehen, als ob sie das Wochenende durchgefeiert hätte.

Sie entschloss sich, ihre Fahrt durch das Wäldchen neben der stillgelegten Schachtanlage *Teutoburgia* abzukürzen. Diesen Weg nahm sie sonst nie im Dunkeln. Das war ihr zu unheimlich. Kurz hinter der Autobahnbrücke, die über den Emscherschnellweg führte, bog sie rechts in Richtung der Kleingartenanlage ab, nach weiteren hundert Metern fuhr sie wieder links, kurz darauf erneut rechts. Hier begrenzten dichte Hecken die Grundstücke mit den Datschen, sodass Zweige an ihre Arme schlugen. Der Dynamo ihres Rades summte leise. Der Weg war uneben und der dürftige Schein der Fahrradlampe tanzte auf und ab. Jetzt noch das kurze Stück Waldweg, dann am Förderturm vorbei und sie hatte es geschafft.

Sie nahm die letzte Kurve und atmete auf. Hier war es zwar am dunkelsten, der Weg aber schon deutlich breiter. Plötzlich erfasste der Lichtkegel ein Hindernis. Ihr blieb fast das Herz stehen. Sie trat heftig in die Bremsen mit dem Ergebnis, das sie kaum noch etwas sehen konnte. Für einen Moment hielt sie sich am Fahrrad fest und stierte fassungslos in die Dunkelheit. Dann hob sie das Vorderrad etwas an und drehte es. Der Trafo lieferte wieder Energie und sie konnte erkennen, was da vor ihr im Wald lag. Ilse Popenka stieß einen erstickten Laut aus, ließ ihr Fahrrad fallen und rannte, als wenn es um ihr Leben ginge.

Das erste Haus erreichte sie nach zweihundert Metern, kurz vor der Schadeburgstraße. Es brannte kein Licht. Hastig drückte sie auf die beiden Klingelknöpfe. Im oberen Geschoss wurde es in einem Zimmer hell. Kurz darauf vernahm sie eine Stimme aus der Gegensprechanlage. Sie versuchte, sich verständlich zu machen. »Urrggh.«

Verzweifelt registrierte sie, dass das Licht wieder gelöscht wurde. So war das zwecklos. Ihre kehligen Laute verstand niemand. Sie musste jemandem von Angesicht zu Angesicht gegenüberstehen, damit sie sich verständlich machen konnte. Im Wald lag ein Mensch und kämpfte möglicherweise um sein Leben und sie konnte nicht helfen.

Ilse Popenka war seit ihrer Geburt fast völlig stumm. Aber noch nie hatte ihr diese verfluchte Behinderung so im Weg gestanden wie an diesem Morgen.

Sie lief weiter bis zur Ecke und sah sich suchend um. Schräg gegenüber verließ ein Mann ein Haus und überquerte die Straße. Sie rannte zu ihm, gurgelte, ruderte mit den Armen und zeigte in den Wald. Ihr Gegenüber sah sie verständnislos und mit einem leicht belustigten Blick an, den sie nur zu gut kannte. Er hielt sie für etwas übergeschnappt.

Schließlich kam ihr ein Gedanke. Sie machte mit der rechten Hand eine Bewegung, als würde sie sich selbst die Kehle durchschneiden, zeigte mit der linken nach hinten, nahm dann die Hand des Mannes und zerrte ihn in Richtung Wald. Nach drei ihr endlos lang erscheinenden Versuchen kapierte er, dass er es nicht mit einer Verrückten zu tun hatte, und folgte ihr zögernd. Ilse Popenka atmete auf.

»Und?«, fragte Katharina Thalbach von der Bochumer Kriminalpolizei, als der Notarzt den Rettungssanitätern mit einem knappen Nicken signalisierte, dass er seine Untersuchung beendet hatte und sie nicht mehr benötigt wurden.

»So wie es aussieht, kein Fremdverschulden. Wenn Sie das meinen.«

»Sicher?«

»Was erwarten Sie? In der Dämmerung und mitten im Wald? Der Tote muss erst genau untersucht werden. Sie kennen doch die Vorschriften.«

Die Spurensicherer begannen damit, das Gelände abzusperren. Routine, wenn eine Leiche in freier Wildbahn gefunden wurde. Auch wenn es keine unmittelbar sichtbaren Anhaltspunkte für ein Kapitalverbrechen gab. Scheinwerfer erhellten die Szenerie.

»Wären Sie trotzdem so freundlich und würden mir Ihre vorläufige Meinung mitteilen?« Die Beamtin war sauer. Ein Toter kurz vor Beendigung ihrer Nachtschicht. Und dann auch noch an der Stadtgrenze Hernes. Zweihundert Meter weiter und die Recklinghäuser Kollegen wären zuständig gewesen.

Der Arzt blieb stehen. »Nach meiner Meinung Herzschlag. Beim Joggen.« Er hob beide Hände. »Aber bitte, nageln Sie mich später nicht darauf fest.«

»Keine Angst. Wie alt ist der Tote?«

»Um die dreißig. Auf den ersten Blick in guter körperlicher Verfassung. Kein Übergewicht, sportlich. Plötzlicher Herztod erscheint mir am wahrscheinlichsten.«

»Kommt das oft vor?«

»Oft ist relativ. Eine der typischen Todesursachen für Männer in diesem Alter. Stress, zu wenig Bewegung ...«

»Bewegungsmangel? Aber der Mann scheint doch regelmäßig zu joggen. Sehen Sie doch mal die Kleidung an.«

Der Arzt lachte leise. »Wissen Sie, wie viele Freunde ich habe, die sich ein sündhaft teures Fahrrad gekauft haben, um sich endlich körperlich zu ertüchtigen? Und nun steht das Gerät nutzlos im Keller.«

Katharina Thalbach verstand, was er meinte. »Wie lange liegt er schon hier?«

»Ich bin wirklich kein Experte. Erkundigen Sie sich beim Gerichtsmediziner, der ...«

»... noch nicht hier ist. Deswegen frage ich Sie.«

Der Notarzt seufzte. »Also gut. Nach dem Grad der Leichenstarre zu urteilen ... einige Stunden.«

»Geht es nicht etwas genauer?«

»Sicher.«

»Ja, dann bitte.« Katharina Thalbach hasste es, wenn sie Leuten die Würmer einzeln aus der Nase ziehen musste.

»Habe ich mich eben unklar ausgedrückt? Ich bin kein Experte auf diesem Gebiet, sondern Rettungsmediziner. Suchen Sie sich jemanden, der entsprechend ausgebildet ist, und der sagt Ihnen alles, was Sie wissen wollen. Fast alles«, schränkte der Arzt ein. »Auch den vermutlichen Todeszeitpunkt. Und jetzt entschuldigen Sie mich bitte. Ich habe noch etwas anderes zu tun.« Der Mediziner drehte sich um, steckte sich eine Zigarette an und ließ die Beamtin stehen.

Thalbach widerstand der Versuchung, ihre schlechte Laune weiter an dem Kerl auszulassen. Im Grunde hatte er ja Recht.

Die Polizistin ging zu einem ihrer uniformierten Kollegen und zeigte in den Wagen. »Ist das die Frau, die die Leiche gefunden hat?«

»Ja.«

»Was sagt sie?«

»Nichts. Sie ist stumm.«

»O Gott.« Katharina Thalbach war bestürzt. »Kann sie sich verständigen?«

»Mit Zeichensprache.«

»Die keiner von uns hier versteht«, mutmaßte die Beamtin.

»Wir haben schriftlich kommuniziert«, berichtete der Uniformierte und präsentierte stolz eine Loseblattsammlung.

Thalbach ignorierte die Zettel. »Sie haben ihre Adresse?«

Der Beamte nickte.

»Gut. Bringen Sie sie auf das Präsidium. Wir müssen ihre

Aussage aufnehmen. Und lassen Sie einen Gebärden-
dolmetscher ... Nein, warten Sie. Ich werde mich selbst
darum kümmern.« Sie griff zum Handy.

Eine halbe Stunde später informierte sie einer der Spu-
rensicherer über erste Ergebnisse. »Kein Hinweis auf die
Identität des Toten. Wir haben seine Prints genommen.
Es gibt keine sichtbaren Verletzungen. Es scheint in der
Tat so, als ob der Mann gelaufen und plötzlich einfach
umgefallen ist. Im Grunde ein schöner Tod, oder?« Der
Kollege sah fast glücklich aus.

»Wie man's nimmt. Sonst noch etwas?«

»Nichts. Ich glaube, Sie können den Aktendeckel
schnell schließen.«

So sah es aus. Ein John Doe, die unbekannte Leiche.
Was jetzt folgte, war Routine. Das Ergebnis der Obduktion abwarten, die Fingerabdrücke durch den Computer
laufen lassen, eingehende Vermisstenmeldungen prüfen
und unter Umständen das Bild des Toten in den Lokal-
ausgaben der Tageszeitungen der umliegenden Städte
veröffentlichen.

Katharina Thalbach sah auf die Uhr. Noch eine Stunde bis Schichtwechsel.

6

Rüdiger Brischinsky drückte wieder die Rücklauftaste
des Kassettenrekorders, dann auf Start.

»In der Schulstraße in Recklinghausen-Suderwich
riecht es nach Gas«, hörten sie scheppernd eine Stimme
aus dem Lautsprecher. »Direkt vor der *Heiligen-Apotheke.* Kommen Sie sofort.«

»Ihren Namen bitte.« Das war der Beamte in der Einsatzzentrale, der den Anruf entgegengenommen hatte.

»Kommen Sie, schnell.« Mit einem Knacken wurde die Verbindung unterbrochen.

Der Hauptkommissar lutschte an einem Filzstift und dachte laut. »Gegen neun Uhr war die Explosion. Um zehn dieser Anruf. Wenn es wirklich jemand war, der sich einen dämlichen Scherz erlauben wollte, wie ist das abgelaufen? Was meinst du?«

»Der Spaßvogel hat die Explosion mitbekommen und dann angerufen.«

»Deine Intuition ist wirklich frappierend«, spottete Brischinsky. »Das ist alles, was dir einfällt?«

»Rüdiger, es ist Montagmorgen. Ich habe schlecht und vor allem zu wenig geschlafen. Worauf willst du hinaus?«

»Hat dich deine neue Freundin so gefordert?«

Baumann winkte ab. »Quatsch. Lass mich nicht dumm sterben.«

»Also gut. Spielen wir den Gedanken weiter. Er hat den Explosionsknall oder die Sirene gehört und ist Nachschauen gegangen. Er bleibt vielleicht zwanzig, dreißig Minuten bei den Gaffern und fährt dann zum Hauptbahnhof, um die Feuerwehr anzurufen? Das macht keinen Sinn.«

»Machen solche Telefonate je Sinn?«

»Das ist eine ganz andere Frage. Wenn der Anrufer zur nächsten Telefonzelle gegangen wäre, okay. Aber er ist zum Hauptbahnhof gefahren.«

»Vielleicht hatte er in der Innenstadt zu tun. Oder er ist zufällig in Suderwich am Unglücksort vorbeigekommen, wollte aber eigentlich zum Hauptbahnhof.«

Brischinskys Mimik ließ keinen Zweifel darüber aufkommen, was er von Baumanns Erklärung hielt. Er ließ das Band noch einmal von vorne laufen.

»Liegt das an der Aufnahme, dass sich der Kerl so kehlig anhört, oder ist der Kassettenrekorder so schlecht?«

Baumann bewegte abwägend seinen Kopf. »Ich vermute Letzteres. Aber wenn der Typ sich zum Beispiel die Backen mit Tampons ausgestopft hat, würde ihn sogar seine eigene Frau am Telefon nur schwer erkennen.«

»Hm.« Der Hauptkommissar hantierte wieder am Rekorder.

»Wie oft willst du dir das eigentlich noch anhören?« Baumann schickte einen genervten Blick an die Zimmerdecke.

Unbeeindruckt spielte Brischinsky das Band erneut ab. »In der Schulstraße in Recklinghausen-Suderwich ...« Der Hauptkommissar stoppte die Wiedergabe. »Fällt dir etwas auf?«

Baumann lümmelte sich auf seinem Stuhl und bastelte Figuren aus Büroklammern. »Nee, was?«

Brischinsky sah seinen Assistenten an. »Was hast du eben   gesagt? Vielleicht ist er zufällig am Unglücksort vorbeigekommen?«

»In Suderwich, ja.«

»Eben. In Suderwich.«

»Ich verstehe nicht ...«

»Der Mann am Telefon spricht von Recklinghausen-Suderwich. Kennst du einen Recklinghäuser, der sich so ausdrücken würde?«

Baumann kratzte sich am Kopf. »Eigentlich nicht.«

»Siehste. Vermutlich kein Recklinghäuser. Erst recht keiner aus Suderwich. Für wie wahrscheinlich hältst du nun deine Erklärung?«

Heiner Baumann erwiderte nichts.

»Eben. Gehen wir also hypothetisch davon aus, dass der Anrufer keinen Scherz machen wollte, sondern nicht wusste, dass es schon geknallt hatte. Kein Mensch, der Gasgeruch wahrnimmt, fährt noch in aller Ruhe bis zum Hauptbahnhof, wartet dort ein gutes Stündchen, ruft   die   Feuerwehr   und   verschweigt   dann auch noch seinen Namen. Kannst du mir bis hierhin folgen?«

Sein Assistent konnte und überlegte, wie lange er beleidigt sein wollte.

»Gut. Der Anrufer wusste, dass Gas austritt. Er war selbst in Suderwich ... Nur nicht als zufälliger Passant, sondern als Beteiligter. Entweder hat er selbst diesen ... diesen ... Dings ...«

»Prüfstutzen«, half ihm Baumann auf die Sprünge. Sein Unmut war fast verflogen. Schließlich kannte er seinen Chef seit Jahren und hatte sich an dessen Sarkasmus und Wutanfälle gewöhnt. Fast gewöhnt, schränkte er in Gedanken ein.

»... Stutzen abgeschraubt oder er wusste davon. Dann hat er sich auf den Weg in die Innenstadt gemacht, eine Zeit lang gewartet und später die Feuerwehr angerufen.«

»Das würde bedeuten, dass er nicht wollte, dass das Haus in die Luft flog. Die Explosion war ein Unfall.«

Brischinsky streckte demonstrativ seinen Zeigefinger in Baumanns Richtung. »So ist es. Und nun frage ich mich, warum jemand so handelt.«

Baumann hatte seine bequeme Haltung aufgegeben, stützte den Kopf auf beide Hände und hörte aufmerksam zu.

»Der Täter wollte jemanden warnen. Sehr eindringlich warnen. Nach dem Motto: Wenn du nicht dies oder das tust ... wir können auch anders. Zum Beispiel dein Haus in die Luft jagen.«

»Dein Haus?«, hakte Baumann nach. »Du meinst, der Täter wollte den Apothekern drohen?«

»Oder Theo Bauer.«

»Der ja eigentlich an diesem Wochenende nicht da sein wollte.«

Sein Vorgesetzter grinste. »Willkommen im Klub erfolgreicher Kriminalbeamter. Nicht nur die Explosion war unbeabsichtigt, sondern auch der Tod Theo Bauers.« Er betätigte erneut den Rekorder. »Achte genau auf die Aussprache.«

Baumann lauschte. »Er spricht das R rollend aus, irgendwie hart, so wie die Leute in Süddeutschland ...«

»Bayern«, triumphierte Brischinsky. »Ich bin sicher, der Anrufer stammt daher. Wir gehen folgendermaßen vor: Du schickst das Band zum LKA, die sollen eine Sprachanalyse machen. Dann entlockst du dem Computer alles, was wir über Bauer und die Lehmanns haben.«

»Und was unternimmst du?«

Brischinsky tauschte den Pantoffel gegen einen Turnschuh. »Ich fahre zur Gerichtsmedizin und mache den Brüdern Dampf. Und vorher besorge ich eine neue Kaffeemaschine. Sonst machen Pauly und Kossler noch Ärger.« Brischinsky stand auf und humpelte zur Tür.

»Wie geht es deinem Fuß?«, erkundigte sich Baumann automatisch.

»Bestens, wie du siehst. Ich starte morgen beim Polizeisportfest über zehntausend Meter.«

Mit einem Knall fiel die Bürotür ins Schloss.

Es war kurz vor Mittag, als der Hauptkommissar mit einem Aktenordner unter dem Arm wieder in ihr Büro schlich. Er ließ sich schwer atmend auf seinen Stuhl fallen und warf die Unterlage auf die Schreibtischplatte. Dann machte er sich daran, den rechten Turnschuh auszuziehen.

Baumann fielen die Vorhaben seines Chefs wieder ein. »Ist die Kaffeemaschine noch im Auto? Soll ich sie ...«

»Scheißteil.« Mit schmerzverzerrtem Gesicht zog der Hauptkommissar seinen Strumpf aus. »Beginnt heute der Sommerschlussverkauf? In dem Elektrogroßmarkt im Lörhofcenter war die Hölle los.«

»Die haben 'ne Werbewoche. Alles um zwanzig Prozent runtergesetzt. Ich wollte dort nach Dienstschluss nach einer Digitalkamera gucken, weil ...«

»Vergiss es. Da treten sie dich platt.« Brischinsky wickelte den Verband von seinem Fuß.

»Also keine Kaffeemaschine?«

Der Hauptkommissar schüttelte genervt den Kopf. »Schon vor dem Eingang stauten sich die Leute. Und in dem Gedränge ist mir dann so ein Elefant auf meinen Fuß gelatscht.« Er starrte entsetzt auf die Wunde. »Scheiße.«

Baumann, der die Aktivitäten seines Chefs verfolgt hatte, war aufgestanden und um den Schreibtisch herumgekommen. »Das sieht nicht gut aus. Du solltest zum Arzt gehen.«

»Und dann? Ein Schild unten an die Tür hängen: Kripo wegen Krankheit geschlossen? Steht noch der alte Verbandskasten im Schrank?«

»Ich glaube, ja.«

»Hol ihn bitte. Und Jod.«

Heiner Baumann fand das Gesuchte unter Akten, die schon seit Monaten ins Archiv gehörten. Besorgt musterte er die Verletzung Brischinskys. Die Wunde hatte sich anscheinend entzündet. Die Ränder waren dunkelrot, erste Eiterpocken bildeten sich und die Verletzung blutete leicht. Der Fuß war stark geschwollen.

»Und du willst wirklich nicht …?«

»Nein. Drauf mit dem Jod und neu verbinden. Dann geht es schon wieder.«

Baumann zuckte mit den Schultern. »Wie du meinst.«

Der Hauptkommissar ertrug die Behandlung mit zusammengepressten Zähnen und schlüpfte anschließend wieder in den Pantoffel.

»Hier ist der Bericht der Gerichtsmediziner. Der Explosionsdruck und der anschließende Aufprall auf die Betonwand haben das Opfer zerschmettert. Kaum ein Knochen ist heil geblieben. Er hat zu seinem Glück nichts mehr gemerkt. Die Leiche lag teilweise unter Schutt begraben, was zu weiteren Verletzungen geführt hat.« Brischinsky grinste gequält. »Da geht es mir ja noch richtig gut. Der Tote hat die Blutgruppe A positiv. Er war Mitte sechzig, etwa ein Meter fünfundsiebzig groß und rund achtzig Kilo schwer.« Er sah an sich herunter. »Fast zu beneiden. Na ja, wenigstens ist sein Gebiss einigermaßen vollständig. Mit den Fotos und der Beschreibung der Teilprothese, die er im Mund hatte, dürfte es wohl gelingen, ihn einwandfrei zu identifizieren. Jemand muss die Zahnärzte in der Stadt abklabastern.« Er dachte einen Moment nach. »Nein, warte. Wir können Kirsten Schubert fragen, ob sie weiß, bei welchem Zahnarzt ihr Vater in Behandlung war.«

»Steht die Nummer des Arztes denn nicht in Bauers Telefonbuch?«

Brischinsky schüttelte den Kopf.

»Was geben die Bilder der Leiche her?«, wollte Baumann wissen.

»Nicht viel. Man braucht schon etwas Fantasie, um zu erkennen, dass das verkohlte und verformte Stück Fleisch ein Mensch gewesen ist.« Er schob die Mappe zu seinem Assistenten. »Möchtest du dir das antun? Aber dann schmeckt dir dein Mittagessen nicht mehr.«

Baumann lehnte dankend ab.

»Was hast du über Bauer herausgefunden?«

»Bauer wurde am 2. April 1937 in Danzig geboren. Seine Eltern waren nach Kriegsende in Recklinghausen gemeldet.«

»Flüchtlinge?«

»Vermutlich. 1959 hat er geheiratet. Seine Frau Martha verstarb 1996. Er hat eine Tochter, Kirsten, die ...«

»Komm zum Wesentlichen«, unterbrach ihn Brischinsky ungeduldig.

»Bauer wurde zwei Mal verurteilt.«

»Ach?«

»Im April 1956 hat er drei Monate auf Bewährung bekommen. Eine Kneipenschlägerei. Als die vom Wirt alarmierten Polizisten eintrafen, hat sich Bauer auch mit denen angelegt. Widerstand gegen die Staatsgewalt. Nichts Ernstes.«

»Und die zweite Verurteilung?«

»Ein halbes Jahr später. Wieder im Suff. Dieses Mal aber Sachbeschädigung. Ein Wirt in der Innenstadt hatte ihn an die Luft gesetzt, weil er genug getrunken hatte. Aus Wut hat er einen kleinen Mülleimer durch das Fenster geworfen. Einen Monat Knast und einhundert Mark Geldstrafe.«

»Einen Mülleimer durchs Fenster. Sieh mal an. Das kenne ich doch irgendwoher.«

Baumann griente breit. »Politiker brüsten sich gerne mit ihren Jugendsünden.«

»Sonst noch etwas?«

»Nein. Nach seiner Heirat wurde Bauer solide. Zumindest in unseren Akten.«

»Der gute Einfluss der Frauen. Womit wir beim Thema wären. Du wolltest mir heute Morgen etwas über deine neue Freundin erzählen. Jetzt wäre die Gelegenheit.«

»Gar nichts wollte ich.«

»Schade. Aber das holen wir nach. Was ist mit den Lehmanns?«

»Klaus Lehmann wurde 1951 ...«

»Lass die biografischen Daten bitte weg.«

»Dann sind wir fertig. Keine Einträge über beide.«

»Hm. Dann werden wir uns wohl oder übel auf den Weg machen und den Lehmanns in Datteln einen Besuch abstatten müssen.«

»Vor oder nach dem Mittagessen?«

»Nachher.«

»Besondere Wünsche?«

»Ich nehme die Kanzlerplatte.«

»Die was?«

»Currywurst und Pommes.«

7

Snoopy lehnte an einer der Säulen am Nordausgang des Essener Hauptbahnhofs und wartete auf Freier. Mit zittrigen Händen drehte er sich eine Zigarette. Er sah in das Päckchen. Auch sein Tabakvorrat ging bedrohlich zur Neige. Snoopy war gertenschlank, fast dürr, und mit einer hautengen schwarzen Lederhose, einem ebenfalls schwarzen Shirt, das seinen Bauchnabel zeigte, und – trotz der Hitze – hochgeschnürten, klobigen Stiefeln bekleidet. Seinen Hals schmückte eine kleine geballte Faust aus Silber, die von einem dünnen Lederband gehalten wurde. An seinem linken Handgelenk trug er ein geflochtenes, mehrfarbiges Band.

Der Junge tastete nach dem Briefchen in seiner Tasche. Stoff für einen Schuss. Nur noch für einen. Das Äitsch reichte höchstens für zwei Stunden. Wenn er jetzt drückte, machte er spätestens am Nachmittag den Affen. Es war besser, er wartete. Noch hatte er sich unter Kontrolle. Er leckte den Klebestreifen und rollte die Zigarette ein letztes Mal durch die Finger. Dann steckte er sich die Fluppe an. Gierig nahm er den ersten Zug. Das Nikotin half nur wenig. Er brauchte Knete. Und zwar dringend.

Abschätzend taxierte er die Männer, die an ihm vorbei in den Bahnhof eilten und ihn keines Blickes würdigten. Er strich sein langes blondes Haar aus dem Gesicht und stellte sich in Pose. Einen Freier, verdammt. Irgendeinen Freier.

Snoopy war siebzehn. Schon fast zu alt für die Szene. Mit zwölf von zu Hause weggelaufen, seitdem ununterbrochen auf Trebe. Mit vierzehn hatte er sich den ersten Schuss gesetzt, kurz danach den ersten Kunden bedient. Zwei Jahre später brachte Snoopy seinen ersten Entzug hinter sich. Dabei hatten die Ärzte festgestellt, dass er positiv war. Vermutlich waren es die Spritzen, durch die er sich das Virus eingefangen hatte. Als er die

Diagnose hörte, hatte er zunächst die halbe Nacht ge-
heult, dann seine Sachen gepackt und war wieder abgehauen, zurück auf die Straße. Ein Freund hatte ihm ein
halbes Gramm abgegeben und am nächsten Abend war
alles so wie vorher.

Ihn kotzte das an: die dicken, sabbernden alten Männer, die mit gierigen Händen durch sein Haar strichen
und voller Geilheit seinen Körper betatschten. Die jün-
geren, starken, die ihn benutzten und um seinen Lohn
prellten. Die Bullen, die sie von Zeit zu Zeit hochnah-
men und nachts irgendwo zwischen Essen und Watten-
scheid wieder auf die Straße warfen. Die Hausfrauen,
die ihre Handtaschen fester an sich drückten, wenn sie
auf ihn und seine Freunde aufmerksam wurden. Und
die dummen Sprüche der Schlipsträger, wenn er sie um
einige Cent anbettelte, um sein Gesicht nicht in einem
stinkenden Schoß vergraben zu müssen. Einige Gramm
in der Pumpe hochziehen und dann abtreten. Der golde-
ne Schuss. Dann wäre alles vorbei. Aber noch war er
nicht so weit.

Der Junkie begann zu frösteln. Und das bei achtund-
zwanzig Grad! Der Affe meldete sich zurück.

Zehn Meter von ihm entfernt blieb ein Mann stehen
und musterte ihn gründlich. Snoopy schlenderte aufrei-
zend langsam in seine Richtung und setzte seinen Körper in Szene, so wie es ihm Anita beigebracht hatte.

Als er den Typen erreicht hatte, blieb er stehen und
sah ihm in die Augen. Mit einem Lächeln fragte der Junge: »Haben Sie eine Zigarette für mich?«

Der Mann kramte umständlich in seiner Jackentasche. Dabei blickte er unruhig umher.

Das ist ein Freier, dachte Snoopy. Und er hat es noch
nicht sehr häufig gemacht. Mit etwas Glück dürfte hier
mehr zu holen sein als üblich.

Sein Gegenüber hatte seine Zigaretten gefunden und
bot ihm eine an.

»Danke.« Der Stricher spitzte die Lippen und beugte seinen Kopf nach vorne. »Feuer?«, hauchte er.

Als ihm der Mann Feuer gab, berührte Snoopy mit seiner Linken wie zufällig die Hand des anderen. Der zuckte zurück. Jetzt war sich der Junge sicher. Ein Freier. Und absolut unerfahren.

»Einen runterholen zehn. Blasen dreißig«, sagte er leise. »Ohne Gummi das Doppelte. Wenn du Sonderwünsche hast ... Wir können über alles reden.«

Der Mann nickte. »Komm mit«, sagte er mit einem harten Akzent.

Ein Spätaussiedler, dachte Snoopy. Jemand in der Art.

Sie gingen gemeinsam zu dem Parkplatz, der unter einer der Abfahrten der A 40 lag. Sein Wagen steht mit Sicherheit ganz hinten, dachte Snoopy. Da, wo es auch am Tag dämmrig und die Gefahr einer Störung am geringsten war.

Doch zu seiner Überraschung steuerte der Freier einen dunklen Mercedes an, der in Sichtweite des Parkplatzwächters abgestellt war.

Der Mann betätigte die ferngesteuerte Zentralverriegelung und sagte: »Steig ein.«

Gehorsam kletterte Snoopy auf den Beifahrersitz. Als der Mann neben ihm Platz genommen hatte, griff der Junge an die Innenseite des Oberschenkels des Älteren. Seine Hand rutschte langsam höher. Vielleicht könnte er ...

»Lass das«, herrschte der Typ ihn an.

»Aber ich dachte ...«

»Hast du Aids?«

Daher wehte der Wind. Der Typ hatte Angst vor Ansteckung. »Nein«, log Snoopy. »Aber ich habe Gummis dabei. Du kannst ...«

Der Mann griff in seine Hemdtasche und warf ihm einen Fünfziger zu. »Das Geld ist für dich. Beantworte meine Frage. Hast du Aids?«

Der Stricher zögerte, nickte dann aber verwundert. Leichter hatte er noch nie einen Schein verdient.

»Gut. Wie heißt du?«

»Snoopy.«

»Bist du in ärztlicher Behandlung?«

»Nein, warum?«

»Okay, Snoopy. Ich möchte dir ein Geschäft vorschlagen.«

8

Die Schuberts bewohnten eine dieser kleinen Reihenhausschachteln am Südrand Dülmens, denen man ansah, dass sich ihre Besitzer krumm legen mussten, um die Raten bezahlen zu können: zwanzig identische Gebäude nebeneinander, die sich nur durch die Hausnummern unterschieden, zwei Etagen auf höchstens neunzig Quadratmetern und ein Garten von Handtuchgröße hinter dem Haus.

Kirsten Schubert war gerade erst dreißig geworden, wie Baumann aus den Akten wusste, wirkte aber deutlich älter. Ihrem Gesicht sah man an, dass sie nicht nur Haushalt, Mann und drei kleine Kinder versorgen musste, sondern auch noch durch eine Putzstelle dazu beitrug, den Lebensunterhalt der Familie zu sichern.

Sie bat die Beamten in das Wohnzimmer, wo ein Kleinkind auf einer Decke auf dem Boden spielte und fröhlich krähte, als es den unverhofften Besuch erblickte.

»Ich bin noch nicht dazu gekommen, aufzuräumen«, entschuldigte sich die junge Frau. »Einkaufen, das Mittagessen vorbereiten … Die beiden Großen kommen gleich aus der Schule. Kann ich Ihnen etwas anbieten?«, fragte sie, nachdem sie kleine Puppen, einen Teddybär und bunte Holzwürfel vom Sofa geräumt hatte, auf dem die Polizisten schließlich Platz nahmen.

Die Beamten verneinten.

Kirsten Schubert setzte sich in einen Sessel gegenüber. »Was ist mit meinem Vater?«

Der Hauptkommissar hob bedauernd die Schultern. »Wir wissen leider noch nichts Definitives. Wir ...«

»Sie haben einen Toten gefunden, nicht wahr?« Ihre Stimme war kaum zu hören. »Ist er es?«

Brischinsky holte tief Luft. »Es tut mir Leid, aber ... Ja, wir gehen davon aus, dass es sich bei der Leiche um Ihren Vater handelt.«

Sie schluchzte auf.

»Wir haben aber noch keine endgültige Gewissheit«, setzte der Kommissar schnell hinzu. »Deswegen sind wir hier.«

Der Kleine war an den Tisch herangerobbt und begann damit, einen Legostein zu verspeisen. Kirsten Schubert holte das Teil aus seinem Mund und schob die übrigen Klötzchen aus seiner Reichweite. Prompt begann das Kind mit einem Protestgeheul, das erst verstummte, als ihm seine Mutter einen Schnuller in den Mund steckte. Zufrieden widmete der Kleine sich wieder den Bauklötzen, die zu groß zum Verschlucken waren.

»Entschuldigung«, meinte die Frau und wischte sich die Hände an ihrer Jeans ab. »Wie kann ich Ihnen helfen?«

»Ich entnehme Ihrer Reaktion, dass sich Ihr Vater in der Zwischenzeit nicht gemeldet hat. Um den Toten zweifelsfrei identifizieren zu können, haben wir die Obduktion der Leiche veranlasst.«

»Kann ich ihn ...« Sie straffte sich. »Ich möchte ihn sehen.«

»Nein, das wird nicht möglich sein. Ich dachte eher ...«

»Was ist passiert?« Ihre Stimme klang leicht hysterisch. »Warum lassen Sie mich nicht zu meinem Vater?«

Brischinsky beugte sich vor und sagte beruhigend: »Es gab eine heftige Explosion, Frau Schubert. Und anschließend einen Brand. Sie sollten sich das ersparen.«

Kirsten Schubert war sichtbar erschüttert. »Verbrannt?«

Brischinsky nickte.

Sie griff zur Zigarettenschachtel und hantierte unsicher mit dem Feuerzeug. Baumann kam ihr zu Hilfe.

»Danke.« Sie inhalierte tief. »Wie kann ich Ihnen helfen?«, wiederholte sie ihre Frage.

»Wissen Sie, bei welchem Zahnarzt Ihr Vater in Behandlung war?«

Sie dachte einen Moment nach. »Bei Doktor Semering, glaube ich.«

»In Recklinghausen?«

»Ja, in Suderwich.«

Sie blies den Zigarettenrauch in Brischinskys Richtung. Der verspürte sofort ein heftiges Verlangen und fixierte mit seinen Augen die Zigarettenschachtel.

Kirsten Schubert bemerkte den Blick. »Oh, es stört Sie, wenn ich rauche?«

»Nein, nein«, versicherte Brischinsky.

»Möchten Sie vielleicht auch?« Sie reichte dem Beamten die Schachtel.

Bevor der Hauptkommissar reagieren konnte, schaltete sich Baumann ein. »Nein, danke. Wir rauchen nicht. Eine Frage noch.«

»Ja?«

»Hat Ihnen Ihr Vater in letzter Zeit von Streitigkeiten erzählt? Mit Nachbarn zum Beispiel. Oder mit Freunden und Bekannten?«

»Nein, nie. Warum fragen Sie?«

Die beiden Kriminalisten antworteten nicht.

Sie sah von einem zum anderen. »Von welcher Polizei sind Sie eigentlich?« Ihre Stimme klang beherrscht.

»Wir sind von der Mordkommission«, erwiderte Brischinsky ruhig.

»Ich dachte, die Gasexplosion war ein Unfall.«

Baumann schüttelte den Kopf.

Ihre mühsam gewahrte Selbstbeherrschung brach zusammen. »Wer hat meinen Vater umgebracht?«, schrie sie so heftig und unvermittelt, dass sich der Kleine erschrak, zu seiner Mutter schaute und ebenfalls das Gesicht verzog. »Wer?«

»Wir stehen erst am Anfang unserer Ermittlungen, Frau Schubert. Wir wissen ja noch nicht einmal mit Sicherheit, ob es sich bei dem Toten wirklich um Ihren Vater handelt.« Brischinsky tätschelte ihre linke Hand. Viel half diese Geste nicht.

Kirsten Schubert weinte heftig. Ihre Stimme war kaum zu verstehen. »Wer soll es denn sonst sein?«

Als sie wieder in ihrem Wagen saßen, telefonierte der Hauptkommissar mit der Staatsanwaltschaft Bochum, die in Recklinghausen eine Nebenstelle unterhielt. Die sollte eine richterliche Verfügung beantragen, damit der Zahnarzt von seiner ärztlichen Schweigepflicht entbunden und zur Herausgabe der Patientenunterlagen Theo Bauers veranlasst werden konnte.

»Manchmal denke ich darüber nach, meine Versetzung zu beantragen«, sinnierte Rüdiger Brischinsky, als Baumann den Passat auf die Autobahn steuerte.

»Und wohin?« Baumann sah belustigt zu seinem Chef hinüber.

»Wirtschaftssachen. Keine Leichen, keine trauernden Angehörigen. Nur Akten, Kontoauszüge und jede Menge Geschäftsunterlagen.« Das Pochen in seinem rechten Fuß wurde stärker. Er musterte den Pantoffel. »Und kaum Verletzungsgefahr.«

»Wirtschaftskriminalität. Das dürfte nicht funktionieren.« Baumann setzte den Blinker und überholte eine Reihe Lastkraftwagen.

»Und warum nicht?«

»Mangelnde Fachkompetenz.«

»Wie meinst du das?«

»Ich war doch kürzlich auf dieser Informationsveranstaltung. Düsseldorf sucht jede Menge Beamte für diesen Bereich. Aber du musst mindestens einen Doktortitel in Betriebswirtschaft und einen in Informatik haben, um da landen zu können. Das ist … Der Kerl ist ja wohl völlig verrückt geworden.«

Baumann blickte in den Rückspiegel. An seiner Stoßstange klebte ein BMW der Oberklasse. Der Fahrer schaltete ununterbrochen das Fernlicht an und aus und nervte schließlich auch noch mit einem rhythmischen Hupstakkato.

»Und das bei hundertvierzig! Verfügt dieser Wagen über eine Signalkelle?«

»Lass doch den Spinner. Der hat es wahrscheinlich wirklich eilig«, sagte Brischinsky müde, drehte sich aber trotzdem um. Genau in diesem Moment machte der BMW-Fahrer dem Hauptkommissar erst den Effenberg, dann zeigte er ihm einen Vogel.

»Das geht eindeutig zu weit«, murmelte der Hauptkommissar, suchte und fand. Er ließ die Seitenscheibe herunter und platzierte das Blaulicht auf dem Dach des Passats. Dann schaltete er das Teil ein.

»Weißt du eigentlich noch, welches Formular bei Verkehrsdelikten auszufüllen ist?«, fragte er seinen Assistenten und hielt die Polizeikelle aus dem Fenster.

9

Rainer Esch hatte verschlafen und war erst in letzter Minute vor dem Sozialgericht in Gelsenkirchen angekommen. Da kein Parkplatz frei und der Richter für den pünktlichen Beginn seiner Verhandlungen bekannt war, stellte der Anwalt seinen Mazda auf der erstbesten Freifläche ab. Zugegeben, eine Feuerwehreinfahrt war als

Parkplatz nicht gerade erste Wahl, aber mangels anderer Alternativen ...

Mit wehender Anwaltsrobe hatte er den Gerichtssaal erreicht, um festzustellen, dass der Richter an diesem Montagmorgen seinerseits im Stau stand. Da dieser aber sein baldiges Eintreffen telefonisch angekündigt hatte, wagte Rainer es nicht, die Zeit zu nutzen und seine Karre woanders abzustellen.

Und dann erst das Verfahren! Sein Mandant Heinz Müller hatte gegen einen Bescheid des Rentenversicherungsträgers geklagt, der Müller eine Erwerbsunfähigkeit absprach und folgerichtig die entsprechenden Zahlungen verweigerte. Müller hatte daraufhin Rainer mit der beeindruckenden Schilderung seiner Gebrechen fast zu Tränen gerührt. Allerdings hatte der vom Gericht bestellte Gutachter nicht mit gleicher Anteilnahme reagiert und in einem dem Bericht beigelegten Brief geschrieben, Müller leide an einer *aggravatio permagna*. Von einer solchen Krankheit hatte Rainer noch nie etwas gehört. Mit Hilfe diverser Nachschlagewerke fand er heraus, was der Gutachter zu verstehen geben wollte: Müller war ein Hypochonder, wenn nicht sogar ein Simulant. Aber Rainer war selbstständiger Anwalt und kein Sozialpolitiker. Deshalb hatte er das Verfahren weiter seinen Gang gehen lassen.

Beim Gerichtstermin nun zitierte der Richter die diversen Gutachten und erläuterte als Ergebnis der Beweisaufnahme, dass nach seiner Ansicht der ablehnende Bescheid der Versicherung im Wesentlichen seine Richtigkeit habe. Ehe Rainer ihn bremsen konnte, war Heinz Müller aufgesprungen und hatte empört gefragt, warum bisher die Tatsache ignoriert würde – auch von seinem unfähigen Anwalt – dass er unter einer *aggravatio permagna* leide.

Anschließend hatte Müller triumphierend in die Runde geschaut, Rainer einen vernichtenden Blick zugeworfen und sich wieder gesetzt. Damit war die Sache endgültig gelaufen. Richter, Beisitzer und gegnerischer Bevollmächtigter bewahrten nur mühsam ihre Fassung.

Sie verloren mit Pauken und Trompeten und Esch wurde auf dem Flur von seinem Mandanten mit bitteren Vorwürfen und wüsten Beschimpfungen überhäuft.

Als er später zu seinem Cabrio zurückgekehrt war, war sein Wagen zwar nicht abgeschleppt worden, aber ein freundliches und unmissverständliches Schreiben der Stadtverwaltung hinter seinem Scheibenwischer informierte ihn darüber, dass er mit einer Anzeige rechnen müsse. Und schließlich hatte Esch auf der Rückfahrt nach Herne auch noch einen Unfall verschuldet, der den rechten Scheinwerfer und einen Teil der Stoßstange seines Mazdas ruiniert sowie einen kleinen Kratzer am Heck eines unvermittelt vor ihm bremsenden neuen Mercedes verursacht hatte.

Rainer hatte sich in sein Büro zurückgezogen und überlegt, den Rest seiner Arbeitszeit in einem Herner Straßencafé zu verbringen, um dort verantwortungsvollen Aufgaben nachzugehen: ein kühles Bier trinken und den *Kicker* lesen.

Ihm war nur noch nicht ganz klar gewesen, wie er das Elke erklären sollte. Seine Freundin hatte ihm diese Entscheidung abgenommen. Sie war mit zwei Ordnern, die Rainer sofort wegen ihrer knallroten Signalfarbe identifizieren konnte, unter dem Arm in sein Büro gekommen. Die Steuerordner.

Nach einer Schrecksekunde hatte er Elke gefragt: »Sollen die Dinger jetzt bei mir in den Schrank?«

Sie hatte nur den Kopf geschüttelt. »Der Steuerberater hat uns schon zum dritten Mal geschrieben. Du hast deine Abrechnung vom letzten Jahr immer noch nicht gemacht.« Sie beugte sich zu ihm herunter und drückte Rainer einen Kuss auf die Stirn. Dann entzog sie sich seinem Griff. »Erst die Arbeit ...«

Rainer war gern Anwalt, aber nur ungern Unternehmer. Leider war das eine nicht ohne das andere zu haben. So hockte er jetzt vor einem Berg von Kontoauszügen und ordnete die Buchungen fluchend und zähneknirschend Rechnungen zu, die vor mehr als einem Jahr geschrieben worden waren.

Um zwei Uhr nachmittags war der Stapel nur unwesentlich kleiner geworden. Wenn es sich bei jeder Rechnung um vierstellige Beträge gehandelt hätte, wäre die Arbeit leichter zu ertragen gewesen. Nur leider beliefen sich die Honorare selten auf mehr als zwei-, dreihundert Euro. Der Durchschnitt lag bei knapp einhundertfünfzig Schleifen. Nicht gerade überwältigend. Wenn Elke und ihre guten Kontakte zu Recklinghäuser Geschäftsleuten nicht gewesen wären, hätte Rainer schon längst das Handtuch werfen und wieder als Taxifahrer arbeiten müssen. In Momenten wie diesen war er sich nicht einmal sicher, ob das nicht erstrebenswerter war.

Martina Spremberg öffnete die Tür. »Eine Arbeitsrechtssache. Unangemeldet. Übernimmst du?«

Mit einem erleichterten Seufzen klappte Rainer die Aktenordner zu. »Klar. Hilf mir bitte, die Sachen hier wegzuräumen.«

Rainers neue Mandantin war etwa Anfang vierzig, vollschlank und wirkte sehr gepflegt.

»Mein Name ist Margit Krämke.« Ihr Händedruck hätte jedem Bauarbeiter zur Ehre gereicht. »Ich bin, nein: Ich war bis Freitag letzter Woche in der *Neukreuz-Apotheke* in Bochum beschäftigt.«

Rainer kannte den Laden. Eine große Apotheke im Ruhr-Park, dem Einkaufszentrum auf der grünen Wiese zwischen Bochum und Dortmund.

»Am Freitag hat mein Chef mir die Kündigung in die Hand gedrückt. Einfach so. Nach über zwanzig Jahren. Kann der das so einfach machen?« Sie schob ihr Kinn energisch vor.

»Sind Sie rechtsschutzversichert?«, fragte Rainer im Gegenzug, weil er das Grundprinzip einer halbwegs ökonomisch arbeitenden Anwaltskanzlei mittlerweile von Elke gelernt hatte: Ohne Schuss kein Jus.

»Natürlich.« Die Frau kramte in ihrer Handtasche und schob schließlich mehrere zusammengefaltete Schreiben über den Tisch. »Meine Versicherungspolice. Und die Kündigung.«

Rainer warf einen flüchtigen Blick auf die Unterlagen und zog die Augenbrauen hoch. Seine neue Mandantin war bei einer Gesellschaft versichert, mit der ihre Sozietät keine besonders guten Erfahrungen gemacht hatte. Von wegen des Anwalts Liebling!

Das Kündigungsschreiben war ebenso knapp wie nichts sagend. *Sehen wir uns aus wirtschaftlichen Gründen leider gezwungen, das mit Ihnen bestehende Arbeitsverhältnis zum …*

»Wie viele Beschäftigte arbeiten in der Apotheke?«, erkundigte er sich.

»Sieben.«

»Mit dem Inhaber?«

»Ja. Und seiner Frau.«

Auch das noch. Die mitarbeitende Ehefrau des Inhabers. War diese nun Belegschaftsmitglied oder nicht? Davon hing es ab, ob die für das Kündigungsschutzgesetz relevante Beschäftigungszahl von fünf erreicht wurde.

»Hat die Frau des Inhabers ein Gehalt bekommen?«

»Is das wichtig?«

Rainer nickte.

»Ich glaube, ja.«

Also fünf. Das Kündigungsschutzgesetz griff. »Hat bei Ihrer Kündigung eine Sozialauswahl stattgefunden?«

»Eine was?« Margit Krämke sah ihn entgeistert an.

Aha. Vermutlich keine Sozialauswahl. Das erleichterte das Verfahren erheblich. Zwanzig Beschäftigungsjahre. Das machte etwa zehn Monatsgehälter als Abfindung. Das wären als Streitwert …

»Wie viel haben Sie verdient?«

»Zwei brutto.«

Zwanzigtausend Euro Abfindung. Fünf Monatsbrutto Streitwert. Zwei Dutzend solcher Mandate alle vier Wochen und er müsste nur noch jeden zweiten Tag in sein Büro kommen. Halbtags.

Rainer reichte Margit Krämke eine Vollmacht. »Wenn Sie bitte unterschreiben. Wir werden die Kündigung wegen fehlerhafter Sozialauswahl anfechten und das Fortbestehen des Arbeitsverhältnisses beantragen.«

»Ich muss dann wieder dort arbeiten?«

Diese Frage hatte Rainer erwartet. Er kannte kaum einen Kündigungsschutzprozess, bei dem einer der beiden Seiten ein gesteigertes Interesse an einer Weiterbeschäftigung hatte. »Ja.«

Sie wirkte enttäuscht.

»Es sei denn, Ihnen kann eine Weiterbeschäftigung nicht zugemutet werden.«

Margit Krämke erhob sich fast. »Das können Sie laut sagen. Ich will ja hier nicht aus der Schule plaudern, aber ...« Sie machte eine abwertende Handbewegung. »Nur gut, dass ich da weg bin. Irgendwie ist da doch auch jede Menge Schmu gelaufen.«

Rainer interessierte die schmutzige Wäsche, die in solchen Fällen meistens gewaschen wurde, herzlich wenig. Er dachte an den *Kicker* und das Bier. »Sie möchten also nicht weiterbeschäftigt werden?«

Seine Mandantin schüttelte heftig den Kopf.

»Gut. Das sollten Sie aber für sich behalten. Sonst ...«

»Von mir erfährt keine Menschenseele was.«

»Wir werden also versuchen, die Unzumutbarkeit feststellen zu lassen, und dann eine Abfindung ...«

»Wie hoch wäre die?«, unterbrach ihn die Frau.

»Das kann ich Ihnen nicht genau sagen. Die Regelabfindung beträgt einen halben Bruttolohn für jedes Beschäftigungsjahr.«

Als er bemerkte, dass Margit Krämke in Gedanken dabei war, den Geldsegen bereits auszugeben, setzte er schnell hinzu: »Einen Teil müssen Sie aber versteuern.«

Die Dollarzeichen in den Augen der Rechtssuchenden blinkten nicht mehr so heftig. »Wie viel?«

»Das müsste ich nachschlagen. Ich werde Ihnen den Betrag bei unserem nächsten Gespräch nennen. Jetzt gehen Sie zum Arbeitsamt und melden sich arbeitslos. Wir sehen uns dann in einigen Wochen wieder.«

Er zog seine Mandantin fast aus dem Stuhl und schob sie Richtung Bürotür. »Auf Wiedersehen, Frau Krämke.«

Als sie gegangen war, überprüfte er die Uhr. Halb drei. Und die Luft in seinem Büro wurde auch immer stickiger. Kurz entschlossen marschierte er Richtung Kanzleiausgang. Da die Tür zu Elkes Büro geschlossen war, rief er ins Vorzimmer: »Hat Elke Mandanten?«

»Ja«, antwortete Martina Spremberg. »Eine Scheidungssache. Die Frau ist völlig aufgelöst.«

Rainer verstand. Da konnte er nicht stören. »Sag Elke bitte, dass ich in einer Stunde wieder da bin. Ich habe noch etwas zu erledigen.«

Dann fiel die Tür hinter ihm ins Schloss.

10

»Feinde?« Klaus Lehmann spielte nervös mit seiner Zigarettenschachtel. »Wie soll ich das verstehen?«

Rüdiger Brischinsky meinte nicht, seine Frage unklar formuliert zu haben. »Am besten wörtlich.«

Sie saßen auf schweren Ledermöbeln im Wohnzimmer des Apothekerehepaares und blickten durch raumhohe Fenster auf einen mit Schilf bewachsenen Teich, der gut die Hälfte des großen Gartens einnahm. Die Fenster waren geschlossen. Im Zimmer war es angenehm kühl. Eine Klimaanlage, vermutete Baumann. Riesige Regale mit Büchern bedeckten zwei Wände. An der dritten

Wand hingen moderne, großformatige Ölgemälde, die Brischinsky an die künstlerischen Produkte seines vierjährigen Nachbarskindes erinnerten.

Heiner Baumann hatte, als sie den Raum betraten, mit Kennerblick die große Sammlung von Science-Fiction-Romanen bewundert, darunter auch die Abenteuer Perry Rhodans, in Leinen gebunden und mit Goldbesatz.

»Komplett?«, hatte er Klaus Lehmann gefragt.

»Ja. Selbstverständlich erste Auflage«, hatte dieser mit Besitzerstolz geantwortet.

Baumann war gebührend beeindruckt gewesen. Jetzt hielt er seinen Notizblock auf dem Oberschenkel und wartete darauf, dass Lehmann eine Aussage machte, die notierenswert war.

Der Apotheker steckte sich eine Zigarette an. »Ich bin Geschäftsmann. Natürlich gibt es hier und da Unstimmigkeiten. Mit Lieferanten zum Beispiel. Aber deshalb von Feindschaft sprechen? Nein, das geht zu weit.« Er warf einen Blick zu seiner Frau, die neben ihm auf dem Sofa saß und ein Gesicht machte, als ob sie das alles überhaupt nichts anging. Maria Lehmann war Anfang vierzig, schlank und braun gebrannt. Baumann waren ihre Hände sofort aufgefallen. Feingliedrig wie die einer Klavierspielerin, perfekt maniküret. Und auch ansonsten erweckte Maria Lehmann den Eindruck, gerade auf dem Weg ins Opernhaus gewesen zu sein.

»Hat es in letzter Zeit Unstimmigkeiten gegeben?«

Lehmann dachte nach. »Nein, eigentlich nicht.«

»Wann dann?« Brischinsky gewann mehr und mehr den Eindruck, dass sie ihre Zeit vergeudeten.

»Na ja, vor etwa einem Jahr war etwas ...« Der Apotheker zögerte. »Ich weiß wirklich nicht, ob ich ...«

»Keine Sorge«, ermunterte ihn der Hauptkommissar und grinste breit. »Wir erzählen es nicht weiter.«

»Na gut. Ein Patient benötigte ein sehr starkes Schmerzmittel. Lungenkrebs. Im Endstadium. Sie verstehen?« Lehmann blickte skeptisch auf seine Zigarette. »Ein stark morphiumhaltiges Präparat. Eigentlich sollten solche Medikamente nur im Krankenhaus verabreicht werden. Die Gefahr eines Missbrauchs ist zu groß. Aber das ist meine persönliche Meinung.«

»Sie meinen, ein Patient könnte das Medikament verkaufen?«, warf Baumann ein.

Lehmann lachte kurz auf. »Das nun nicht gerade. So schwer erkrankte Menschen benötigen diese Mittel wirklich. Nein, Suizidgefahr. Zwanzig von den Kapseln und finito. Deshalb wird streng auf die Packungsgröße geachtet. Nie mehr als zehn Kapseln pro Woche.«

»Aber der Patient könnte doch den Packungsinhalt von zwei oder drei Wochen …«, warf Baumann ein.

»Die Schmerzen wären unerträglich, glauben Sie mir.«

»Was war nun mit dem Mittel?«, lenkte Brischinsky das Gespräch wieder in die ursprüngliche Bahn.

»Wir beziehen unsere Medikamente in der Regel von einem Grossisten aus Münster. In diesem Fall aber hatte er das Präparat nicht vorrätig. Also sind wir auf einen Zwischenhändler in Köln ausgewichen, mit dem wir bis dahin keine Geschäftsbeziehungen unterhielten. Als dieser lieferte, war weder meine Frau noch ich in der Apotheke. Die Lieferung hat unzulässigerweise eine Auszubildende angenommen und quittiert. Später, bei der Kontrolle der Ware, fehlten fünf Packungen des Schmerzmittels. Unsere Auszubildende, sie ist im Übrigen immer noch bei uns, schwört Stein und Bein, dass ihr die Medikamente nicht übergeben wurden.« Lehmann zuckte mit den Achseln. »Allerdings hat sie den Empfang quittiert. Obwohl wir ihr geglaubt haben, lag die Beweislast bei uns. Wir haben sogar einen Rechtsanwalt eingeschaltet. Leider umsonst. Wir mussten zahlen.«

»Ein solcher Aufwand wegen fünf Packungen Pillen?«, wunderte sich Baumann.

»Diese Medikamente sind nicht nur sündhaft teuer, sondern machen, über längere Zeit eingenommen, abhängig. Außerdem können sie als Heroinersatz dienen. Wir heben solche Präparate in besonders gesicherten Bereichen auf. Der so genannte Giftschrank, Sie verstehen. Und wenn solche Medikamente einfach verschwinden ... Es gab eine Untersuchung der Apothekerkammer, die – es ist mir etwas unangenehm, darüber zu sprechen – mit einer Verwarnung abgeschlossen wurde. Wir hatten fahrlässig unsere Sorgfaltspflicht verletzt.«

»Das war alles?« Brischinsky schien fast enttäuscht.

»Uns hat es gereicht. Wir haben alle Geschäftsbeziehungen zu diesem Lieferanten abgebrochen.«

»Wie heißt der Händler?«, fragte Baumann.

»Irgendetwas mit Medica, Medico ... Erinnerst du dich an den genauen Namen?« Lehmann sah zu seiner Frau hinüber. Die schüttelte den Kopf.

»Ich müsste in meinen Unterlagen ... Nein, das geht ja wohl nicht. Zumindest nicht so schnell. Oder wann dürfen wir wieder in unser Haus?«

»Keine Ahnung.« Brischinsky schielte auf die Zigarettenpackung.

»Aber unser Anwalt hat die Unterlagen sicher noch. Hat das noch etwas Zeit? Ich könnte ihn morgen anrufen.«

»Das reicht. Danke. Herr Lehmann, haben Sie Schulden?« Der Hauptkommissar behielt den Befragten genau im Auge.

Stattdessen antwortete überraschend die Apothekerin. »Schulden? Herr Hauptkommissar«, sie machte eine raumgreifende Armbewegung. »Ich möchte nicht überheblich erscheinen, aber sieht das hier so aus, als ob wir verschuldet wären?« Sie warf ihr Haar nach hinten und lächelte kalt. Dann lachte sie kurz auf. Es klang gekünstelt.

Dem Kommissar imponierte das Gehabe der Frau wenig. »Es wurden schon ganze Volkswirtschaften auf Pump gebaut und später ... Pffft.«

Die Analogie seines Vorgesetzen erinnerte Baumann schmerzlich an seine Aktien. Im Sommer 1999 hatte er einen größeren Geldbetrag in einen Investmentfonds investiert, der ausschließlich Technologiewerte des Neuen Marktes umfasste – darunter auch einige Firmen, die sich in der Biotechnik engagiert hatten. Bis zum März 2000 hatte der Kommissar fasziniert und mit freudigem Erstaunen zur Kenntnis genommen, dass sich sein Anlagevermögen fast verdreifacht hatte. Obwohl alle Welt von einer Kursblase sprach, die irgendwann platzen würde, kam ein Verkauf für Baumann nicht infrage. Die Spekulationsfrist war noch nicht abgelaufen und er war zu geizig gewesen, seinen steuerlichen Obolus an den Staat abzuführen. Also hatte er gewartet. Und dann hatte jemand mit einer Nadel in die Blase gepikst ... Pffft. Aber sein Geld war ja nicht verschwunden, sondern gehörte jetzt lediglich einem anderen. Trösten konnte ihn das nicht.

»Ich kann verstehen, worauf Sie hinauswollen, Herr Kommissar«, sagte Klaus Lehmann. »Aber Ihre Annahme ist unbegründet. Selbstverständlich sind die Apotheke und das Haus in der Schulstraße versichert. Das Gebäude selbst war tatsächlich verschuldet. Zinszahlungen sind für uns Betriebsausgaben und damit steuerlich abzugsfähig. Wir wären schlechte Geschäftsleute, wenn wir anders gehandelt hätten. Die Versicherung wird uns natürlich entschädigen. Insofern ist die Zerstörung des Hauses ökonomisch kein Nachteil. Nur wissen wir nicht, wann wir unsere Tätigkeit wieder aufnehmen können. Und diese Verluste werden durch andere Versicherungen nur unzureichend abgedeckt. Unterm Strich werden wir Geld verlieren, das ist sicher. Wir werden zwar nicht am Hungertuch nagen müssen, aber ...«

Baumann schmunzelte verstohlen. Er konnte das Elend der beiden förmlich vor Augen sehen. Möglicherweise müssten Lehmanns sogar die Sammlung der Perry-Rhodan-Hefte verkaufen. Die Erstauflage! Ein schrecklicher Gedanke.

»Unser Haus hier ist schuldenfrei. Schauen Sie ins Grundbuch.« Lehmann lehnte sich zurück.

Brischinsky winkte müde ab. Er hatte keinen Grund, dem Apotheker nicht zu glauben. Trotzdem sah er kurz zu Baumann. Der verstand und machte sich eine Notiz. Sie würden die Angaben überprüfen.

Lehmann griff erneut zur Zigarettenschachtel und erntete einen neidischen Blick des Hauptkommissars.

»Gab es Ärger mit Nachbarn oder Kunden?«, setzte Brischinsky die Befragung fort.

»Nein, eigentlich nicht.«

»Eigentlich?«

Maria Lehmann untersuchte schon seit einigen Minuten mit Hingabe ihre Fingernägel. Sie schien das Ganze nicht zu interessieren. Obwohl sie kaum etwas gesagt hatte, ging Baumann ihre Blasiertheit auf die Nerven.

»Nennen Sie mir einen Einzelhändler, der nicht von Zeit zu Zeit unzufriedene Kunden hat. Da kommt die Oma und beschwert sich, weil ihr Blasentee nicht wirkt. Ein anderer gibt dutzende von Euros für Grippemittel aus und liegt trotzdem flach ...«

»Mit Arzt dauert die Erkältung vierzehn Tage und ohne zwei Wochen«, zitierte Brischinsky den alten Kalauer.

Lehmann nickte. »So ist es.«

Der Hauptkommissar zauberte eine Kassette aus der Tasche. »Sie haben doch sicherlich einen Rekorder?«

»Selbstverständlich. Aber warum ...?«

»Ich habe hier den Mitschnitt eines Anrufes, der bei der Feuerwache eingegangen ist. Vielleicht können Sie den Anrufer identifizieren.«

Der Hauptkommissar reichte Lehmann das Band.

Der stand auf. »Die Anlage steht nebenan.«

Nach zwei Minuten kehrte er zurück, eine Fernbedienung in der Hand. Er richtete das Infrarotsignal auf die Bücherwand und Sekunden später erklang die Stimme des unbekannten Anrufers. Brischinsky musterte das Apothekerehepaar aufmerksam.

»Nie gehört.« Maria Lehmann war anscheinend mit ihren Gedanken ganz woanders.

»Ich schließe mich an«, meinte Lehmann und erhob sich wieder, um das Band zu holen. Als er zurückkehrte, blieb er im Türrahmen stehen. »Haben Sie sonst noch Fragen, meine Herren?«

Die Beamten verabschiedeten sich und verließen die Villa.

Im Wagen lehnte sich der Hauptkommissar zurück und schloss die Augen. Sein Fuß schmerzte höllisch.

11

Rainer Esch kämpfte tapfer und erfolglos gegen seinen Kater an und versuchte, sich auf den Schriftsatz in Sachen Krämke gegen *Neukreuz-Apotheke* zu konzentrieren. Es gelang ihm nicht. Fluchend knallte er das Mikrofon des Diktiergerätes auf den Tisch und holte den Steuerordner aus dem Schrank. Wenigstens zum Sortieren und Abheften von Kontoauszügen dürfte er an diesem Morgen in der Lage sein. Außerdem würde es Elke besänftigen, wenn er die Unterlagen in Ordnung brachte.

Sie war alles andere als begeistert gewesen, als er gestern gegen halb acht wieder in ihrer Kanzlei aufgetaucht war. Aus der ursprünglich geplanten Stunde im Café waren fast fünf geworden und es war auch nicht bei einem Bierchen geblieben. Aber es war ja nun wirklich nicht seine Schuld gewesen, dass ihm, gerade als er das

Lokal verlassen wollte, ausgerechnet Kurt Schaklowski über den Weg gelaufen war, den er seit früher Kindheit kannte. Kurt, schon seit Jahren arbeitslos, hatte bis ins letzte Detail seine Auseinandersetzung mit dem Arbeitsamt vor ihm ausgebreitet und um juristischen Rat gebeten. Aus alter Freundschaft hatte ihm Rainer den Gefallen getan und im Gegenzug – sozusagen als Aufwandsentschädigung – ließ Schaklowski ein Bier nach dem anderen anrollen.

Gegen sechs hatte Rainer vergessen, dass er Elke versprochen hatte, mit ihr am Abend essen zu gehen. Sie müsse dringend mit ihm reden, hatte sie gesagt. Und als er ihr dann später gestehen musste, dass er nicht nur die Uhrzeit verbaselt, sondern sich auch noch mit zwei Hamburgern voll gestopft hatte, war sie wortlos aufgesprungen und hatte die Tür hinter sich zugeknallt. Rainer hatte die Nacht allein in seiner Bude verbringen müssen.

Es wurde Zeit, dass sie endlich eine geeignete Wohnung fanden! Nach längerem Zögern hatte Elke vor knapp zwei Wochen überraschend ihren Widerstand aufgegeben und sich bereit erklärt, mit ihm zusammenzuziehen. Rainer hatte die Begründung seiner Freundin gegen einen gemeinsamen Hausstand ohnehin nie so richtig nachvollziehen können. So unordentlich war er wirklich nicht. Schließlich putzte er doch mindestens ein Mal im Monat. Er hörte auch nicht ununterbrochen die Stones. Die ein oder andere Platte der Beatles befand sich natürlich auch in seiner Sammlung. Elkes schlechte Erfahrungen mit seinem Vorgänger akzeptierte Rainer zwar, sie waren aber in seinen Augen kein wirkliches Argument. Und ihre Erklärung, dass sie ein wenig Abstand von ihm brauche, dass sie sich ohnehin täglich in ihrem Büro sehen würden, hatte ihm auch nicht eingeleuchtet. Er hätte sie vierundzwanzig Stunden täglich um sich haben können. Aber das war jetzt egal. Sie mussten nur etwas Geeignetes finden. Allerdings war das nicht so einfach. Entweder waren die Wohnungen zu teuer, zu klein oder die Lage sagte ihnen nicht zu.

Der große Blumenstrauß, mit dem er ziemlich zerknirscht heute Morgen vor ihrem Schreibtisch aufgetaucht war, hatte ihm nicht die erwartete Absolution gebracht. Ihr Blick war finster geblieben und zu mehr als einem knappen »Danke« hatte es nicht gereicht.

Gegen Mittag steckte er vorsichtig die Nase aus seinem Büro, um die Lage zu sondieren. Die Tür zu Elkes Zimmer war geschlossen. »Sind Mandanten bei ihr?«, erkundigte sich Rainer leise.

»Nein«, antwortete Martina Spremberg und setzte den Kopfhörer wieder auf, um den Schriftsatz fertig zu stellen.

»Nun hör doch bitte einen Moment auf zu schreiben.«

»Das ist eine Fristsache.« Martina tippte weiter.

Kurz entschlossen zog Rainer den Stecker aus dem Wiedergaberekorder. »Ich möchte mit dir reden.«

Martina blickte wütend zu ihm auf: »Sie hat sich gestern den ganzen Tag auf den Abend mit dir gefreut. Außerdem wollte sie etwas Wichtiges mit dir besprechen. Und was machst du? Haust dir die Birne voll. Habt ihr Kerle eigentlich nichts anderes im Kopf?«

Martina Spremberg war seit dem ersten Tag bei ihnen und hatte die Kanzlei mit aufgebaut. Mit knapp dreißig war sie fast fünfzehn Jahre jünger als Rainer, verstand aber von der Organisation einer Anwaltskanzlei mehr als Elke und Rainer zusammen. Sie hatte in einer der großen Anwaltsfabriken in Essen gelernt und war nach ihrer Ausbildung dort ziemlich schnell zur Bürovorsteherin aufgestiegen. Obwohl sie bei Elke und Rainer deutlich weniger verdiente als in ihrem alten Job, hatte sie gewechselt. Sie hatte die größere Verantwortung und die Zusage gereizt, am Gewinn der Sozietät beteiligt zu werden. Obwohl diese Beteiligung regelmäßig gegen null tendierte, war sie geblieben. Nicht zuletzt deshalb, weil die drei mittlerweile so etwas wie Freundschaft verband.

»Was wollte sie denn mit mir besprechen?«

»Keine Ahnung. Aber wenn dir deine Kumpel wichtiger sind ...«

»Muss ich mich jetzt auch noch bei dir rechtfertigen?«

»Nein, das musst du nicht. Aber meine Meinung werde ich ja wohl sagen dürfen, oder?«

Weibliche Solidarität. Dagegen war er als einzelner Mann chancenlos. Ein taktischer Rückzug war angesagt. »Haben ihr meine Blumen gefallen?«

»Auch wieder typisch. Ein Blumenstrauß hier, ein Brilli da und alles ist wieder in Ordnung, nicht wahr?«

»Hängt vom Vergehen ab, denke ich. Und von der Größe des Schmuckstücks.«

Martina lachte unwillkürlich auf. »Bei mir vielleicht. Aber nicht bei Elke.«

»Was hat sie dir erzählt?«

»Nichts.«

Rainer kam ein Gedanke. »Hat sie heute noch Termine?«

»Bis gegen drei ist sie bei Gericht. Danach ist nichts mehr.«

»Gut. Bist du so nett, rufst im *Forsthaus* an und reservierst einen Tisch?«

»Heute ist Dienstag.«

»Und?«

»Ihre Doppelkopfrunde.«

Richtig, seit etwa einem Jahr traf sich Elke mit befreundeten Juristinnen regelmäßig zum Doppelkopf. Rainer hatte sich einmal der illustren Runde anschließen wollen, war aber von Elke mit der Bemerkung abgefertigt worden, dass die Freundinnen keine Lust hätten, sich den ganzen Abend dumme Männersprüche über die angeblichen Fehler Karten spielender Frauen anzuhören.

»Dann für morgen Abend.«

»Morgen hat sie einen auswärtigen Termin in Köln. Das wird spät.«

»Seit wann bestimmst du, wann ich mich mit meiner Freundin treffe?« Das klang harscher als beabsichtigt.

»Wie du meinst.« Martina wirkte verschnupft.

Natürlich hatte sie Recht. Der Prozess in Köln konnte sich hinziehen. Beweisaufnahme. Mindestens sechs Zeugenvernehmungen. Ein ziemliche Schlaucherei. Und anschließend hatte Elke in der Regel nur noch Lust auf ihre Couch und etwas Musik oder Glotze – und keine auf ein romantisches Candle-Light-Dinner.

Rainer seufzte. In den alten Zeiten hatte er zwar keine Anwaltkanzlei besessen, dafür aber wenigstens seine privaten Verabredungen ohne Kalender und Sekretärin treffen können. »Entschuldigung. Was ist mit Donnerstag?«

Martina nickte. »Sieben Uhr?«

»Ja. Und bitte auf der Terrasse. Den Tisch ganz hinten.«

»Geht klar.«

Der Anwalt drehte sich um.

»Rainer?«

»Ja?«

»Deine Zeitung.« Sie drückte ihm die *WAZ* in die Hand.

Er machte es sich in seinem Sessel bequem und faltete die Zeitung auseinander. An einem Kommentar des Chefredakteurs blieb er hängen. Der Journalist äußerte sich dermaßen staatstragend über den Bundesaußenminister und dessen angebliche Jugendsünden, dass Rainer sich fast an seinem Mineralwasser verschluckte. War das wirklich der Typ, der vor einem Vierteljahrhundert die erste Herner Alternativkneipe mitgegründet hatte?

Rainer kam der Song Bob Dylans in den Sinn. *The times the are a-changin'.*

Das galt auch für ihn. Früher an der Uni Mitglied der Rote Zelle Jura, heute erwog er den Eintritt in die SPD – natürlich nur aus taktischen Überlegungen. So konnte er vielleicht das eine oder andere Mandat an Land ziehen, redete er sich ein. Auch nicht unbedingt ein Beispiel für einen gradlinigen Lebenslauf.

Er blätterte weiter. Im Sportteil kein Fußball, sondern nur der Rück- und Ausblick auf irgendein Autorennen, bei denen die Fahrer in hoch echnisierten Maschinen mehr lagen als saßen und für ein fürstliches Salär im Kreis herumfuhren.

Und dann erst der Lokalteil! Waren die Sportseiten ohne Bundesliga nur zum Gähnen, musste der geneigte Leser während der Sommermonate den Eindruck gewinnen, dass sich die Lokalredakteure jeden Morgen haareraufend fragten, ob sich ihr Publikum mit der Jahreshauptversammlung der Interessengemeinschaft Streichelzoo oder dem 578. Leserbrief zum Thema *Warum bringt mich die projektierte forensische Klinik in Wanne um den Schlaf?* langweilen sollte.

Heute war das allerdings anders. Auf der ersten Seite des Herner Teils blieb Rainers Blick an einem zweispaltigen Foto hängen. *Wer kennt diesen Mann?,* fragte die Überschrift darüber. Der Anwalt musste nicht lange überlegen. Er hatte dem Mann noch vor vier Tagen hier in seinem Büro gegenübergesessen. Der Tote auf dem Bild war der leukämiekranke Horst Mühlenkamp.

12

Ihm war nicht ganz wohl bei der Sache. Einen CD-Player im Elektronikmarkt mitgehen lassen und dann verticken, okay. Das lief anonym ab, solange man nicht erwischt wurde, natürlich. Aber das Ding hier?

Andererseits: Was sollte schon passieren? Im Grunde ging er kein Risiko ein. Er hatte sich mit Anita besprochen. Sie waren übereingekommen, dass er es einmal versuchen sollte. Dann würde man weitersehen.

In seiner Tasche trug er die Versicherungskarte eines Jens Libber, der in Essen in der Rellinghauser Straße wohnte. Die Karte sei echt, hatte ihm der Typ in dem dunklen Mercedes erklärt. Dieser Libber war zwei Jahre älter als er selbst, ebenfalls ein Junkie, aber nicht positiv. Und genau darauf kam es an. Libber hatte die Karte gegen eine kleine Gebühr aus der Hand gegeben. Erst in einigen Wochen würde er den Verlust bemerken und sie als gestohlen melden. Da war dann der Deal längst über die Bühne gegangen.

Snoopy hatte sich den Namen und die Adresse des Kartenbesitzers eingeprägt. Die Geschichte, die er dem Mediziner gestern bei seinem ersten Besuch erzählt hatte, war ihm flüssig über die Lippen gekommen. Er hatte dem Arzt wahrheitsgemäß gesagt, dass er Junkie und an Aids erkrankt sei. Vor einigen Wochen sei er nach Essen gezogen. Nein, in ärztlicher Behandlung sei er noch nicht gewesen. Dass er positiv war, habe man bei einer Blutspende festgestellt. Der Doktor hatte keinen Verdacht geschöpft, ihn untersucht, Blut abgenommen und für heute wieder in die Praxis bestellt.

Und jetzt hockte Snoopy alias Jens Libber im Wartezimmer der Arztpraxis am Viehofer Platz und blätterte in einer Illustrierten. Es war ziemlich heiß in dem Raum, obwohl alle Fenster offen standen und dann und wann ein leichter Luftzug durch das Zimmer zog. Rechts neben ihm schwitzte und schnaufte ein dicker Mann, der mindestens drei Zentner auf die Waage brachte. Ihm gegenüber redete eine junge Türkin beruhigend auf ihr Kleinkind ein, das sie sanft im Arm schaukelte.

Eine junge Frau im weißen Kittel öffnete die Tür. »Herr Klosse, bitte.«

Das Walross schraubte sich stöhnend aus dem Freischwinger und stampfte durch den Raum. Snoopy widmete sich wieder dem spannenden Liebesleben der oberen Zehntausend. Nach einigen Minuten legte er das Produkt der Regenbogenpresse zurück und schloss die Augen.

Fast wäre er eingenickt. Er registrierte erst spät, dass der nächste Aufruf ihm galt. »Herr Libber, bitte.« Die Sprechstundenhilfe hielt ihm die Tür auf. Snoopy folgte ihr über einen Flur und betrat ein Besprechungszimmer.

Der Arzt sah auf und reichte ihm die Hand. »Setzen Sie sich bitte.«

Gehorsam nahm der Junge auf dem Stuhl vor dem Schreibtisch Platz. Der Internist blätterte in irgendwelchen Unterlagen und sagte dann: »Ich will nicht lange herumreden. Es ist sicher. Sie sind HIV-positiv.«

Snoopy fragte sich, wie der Doc so schnell an das Ergebnis der Blutuntersuchung gekommen war. Das Resultat seines ersten Test hatte deutlich länger auf sich warten lassen.

»Das ist zunächst nur eine Diagnose, jedoch eine bestätigte. Es ist aber keinesfalls sicher, dass die Krankheit wirklich zum Ausbruch kommt. Und auch dann können wir durch geeignete Medikamentierung ...«

Snoopy hörte nicht mehr hin. Das Gesülze kannte er schon. Er schaute an dem Arzt vorbei auf die Regalwand in dessen Rücken. Neben diverser medizinischer Fachliteratur lagerten dort, zum Teil hinter Glas, Mineralien und Versteinerungen. Einige der Stücke waren von beeindruckender Größe.

»... die Medikamente stabilisieren das Immunsystem nur dann, wenn Sie die Einnahmeintervalle genauestens befolgen, da ...«

Ob die Teile etwas wert waren? Vor allem der große Abdruck in der Schieferplatte links erweckte Snoopys Aufmerksamkeit. Ein ähnliches Insekt hatte er auf einem Plakat gesehen, das für eine Ausstellung geworben hatte. Leute hatten Eintritt bezahlt, um sich die Versteinerungen anzugucken. Und hier lagen die Dinger quasi auf dem Präsentierteller. Er würde sich auf der Straße umhören. Vielleicht gab es ja Interessenten dafür.

»... einige Verhaltensmaßregeln mit auf den Weg geben. Verleihen Sie unter keinen Umständen Ihr Besteck, da sonst ...«

Der Junge amüsierte sich still. Was wusste der Typ schon vom Leben auf der Straße! Wenn einer den Affen machte, war dem alles egal. Der kannte keine Freunde. Der zog auch einem anderen Junkie, der sich gerade einen Schuss gesetzt hatte, die Pumpe aus dem Arm und drückte sie sich selbst in die Venen in der Hoffnung, einen kleinen Rest von dem Zeug zu ergattern. Das Besteck nicht verleihen. Dass er nicht lachte!

»... wäre ein freiwilliger klinischer Entzug in Ihrem Fall ...«

Entzug! Er hätte dem Klugscheißer erzählen können, wie sein Entzug damals ausgesehen hatte: drei Nächte in einer gepolsterten Zelle in dem Heim, in das ihn die Bullen geschleppt hatten. Er hatte gebrüllt und getobt. Sie hatten ihm keine Schmerzmittel verabreicht. Mit Methadon, damit könnte ein Entzug vielleicht klappen. Vielleicht. Aber kaum einer kam in die Programme. Zu teuer. Und zu geringe Erfolgsaussichten, stand in der Zeitung. Klinischer Entzug? Die vielen Namen der Leute, die er irgendwann irgendwo getroffen und die nicht nur einen Entzug hinter sich gebracht hatten, hatte er wieder vergessen. Wenn einen das Leben ankotzt, macht man sich nicht sehr viel aus den Namen von Toten.

»Die Medikamente reichen für eine Woche. Dann sehen wir uns wieder. Bitte vereinbaren Sie ...«

Der Junkie nickte folgsam.

Er wartete an der Theke im Vorraum, bis ihm eine der Praxisangestellten ein Rezept in die Hand drückte. Leicht beschwingt trat er auf die Straße. Alles war glatt gelaufen.

Sein Auftraggeber wartete wie vereinbart in dem dunklen Mercedes am Porscheplatz.

»Hast du das Rezept?«, fragte der Mann.

Snoopy holte den Wisch aus der Tasche und reichte ihn hinüber. Im Gegenzug erhielt er drei Braune.

»Morgen gehst du wieder in die Praxis. Sag dem Doc, du hättest das Rezept verloren. Oder es sei dir geklaut worden. Völlig egal, was du ihm erzählst. Er wird dir ein neues ausstellen.«

»Sicher?«

Der Typ lachte. »Schon mal was vom hippokratischen Eid gehört? Der Arzt muss dir helfen. Selbst wenn er Zweifel hat.« Der Mann gab ihm einen Zettel. »Hier sind die Adressen von zwei weiteren Ärzten. Dort ziehst du die gleiche Chose durch. Aber lass dich nicht auf Termine ein, die erst in zwei oder drei Wochen stattfinden sollen. Man weiß nie, wie schnell der Datenabgleich bei den Krankenkassen funktioniert. Hast du verstanden?«

»Ich bin ja nicht blöd.«

»Okay. Wir sehen uns morgen. Wieder um diese Zeit. Jetzt schieb ab. Und halt bloß die Schnauze.«

Snoopy stieg aus. Das war nun wirklich leicht verdiente Kohle gewesen. Als er sich nach fünfzig Metern umdrehte, beobachtete er, dass ein ihm flüchtig Bekannter in den Wagen stieg. Der hing auch an der Spritze.

13

Martina Spremberg schaute in Rainers Büro. »Es geht aufwärts mit dem Laden hier. Schon wieder eine neue Mandantin.«

»Och nee.« Rainer dachte an seine unerledigten Schriftsätze. »Schick sie zu Elke.«

»Geht nicht. Sie ist bei Gericht. Außerdem hat die Frau nach dir gefragt.«

»Auch das noch.« Er nickte gequält. »Gut. Warum immer ich?«

Die junge Frau war blond, blauäugig, trug eine Pagenfrisur, hatte eine knabenhafte Figur und war höchstens fünfundzwanzig – ehe sie auch nur ein Wort gesagt hatte, wurde sie schon klassifiziert und etikettiert. Rainer fragte sich, ob auch Frauen solche Musterungen vornahmen. Sie stellte sich als Sabine Schollweg vor und hatte tiefe Ringe unter den Augen.

»Was kann ich für Sie tun?« Der Anwalt griff zu seiner Zigarettenschachtel und warf seiner Besucherin einen fragenden Blick zu. Als sie nicht darauf reagierte, steckte er sich ungerührt eine Reval an und erkundigte sich erst dann, ob es sie störe. Seine Mandantin verneinte, lehnte es aber ab, einen seiner Lungentorpedos anzunehmen.

Stattdessen suchte sie in ihrer Handtasche und fand schließlich eine dieser in Menthol getränkten Scheußlichkeiten, die nach Rainers Auffassung eine Beleidigung für die Geschmacksnerven jedes Hardcore-Rauchers waren.

Mit zitternden Fingern setzte sie die Zigarette in Brand. »Ist Ihnen der Name Horst Mühlenkamp ein Begriff?«

»Natürlich.« Schließlich hatte sich Rainer, sofort nachdem er das Bild des Toten in der Zeitung gesehen hatte, mit der Bochumer Kripo in Verbindung gesetzt. Allerdings wurde seine Aussage nicht mehr gebraucht. Andere waren schneller gewesen. Tageszeitungen werden üblicherweise vor dem frühen Nachmittag gelesen. Aber egal. Er war seinen Aufgaben als Organ der Rechtspflege ohne Zögern nachgekommen.

»Er ist tot.«

»Ich weiß. Ich habe die Zeitung gelesen. Wie …?«

»Vorgestern Morgen. Die Polizei sagt, es sei beim Joggen passiert.«

»Was? Aber ich dachte ...?«

»Es hat nichts mit der Leukämie zu tun. Glaube ich jedenfalls«, schränkte sie ein. »Die Polizei vermutet, dass Horst einen Herzinfarkt erlitten hat.«

»Einen Herz...? Scheiße.« Da springt der Kerl dem Tod von der Schippe und besiegt die Leukämie und dann gibt er wegen eines profanen Infarktes den Löffel ab. Wo bleibt da die Gerechtigkeit?, dachte Rainer.

Sabine Schollweg reichte dem Anwalt einen verschlossenen Umschlag. »Den hat er mir schon im Januar gegeben, kurz nachdem er bei Ihnen war.«

Esch riss das Kuvert auf. Er las:

Recklinghausen, 25. Januar 2001

Sehr geehrter Herr Esch,
wenn Sie dieses Schreiben lesen, bin ich tot. Jetzt, wo ich diesen Satz geschrieben habe, merke ich erst, wie sehr sich die Formulierung nach einem melodramatischen Abschiedsbrief anhört. Keine Angst, ich werde Sie nicht mit Selbstmitleid überschütten. Schließlich kennen wir uns dafür zu wenig, nicht wahr?
Scherz beiseite.
Vorgestern habe ich Ihr Schreiben erhalten, mit dem Sie mir mitteilen, dass nach Ihrer Ansicht keine Bedenken gegen den Verkauf meiner Lebensversicherung an FürLeben bestehen. Danke, dass Sie so schnell gearbeitet haben. In meiner Situation ist man für jede Stunde froh, glauben Sie mir.
Ich habe also sofort den Agenten von FürLeben angerufen, die unterschriebenen Verträge zur Post gebracht und eben per Fax die Nachricht erhalten, dass der mir zugesagte Betrag bereits auf das Treuhand-

konto überwiesen wurde. *Ohne Ihren Rat hätte ich vermutlich nicht auf einer solchen Regelung bestanden. Sobald ich über das Geld verfügen kann, werde ich meine Absicht in die Tat umsetzen und mit Sabine auf Reisen gehen. Unsere erste Station ist das obere Niltal. Ich möchte unbedingt die altägyptischen Tempel sehen.*

Ich habe noch eine letzte Bitte an Sie: In der Anlage finden Sie die Kopie meines Testaments. Das Original habe ich beim Nachlassgericht in Recklinghausen hinterlegt.

Sie können dem Schriftsatz entnehmen, dass mein ganzes Vermögen (sofern überhaupt noch etwas von dem Geld übrig sein sollte, was ich von FürLeben erhalten habe) an meine Freundin Sabine Schollweg gehen soll.

Wenn es nach Sabine gegangen wäre, hätten wir noch geheiratet. Aber ihre Eltern sind strikt dagegen. Das hat nichts mit meiner Krankheit zu tun. Sie wissen nicht einmal von der Leukämie. Sie sind einfach der Meinung, dass ihre Tochter etwas Besseres verdient hat als einen abgebrochenen Sozialwissenschaftler, der seine Brötchen als freiberuflicher Redakteur eines Anzeigenblättchens und kleiner Teilzeitbeschäftigter bei der Recklinghäuser Stadtverwaltung verdient. Vermutlich haben sie sogar Recht. Sie würden Sabine verstoßen und enterben, wenn sie sich ihrem Willen nicht beugen würde. Und das wäre zu viel verlangt. Deshalb habe ich jeden Gedanken an eine Heirat weit von mir gewiesen, denn ich wollte keinen Keil zwischen Sabine und ihre Eltern treiben. Ich möchte aber unbedingt, dass sie das bekommt, was noch von dem Geld übrig ist. Ich denke, dass mein Bruder Paul keine Einwände erheben wird.

Sabine ist es übrigens, die Ihnen dieses Schreiben gegeben hat. Bitte helfen Sie ihr bei der Erledigung der erforderlichen Formalitäten.

Ihr Honorar wird hoffentlich nicht allzu hoch sein, oder? Das ist schon ein wenig unverschämt von mir, ich weiß. Aber ich hatte einen so guten Eindruck von Ihnen. Deshalb verstehen Sie sicher, dass ich so offen zu Ihnen bin.
Ich bedanke mich noch einmal für Ihre Mühen.
Leben Sie wohl, Herr Esch.

Ihr Horst Mühlenkamp

PS: Bitte zeigen Sie Sabine diesen Brief nicht. Aber sagen Sie ihr, dass ich sie immer geliebt habe.

Rainer schluckte. Das Schreiben ging ihm ziemlich an die Nieren. Er stand auf und kondolierte. »Mein herzliches Beileid.«

»Danke.« Sabine Schollweg hatte ihn während der Lektüre nicht aus den Augen gelassen. Sie fragte: »Was steht in dem Brief?«

»Ihr Freund bittet mich, Ihnen zu helfen.«

»Wobei?«

»Er hat ein Testament gemacht und es beim Nachlassgericht hinterlegt. Bis Sie sein Erbe antreten können, müssen einige Formalitäten abgewickelt werden.«

»Horst hat ein Testament gemacht? Aber warum denn?« Ihre Augen schimmerten feucht.

»Ja.« Rainer erinnerte sich an das letzte Gespräch, das er mit dem Verstorbenen geführt hatte. »Anscheinend hat er bei seinen Aktienoptionen eine glückliche Hand gehabt.«

»Die Aktien sind etwas wert?«

»Sie wussten nichts davon?«

»Er hat mir damals, kurz nachdem er seine Lebensversicherung verkauft hat, nur erzählt, dass er ein wenig spekuliert habe. Der Gedanke, dass jemand mit einer so kurzen Lebenserwartung eine im Grunde langfristige Anlage tätigt, hat ihn amüsiert. Und jetzt ist er tot.« Sabine Schollweg begann zu weinen. Für einen Moment war nur ihr Schluchzen zu hören. Dann hatte sie sich wieder in der Gewalt. Sie griff zu einem Papiertaschentuch und trocknete ihre Tränen.

»Ich möchte seinen Brief sehen.«

Das hatte Rainer befürchtet. »Ich glaube nicht, dass ihm das recht wäre.«

Die junge Frau streckte fordernd ihre Hand aus. »Bitte.«

»Er ...«

»Geben Sie ihn mir.« Ihr ausgestreckter Arm war wie in Stein gemeißelt und der Ton ihrer Stimme ließ keinen Widerspruch zu.

Als Rainer in die verweinten, aber energisch blitzenden Augen sah, wurde ihm klar, dass die zierliche Person in diesem Moment fast alles tun würde, um an das Schreiben ihres Geliebten zu kommen. Der Anwalt war hin- und hergerissen. Einerseits fühlte er sich verpflichtet, den posthumen Wunsch seines Mandanten zu respektieren; andererseits konnte er die Gefühle Sabine Schollwegs gut nachvollziehen.

Sie wiederholte ihren Wunsch, dieses Mal etwas lauter. »Bitte!«

Rainer hatte eine Entscheidung getroffen. Er nahm den Brief und reichte ihn ihr hinüber. Dann stand er auf, ging zum Fenster, drehte ihr den Rücken zu und sah hinaus. Er wollte das Zimmer nicht verlassen, Sabine Schollweg aber etwas Privatsphäre ermöglichen.

Er hörte ihr leises Weinen.

Nach etwa zehn Minuten schnäuzte sie sich kräftig und sagte: »Ich danke Ihnen.«

Rainer kehrte an seinen Platz zurück. »Wie lange kannten Sie Herrn Mühlenkamp?«

»Seit mehr als vier Jahren. Herr Esch ...« Sie stockte. Dann hatte sie sich dazu durchgerungen, den Satz zu vollenden. »Können Sie mir sagen, wo diese Teuroburgia-Siedlung ist?«

»Sie stammen nicht aus Herne?«

»Nein. Aus Münster.«

»Dann haben Sie nicht mit ihm zusammengelebt?«

»Nein.«

»Wie haben Sie von seinem Tod erfahren?«

»Ich habe seit zwei Tagen versucht, Horst oder seinen Bruder zu erreichen. Gestern endlich hat Paul abgenommen. Er hat es mir gesagt. Die Polizei war bei ihm gewesen. Paul besitzt ein kleines Haus in Recklinghausen. Dort hatte auch Horst seine Wohnung.«

»Verstehe.«

»Wo ist …«

»Ach ja. Die Teutoburgia-Siedlung liegt an der Stadtgrenze zu Castrop-Rauxel, das ist im Osten der Stadt.«

»Ist das sehr weit von Recklinghausen entfernt?«

»Das kommt darauf an. Recklinghausen ist groß.«

»Ich meine, von Horsts Wohnung.«

Rainer versuchte, sich zu erinnern, wo Mühlenkamp gemeldet war. Es war ihm entfallen.

»Horst hat in der Leusbergstraße in Recklinghausen-Süd gewohnt.«

Die Straße lag in unmittelbarer Nähe der Uferstraße, wo Rainer sich vor Jahren mit nicht sehr durchschlagendem Erfolg als Privatdetektiv versucht hatte.

»Mit dem Wagen über die Autobahn vielleicht zehn Minuten.«

»Und zu Fuß?«

»Das sind bestimmt sieben oder acht Kilometer.«

»Gibt es einen anderen Park in der Nähe von Horsts Wohnung, in dem man gut joggen kann? Oder ist dieser Wald an der Teutoburgia-Siedlung der nächste?«

»Nein, natürlich nicht. Der Schlosspark Strünkede in Herne ist nicht weit. Viele laufen auch am Kanal entlang. Das ist sogar noch näher. Aber warum fragen Sie?«

»Horst ist oft gelaufen. Auch schon sehr früh am Morgen. Die Ärzte meinten, das sei gut für sein Immunsystem. Immer wenn er in Münster bei mir zu Besuch war,

hat er von seiner Runde frische Brötchen mitgebracht.«
Sie lächelte bei ihren Worten. »Dann hat er mir das
Frühstück im Bett serviert. Er war ...« Sie unterbrach
sich mitten im Satz. Ihre Augen wurden wieder feucht.

Rainer schaufelte verlegen irgendwelche Unterlagen
von links nach rechts. Bis auf das leise Rascheln der
Papiere war nur der Straßenlärm zu hören, der durch
das geöffnete Fenster in Rainers Büro hineinwehte.

»Er war doch wieder ganz gesund«, schluchzte sie.
»Sogar die Medikamente, die er sonst immer nehmen
musste, hatten die Ärzte abgesetzt. Nur die monatlichen
Kontrolluntersuchungen haben ihn noch an seine
Krankheit erinnert.«

Plötzlich machte Sabine Schollweg eine kurze Handbewegung, als wollte sie ein Gespenst verscheuchen.
»Ich wundere mich, dass Horst zum Laufen nicht die näher gelegenen Möglichkeiten wahrgenommen hat.«

Rainer dachte an seine Kindheit, in der er sich häufig
bei seinen Großeltern in der Teutoburgia-Siedlung aufgehalten hatte. »Vielleicht hat ihm der Wald besonders
gut gefallen?«, vermutete er.

»Und dafür nimmt er solchen Entfernungen in Kauf?«
Sabine Schollweg schüttelte verständnislos den Kopf.

»Ich sagte doch, mit dem Wagen sind es nur ...«

»Nein, nein«, unterbrach sie ihn. »Horst hatte kein
Auto. Er hatte noch nicht einmal einen Führerschein.«

14

»Das haben Sie einfach so geschluckt? Wir wissen nicht,
wo uns der Kopf steht, und Sie ... – Haben Sie sich eigentlich mal sachkundig gemacht, wie dünn unsere Personaldecke zurzeit ist? – Das habe ich mir gedacht. –
Vorgesetzte, wenn ich das schon höre. Es wäre zu begrüßen, wenn sich auch in der Staatsanwaltschaft Bo-

chum langsam der Gedanke durchsetzen würde, dass Anweisungen nicht allein deshalb richtig sind, weil sie von jemandem erteilt werden, der aus was weiß ich für Gründen an die Spitze einer Behörde gespült wurde. – Genau das nenne ich Untertanengeist. – Wiederholen? Ich kann es Ihnen auch buchstabieren. U, n, t ... – Ja, ich weiß, was ich da sage. – Ach, kommen Sie. – Wenn Sie wollen, auch bei Kriminalrat Wunder. – Nicht in diesem Ton, das verbitte ich mir!« Brischinsky beendete wütend das Gespräch. »Scheißkerl!«

»Was war denn?« Baumann hatte seinen Chef seit langem nicht mehr so erlebt.

»Dieser Schnösel Jüngers.«

»Ich dachte, du hättest deinen Frieden mit dem Staatsanwalt gemacht?«

»Dachte ich auch. Aber jetzt hat dieser karrieregeile Anfänger ohne Widerrede brav eine Anweisung aus Bochum befolgt und zugestimmt, dass wir uns mit einem Todesfall befassen sollen, der eigentlich in die Zuständigkeit der Bochumer Kollegen fällt.«

»Na ja, als Anfänger würde ich Jüngers nicht gerade bezeichnen. Schließlich ist er ...«

»Er benimmt sich wie einer, also ist er ein Anfänger.«

»Ist ja gut. Um was geht es denn nun?«

»In Herne wurde ein Toter gefunden, der in Recklinghausen gemeldet war. Angeblich sieht alles nach einem Routinefall aus. Wir müssen uns jetzt darum kümmern. Weil der Tote ein Recklinghäuser ist. Weil diese de Vries ...«

»Die neue Oberstaatsanwältin?«

»... der Meinung ist, die Bochumer hätten noch mehr zu tun als wir. Und weil Jüngers seiner neuen Chefin schon bis zu den Schultern im Arsch steckt. Der will doch lieber heute als morgen von der Nebenstelle Recklinghausen ins Mutterhaus nach Bochum versetzt werden, um der de Vries ... Ach, ich weiß nicht, warum ich mich so aufrege. Wenigstens haben sie uns den Gang zu den Angehörigen abgenommen.« Er sah nach unten. »Mein Fuß tut weh, ich kann kaum laufen ... Ich sollte mich krankmelden.«

»Dann wird es wirklich eng.«

»Eben.« Der Hauptkommissar trommelte hektisch mit den Fingern auf die Schreibtischplatte. »Hast du eigentlich früher geraucht?«

»Als Zwölfjähriger. Drei Zigaretten hintereinander auf dem Schulklo. Das reichte fürs Leben.«

»So hat es bei mir auch angefangen.« Brischinsky griff zum Filzstift, dessen oberes Ende schon völlig zerkaut war. »Nur hat es bei mir leider nicht so einfach wieder aufgehört.« Er lutschte mit Hingabe an dem Teil, das trotz aller Bemühungen keinen Rauch spendete. »Gehst du bitte ins Sekretariat von Jüngers und holst die Akte?«

»Ist die schon da?«

»Ja. Eben gekommen. Mit Boten. Die Bochumer hatten es verdammt eilig, den Fall abzugeben.«

Als Baumann gegangen war, schnappte sich der Hauptkommissar den Abschlussbericht der Spurensicherung im Fall Bauer. Der Anfangsverdacht hatte sich bestätigt. An der Gasleitung des Apothekerhauses war manipuliert worden. Auch das vermutliche Tatwerkzeug war gefunden worden: eine Pumpenzange, die nicht weit von der Leiche entfernt unter einem Schuttberg gelegen hatte. Fingerabdrücke waren dagegen nicht entdeckt worden. Das hätte den Hauptkommissar auch gewundert. Das Werkzeug war kein Markenfabrikat, sondern Billigware, wie sie von Zeit zu Zeit auf den Grabbeltischen jedes zweiten Baumarktes zwischen Greifswald und Bodensee angeboten wurde. Der Polizist machte sich keine Illusionen. Es war unmöglich, den Käufer zu ermitteln. Ein solcher Versuch wäre nichts weiter als eine Arbeitsbeschaffungsmaßnahme für gelangweilte Polizeibeamte – und genau die standen nun gerade nicht zur Verfügung.

Rüdiger Brischinsky warf einen sehnsüchtigen Blick auf die leere Kaffeekanne. Er erhob sich und belastete vorsichtig seinen verletzten Fuß. Ein stechender Schmerz zog bis in seinen Oberschenkel. Er musste sich mit der Hand am Schreibtisch abstützen. Nur langsam hörte das heftige Pochen auf. Er begann, sich ernsthafte Sorgen zu machen. Die Wunde eiterte inzwischen heftig. Wenn die Tetanusimpfung nicht angeschlagen hatte? Er ersuchte, noch einen Schritt zu gehen, brach dann aber seine Bemühungen ab und ließ sich wieder auf den Stuhl fallen. Das hatte keinen Zweck mehr. Er musste wirklich zum Arzt.

Zwei Stunden später half Heiner Baumann seinem frustrierten Vorgesetzten in die Notaufnahme des Knappschaftskrankenhauses.

»Vielleicht geben sie dir ja ein gemeinsames Zimmer mit dem Kollegen Pauly«, wollte Baumann seinen Chef aufheitern, während sie auf einen Arzt warteten.

»Sehr witzig«, knurrte Brischinsky. Zumindest seine Gemütslage war noch normal.

Routiniert wickelte die Krankenschwester den Verband ab und betupfte vorsichtig die Wundränder.

»Das sieht nicht gut aus«, meinte sie mit Kennerblick. »Das müssen wir schneiden.«

Der Hauptkommissar meinte aus ihrer Stimme eine gewisse Begeisterung herauszuhören. Ihm schoss der Schreck durch alle Knochen. Vor seinem geistigen Auge tauchten grinsende Weißkittel mit riesigen Skalpellen auf.

»Wie meinen Sie das?«, stammelte er.

»Das wird Ihnen der Doktor gleich sagen. Bleiben Sie hier liegen. Ich bin sofort wieder bei Ihnen.«

Die Schwester verschwand. Brischinsky hörte sie in einem Nebenraum hantieren. Der gekachelte Raum, die riesige Leuchte über der Liege, auf der er lag, und die blitzenden Instrumente, die auf einem Rolltisch nur eine

Armlänge von ihm entfernt auf ihren Einsatz warteten, flößten ihm jede Menge Respekt ein. Und dann eben auch noch der Hinweis der Schwester. Vielleicht sollte er sich doch einen späteren Termin geben lassen?

Der Arzt, der ganz in Grün gekleidet die Notaufnahme betrat, unterband jeden weiteren Gedanken an Flucht.

»Wann haben Sie sich die Verletzung zugezogen?«, fragte er, zog sich Handschuhe an und betastete die Schwellung.

Der Polizist zuckte zusammen: »Am Samstag.«

»Tut das hier weh?« Der Arzt drückte wieder auf den Fuß, dieses Mal etwas heftiger.

Der Hauptkommissar sog zischend Luft ein.

»Ich sehe schon. Waren Sie damit bei einem Arzt?«

»Nein. Ein Rettungssanitäter hat mich verbunden und mir eine Tetanusspritze gegeben.«

»Hm.« Der Mediziner wandte sich an die Schwester, die im Hintergrund wartete. »Örtliche Betäubung. Dann mindestens drei Tage stationär.« Er schenkte seine Aufmerksamkeit wieder dem Polizisten, der verkrampft auf der Liege lag und sich bemühte, das eben Gehörte emotional zu verarbeiten.

»Die Wunde hat sich entzündet. Wir werden das betäuben, den Eiter entfernen, die Verletzung reinigen und nähen.«

Brischinsky atmete auf.

»Dann werden wir das Bein ruhig stellen. Sie dürfen den Fuß nicht belasten. Ruhen Sie sich einige Tage bei uns aus, dann sind Sie wieder wie neu. Nicht erschrecken, jetzt wird es ein wenig kalt.«

»Ich muss was?«

»Sie bleiben einige Tage hier.«

Der Tonfall des Arztes klang so bestimmt und der Hauptkommissar fühlte sich von der medizinischen Professionalität um ihn herum so eingeschüchtert, dass er entgegen seinen sonstigen Gewohnheiten nicht wiedersprach. Die Schwester sprühte das Vereisungsmittel auf die Wunde und reichte dem Arzt eine Spritze. Brischinsky verrenkte sich den Hals, um den Mediziner bei seiner Arbeit beobachten zu können. Als dieser wenig später aber tatsächlich zu einem Skalpell griff und die Krankenschwester grüne Tücher auf seinem Fuß ausbreitete, zog es der Hauptkommissar jedoch vor, seinen Kopf nach hinten fallen zu lassen und die Augen zu schließen.

»Du informierst mich ständig, hörst du?« Brischinsky lag, nur mit einem der seltsamen Nachthemden bekleidet, die vorne geschlossen und hinten offen waren, in einem Krankenhausbett, sein rechtes Bein bis zum Oberschenkel in einer Schaumstoffschiene.

»Meine Haushaltshilfe soll einige Sachen zusammensuchen. Und vergiss das Ladegerät für mein Handy nicht. Ach ja, auf meinem Nachttisch liegt ein Buch. Das soll sie ebenfalls einpacken. Mein CD-Player wäre auch nicht schlecht. Du weißt ja, wo die Klassikscheiben stehen. Noch etwas Dienstliches: Kümmere dich vorrangig um die Explosion in Suderwich. Obwohl: Je eher wir den Bochumern den Abschlussbericht über diesen Toten aus Herne schicken können, desto besser. Dann haben wir die Sache vom Tisch. Ist ja vermutlich ohnehin nur Routine. Also sieh zu, was du herausbekommst, okay? Und wenn du heute Nachmittag wiederkommst, bring mir doch ein paar Zeitschriften mit. Ehe ich es vergesse: Einen Notizblock benötige ich auch. Jetzt könnte ich eigentlich gut diesen Bericht schreiben, wegen dem Wunder mir ständig in den Ohren liegt. Dafür brauche ich aber ...«

Verständnislos registrierte der Hauptkommissar, dass Baumann gerade still und heimlich aus dem Krankenzimmer verschwunden war.

15

Klaus Lehmann stand in der offenen Terrassentür und sah gedankenverloren in den Garten. Heute Abend musste er den Rasen sprengen. An einigen Stellen hatte die Julisonne bereits für braune Flecken gesorgt. Er hätte ihn doch nicht so kurz schneiden sollen. Auch der Wasserstand des Teiches musste dringend nachreguliert werden. Sonst geriet am Ende noch das ökologische Gleichgewicht in Unordnung. Das Wachstum der Algen hatte in den letzten Tagen bedrohlich zugenommen. Er sollte ... Trotz aller Bemühungen gelang es ihm nicht, sich mit Gedanken an die Gartenarbeiten abzulenken. Immer wieder kam ihm der gestrige Besuch dieser Kriminalbeamten in den Sinn.

»Kommst du bitte wieder in das Zimmer und schließt die Tür. Es wird zu warm im Raum. Das schafft die beste Klimaanlage nicht.« Maria Lehmann ruhte ihre Füße auf dem Couchtisch aus und nippte gelassen an einem Gin-Tonic mit viel Eis. Sie war mit einem Seidenbademantel bekleidet, um den lose ein Gürtel geschlungen war. Darunter trug sie schwarze Seidenwäsche, die mehr zeigte als verbarg.

»Wir hätten es ihnen sagen sollen.« Ihr Mann drehte sich zu ihr um und zog unruhig an seiner Zigarette. »Das wäre besser gewesen.«

»Red keinen Unsinn. Die Polizei tappt doch völlig im Dunkeln. Und setz dich bitte wieder hin. Du machst mich ganz nervös mit deinem ständigen Hin- und Herlaufen.«

»Ich muss dauernd an Bauer denken.«

»Wirst du jetzt sentimental?«, spottete sie.

»Ein Mensch ist ums Leben gekommen«, brauste er auf.

»Das ist mir klar. Aber es war ein Unfall. Außerdem: Hast du das Gas aufgedreht?«

»Als ob das eine Rolle spielt.«

»Das spielt eine Rolle. Juristisch, meine ich.«

»Und moralisch?«

»Verdammt nochmal, glaubst du etwa, ich würde mir nicht wünschen, die ganze Angelegenheit ungeschehen machen zu können? Aber das geht nicht. Das weißt du genauso gut wie ich.«

»Ich wollte, ich wäre ebenso kalt wie du.«

»Kalt? Komm her«, schnurrte sie. »Dann zeige ich dir, wie kalt ich bin.«

Lehmann öffnete das Barfach und goss Whiskey in ein Glas. Dann bediente er sich aus einem Eiskühler.

»Machst du mir bitte auch noch einen?«, fragte seine Frau und hielt ihm auffordernd ihr Glas hin.

»Du trinkst zu viel«, bemerkte er.

»Na und?« Maria Lehmann lachte kurz auf. »Wen interessiert das schon. Die Apotheke wurde in die Luft gesprengt, wir dürfen die Ruine vorläufig nicht betreten ... Also, was soll's?«

Ihr Mann füllte wortlos ihr Glas.

»Etwas mehr Eis bitte.«

Er stellte den Gin vor ihr auf den Tisch, nahm selbst einen großen Schluck von seinem Getränk und setzte seine Wanderung durch das Wohnzimmer fort.

»Wir brauchen nichts mehr zu tun, als in aller Ruhe abzuwarten«, sagte sie. »Setz dich doch endlich! Und mach die Terrassentür zu.«

Lehmann gab keine Antwort. Maria räkelte sich und sorgte so dafür, dass sich ihr Bademantel weiter öffnete. »Wenn die etwas wüssten, hätten die gestern andere Fragen gestellt. Mach dir keine Sorgen. Und jetzt komm zu mir. Ich bringe dich schon auf andere Gedanken.« Sie spreizte lasziv ihre Schenkel.

Ihr Mann hatte keinen Blick für ihre Reize. »Wir hätten uns nicht auf das Geschäft einlassen dürfen. Das war ein Fehler.«

Sie richtete sich auf. »Ach, tatsächlich?«

»Ja.«

»Aber das Geld hast du gern genommen, oder nicht?«
Sie sah sich demonstrativ um. »Meinst du, wir hätten
uns das alles hier nur durch die Arbeit in der Apotheke
leisten können? Wir säßen heute noch in der Schulstraße, würden unseren Feierabend auf einem kleinen Balkon verbringen und auf den Garagenhof glotzen. Sei
nicht albern.«

Lehmann goss Whiskey nach.

»Wer trinkt hier zu viel?«, grinste sie und lehnte sich
zurück.

»Mit der Explosion haben wir nichts zu tun. Wenn wir
alles offen legen würden ...«

»Du bist wohl völlig übergeschnappt? Wir würden unsere Zulassung verlieren. Die Versicherungen würden
sich schadlos halten. Und zwar an uns, verstehst du?
Nicht an Hendrikson. Was willst du dann machen? Als
Pharmareferent Klinken putzen, um unsere Schulden
abbezahlen zu können? Bleib auf dem Teppich.«

Lehmann schwieg. Dann sagte er: »Du weißt, dass das
eine Warnung war?«

»Natürlich. Hältst du mich für blöd?«

»Und wenn sie es noch einmal versuchen?«

»Warum sollten sie?«

»Wir haben sie schließlich betrogen und auf eigene
Rechnung gearbeitet.«

Sie kicherte albern. Die Longdrinks mit viel Gin und
weniger Tonic zeigten Wirkung. »Betrogen. Wie sich das
anhört. Wir haben nur ihre Geschäftsidee kopiert. Und
perfektioniert.«

»Und uns nicht mehr an die Abmachungen gehalten.«

»Du solltest dir klar machen, dass die Explosion unsere große Chance ist. Dann wirst du auch wieder ruhi-
ger.«

Lehmann ließ sich neben seiner Frau in die Polster
fallen. »Wie meinst du das?«

»Sie wollten uns warnen. Mehr aber nicht. Deshalb
haben sie es am Wochenende versucht. Es war nicht

beabsichtigt, dass unser Haus wirklich in die Luft flog. Darum haben sie auch bei der Feuerwehr angerufen. Nein, sie wollen die Kuh, die sie melken, nicht schlachten. Nur gibt die Kuh keine Milch mehr. Jedenfalls nicht für sie. Kapierst du?«

Ihr Mann antwortete nicht.

Seine Frau seufzte. »Ich erkläre es dir. Zunächst eine Frage: Glaubst du, diese Leute sind skrupellose Killer?«

»Nein.«

»Eben. Jetzt aber haben sie einen Menschen auf dem Gewissen. Sie, nicht wir.« Sie tippte mit dem Zeigefinger mehrmals an seine Stirn. »Geht das in deinen Schädel?«

»Aber ...«

»Wir wissen, was geschehen ist. Nicht aber die Polizei. Und wenn unsere Freunde wollen, dass das auch zukünftig so bleibt, sollten sie uns besser in Ruhe lassen. Sag ihnen das, wenn sie anrufen.« Sie kippte den Rest ihres Getränkes auf ex.

»Du meinst, das funktioniert?«

»Vertrau mir. Ich weiß, was ich tue. Mach mir bitte noch einen, ja?« Sie streckte ihm fordernd ihr leeres Glas entgegen. Er stand auf und mixte den Drink. Dann setzte er sich wieder.

Maria Lehmann rückte näher zu ihrem Mann und begann, sein Hemd aufzuknöpfen.

Er schüttelte den Kopf, ließ sie aber gewähren: »Du hast wirklich zu viel getrunken.« Trotzdem lehnte er sich zurück und schloss für einen Moment die Augen. Dann straffte er sich, schob seine Frau von sich fort und stieß hervor: »Du hältst mich für einen Schwächling, nicht wahr?«

»Spielt das jetzt eine Rolle?« Ihre linke Hand rutschte tiefer.

»Für mich sicher. Du benutzt mich doch nur.«

Sie unterbrach ihre Anstrengungen und blickte ihn spöttisch an. »Na, und wenn schon. Das beruht schließlich auf Gegenseitigkeit, oder? Außerdem bist du als

Liebhaber nicht schlecht. Besser jedenfalls als viele andere.« Maria Lehmann zog ihren Mann zu sich herüber, streckte sich wohlig und griff zum Gin-Tonic. Dann schob sie seinen Kopf zwischen ihre Schenkel.

16

Die Leusbergstraße gehörte nicht gerade zu den besten Wohngegenden in Recklinghausen-Süd. Die alten Zechenhäuser auf der rechten Straßenseite warteten auf ihre Renovierung und auch die Mehrfamilienhäuser gegenüber waren nicht unbedingt erste Wahl. Esch musste nicht lange suchen, bis er das Haus fand, in dem sein verstorbener Mandant mit seinem Bruder gewohnt hatte. Die dreckig gelbe Hausfassade blätterte an einigen Stellen ab und fügte sich so harmonisch in die Tristesse der ganzen Straße ein.

Der Anwalt sah auf seine Uhr. Kurz nach sechs. Noch nicht zu spät für einen unangemeldeten Besuch. Er schellte. Es dauerte einige Zeit, bis sich die Haustür öffnete.

»Ja?«, fragte ein übergewichtiger und aufgedunsener Mittvierziger, der auf den ersten Blick nur wenig Ähnlichkeit mit Horst Mühlenkamp hatte. Der Mann war bekleidet mit einer blauen Jogginghose und einem weißen, leicht verschmutzten T-Shirt, welches einen aparten Blick auf den überquellenden Bauchansatz bot. Seine Füße zierten hellgrüne Badelatschen. Er trug einen ungepflegten Drei-Tage-Bart, hatte eine Kippe im Mundwinkel und musterte Rainer gelangweilt. »Wat woll'n Se?«

»Sind Sie Paul Mühlenkamp?«

»Wer will dat wissen?«

Rainer Esch reichte ihm seine Visitenkarte. Der Speckbauch studierte die Karte gründlich und streckte sie dann wieder dem Anwalt entgegen. »Und?«

»Herr Mühlenkamp?«

Der Mann nickte. »Jetzt wissen Se, wer ich bin. Un ich weiß, wer Sie sind. Nur weiß ich immer noch nich, wat Se von mir woll'n. Also?«

»Ihr Bruder war mein Mandant. Ich möchte mich mit Ihnen unterhalten.«

»Worüber?«

»Über seine Erbschaftsangelegenheit.«

Für einen Moment glaubte Rainer, dass ihm sein Gegenüber die Tür vor der Nase zuschlagen würde. Dann aber sagte Paul Mühlenkamp: »Na gut. Kommen Se. Is abba nich aufgeräumt.«

Er ging einen Schritt zur Seite und ließ den Anwalt eintreten. Den Flur beherrschte dieser typische Geruch alter Häuser: eine Mischung aus Modder und abgestandenem Kohl. Trotzdem blieb Esch einen Moment überrascht stehen. Das hatte er nicht erwartet. Von innen machte die Bleibe einen besseren Eindruck als von außen. Laminatboden, moderne Grafiken in Wechselrahmen an der weiß gestrichenen Wand. Im Vorbeigehen warf der Anwalt einen Blick in die Küche. Helle Buche, modernes Equipment.

Im Wohnzimmer lief der Fernsehapparat. Mühlenkamp hatte sich die Aufzeichnung eines Fußballspiels der italienischen ersten Liga angesehen, bis er von Rainer gestört worden war. Auch hier alles vom Feinsten. Rote Wildledergarnitur, weiße Anbauwand, hochwertige Hi-Fi-Anlage. Und dazwischen Mühlenkamp wie eine Karikatur des arbeitslosen Malochers.

Auf dem Wohnzimmertisch standen einige leere Bierflaschen. Der Aschenbecher quoll über. Paul Mühlenkamp ließ sich auf das Sofa fallen und zeigte auf einen Sessel. »Schmeißen Se die Zeitungen ruhig auf den Fußboden, wenn sie Se stören.«

Esch räumte das Altpapier zur Seite und setzte sich. Sein Gastgeber schenkte dem Fernsehgerät einen bedauernden Blick und schaltete es mit der Fernbedienung aus.

»Wat für 'n Erbe?«, fragte er dann.

Rainer knetete seine Finger. Solche Gespräche waren ihm immer unangenehm. »Zuerst mein herzliches Beileid.«

Mühlenkamp grunzte einen Dank.

»Sie wissen, dass Ihr Bruder seine Lebensversicherung verkauft hat?«

Ein Nicken war die Antwort.

»Einen Teil des Geldes hat er in Aktiengeschäften investiert. Mit Erfolg, so wie es aussieht.«

»Ach? Dat is mir neu.«

»Details kenne ich auch nicht. Ich dachte, dass vielleicht Sie ...?«

»Nee. Keine Ahnung.«

»Dann müssen wir die Testamentseröffnung abwarten.«

»Wat für 'n Testament?« Mühlenkamp richtete sich auf.

»Ihr Bruder hat testamentarisch bestimmt, dass seine Freundin erbt.«

»Sabine?«

»Ja. Frau Schollweg.«

»Sie soll erben?« Paul Mühlenkamp stand auf, verließ den Raum und kehrte wenig später mit einer Flasche Bier zurück. »Kann Ihnen leider nichts anbieten. Is meine letzte.«

Rainer winkte ab.

Mühlenkamp setzte die Pulle an und trank sie in einem Zug halb leer. »Horst hat also ein Testament gemacht. Un allet soll Sabine kriegen?«

»So wollte es Ihr Bruder.«

Mühlenkamp wischte sich mit dem Handrücken über den Mund. »Wie viel is dat denn?«

»Ich sagte doch, dass ich keine Details ...«

»Is auch egal. Wat is mit der Bude hier?«

»Sie meinen das Haus?«

»Wat sonst?«

Rainer war irritiert. Sabine Schollweg hatte ihm gesagt, dass ...

»Ich dachte, Sie wären der Eigentümer?«

»Bin ich auch, dat heißt, teilweise.« Er nahm noch einen Schluck. »Die Hütte hier gehörte meinen, äh, unseren Eltern. Vatter war auf'm Pütt. Auf *König Ludwig*. Is 1975 unterm Bruch geblieben. Mutter starb zehn Jahre später. Da war Horst gerade vierzehn. Un ich knapp dreißig. War 'ne harte Zeit. Dat Jugendamt hat Horst erlaubt, dat er weiter bei mir wohnen konnte un nich ins Heim musste. Unser Mutter hat mich auf'm Sterbebett versprechen lassen, dat ich mich um meinen Bruder kümmere. Schulausbildung un so.« Er griff zur Bierflasche. »Horst ging aufs Gymnasium und hat Abitur gemacht. Der Erste in unsere Familie. Dann dat Studium. Sozialwissenschaften in Bochum. Konnte er abba nich mehr zu Ende machen. Natürlich hat für das alles die Waisenrente nich gereicht. Ich musste dat Haus beleihen. Ein Teil gehört der Bank.«

»Und der Rest?«

»Wie meinen Se dat?«

»Nachdem Ihre Eltern gestorben sind, haben Ihr Bruder und Sie das Haus geerbt, richtig?«

»Natürlich.«

»Dann gehörte Ihrem Bruder auch ein Teil des Hauses.«

Paul Mühlenkamp wirkte konsterniert. »Und die Hypothek?«

»Könnte als vorzeitige Auszahlung des Erbes interpretiert werden, vorausgesetzt natürlich, Sie haben eine entsprechende Vereinbarung getroffen und diese ins Grundbuch eintragen lassen.«

»Hab ich nich. Abba gezz, wo er tot ist ...«

»Tja, dann ...«

»Wat dann?«

»Ich habe Ihnen doch gesagt, dass Ihr Bruder testamentarisch bestimmt hat, dass Frau Schollweg sein Erbe antritt.«

»Un wat is mit dem Pflichtteil?«

»Gibt es nicht unter Geschwistern. Nur in der direkten Linie. Also Kinder zum Beispiel. Wenn Ihre Eltern Ihren Bruder durch Testament enterbt hätten, dann wäre er ...« Déjà-vu. Das hatte er alles schon Horst Mühlenkamp erklärt.

Paul Mühlenkamp stierte Esch ungläubig an. Er wechselte langsam seine Gesichtsfarbe. »Wat heißt dat?«

»Sie erben nicht. Ich nahm allerdings an, dass Ihr Bruder mit Ihnen darüber gesprochen hat und Sie einverstanden waren.«

»Wie kommen Se denn darauf?« Mühlenkamp trank die Flasche aus und knallte sie mit Wucht zurück auf den Tisch. Inzwischen war sein Gesicht knallrot. Feine Schweißperlen standen auf seiner Stirn. »Diese Kuh erbt also wirklich allet? Auch mein Haus? Davon haben mir die bei Gericht nichts gesagt.«

»Welches Gericht meinen Sie?«

»Na, dat Nachlassgericht. Die ham mir nur gesagt, ich soll einen Erbschein beantragen.«

»Sie haben schon einen Erbschein beantragt?« Rainer war wirklich verblüfft. Mühlenkamp wusste erst seit gestern vom Tod seines Bruders. Da schien er es aber wirklich eilig gehabt zu haben.

Mühlenkamp interpretierte Rainers Mimik richtig. »Wat denn! Ich will die Hütte verkaufen un 'ne Kneipe im Süden aufmachen. Mallorca oder so. Noch nich ma dat Pflichtteil.« Er schüttelte den Kopf. »Kann man da nichts machen?«

»Wie soll ich das verstehen?«

»Na, mit dem Testament.«

Der Anwalt brauchte einen Moment, um zu kapieren. »Sie wollen das Testament Ihres Bruders anfechten?«

»Warum nicht?«

Esch stand auf. »Ich glaube nicht, dass ich dafür der richtige Gesprächspartner bin.«

»Abba Se sind doch Rechtsanwalt, oder?«

»Ja. Aber der Ihres verstorbenen Bruders.«

»Na und? Bleibt doch inne Familie.«

Rainer verzichtete darauf, Mühlenkamp die anwaltlichen Standesregeln zu erläutern. »Lassen Sie nur«, sagte Esch zu Paul Mühlenkamp, als der ihn zur Tür begleiten wollte. »Ich finde schon selbst hinaus.«

»Wie Se meinen.« Mühlenkamp schnappte sich die Fernbedienung.

17

Am Donnerstagmorgen lagen die Auskunft der *Schufa* und der Gerichtsbeschluss, der den Zahnarzt Bauers von seiner Schweigepflicht entband, endlich auf Baumanns Schreibtisch. Der Kommissar blätterte in den Unterlagen. Die Angaben der Apothekerfamilie entsprachen der Wahrheit: Ihr Privathaus war fast schuldenfrei, nur das Gebäude in der Schulstraße war mit einer Hypothek belastet, die aber regelmäßig getilgt wurde. Die Fahrzeuge der Eheleute waren geleast. Andere Verbindlichkeiten gab es nicht.

Baumann grinste schief. Er wäre froh gewesen, wenn sich seine finanzielle Lage ebenso wohl geordnet wie die der Lehmanns darstellen würde. Er stotterte immer noch die Waschmaschine ab und auch die Schrankwand war noch nicht vollständig bezahlt – trotz dieser so genannten Leichtkaufraten. Sein Gehalt reichte vorne und hinten nicht. Gleichzeitig wurde der Berg nicht bezahlter Überstunden immer größer. Zwar war er bis jetzt sauber geblieben, aber irgendwie konnte er nachvollziehen, warum der eine oder andere Kollege manchmal die Hand aufhielt und dafür ein oder auch zwei Augen zudrückte.

Er legte die *Schufa*-Auskunft zu den anderen Unterlagen und verstaute den Bericht der Gerichtsmedizin in einer Aktentasche, um dem Zahnarzt Semering in Suderwich einen Besuch abzustatten.

»Herr Doktor muss noch zwei dringende Behandlungen durchführen, dann hat er Zeit für Sie.«

Die Sprechstundenhilfe in der kleinen Zahnarztpraxis beugte sich wieder über ihre Karteikarten.

»Ich brauche nur fünf Minuten. Könnte ich nicht eben zwischendurch ...?«

Baumann fühlte sich unwohl. Er hatte seit seiner Kindheit Angst vorm Zahnarzt und wollte dieses Gespräch so schnell wie möglich hinter sich bringen.

Die junge Frau sah auf und schüttelte den Kopf. »Tut mir Leid. Notfälle. Sie verstehen?« Die Arzthelferin lächelte. »Es dauert wirklich nicht lange. Nehmen Sie bitte so lange im Wartezimmer Platz.«

Der Kommissar gab klein bei und gesellte sich zu den wartenden Patienten, von denen die meisten ein Gesicht machten, als ob sie in Kürze aufs Schafott geführt werden würden. Das konnte er nachfühlen. Auf dem Weg zu der Zahnarztpraxis hatte seine Zungenspitze immer wieder das Loch untersucht, das seit Monaten in seinem rechten Backenzahn wuchs und sich von Zeit zu Zeit mit einem kurzen, aber heftigen Schmerz meldete. Und ausgerechnet jetzt nahm das Ziehen und Pochen in seinem Kiefer wieder zu. Der Polizist griff zu einer Illustrierten und blätterte darin, um sich etwas abzulenken. Erfolglos. Resigniert legte er die Zeitschrift wieder zur Seite. Das Ziehen im Backenzahn wurde stärker. Ein psychosomatischer Phantomschmerz, dachte er.

»Frau Bülling, bitte.«

Durch die geöffnete Tür konnte der Kommissar einen Blick in das Behandlungszimmer werfen, in dem die Patientin verschwand. Weiße Kacheln, grelle Neonlampen. Und dann dieser Stuhl!

Die Tür schloss sich wieder und einige Momente später zerschnitt das Kreischen des Bohrers die Stille. Baumann schwor sich: Wenn dieser Fall abgeschlossen war, würde er sich unverzüglich behandeln lassen und dann natürlich auch regelmäßig zur Vorsorgeuntersuchung gehen. Möglicherweise gab es in Recklinghausen einen Zahnarzt, der schon mit Laser arbeitete. Dann müsste er nicht diese schrecklichen Bohrgeräusche ertragen. Eigentlich hatte er ja keine Angst vor dem Schmerz. Nein, es war das Geräusch. Nur das. Und wenn er das nicht mehr hören müsste, dann …

»Herr Baumann, bitte.«

Mit weichen Knien folgte er der Arzthelferin.

»Herr Doktor ist im Besprechungszimmer. Die nächste Tür links«, wies sie ihm den Weg.

Erleichtert nahm Heiner Baumann zur Kenntnis, dass das Besprechungszimmer wie ein normales Büro eingerichtet war. Kein Bohrer weit und breit. Schlagartig verschwand das Ziehen in seinem rechten Backenzahn. Und auch seinen eben getroffenen Vorsatz hatte er schon fast wieder vergessen.

Der Zahnarzt begrüßte ihn. Er war klein und schmächtig und ähnelte Hannibal Lecter nicht im Geringsten. »Sie sind von der Kriminalpolizei?«, fragte der Arzt.

Baumann holte seinen Dienstausweis hervor und wollte ihn dem Mediziner zeigen, als dieser schon abwinkte. »Nein, lassen Sie. Was kann ich für Sie tun?«

»Sie hatten einen Patienten namens Theo Bauer.«

»Hatten? Wie soll ich das verstehen?«

»Theo Bauer ist tot.« Der Kommissar zog die richterliche Verfügung aus der Tasche und reichte sie dem Arzt. »Die Entbindung von Ihrer Schweigepflicht.«

Doktor Semering warf einen Blick auf den Beschluss. »Kann ich das Schriftstück behalten?«

Baumann nickte.

»Ja. Theo Bauer war mein Patient. Was ist ihm geschehen?«

»Er ist vermutlich bei einer Explosion ums Leben gekommen. Wir haben einen Toten gefunden und müssen ihn noch zweifelsfrei identifizieren.«

»Die Gasexplosion vom letzten Samstag?«

»Ja.«

»Schrecklich. Und bei dem Toten handelt es sich um Herrn Bauer?«

»Um das festzustellen, bin ich hier.« Baumann griff wieder zum Aktenkoffer und präsentierte dem Zahnarzt die Unterlagen der Pathologie. »Sehen Sie sich das Material bitte in Ruhe an.«

Semering setzte eine Lesebrille auf und drückte die Ruftaste der Gegensprechanlage. »Carola, bitte bringen Sie mir die Patientenunterlagen von Theo Bauer aus Suderwich.« Und zu Baumann gewandt sagte er: »Einen Moment.«

Fünf Minuten später hatte sich ihre Vermutung bestätigt. Der Tote war ohne Zweifel Theo Bauer.

Als der Kommissar wieder in sein Büro kam, war das Ergebnis der Sprachanalyse des LKA nach Recklinghausen gefaxt worden. Vier Seiten eng bedrucktes Papier. Baumann kämpfte sich durch das Fachchinesisch. Der entscheidende Satz stand wie immer auf der letzten Seite: ... *ist daher mit sehr großer Wahrscheinlichkeit davon auszugehen, dass es sich bei dem Sprecher um einen Mann zwischen vierzig und fünfzig Jahren handelt, der im Großraum München geboren wurde.*

Na bitte! Das war doch schon was. Nicht viel, aber ein erster Ansatzpunkt. Der unbekannte Anrufer war also ein Bayer. Brischinsky hatte Recht gehabt.

Es klopfte. Die Tür wurde geöffnet und Gernot Müller von der Drogenfahndung betrat das Büro.

»Hier.« Er warf Baumann eine Akte auf den Schreibtisch. »Ich war gerade in der Poststelle. Das Ding lag bei euch im Fach. Der Bote hat es wohl vergessen. Und da ich gerade ohnehin hier auf der Etage zu tun hatte ...«

Heiner Baumann widerstand der offensichtlichen Aufforderung, Müller nach dem Grund seines Aufenthaltes in diesem Teil des Präsidiums zu fragen. Sein Kollege war für seine langatmigen und noch langweiligeren Ausführungen über seine aktuellen Fälle berüchtigt. Baumann bedankte sich, verabschiedete den etwas enttäuscht wirkenden Drogenfahnder und warf dann einen Blick in die Unterlagen. Es war der Bericht der Bochumer Gerichtsmedizin in Sachen Horst Mühlenkamp, der bisher noch gefehlt hatte. Baumann sah zur Uhr. Kurz vor Feierabend. Der Kommissar packte das Schriftstück zu den anderen und klappte den Aktendeckel wieder zu. Morgen war auch noch ein Tag.

18

Snoopy hatte keine abgeschlossene Schulausbildung, aber drei Jahre auf der Straße verbracht. Er kannte fast alle Tricks, jede Abzocke. Und er machte sich so seine Gedanken. Drei Ärzte hatte er in den vergangenen Tagen aufgesucht. Nun fragte sich der Junkie, was sein Auftraggeber mit den Rezepten vorhatte. Die Medikamente einkassieren und dann zu Kohle machen? Möglich. Aber wer kaufte schon Mittel gegen Aids? Methadon, klar. Dafür gab es einen Markt. Vielleicht auch für Schmerzmittel. Aber für dieses Zeug?

Ziemlich schnell war ihm klar geworden, dass es nicht um die Pillen, sondern um die Rezepte ging. Der Patient ging in die Apotheke, gab den Wisch ab, zahlte ein paar Euro dazu und bekam die Medizin. Die Zettel waren im

Grunde wie Schecks. Man musste sie nur einlösen. Der Apotheker kaufte die Medikamente bei seinem Lieferanten, gab sie gegen Rezept weiter und rechnete mit der Krankenkasse auf Basis der bei ihm eingelösten Verschreibungen ab. Wenn nun aber keine Medikamente über die Theke wanderten, sondern die ärztlichen Verordnungen nur an die Kassen weitergereicht würden, dann ...

An diesem Punkt seiner Überlegungen angekommen, wurde Snoopy klar, dass er das Geschäft auch ohne seinen Auftraggeber machen konnte. Er musste nur herausfinden, welcher Apotheker mit dem Mercedesfahrer zusammenarbeitete. Und was die Rezepte eigentlich wert waren. Warum sollte er sich mit drei Braunen zufrieden geben?

Der Stricher hatte sich eine, wie er fand, überzeugende Geschichte ausgedacht. Angeblich hatte ihn ein Freund gebeten, für ihn Medikamente aus einer Apotheke abzuholen. Das habe er auch getan, die Pillen aber anschließend in einem Café in der Innenstadt liegen gelassen. Jetzt wolle er die verloren gegangenen Medikamente ersetzen.

In zwei Apotheken holte sich Snoopy eine Abfuhr, als er sein Sprüchlein aufsagte und um eine Preisauskunft bat. Erst in einem Laden am Rand der Innenstadt hatte er Erfolg. Eine Angestellte, kaum älter als er und vermutlich noch Auszubildende, nahm ihm seine Geschichte ab.

»Die Monatspackung kostet etwa tausend Euro«, sagte sie. »Sie können die aber nicht einfach kaufen. Die sind rezeptpflichtig.«

»Ich weiß, danke«, antwortete Snoopy und verschwand.

Ein Riese. Und er bekam einhundertfünfzig. Das galt es zu ändern.

Das nächste Mal wollte sich sein Auftraggeber mit ihm Donnerstagvormittag treffen. Snoopy schmiedete in den

Stunden davor zahllose Pläne, wie er einem Mercedes zu Fuß folgen konnte, erwog den Diebstahl eines Mofas, dachte schließlich daran, sich im Kofferraum des Wagens zu verstecken, verwarf endlich alle Pläne und machte sich dann ziemlich resigniert auf zum vereinbarten Treffpunkt auf dem Parkplatz in der Nähe des Hauptbahnhofes.

Der Typ drückte ihm zwei neue Adressen von Ärzten in die Hand. Eine davon befand sich in Gelsenkirchen.

»Ich weiß nicht, wo das ist«, beschwerte sich der Junge.

»Im Seitenfach der Beifahrertür ist ein Stadtplan. Sieh nach«, befahl der Mann.

Gehorsam griff der Stricher zum buchdicken Plan. Beim Öffnen fiel ihm ein Blatt entgegen, auf dem in unleserlicher Handschrift etwas hingekritzelt war. Er konnte die Schrift nicht entziffern.

»Gib das her«, forderte der Ältere. Snoopy reichte ihm folgsam den Notizzettel. Aber den Namen der Apotheke, der zu Werbungszwecken aufgedruckt war, hatte er sich bereits eingeprägt.

Dreißig Minuten, nachdem er den Mercedes wieder verlassen hatte, saß Snoopy auf der Lehne einer Parkbank in einem Essener Vorort und beobachtete durch die Büsche den Eingang zur Apotheke. Wenn seine Vermutung richtig war, würde der Benzfahrer irgendwann hier auftauchen. Und wenn nicht ... Er zog leicht die Schultern hoch.

Nach drei Stunden Warterei war Snoopy fast bereit, an einen Zufall zu glauben. Schließlich packten Apotheker alle möglichen Proben von Salben und sonstigen Mittelchen in die Plastiktüten, in denen sie Medikamente verstauten. Warum nicht auch Notizblocks?

Nach sechs Stunden wollte er aufgeben. Es war kurz vor fünf. In sechzig Minuten würde der Laden ohnehin schließen. Er beschloss, doch noch so lange zu warten.

Und er hatte Glück: Eine Viertelstunde später hielt der dunkle Mercedes vor dem Haus. Sein Auftraggeber verschwand in dem Geschäft. Snoopy konnte durch die große Schaufensterscheibe beobachten, wie der Mann in seine Tasche griff, dem Apotheker etwas reichte und sich kurz darauf wieder verabschiedete. Dann setzte er sich in seinen Wagen und fuhr los. Das Ganze hatte keine fünf Minuten gedauert.

Nun kam es darauf an, den zweiten Teil seines Planes in die Tat umzusetzen. Snoopy holte tief Luft, nahm seinen ganzen Mut zusammen und betrat das Ladenlokal.

Ein heller Gong erklang. Im Verkaufsraum war niemand, aber irgendwo hinter den raumhohen Regalen waren Stimmen zu hören. Ein weiß gekittelter älterer Mann tauchte auf. Es war der gleiche Mann, dem sein Auftraggeber vor Minuten etwas zugesteckt hatte.

»Sie wünschen?«

Snoopy schluckte. »Eben war ein Bekannter von mir bei Ihnen. Ich nehme an, dass er geschäftlich mit Ihnen zusammenarbeitet. Ich bin einer seiner ...«, er suchte nach Worten, »... Mitarbeiter. Ich denke, dass ich zu günstigeren Konditionen liefern kann.«

Der Stricher schaute sein Gegenüber gespannt an. Er war auf alles vorbereitet. Einige Sekunden lang erwiderte der Apotheker ruhig und gelassen seinen Blick. Stand einfach nur hinter seinem Tresen und sah ihn an. Irgendwie machte der Mann einen belustigten Eindruck. Snoopys Gedanken rasten. Wenn er sich nun doch geirrt hatte? Wenn der Zettel im Stadtplan wirklich nur ein dummer Zufall gewesen war? Aber was hatte dann sein Auftraggeber in der Apotheke gewollt? Verdammt, warum sagte der Kerl nichts!

Snoopy war in den letzten Stunden im Kopf dutzende Dialoge durchgegangen. Er war sich sicher, fast jede Reaktion des anderen eingeplant zu haben. Vorgetäuschte Unwissenheit erschien ihm am wahrscheinlichsten. Zunächst würde der Typ so tun, als ob er nicht wüsste, wovon Snoopy sprach. Und später alles abstreiten. Wenn es ganz schlecht lief, würde der Weißkittel ihm drohen, vermutlich mit der Polizei.

Aber was war, wenn der Apotheker nicht nur drohen, sondern tatsächlich einfach die Bullen rufen würde? Würde der Kerl das riskieren? Warum eigentlich nicht? Wem würden die Polizisten glauben? Ihm, einem Junkie und Stricher auf Trebe? Snoopy begann zu schwitzen. Jetzt sag doch endlich was, dachte er. Sag was!

Als der Apotheker endlich antwortete, waren alle fein gesponnenen Pläne mit einem Schlag im Eimer.

»Ich habe mir schon gedacht, dass eines Tages einer von euch hier auftaucht. Irgendwann musste das wohl so sein. Du weißt, worum es geht?«

Snoopy nickte stumm.

»Und du kannst alles liefern?«

Der Stricher nickte wieder.

»Gut. Wir müssen die Einzelheiten besprechen. Morgen Abend. Aber nicht hier. Wir treffen uns an einem sicheren Platz. Kann ich dich telefonisch erreichen?«

Der Junge schüttelte den Kopf. »Ich rufe Sie am Vormittag an.«

»In Ordnung. Brauchst du was?«

Es dauerte lange, bis Snoopy begriff.

»Sicher brauchst du was. Ihr braucht immer was. Warte einen Moment.«

Eine Minute später verließ Snoopy die Apotheke, fünf Gramm Heroin in der Tasche. Sein Herz hüpfte vor Freude. So einfach hatte er sich den Deal nicht vorgestellt. Jetzt war er am Drücker. Er würde seine Freunde für sich arbeiten lassen. Wenn er sie etwas besser bezahlen würde als der Mercedesfahrer ihn, waren sie sicher dazu bereit.

Das Äitsch brannte in seiner Tasche. Für zwei, drei Tage hatte er Ruhe vor den Freiern. Und wenn er erst richtig im Geschäft war ...

Seine Hände zitterten, als er an einem Bahndamm hinter einer Reklamewand den Stoff prüfte und dann über der Kerze aufkochte. Die Farbe des Dopes war irgendwie anders als sonst. Bestimmt war das Zeug ziemlich rein, sagte er sich. Ein Apotheker wird in seinem Laden doch kein gestrecktes Äitsch bunkern. Also vorsichtig. Nicht zu viel. Reines Äitsch! Damit hatte sich schon mancher eine Überdosis gesetzt. Er hatte ja Zeit und noch genug Vorrat. Wenn es nicht reichte, konnte er beim nächsten Schuss die Dosis etwas erhöhen. Nur ruhig. Gleich würde es ihm wieder richtig gut gehen.

Snoopy band sich den linken Oberarm mit einem Lederriemen ab. Dann zog er die Spritze auf und schlug mit seiner Rechten so lange in die Armbeuge, bis die Vene stärker hervortrat. Er musste lange suchen, bis er eine halbwegs abszessfreie Stelle fand. Er drückte sich die Nadel in die Ader und wartete auf die Wirkung. Die stellte sich sofort ein. Aber anders als erwartet. Es blieb ihm noch nicht einmal mehr Zeit, die Spritze aus seiner Vene zu ziehen.

Es war, als ob jemand mit glühenden Eisen in seinen Gedärmen herumstocherte. Snoopy schnappte nach Luft, wollte schreien. Aber er konnte nur leise stöhnen. Zu leise, um die zwanzig Meter von seinem Versteck entfernt vorbeieilenden Passanten zu alarmieren. Ein tonnenschweres Gewicht legte sich auf seine Brust. Er konnte nicht mehr atmen, sein Puls raste, schließlich kollabierte der Kreislauf. Der junge Stricher sah das lächelnde Gesicht des Apothekers vor sich. Sein Körper bäumte sich auf, zuckte noch einmal und fiel dann in den Dreck zurück. Mit panisch aufgerissenen Augen krepierte er zwischen leeren Getränkedosen, weggeworfenen Müllbeuteln und Hundescheiße.

Sein Leichnam wurde zwei Stunden später von einem Mann gefunden, der sich hinter der Plakatwand erleichtern wollte.

Goldener Schuss, stand im Bericht der Gerichtsmedizin. Hervorgerufen durch mit Strychnin verunreinigtes Heroin. Snoopy war der sechste Drogentote in Essen in diesem Sommer. Ein Routinefall. Die Akte wurde noch in derselben Nacht geschlossen.

19

Nach dem Verzehr der Gänseleber auf Feldsalat mit Balsamico-Dressing war Rainers Leben nicht mehr wie vorher.

Dabei hatte der Abend verheißungsvoll angefangen. Als am späten Nachmittag der letzte Mandant die Praxis verlassen hatte, tranken sie noch gemeinsam mit Martina eine Tasse Kaffee im Büro. Um kurz vor sieben fuhren sie mit *Bayerwaltes – Ihr Taxi* zu dem Restaurant am Gysenbergpark, tranken beim Studieren der Speisekarte einen trockenen Martini, bestellten und freuten sich auf den gemeinsamen Abend. Elke schien ihm seinen kleinen Ausrutscher verziehen zu haben.

Dann servierte das Personal die Vorspeise. Und Elke die Neuigkeit.

»Und du bist dir sicher?«, erkundigte sich Rainer und musterte seine Freundin mit einer Mischung aus Besorgnis und Ungläubigkeit.

»Natürlich bin ich mir sicher. Eine solche Frage können nur Männer stellen. Außerdem hatte ich eine andere Reaktion von dir erwartet.« Die Enttäuschung war nicht zu überhören.

Rainer atmete tief ein. »Klar, kann ich verstehen. Aber das alles kommt etwas unerwartet.«

»Wenn du nicht vorgestern mit deinem Kumpel die Herner Kneipen unsicher gemacht hättest, wüsstest du längst Bescheid.«

Das Gespräch nahm eine Wende, die Rainer nicht besonders behagte. »Stimmt. Aber ...«

»Was aber?«

»Nichts.«

Sie schwiegen, während die Bedienung die Vorspeisenteller abräumte.

Elke nahm den Faden wieder auf. »Freust du dich denn nicht?«

»Doch, schon.«

»Das hört sich aber nicht danach an.«

Rainer gab sich einen Ruck. Er würde auch mit dieser Situation fertig werden. Da hatte er doch schon ganz andere Dinger gemeistert. Schlimmer als ein schwieriger Gerichtsprozess konnte das auch nicht werden. Vermutlich würde es nur etwas länger dauern.

Er rief die Bedienung. »Bringen Sie uns bitte zwei Gläser Champagner.« Elke fragte er dann: »Wird es ein Junge oder ein Mädchen?«

Nach dem Hauptgericht hatte er sich schon fast mit der Situation abgefunden. Im Grunde blieb ihm auch nichts anderes übrig. Elke hatte keinen Zweifel daran gelassen, dass sie das Kind wollte. Er wurde also Vater. Und irgendwie war er sogar ein bisschen stolz auf das, was er da zu Stande gebracht hatte. Gut, natürlich hatte auch Elke einen nicht unerheblichen Anteil am Gelingen. Aber er war schließlich der Erzeuger, oder? Ohne ihn hätte Elke nie ...

»Da ist noch etwas«, unterbrach seine Lebensgefährtin den Gedankengang.

»Ja?«

»Wir müssen uns darüber klar sein, dass du zwar mitverantwortlich für das Kind bist ...«

»Unterhalt und so? Das ist doch zwischen uns kein Thema.«

»Hoffentlich. Aber ich meine nicht nur das. Du hast rechtlich keine Möglichkeit zu entscheiden, was mit dem Kind passiert. Welche Ausbildung es erhält. Oder wie eventuelle Krankheiten zu behandeln sind. Es sei denn ...«

Familienrecht war noch nie Rainers Stärke gewesen. Deswegen verstand er zunächst nicht, worauf Elke hinauswollte. »Es sei denn, was?«

»Es sei denn, wir heiraten.«

Rainer verschluckte sich am Riesling. Vater werden war das eine. Aber Ehemann? Er hatte Jahre gebraucht, um zu akzeptieren, dass er sich wie ein halbwegs erwachsener Mensch benehmen musste. Eigentlich fühlte er sich mit Anfang vierzig noch etwas jung zum Heiraten. Andererseits: Er hatte das Gefühl, dass er sich von Tag zu Tag mehr in Elke verliebte. Wenn er aber ohnehin mit ihr zusammenbleiben wollte, dann konnte er auch ... Vermutlich war Elkes Sinneswandel bezüglich der gemeinsamen Wohnung auf ihre Schwangerschaft zurückzuführen. Sie wollte eine Familie – und ihn als Ehemann!

An diesem Punkt seiner Überlegungen angekommen, hörte er sich lässig sagen: »Wenn du mich willst, warum nicht?«

Elke lächelte ihn an. »War das ein Antrag?«

Rainer war überwältigt von ihren strahlenden Augen und seiner soeben bewiesenen Fähigkeit, menschliche Größe zu zeigen. Er, Rainer Esch, würde eine Familie gründen. Der Name seiner Sippe würde nicht aussterben. Er würde für Elke und seinen Sohn sorgen. Mit ihm und der Modelleisenbahn spielen. Und ihn am Tag seiner Geburt als Mitglied bei Schalke 04 anmelden.

»Das kannst du so sehen.«

Elke griff zu seiner Hand. »Ich liebe dich.«

»Ich dich auch«, antwortete Rainer. Und brach fast zusammen unter der Last der Verantwortung.

Trotzdem endete der Abend in einer wunderbaren Nacht.

20

Am Freitagmorgen griff Baumann erneut zum Bericht der Bochumer Gerichtsmediziner. Anfangs konnte er dem Text noch folgen:

Äußere Besichtigung:
Leiche eines bekannten, dreißig Jahre alten Mannes von 182 Zentimeter Körpergröße, etwa achtzig Kilo Körpergewicht und regelmäßigem Körperbau, normaler Ernährungszustand.
Deutliche Leichenkälte. Totenstarre bereits gelöst. Totenflecke rotviolett, überwiegend an der Körperrückseite, nicht wegdrückbar. Todeszeitpunkt: 21. Juli 2002 zwischen 19.00 und 21.00 Uhr.
Ein Zentimeter großes Hämatom, dunkelviolett in linker Armbeuge, kleine Einstichstelle.
Minimale gerötete Druckstellen an den Handgelenken, leichte Hautabschürfungen am linken Handgelenk.
Bekleidung: Turnschuhe, Socken, Sporthemd, Trainingsanzug. Hose und Oberbekleidung leicht verschmutzt. Keine Stoffdefekte.
Innere Besichtigung:
Okklusion des rechten Ventrikels und der zentralen Pulmonalarterie.
1. Sektionsergebnis:

Es folgte ein Trommelfeuer medizinischer Fachausdrücke. Diese Mediziner waren noch schlimmer als Juristen. Baumann las weiter:

2. Todesursache: Anormale hämodynamische ...

Die folgenden Begriffe hatte Baumann noch nie gehört. Er übersprang die Zeilen in der Hoffnung, später auf Verständlicheres zu stoßen.

3. Todesart: Nicht eindeutig festzustellen.

Der Kommissar sog die Luft ein. So unklare Formulierungen liebte er in gerichtsmedizinischen Berichten.

Toxikologisch-chemische Untersuchung (weitere Analysen folgen): zur Zeit des Ablebens negativ.
4. Diskussion: ... wurden im Bereich beider Handgelenke kleinere gerötete Druckstellen gefunden. Am linken Handgelenk waren zusätzlich Hautabschürfungen zu erkennen. In den kleinen Wunden fanden sich mikroskopische Partikel von Fasern, wie sie normalerweise in handelsüblichen Seilen vorkommen.
In der linken Armbeuge waren ein übergroßes Hämatom von etwa einem Zentimeter Durchmesser und eine feine Einstichstelle festzustellen. Die Größe des Hämatoms lässt darauf schließen, dass in einem Zeitraum von bis zu vierundzwanzig Stunden vor dem Exitus eine unsachgemäße Injektion verabreicht worden ist. Es konnten keine toxischen Stoffe nachgewiesen werden. Weitere biochemische Laboruntersuchungen stehen noch aus.
Der Exitus könnte auch durch eine Luftinjektion hervorgerufen worden sein. Nach dem Eintritt von Luft in das Venensystem wird die Luft zunächst zur rechten Herzkammer und dann in die Lungenstrombahn transportiert, wo es je nach der embolisierten intrakardialen bzw. intravaskulären Gasmenge zu relevanten und respiratorischen Auswirkungen kommen kann. Luftembolien können zu einer akuten Okklusion des rechten Ventrikels und der zentralen Pulmonalarterien mit nachfolgendem akutem Rechtsherzversagen führen ...

Baumann erwog nicht zum ersten Mal in seiner Karriere die Anschaffung eines medizinischen Lexikons.

... wird in der medizinischen Literatur davon berich-
tet, dass versehentliche iatrogene Luftinjektionen
beim Menschen von 100 ml bzw. 300 ml in beiden
Fällen zum Tode geführt haben.

Das war schon eindeutiger.

Die Injektion von Luft stellt ein erhebliches Risiko für
einen Menschen dar. Neben der Verengung der rechten
Herzhöhlen ist der Patient durch paradoxe Embolien
bzw. direkten Lufteintritt in die systemische Zirkulation
gefährdet.

... weisen wir darauf hin, dass es sich hier lediglich
um eine Option handelt. Ein eindeutiger medizini-
scher Beweis, ob es sich bei dem untersuchten Fall
um ein solches Ereignis handelt, ist nicht zu führen ...

Na toll. Der Kommissar griff zum Hörer. Er hatte Glück. Der Pathologe war in seinem Büro.

»Verstehe ich Sie richtig, dass Sie davon ausgehen, der Tod sei durch das Spritzen von Luft eingetreten?«

»Nein, das habe ich nicht in meinem Bericht geschrieben. Da steht lediglich, dass es möglich ist, dass der Infarkt durch eine Luftinjektion ausgelöst wurde. Der von uns gefundene Einstichkanal und das Herzversagen müssen nicht in einem ursächlichen Zusammenhang stehen.«

»Ja, was nun? Woran ist Mühlenkamp denn gestorben?«

»Haben Sie den Bericht nicht gelesen?« Der Mediziner klang empört. »An einer akuten Okklusion des rechten Ventrikels und folgendem Infarkt.«

»Können Sie mir das bitte übersetzen?«

»Ein Verschluss der rechten Herzkammer mit anschließendem Herzversagen.«

»Aha. Und der wurde durch diese Luftinjektion ausgelöst?«

»Kann ausgelöst worden sein.«

»Das ist nicht sicher?«

»Natürlich nicht.«

Baumann fand das alles andere als natürlich. »Und das Opfer wurde gefesselt?«

»Woher wissen Sie, dass er ein Opfer war? Es gibt lediglich vage Indizien, mehr nicht.«

»Von mir aus. Also: Mühlenkamp wurde gefesselt?«

»Das weiß ich nicht.«

»Aber Sie haben doch geschrieben ...«

»Ich weiß, was in meinem Bericht steht.«

Baumann seufzte. »Dann will ich es so formulieren: Könnten die Faserspuren von einem Seil stammen, mit dem der Tote gefesselt war?«

»Ja.«

»Na bitte!«

»Ich sagte: könnte. Wir haben Druckstellen und Faserspuren an den Handgelenken gefunden. Mehr nicht. Liefern Sie mir eine Spritze und ich kann zuverlässig feststellen, ob das Ding in den Venen des Toten gesteckt hat. Bringen Sie mir ein Seil, und ich sage Ihnen, ob es sich irgendwann an den Handgelenken des Toten befunden hat. Aber ob er damit gefesselt wurde oder Seilchenspringen gemacht hat, müssen Sie herausfinden.«

Der Kommissar schluckte eine nicht sehr freundliche Entgegnung herunter. »Danke. Sie haben mir wirklich sehr geholfen.« Frustriert legte er auf.

Er kratzte sich am Kopf. War Mühlenkamp nun ein Fall für sie oder nicht?

21

Etwas später als üblich waren Elke und Rainer in ihrer Kanzlei eingetroffen. Da Rainer vergessen hatte einzukaufen, war ein gemeinsames Frühstück in seiner Wohnung ausgefallen. Sie hatten Brötchen, Wurst und Käse besorgt und wollten nun in ihrem Büro das Versäumte nachholen. Rainer hatte jedoch kaum nach der Butter gegriffen, als ihn Martina Spremberg in sein Zimmer schob.

»Sie wartet schon seit einer halbe Stunde. Ich glaube, sie ist nicht besonders gut drauf«, meinte die Angestellte.

Martina hatte Recht. Sabine Schollweg saß wie ein Häuflein Elend mit verweinten Augen auf einem der alten Freischwinger.

Der Anwalt begrüßte seine Mandantin.

»Paul hat mich angerufen«, platzte es aus ihr heraus. »Er hat mich beschimpft. Aber er hat es bestimmt nicht so gemeint«, schränkte sie sofort ein. »Schließlich war er betrunken. Er will mit mir reden.«

»Worüber?«

»Über das Haus. Er kann nicht verstehen, warum es jetzt, wo Horst tot ist, nicht ihm gehört. Er glaubt, ich sei daran schuld. Aber ich wusste doch nicht einmal, dass Horst ...« Sie fing an zu schluchzen. »Er will mich treffen. Ich möchte, dass Sie mich begleiten.«

»Wann?«

»Wir haben noch keinen Termin ausgemacht. Aber ...«

»Ja?«

»Ich habe mir gestern angesehen, wo Horst gestorben ist. Das ist so weit von seiner Wohnung entfernt. Er ist dort bestimmt nicht hingelaufen. Warum sollte er das tun? Den Kanal entlangjoggen, sicher. Aber bis in die Teutoburgia-Siedlung?«

Rainer nickte. Das Verhalten Horst Mühlenkamps war schon merkwürdig.

»Ich habe in den vergangenen Tagen ständig darüber nachgedacht. Ich glaube, Horst wurde ermordet.«

»Wie bitte?«

»Er hatte doch seine Lebensversicherung verkauft. Dann haben die Medikamente geholfen und er ist wieder gesund geworden. Völlig gesund.« Ihr kamen erneut die Tränen. »Und dann das.« Sie straffte sich. »Bestimmt steckt diese Gesellschaft dahinter. Schließlich haben die ja fünfundzwanzigtausend Euro bezahlt in der Erwartung, dass Horst schnell stirbt. Aber den Gefallen hat er ihnen nicht getan. Die haben ihn umgebracht!« Bei ihren letzten Worten war sie aufgesprungen, die Fäuste geballt. »Die Unterlagen über diesen Verkauf sind in der Wohnung von Horst. Ich möchte sie holen. Sie übernehmen das Mandat. Die Nebenklage. So heißt das doch, oder?«

»Eigentlich können Sie keine Nebenklage erheben.«

»Warum nicht?«

»Sie waren nicht verheiratet. Nur Ehegatten, Eltern oder Geschwister sind dazu berechtigt.«

Sie zögerte einen Moment. »Dann muss das eben Paul machen. Sie begleiten mich aber trotzdem, ja?«

Rainer war nicht sehr überzeugt.

»Da kann ich dann auch gleich mit Paul reden. Ich will sein Haus nicht. Er kann es behalten.«

»Wann soll die Unterredung stattfinden?«, fragte Rainer erneut.

»Heute. Gleich. Mein Wagen steht unten.«

Da ging es hin, sein Frühstück mit Elke. »Na gut«, erwiderte er. »Bringen wir es hinter uns.«

Auch nach dem dritten Klingeln öffnete Paul Mühlenkamp nicht.

»Er ist nicht zu Hause. Sie sollten ihn anrufen und einen Termin vereinbaren.«

»Ich will die Unterlagen. Jetzt.« Die junge Frau kramte in ihrer Handtasche.

»Aber …«

»Ich habe einen Schlüssel.« Sie suchte weiter. »Irgendwo muss er doch …«

Der Anwalt rekapitulierte seine Kenntnisse des Paragrafen 123 des Strafgesetzbuches. Danach macht sich derjenige strafbar, der widerrechtlich in die Wohnung, die Geschäftsräume oder das befriedete Besitztum eines anderen eindringt. Auf Hausfriedensbruch stand Knast bis zu einem Jahr oder eine Geldstrafe. Aber so, wie es aussah, hatte Horst Mühlenkamp seiner Freundin den Schlüssel freiwillig überlassen. Außerdem war sie schließlich fast schon die Erbin. Da konnte von widerrechtlichem Eindringen nicht die Rede sein. Hoffte er zumindest.

»Hier ist er ja.«

Sabine Schollweg schloss die Haustür auf und betrat das Haus. Zögernd folgte ihr Rainer. So ganz sicher war er sich seiner Rechtsauslegung nun doch nicht.

»Horst wohnte im ersten Stock. Sein Bruder hier unten«, erklärte Sabine und zeigte auf die Tür, die der Anwalt schon kannte. Dann stieg sie zügig die Treppe hoch.

»Ich weiß«, murmelte Rainer und ging ihr nach.

Vor der oberen Wohnung stand seine Mandantin mit dem Gesicht zur Tür, Rainer den Rücken zugewandt. Mit schwacher Stimme sagte sie: »Ich ... ich glaube nicht, dass ich ... Ich möchte nicht ...«

Erleichtert antwortete Rainer: »Dann lassen Sie uns gehen.«

»Nein, bitte. Ich kann nur nicht ... Bitte gehen Sie als Erster hinein. Ich habe Angst, die Wohnung zu betreten. Die Erinnerungen – es ist alles noch so frisch.« Sabine Schollweg warf Rainer einen flehenden Blick zu und reichte ihm den Schlüsselbund.

»Wenn es denn der Wahrheitsfindung dient«, seufzte Rainer, öffnete die Wohnungstür und betrat den Flur. Die Luft roch etwas abgestanden. Hier war schon seit Tagen nicht mehr gelüftet worden.

»Die Unterlagen sind in seinem Arbeitszimmer. Die zweite Tür links«, flüsterte die junge Frau, die am Eingang stehen geblieben war.

»Sie sollten besser mitkommen«, forderte Rainer. »Sie finden die Papiere doch viel schneller als ich.«

»Ich kann wirklich nicht.« Ihre Stimme war kaum zu hören. »Irgendwo in den Regalen steht ein roter Aktenordner. Darin bewahrte Horst alles auf.«

»Verstehe.« Rainer folgte ihren Angaben und betrat das Arbeitszimmer. Er sah sich um. Der Raum war klein, höchstens acht oder neun Quadratmeter groß. Vor dem Fenster thronte ein alter, wuchtiger Schreibtisch aus dunklem Holz, der fast die gesamte Breite des Raumes in Anspruch nahm. Eiche, vermutete der Anwalt. Der Schreibtisch wirkte seltsam aufgeräumt, so als ob dort schon seit Wochen niemand mehr gesessen und gearbeitet hätte. An den anderen Wänden des Zimmers standen die Aufbewahrungsmöbel: *Billy*-Regale, Produkte des Möbelhauses mit dem Elch.

Mühlenkamp schien ein begeisterter Leser von Fantasy- und Gruselromanen gewesen zu sein. Das Regal an der rechten Wand war voll mit Büchern von Stephen King und anderen Vielschreibern. Besonders auffällig war eine beeindruckende Sammlung von Karl-May-Romanen, die Bände mit grünbraunen Buchdeckeln und goldfarbigem Aufdruck. Rainer zählte überschlägig gute zwei Dutzend der Abenteuergeschichten, mehr als er selbst jemals besessen hatte. Mit der beginnenden Pubertät hatte Esch seine Sammlung gegen einige Playboy-Hefte eingetauscht, was er heute bedauerte.

Ein roter Aktenordner fand sich jedoch in keinem der Regale. »Hier ist nichts«, rief er nach draußen.

»Sehen Sie im Schreibtisch nach«, antwortete seine Mandantin.

Rainer wurde das Gefühl nicht los, etwas Unrechtes zu tun: Er drang – wie er fand – unerlaubt in die Privatsphäre eines Menschen ein, den er noch dazu kaum gekannt hatte. Obwohl er es besser wusste, erwartete er jeden Moment, einen wütenden Horst Mühlenkamp in der Tür stehen zu sehen.

Trotzdem beugte er sich nach unten und öffnete eine der Schreibtischtüren. Und tatsächlich befand sich da ein roter Aktenordner. *Unterlagen* stand handschriftlich auf dem Rücken. Der Anwalt zog den Hefter heraus und legte ihn auf die Schreibtischplatte.

»Ich glaube, ich habe ihn gefunden.« Er klappte den Deckel auf.

»Bringen Sie ihn mir«, forderte Sabine Schollweg.

»Einen Moment.« Rainers Blick blieb auf der ersten Seite hängen.

Ein Werbeblatt der *FürLeben GmbH*. Hastig überflog er den Text. Er wusste nicht, ob er angesichts des Schwachsinns, den er da las, lachen oder weinen sollte. *Sogar der schwule Küchenfetischist,* stand da, *der sein Leben lang von einer edlen Küche in Porsche-Rot geträumt hatte, konnte seinen Traum verwirklichen. Ein Problem hatte nur sein Partner, der musste ihn nämlich Nacht für Nacht aus ihr herauszerren.*

Kopfschüttelnd klappte Rainer den Ordner zu und ging zurück zu seiner Mandantin.

»Ja, das ist er«, sagte sie und wollte nach dem Teil greifen. »Jetzt können wir gehen.«

Esch rückte den Ordner nicht heraus. »Warten Sie. Sie können den nicht einfach so mitnehmen.«

»Warum nicht?«

»Paragraf 242 StGB. Diebstahl.«

»Aber ich bin die Erbin.«

»Noch nicht ganz. Dazu muss erst das Nachlassgericht ...«

Von unten war das Geräusch einer zuschlagenden Tür zu hören. Rainer und Sabine sahen sich überrascht an. Momente später tauchte ein rot angelaufenes Gesicht unten an der Treppe auf.

»Was zum Teufel machen Sie hier?«, brüllte Paul Mühlenkamp. »Ich hole die Polizei.«

22

Kommissar Heiner Baumann blätterte immer noch im Bericht der Gerichtsmediziner. Wenn die Ärzte ein Fremdverschulden am Tod von Horst Mühlenkamp nicht zweifelsfrei ausschließen konnten, hieß es für ihn Klinkenputzen bei Verwandten, Freunden und Kollegen. Hatte dieser Mühlenkamp Feinde gehabt? War ein Motiv für einen Mord erkennbar? Aber sehr intensiv würde er nicht im Umfeld des Toten ermitteln. Warum auch? Wie Brischinsky angedeutet hatte, gingen ja auch die Bochumer Kollegen von einem Routinefall aus. Wenn sich im privaten oder beruflichen Bereich keine offensichtlichen Anhaltspunkte für ein Fremdverschulden finden ließen, konnten sie die Akte zuklappen und ihren Abschlussbericht schreiben. Baumann würde sich vorrangig um den Fall Bauer kümmern. Im Fall der vorsätzlich herbeigeführten Gasleckage war der Sachverhalt wenigstens eindeutig. Baumann legte die Akte Mühlenkamp auf den Schreibtisch, lehnte sich nur wenig erleichtert zurück und nahm einen Schluck Tee.

Plötzlich wurde die Tür aufgerissen und sein Kollege Uwe Pauly stürmte in das Büro.

»Hier ist sie also«, rief er empört und stapfte auf Baumann zu. »Unsereins liegt im Krankenhaus und die sauberen Kollegen reißen sich mir nichts, dir nichts die Kaffeemaschine unter den Nagel. Eine Frechheit! Und du nennst dich Kollege.« Pauly schnappte sich die Kanne, roch daran und hielt sie dem anderen unter die Nase. »Und was ist das? Ist das Tee? In einer Kaffeekanne?«

Baumann nickte schuldbewusst.

»Ich hasse Tee«, schimpfte Pauly. »Der Geschmack geht nie wieder raus.«

»Doch, bestimmt. Ich spüle die Kanne und dann ist sie wieder wie neu.«

»Einen Scheiß wirst du. Bezahlen wirst du. Und zwar sofort.« Er streckte fordernd eine Hand entgegen. »Dreißig Euro.«

»Was?«

»Die war fast ungebraucht. Her mit der Kohle!« Sein Kollege deponierte die Kanne auf einem der Aktenberge auf Baumanns Schreibtisch. Er schien nicht zu spaßen. »Los, mach schon!«

Baumann verfluchte Brischinsky und dessen Einfälle. Zögernd blätterte er Pauly den geforderten Betrag in die Hand. Die Knete würde er von seinem Vorgesetzten zurückfordern, schwor er sich. Den Vorwurf der unberechtigten Ausleihe wollte er aber nicht auf sich sitzen lassen. »Lass dir doch wenigstens erklären ...«

»Keine Zeit. Ich muss ja jetzt schließlich wegen dir eine neue Kaffeemaschine kaufen.« Pauly wandte sich zu Tür. Dort drehte er sich noch einmal um. »Du machst wirklich nichts als Mist, sobald dein Vorgesetzter nicht da ist.« Dann war er im Flur verschwunden.

Baumann war wütend. Auf Pauly. Auf Brischinsky. Und auf sich selbst. Er stand auf und wollte Pauly folgen, als sein Telefon schellte. Er fuhr herum und stieß dabei mit dem rechten Ellenbogen gegen den Papierstapel, auf dem die Kaffeekanne stand. Der Stapel schwankte, die Kanne geriet ins Rutschen und fiel. Ehe Baumann zugreifen konnte, zerschellte sie auf dem Boden.

Fluchend versuchte der Kommissar, das schrillende Telefon durch den Tee- und Scherbensee zu erreichen.

»Ja?«, fauchte er in den Apparat.

»Spreche ich mit der Kripo Recklinghausen, Hauptkommissar Brischinsky?«

»Ja. Das heißt: Nein. Baumann. Ich bin sein Mitarbeiter. Wer ist denn da?«

Es war der Anwalt des Apothekerehepaares, der ihm die Anschrift des Kölner Lieferanten durchgeben wollte.

Einer Eingebung folgend fragte Baumann: »Haben Sie zufällig auch den Namen und die Adresse des Grossisten aus Münster?«

Der Anwalt hatte. Baumann notierte beides und machte sich dann daran, die Folgen seines Missgeschicks zu beseitigen.

Anschließend telefonierte er mit der Firma in Köln. Diese bestätigte im Wesentlichen die Aussage Klaus Lehmanns.

»Der Mann hat gezahlt, für uns ist die Angelegenheit damit erledigt. Er war ja ohnehin kein regelmäßiger Kunde bei uns«, erläuterte ihm der Prokurist der Firma.

Baumann bedankte sich und legte auf. Er wunderte sich immer wieder aufs Neue, mit welcher Bereitwilligkeit Menschen, die es eigentlich besser wissen müssten, am Telefon vertrauliche Details preisgaben, wenn man sich mit »Kripo« meldete und überzeugend genug auftrat. Wer wollte da verhindern, dass ältere Omas Trickbetrügern Geld an eine unbekannte Adresse schickten, wenn diese sich am Telefon als in Not geratene Enkel ausgaben?

Baumann kaute an seinem Kugelschreiber. Draußen waren es bereits jetzt fünfundzwanzig Grad. Und er hockte hier, die Schuhe in einer halb trockenen Teepfütze. Da wäre es doch erheblich angenehmer, nach Münster zu fahren, in einer Eisdiele in der Sonne zu sitzen und auf dem Weg quasi nebenbei auch diesen Geschäftspartner der Lehmanns zu befragen. Zwar hatte ihnen der Apotheker versichert, keinen weiteren Ärger mit Lieferanten gehabt zu haben, aber man konnte ja nie wissen. Baumann kramte in den Fächern seines ledernen Zeitplaners. Wo hatte er denn nur die Telefonnummer der langbeinigen Schönen, die er vor zwei Wochen in einer der Münsteraner Altstadtkneipen kennen gelernt hatte?

Das Firmengelände des Lieferanten der *Heiligen-Apotheke* befand sich in einem Industriegebiet am südlichen Rand der Stadt. Ein zweigeschossiger weißer Kasten diente als Verwaltungsgebäude, dahinter schlossen sich flache Lagerhallen an. Eine ansehnliche Flotte von einheitlich lackierten Transportfahrzeugen verschiedener Fabrikate stand auf dem Parkplatz.

Baumann stellte den Passat auf einem der für Besucher freigehaltenen Plätze ab und betrat das Verwaltungsgebäude. Direkt hinter der gläsernen Eingangstür befand sich eine Art Empfang. Der Kommissar begrüßte die ältere Dame, zückte seinen Dienstausweis und bat darum, den Geschäftsführer sprechen zu dürfen. Zwei Minuten später saß er dem Juniorchef in dessen hypermodern eingerichtetem Büro gegenüber.

»Besonderheiten in unseren Geschäftsbeziehungen zu der *Heiligen-Apotheke?* Was meinen Sie genau?«

Genau wusste das Baumann selbst nicht. Deshalb war er ja hier. »Zahlungsverzögerungen, zum Beispiel. Oder Reklamationen. Irgendetwas Besonderes eben.«

»Nein, da fällt mir nichts ein. Aber«, der Juniorchef stand auf und ging zur Tür, »ich lasse mir schnell unsere Kundenakte bringen. Da steht alles drin.« Er verschwand im Vorzimmer.

Wenig später brachte die Sekretärin das Gewünschte. Der Juniorchef schaute in den Ordner. »Nein, nichts. Aber so wie es aussieht, sind wir auch nicht der Hauptlieferant dieses Kunden.«

Baumanns Interesse war geweckt. »Wie meinen Sie das?«

»Na ja, die Umsätze. Sie sagten mir doch eben, dass in der *Heiligen-Apotheke* neben den Eigentümern auch Angestellte beschäftigt sind?«

»Stimmt. Die sind allerdings im Moment in Kurzarbeit.«

»Das spielt keine Rolle. Es muss noch einen anderen Lieferanten geben. Die Umsätze waren in den letzten

Jahren so gering, davon können die nicht leben und nicht sterben. Geschweige denn Angestellte bezahlen. Kurzarbeit hin oder her.«

»Sind Sie sich sicher?«

»Sehen Sie, wir haben unsere Erfahrungswerte. Machen wir doch eine grobe, überschlägige Kalkulation: Gehen wir davon aus, dass eine pharmazeutisch-technische Angestellte einschließlich Lohnnebenkosten brutto etwa vierzigtausend im Jahr kostet. Das Apothekerehepaar will selbst auch leben. Sagen wir sechzigtausend. Unterste Grenze. Dann die Miete …«

»Das Gebäude ist im Eigentum der Apotheker.«

»Macht nichts. Zinsen und Tilgung kosten auch Geld. Über den Daumen dreißigtausend. Mit allen Nebenkosten wie Versicherungen, Telefon und so weiter sind Sie schnell bei insgesamt zweihundertachtzigtausend Euro im Jahr. Das sind die Kosten, verstehen Sie? Das bedeutet, dass eine solche Apotheke einen Umsatz von mindestens einer Million machen muss, um über die Runden zu kommen. Mit einem solchen Umsatz liegen Sie aber nur im unteren Drittel. Reichtümer können Sie so nicht scheffeln. Der größte Teil unserer Kunden setzt zwischen einer und drei Millionen im Jahr mit uns um. Und das sind nicht die Spitzenreiter.«

»Und die *Heiligen-Apotheke?*«

Der Juniorchef machte ein betretenes Gesicht. »Wenn Sie nicht sagen, von wem Sie diese Information haben …«

Baumann schüttelte den Kopf.

»Dreihundertfünfzigtausend im letzten Jahr.«

»Und was bleibt davon an Gewinn übrig?«

Seinem Gegenüber war die Frage sichtlich unangenehm. »Sehen Sie, das müssen Sie verstehen … So genau kann man das nicht sagen. Unsere Rabatte sind Geschäftsgeheimnis. Unterschiedlich gestaffelt. Nach Kunden. Es wäre mir sehr unangenehm, wenn ich …«

Er schaute Baumann unglücklich an. »Ich hätte Ihnen eigentlich auch die Umsatzzahlen nicht ...«

Im Grunde reichte dem Kommissar diese Information. Entweder gab es noch einen weiteren Lieferanten, von dem die Lehmanns ihre Ware bezogen, oder sie verfügten über eine zusätzliche Einnahmequelle. »Trotzdem, vielen Dank. Sie haben mir wirklich sehr geholfen.« Baumann verabschiedete sich.

Im Wagen rief er das Apothekerehepaar an. Klaus Lehmann war am Apparat.

»Als wir bei Ihnen waren, haben Sie uns die Geschichte von den verschwundenen Medikamenten erzählt. Dabei erwähnten Sie nicht nur einen Lieferanten aus Köln, sondern auch Ihren Grossisten aus Münster.«

»Wenn ich mich recht erinnere, ja.«

»Haben Sie noch weitere Lieferanten?«

»Wieso ...?«

»Es könnte doch sein, dass einer von denen Ihnen einen Denkzettel verpassen wollte.«

Lehmann lachte kurz auf. »Ach so. Ja, natürlich haben wir noch andere Bezugsquellen. Aber das sind Marginalien, was wir da bestellen, glauben Sie mir.«

»Mag sein. Wir möchten aber jeder denkbaren Spur nachgehen.«

Lehmann seufzte. »Also, wenn ich Ihnen jeden Hustenbonbonvertreter nennen soll ... Da bin ich wirklich überfragt ... Wir hatten doch bei denen nur ein, zwei Bestellungen im Jahr. Da kann Ihnen allenfalls unser Steuerberater weiterhelfen. Aber meinen Sie wirklich, dass das nötig ist?«

»Dann waren das keine großen Geschäfte, die Sie mit diesen anderen Lieferanten gemacht haben?«

»Gott bewahre.« Lehmann lachte wieder. »Und dass jemand von denen mit dem Unfall zu tun haben sollte ... Nein, das kann ich mir nicht vorstellen.«

»Ja dann. Danke, Herr Lehmann. Entschuldigen Sie die Störung. Ein schönes Wochenende.«

»Wiederhören.« Lehmann legte auf.

Nun wählte Baumann die Nummer seiner Bekanntschaft vom vorletzten Samstagabend. Es ging keiner ans Telefon. Er steckte das Handy zurück in die Halterung der Freisprecheinrichtung und startete den Motor, um in die Innenstadt zu fahren. Kurz bevor er den Hauptbahnhof erreichte, meldete sich sein Telefon wieder.

»Wo steckst du?«, wollte Brischinsky wissen.

»Münster«, antwortete Baumann knapp.

»Was hast du in Münster zu tun?«

Baumann erstattete kurz Bericht.

»Gute Arbeit«, lobte sein Chef. Dann fragte er vorwurfsvoll: »Warum hast du mich nicht besucht?«

»Du bist doch erst vorgestern ...«

»Angerufen hast du auch nicht.«

»Zu viel Arbeit. Ich bin nicht dazu gekommen«, schwindelte Baumann.

»Lügner! Du kommst jetzt in die Klinik und holst mich ab. Ich werde heute entlassen.«

»Solltest du nicht für einige Tage ...«

»Zwei genügen.«

»Kannst du nicht ein Taxi nehmen? Ich wollte gerade ...«

»Was wolltest du?« Der Tonfall des Hauptkommissars ließ vermuten, dass er nicht sehr viel Verständnis für Baumanns Vorhaben aufbringen würde.

Baumann verdrehte die Augen. Kein Eis in Münster. Kein Treffen mit der Blondine. Kein ruhiges Wochenende. Brischinsky war wieder da.

»Nichts«, sagte Baumann und bog an der nächsten Ampel nach links ab, Richtung Autobahn. »Ich bin in einer knappen Stunde bei dir.«

23

Schneller, als der Anwalt es ihm zugetraut hätte, stürmte Paul Mühlenkamp die Treppe hoch, zwei, drei Stufen auf einmal nehmend.

Keuchend baute er sich vor Rainer auf. »Wat ham Se hier zu suchen? Und wat woll'n Se damit?« Er deutete mit dem Kopf in Richtung des Aktenordners, den Rainer immer noch in der rechten Hand hielt. »Ham Se dat etwa aus meiner Wohnung geholt?« Das klang nicht wie eine Frage, sondern eher wie eine Drohung.

Esch wich bis an die Wand zurück. Mühlenkamp folgte ihm und kam seinem Gegenüber unangenehm nahe. Rainer roch Schweiß und Zigarettenqualm, aber keinen Alkohol. Das beruhigte ihn etwas. Nüchtern ließe sich dieser Kerl vielleicht nicht so schnell zu Tätlichkeiten hinreißen.

»Ich ... äh ... Wir wollten ...«, stammelte Esch und sah Hilfe suchend zu seiner Begleiterin.

Der Dicke folgte seinem Blick. »Du!« Mühlenkamp spießte Sabine Schollweg mit dem Zeigefinger auf, als ob er sie gerade erst zur Kenntnis genommen hätte. »Das hätte ich mir denken können.«

»Das ist immer noch Horsts Wohnung«, erklärte Sabine resolut. »Und außerdem habe ich einen Schlüssel.«

»Un wat is damit?« Paul Mühlenkamp trat einen Schritt zurück, gab aber den Weg nach unten noch nicht frei und zeigte erneut auf den Aktenordner.

Rainer atmete tief durch.

»Das sind die Unterlagen der *FürLeben*. Ich wollte sie mir ansehen«, erklärte Sabine.

»Un warum?«

Sabine zögerte.

»Warum?«, brüllte Mühlenkamp plötzlich los.

Die junge Frau zuckte zusammen, warf einen erschrockenen Blick zu Rainer, hatte sich dann aber wieder in der Gewalt. »Ich ... ich glaube, dass Horst ermordet worden ist.«

Der Dicke schüttelte verständnislos den Kopf. »Abba ...«

»Und ich will, dass du als Nebenkläger auftrittst, falls es zur Anklage kommt.«

»Ich soll wat?« Mühlenkamp sah erst zu Sabine, dann zu Rainer.

Der hob die Schultern und grinste schief.

»Müssen wir das hier diskutieren oder können wir in deine Wohnung gehen?« Sabine Schollweg schob Mühlenkamp sanft zur Seite. Widerstrebend machte dieser Platz.

Diesmal war die Wohnung aufgeräumt. Keine leeren Flaschen, keine Zeitungsstapel, keine vollen Aschenbecher. Alles war wie geleckt. Fast schon zu ordentlich, fand Rainer. Als ob der Wohnungsinhaber Gedanken lesen konnte, holte er drei Flaschen Bier, knallte sie auf den Tisch und steckte sich eine Zigarette an. Rainer und Sabine lehnten die Getränke dankend ab, aber Mühlenkamp ließ die Pullen auf dem Tisch stehen.

Stockend begann Sabine zu sprechen. Sie erzählte von der Krankheit ihres Freundes, von den gemeinsamen Plänen für die ihnen verbleibende Zeit, von *FürLeben,* der plötzlichen Genesung und ihrem schrecklichen Verdacht. Das alles kannte der Anwalt schon. Und er hatte den Eindruck, dass auch Mühlenkamp nichts Neues hörte. Trotzdem unterbrach keiner der beiden die Frau; vielleicht, weil ihnen klar war, dass Sabine sich das Erlebte einmal von der Seele reden musste.

»Deshalb brauchst du auch keine Angst zu haben, dass ich dir die Haushälfte wegnehmen werde. Du kannst die Bude hier behalten«, beendete Sabine Schollweg ihre Erklärung.

»Wie viel Geld krichst du eigentlich?«, erkundigte sich Paul Mühlenkamp.

»Etwa fünfzigtausend. Zumindest hat mir Ihr Bruder das so geschrieben«, warf Rainer ein.

»Hm.« Mühlenkamp nahm den letzten Schluck aus seiner Flasche und schielte auf das Bier, welches vor Rainer stand. »Se wollen wirklich nich, oder?«, fragte er, schob die Hand über den Tisch und griff im selben Augenblick zu. »Dann kann ja wohl ich ...«

Nachdem er getrunken hatte, wischte er sich mit dem Handrücken über den Mund. »Viel Geld. Abba gut.« Er streckte Sabine seine Rechte entgegen. »Wir machen den Deal. Du die Knete, ich dat Haus.« Paul Mühlenkamp wirkte ziemlich zufrieden, als Sabine Schollweg einschlug. »Un wat is dat mit der Nebenklage?«

Zwei Stunden später saß Rainer wieder in seinem Büro, blätterte in dem roten Aktenordner und nippte an einem Kaffee. Viel gaben die Unterlagen, die Horst Mühlenkamp aufbewahrt hatte, nicht her. Der Vertrag mit der Gesellschaft, die Schweigepflichtentbindungserklärungen für die behandelnden Ärzte, ärztliche Gutachten, deren Inhalt Rainer kaum verstand, und verschiedene Werbebroschüren der *FürLeben.*

Es klingelte.

»Frau Krämke will dich sprechen«, teilte Martina mit.

»Kenn ich nicht«, knurrte Esch, ungehalten über die Störung.

»Red nicht. Eine Mandantin. Von dieser Apotheke aus Bochum.«

»Habe keine Zeit. Wimmele sie ab.«

»Du meinst wohl eher, keine Lust. Abwimmeln ist nicht. Sie will dich unbedingt sprechen.«

»Ich bin nicht da.«

»Zu spät.« Es knackte in der Leitung. Rainer unterdrückte einen Fluch und meldete sich.

»Hallo, Herr Esch«, hörte er Margit Krämke.

»Womit kann ich Ihnen helfen?«

Die Tür ging auf und Martina legte ihm wortlos den Schnellhefter auf den Schreibtisch. Rainer warf ihr einen bösen Blick zu. Martina flüsterte: »Du mich auch.«

»Sie haben mir schon geholfen.«

»Inwiefern?« Esch blätterte in den Unterlagen. Er fand seine Notizen, das Schreiben an die Rechtsschutzversicherung sowie die erhobene Kündigungsschutzklage.

»Mein Chef hat mir eine Abfindung angeboten und wir haben uns geeinigt. Ich habe den Scheck schon in der Tasche. Sie brauchen nichts mehr für mich zu tun.«

Schon wieder hatte sich ein lukratives Mandat verabschiedet. Rainer seufzte. »Wie viel hat er Ihnen angeboten?«

»Zunächst fünfundzwanzigtausend.«

»Euro oder Mark?«

»Ich bitte Sie. Natürlich Euro.«

Natürlich. Frau Krämke hatte augenscheinlich keine Schwierigkeiten, sich an die neue Währung zu gewöhnen. Er las in seinen Notizen nach. Zwanzig Beschäftigungsjahre, zweitausend Brutto, ein halbes Gehalt als Regelabfindung, das machte …

»Ihr Chef hat Ihnen freiwillig fünfundzwanzigtausend angeboten?«, fragte er ungläubig. Rainer hielt sich zwar für einen guten Anwalt, aber so brillant war seine Klageschrift nun auch nicht gerade gewesen, dass sie den Arbeitgeber hätte veranlassen können, in eine Abfindung einzuwilligen, die fünftausend über dem lag, was ein Gericht voraussichtlich festgelegt hätte.

»Ich sagte eben: zunächst.«

»Ja?« Rainer glaubte kaum, was er nun hörte.

»Dann hat er noch fünfzehntausend draufgelegt.«

Esch schluckte. Dann fiel ihm etwas ein. »Wenn ich mich richtig erinnere, erzählten Sie mir bei unserem ersten Gespräch etwas über – wie haben Sie sich ausgedrückt? – Schmu, der in der Apotheke gelaufen ist. Hat dieser … Schmu … etwas mit der Höhe der Abfindung zu tun?«, fragte er vorsichtig.

»Aber sicher«, flötete sie.

»Um was handelt es sich denn genau?«

»Ich weiß nicht, ob ich Ihnen ... Wir haben absolute Vertraulichkeit vereinbart, mein Chef und ich.«

»Ich bin Ihr Anwalt.«

»Eigentlich nicht mehr.«

Dass sie das sagen würde, hatte Rainer befürchtet. »Außerdem unterliege ich der Schweigepflicht.«

»Ich weiß nicht ...«

Er entschloss sich zu einem Generalangriff. »Das, was Sie getan haben, würden Ihnen nicht so gewogene Personen als Erpressung bezeichnen.«

Für einen Moment war es ruhig am anderen Ende der Leitung. Dann fragte Margit Krämke mit verzagter Stimme: »Wen meinen Sie damit?«

»Den Staatsanwalt zum Beispiel.«

»Den Staatsanwalt?«

»Genau. Ihre Abfindungsregelung ist rechtlich unwirksam, weil sie mit ungesetzlichen Mitteln zu Stande kam. Ihr Arbeitgeber kann sie jederzeit widerrufen, im schlimmsten Fall kann er Sie sogar anzeigen.«

»Mich anzeigen?« Sie dachte einige Sekunden nach. »Nein, nie und nimmer.«

»Warum sind Sie sich da so sicher?«

»Weil er dann selbst dran wäre.«

Rainer war erneut fassungslos. »Wieso?«

»Sie dürfen wirklich nicht darüber reden?«

»Nein.«

»Na gut. Nicht immer wurde so abgerechnet, wie es die Krankenkassen eigentlich vorschreiben, verstehen Sie?«

Ehrlich antwortete Rainer: »Nein.«

»Es gibt Patienten, die lassen sich von ihrem Arzt Medikamente gegen Krankheiten verschreiben, an denen sie eigentlich nicht leiden.«

Esch wusste immer noch nicht genau, was sie meinte. »Und?«

Margit Krämke seufzte. »Sie sind aber schwer von Begriff. Stellen Sie sich Folgendes vor: Ich klage bei meinem Hausarzt über, sagen wir, leichtes abendliches Fieber. Der vermutet natürlich eine Infektion und verschreibt ein Antibiotikum. Mit dem Rezept gehe ich in die richtige Apotheke und erhalte ...«

»Keine Arznei?«, vermutete Rainer.

»Richtig.«

»Was sonst? Geld?«

»Nein. Zumindest bei uns nicht«, schränkte sie ein. »Fruchtsäfte. Oder irgendwelche Salben, die es nicht auf Rezept gibt.«

»Und das lohnt sich?«

»Kleinvieh macht auch Mist«, antwortete Margit Krämke. »Und außerdem: Aus zehn Einheiten eines Medikaments werden manchmal zwischen Arztpraxis und Krankenkasse auch fünfzig oder hundert.«

Das verstand Rainer. Eine Null war schnell geschrieben. »Das dann aber natürlich ohne Mitwirkung des Patienten.«

»Genau. Verstehen Sie jetzt, warum mein Chef mich bestimmt nicht anzeigt?«

»Ja. Haben Sie sich jemals an solchen, äh, Manipulationen beteiligt?«

»Nein, nie.«

Esch glaubte ihr kein Wort.

»Müssen Sie meine Rechtsschutzversicherung einschalten?«

Der Anwalt wusste sofort, auf was sie hinauswollte. »Ich habe zwar ein Anspruchsschreiben geschickt, aber ich kann nun der Versicherung mitteilen, dass die Angelegenheit gütlich beendet wurde und lediglich die übliche Gebühr anfällt.«

»Und die Klage?«

»Können Sie zurückziehen.«

»Ohne Angabe von Gründen?«

»Natürlich. Nur ...«, der Anwalt suchte nach den richtigen Worten.

Margit Krämke zögerte keine Sekunde. »Sie können mir eine Rechnung schicken. Für dieses Gespräch beispielsweise.«

Darauf konnte sie sich verlassen. »Sehr freundlich von Ihnen. Machen Sie es gut, Frau Krämke«, erwiderte Rainer nur.

Nachdem er aufgelegt hatte, fragte er sich, ob er es mit seinen Standesregeln vereinbaren konnte, das Gehörte für sich zu behalten, oder ob er gezwungen war, die Staatsanwaltschaft zu informieren. Nach kurzem Nachdenken entschied er sich dafür, Frau Margit Krämke weiter als Mandantin zu betrachten und die Klappe zu halten. Betrug oder Untreue waren schließlich keine Kapitalverbrechen. Anschließend diktierte er Martina eine gesalzene Honorarabrechnung.

24

»Ich habe gehört, Sie hatten etwas Pech mit einer lecken Gasleitung?«

Klaus Lehmann erkannte die Stimme am Telefon sofort. Der Anrufer gehörte zu Hendriksons Leuten. Er machte seiner Frau, die gerade aus der Küche kam, klar, dass sie am Zweitgerät mithören sollte.

»Vielleicht sind Sie zukünftig etwas vorsichtiger.«

»Wie soll ich das verstehen?«

»Ach, kommen Sie, Herr Lehmann. Haben Sie wirklich angenommen, dass uns Ihre Alleingänge verborgen geblieben sind?«

»Ich kann Ihnen versichern ...«

»Hören Sie auf«, unterbrach ihn der Anrufer ungeduldig. »Wir haben Ihnen die Kunden vermittelt. Dafür erwarten wir die uns zustehende Provision.«

Maria Lehmann stieß ihren Mann in die Seite und schüttelte heftig den Kopf.

»Glauben Sie mir, in den letzten Wochen konnten wir kein Geschäft abwickeln. Die Kontrollen der Kassenärztlichen Vereinigung sind schärfer geworden. Der Kostendruck ...«

»Lassen Sie das Geschwätz. Wir sind hier nicht im Bundestag. Sie begleichen Ihre Schulden bei uns, ist das klar?«

»Wir können nicht«, jammerte Lehmann. »Die Apotheke ist zerstört, wir haben momentan keine Einnahmen, aber die Kosten laufen weiter.«

»Blödsinn. Der Laden ist versichert, Ihr Verdienstausfall vermutlich auch, Kurzarbeitergeld zahlt das Arbeitsamt. Und schließlich haben Sie ja noch das Konto in Liechtenstein, oder?«

Lehmann zuckte zusammen. »Hast du ...?«, flüsterte er seiner Frau zu.

Statt einer Antwort nahm sie ihm den Hörer aus der Hand. »Jetzt hören Sie mir zu.«

»Ah, die werte Gemahlin. Dachte ich mir doch, dass Sie mithören.«

»Sie bekommen keinen Cent von uns. Nicht einen.«

»Das würde ich mir an Ihrer Stelle überlegen.«

»Wollen Sie mir drohen? Sie?«

»Was für ein hässliches Wort. Aber wenn Sie es so wollen: Betreiben Sie Ihre private Heizungsanlage eigentlich auch mit Gas? Hoffentlich wurde sie gut gewartet. Wie schnell kann da was passieren. Gefällt Ihnen das besser?«

Klaus Lehmann wurde bleich und begann zu zittern.

»Das wagen Sie nicht«, zischte die Apothekerin. »Sie haben schließlich einen Menschen auf dem Gewissen.«

»Das war wirklich bedauerlich. Aber meinen Sie nicht, dass es vielleicht auf ein oder zwei weitere Opfer nicht ankommt?«

Maria Lehmann zögerte. »Wir haben einen Umschlag bei einem Notar hinterlegt. Der geht an die Polizei für den Fall, dass ...«

»... uns etwas passiert?« Der Mann am anderen Ende der Leitung kicherte leise. »Sie haben zu viele Kriminalfilme gesehen. Selbst wenn es diesen Umschlag tatsächlich geben würde – was ich im Übrigen nicht glaube –, was steht denn darin? Dass Sie Ihre Abrechnungen nicht so vorgenommen haben, wie es den Grundsätzen einer ordentlichen Buchführung entspricht?«

»Wir kennen Sie.«

»Tatsächlich?« Der Anrufer gluckste erneut. »Da wäre ich mir an Ihrer Stelle nicht so sicher.«

Die Selbstsicherheit der Apothekerin war dahin. »Ihr Bote ...«

»Lassen Sie es bleiben, Frau Lehmann. Sie sollten uns nicht unterschätzen. Ihr kleiner Erpressungsversuch hat nur den Zinssatz etwas erhöht. Wir bekommen zehntausend von Ihnen. Eine Pauschale, sozusagen. Schließlich können wir die angefallene Provision ja nur schätzen, da Sie jede Kooperation verweigert haben.« Wieder das leise Lachen.

»Aber ...«

»Plus fünftausend Zinsen.«

»Ich ...«

»Fällig bis Mittwoch. Ihre Zahlung erfolgt auf die übliche Weise.«

»Unmöglich. Wir ...«

»Mittwoch.«

Der Mann legte auf.

Schweigend ging Klaus Lehmann zum Barfach und goss Whiskey in ein Glas, vier Finger hoch. Er kippte die Spirituose hinunter und schenkte nach. »Und was jetzt?«

»Er blufft.«

Lehmann nahm einen weiteren großen Schluck. »Und wenn nicht?«

»Ich zahle auf keinen Fall.«

»Du hast ihm gedroht. Das wäre nicht notwendig gewesen.« Lehmanns Stimme klang weinerlich. »Er weiß von dem Konto in Liechtenstein. Woher?«

»Keine Ahnung. Ich habe es ihm nicht gesagt. Also musst du es ja wohl gewesen sein«, schnaubte sie.

Ihr Mann ignorierte den Vorwurf. »Fünfzehntausend. Dann ist alles vorbei.«

»Du bist wirklich naiv. Wenn wir nicht hart bleiben, werden wir die Kerle nie wieder los.« Sie mischte sich einen Gin-Tonic. »Die bekommen kein Geld von mir.«

»Wir müssen die Polizei einschalten.«

Maria Lehmann sah ihn wütend an. »Bist du verrückt?«

»Die bringen uns um«, presste der Apotheker heraus. Er schloss beide Hände um sein Glas, um das Zittern unter Kontrolle zu bringen. Erfolglos. Das Glas fiel zu Boden und zersprang. Ein dunkler Fleck breitete sich auf dem Teppichboden aus. Klaus Lehmann stolperte auf seine Frau zu. Er griff ihre Schultern und schüttelte sie. »Bitte«, stammelte er. »Bitte lass uns zur Polizei gehen.«

Für einen Moment glaubte er so etwas wie Mitleid im Mienenspiel seiner Frau zu erkennen. Dann schob sie ihn von sich fort, hob die rechte Hand und schlug ihm hart ins Gesicht.

»Was bist du nur für ein Schwächling«, schleuderte sie ihm entgegen. Ihre Stimme war eiskalt. »Ich lasse mir mein Leben nicht kaputtmachen. Nicht von denen. Und nicht von dir! Hast du mich verstanden?«

25

»Wirklich gute Arbeit«, lobte der Hauptkommissar Baumann erneut, nachdem dieser seinen Chef unter Ächzen und Stöhnen auf dem Beifahrersitz und die Krücken im Kofferraum untergebracht hatte war. »Da müssen uns die Lehmanns ja schon wieder etwas erklären. Dieses Mal besuchen sie aber uns. Im Präsidium. Hast du ihre Nummer?«

Brischinsky griff sich das Handy und rief bei den Apothekern an. Anschließend wandte er sich wieder an Baumann. »Seltsam. Herr Lehmann war am Apparat. Der Kerl war völlig betrunken. Ich würde mich nicht wundern, wenn er sich morgen früh nicht mehr an unsere Einladung erinnern kann.« Brischinsky lutschte am Kugelschreiber und sinnierte: »Bei unserem Besuch wirkten die Lehmanns so verdammt selbstsicher, fast schon arrogant.«

»Blasiert«, stimmte Baumann zu. »Die waren blasiert.«

»Jetzt das genaue Gegenteil. Er schien ... irgendwie devot. Ich hatte fast den Eindruck, er ist erleichtert, dass wir sie vorladen.«

»Vielleicht der Alkohol?«

»Möglich.« Brischinsky schaute wieder aus dem Fenster.

»Soll ich dich nach Hause bringen?«, erkundigte sich sein Mitarbeiter vorsichtig.

»Wie kommst du denn darauf? Wir fahren ins Präsidium. Arbeiten. Schließlich haben wir zwei Todesfälle aufzuklären.«

Heiner Baumann stöhnte leise.

Gegen vier Uhr hockten sie in ihrem Büro. Brischinsky ließ sich den Bericht der Gerichtsmedizin in Sachen Mühlenkamp geben. Er las die Unterlagen aufmerksam und bat Baumann: »Machst du uns einen Kaffee?«

»Geht nicht.«

Sein Chef sah auf. »Warum nicht?«

»Wir haben keine Kaffeemaschine.«

»Pauly ist also auch aus dem Krankenhaus entlassen worden«, schloss Brischinsky. »Dann leih dir doch seine Kanne kurz aus.«

»Ich glaube nicht, dass uns Kollege Pauly je wieder etwas leihen wird.«

Der Hauptkommissar sah auf. »Warum nicht?«

Heiner Baumann berichtet von seinem Missgeschick. Verärgert nahm er zur Kenntnis, dass das Grinsen seines Vorgesetzten immer breiter wurde. »Und deshalb bin ich der Auffassung, dass eigentlich du die Kanne bezahlen solltest«, schloss er.

»Tatsächlich?«

»Tatsächlich!«

Brischinsky griff zu seiner Gesäßtasche, holte seine Geldbörse heraus und blätterte stumm dreißig Euro auf den Tisch. Erstaunt sah Baumann erst seinen Chef an, dann auf die Scheine. Das hatte er nicht erwartet.

»Steck das Geld schon ein, ehe ich es mir anders überlege«, grunzte Brischinsky und vertiefte sich wieder in die Akten. »Wann ist der Bericht der Gerichtsmedizin gekommen?«, fragte er einige Minuten später.

»Gestern Nachmittag.«

»Hast du mit dem Mediziner gesprochen?«

»Ja. Heute Morgen.«

»Was ist mit den weiteren toxikologischen Untersuchungen, von denen der Pathologe schreibt? Liegt da schon etwas vor?«

Baumann schluckte. »Soweit ich weiß, nein«, versuchte er, sich aus der Affäre zu ziehen. »Der Doc hat mir nichts gesagt.«

Der Hauptkommissar schnappte sich das Telefon. Wenig später hörte Baumann ihn sagen: »In Ihrem Bericht steht, dass Sie noch weitere Untersuchungen für erforderlich hielten. Liegen schon Ergebnisse vor? – Ist ja interessant. – Er hat Sie nicht danach gefragt?« Brischinsky warf Baumann einen viel sagenden Blick zu. »Einen Moment, ich muss mir das notieren. – Wie schreibt sich das? – Ach nee ... Kein Irrtum möglich? – Und wie kommt man an das Zeug? – Vielen Dank.« Er legte auf.

»Das Lob von vorhin nehme ich zurück. Du hast den Pathologen nicht nach den weiteren Ergebnissen gefragt.«

Heiner Baumann nickte zerknirscht. »Ich habe es einfach vergessen.« Unwillkürlich zog er in Erwartung des Kommenden den Kopf ein.

Doch der Hauptkommissar brummte: »Kann vorkommen.« Nur das. Kein cholerischer Anfall, kein Schreikrampf.

»Und gibt es weitere Ergebnisse?«, versuchte Baumann das Gespräch in eine andere Richtung zu lenken.

»Ja. Es wurden Spuren von *Atracuriumbesilat* gefunden.«

Baumann kratzte sich am Kinn. »Das ist was?«

Der Hauptkommissar griff zu seinen Notizen. »Ein ...«, er zögerte, »... es gehört zur Gruppe der nicht depolarisierenden Muskelrelaxantien.«

»Aha.«

»Das sind Mittel, die zur Muskelentspannung eingesetzt werden. Ist sinnvoll zum Beispiel zur Erleichterung der künstlichen Beatmung auf Intensivstationen oder während chirurgischer Eingriffe. Wird auch häufig bei einem Kaiserschnitt benutzt.«

»Und?«

»Wäre Mühlenkamp einige Stunden später gefunden worden, hätten die Pathologen das Zeug nicht mehr nachweisen können. Es zersetzt sich im Körper sehr schnell.«

Baumann verstand immer noch nicht. »Was ...?«

»Hoch dosiert kann es zu einer vollständigen Muskelerschlaffung führen, sagt der Arzt.«

Baumann erinnerte sich an die Übungen zur Lockerung der Muskulatur vor sportlichen Betätigungen. »Ist das denn gefährlich?«

»Das Herz ist ein Muskel«, erklärte Brischinsky weiter. »Und wenn der vollständig erschlafft ...«

Jetzt kapierte Baumann. »Infarkt?«

»So ist es. Oder Lähmung der Atemmuskulatur. Dann erstickt man. Was auf dasselbe hinausläuft. *Atracuriumbesilat* wird als Injektion in eine Vene oder als Infusion verabreicht. Das Mittel wird hauptsächlich in Krankenhäusern eingesetzt und ist natürlich rezeptpflichtig.«

»Hat denn Mühlenkamp das Medikament in einer tödlichen Dosis erhalten?«

»Das ist möglich, aber nicht sicher. Vielleicht ist er einfach damit behandelt worden.«

»Vermutlich bei einem Kaiserschnitt«, scherzte Baumann.

»Sehr komisch. Auch jede andere Operation scheidet aus. Der Eingriff hätte Spuren hinterlassen, die noch nicht geheilt sein können. Die wurden aber nicht gefunden. Möglich wäre, dass das Mittel zur leichteren Einführung eines Intubators genutzt wurde.«

Baumann sag Brischinsky fragend an.

»Künstliche Beatmung während einer Vollnarkose«, erklärte der.

»Schon klar. Aber ich dachte, die gibt's nur bei Operationen?«

»Eigentlich schon. Aber manchmal wird so ein Teil auch bei komplizierten Untersuchungen eingesetzt, meint der Arzt.«

»Und jetzt?«

»Jetzt machen wir Feierabend. Morgen ist auch noch ein Tag. Zisch schon ab, ich nehme mir ein Taxi.«

Auf dem Weg zu seinem Wagen staunte Baumann immer noch über Brischinskys ungewöhnlich friedfertiges Verhalten. Die einzig denkbare Erklärung war: Die Ärzte im Krankenhaus hatten seinem Chef irgendetwas verabreicht. Etwas gegen starke Erregungszustände und Spannungen. Etwas, was zur Erschlaffung und Entspannung führte. Etwas wie dieses *Atracuriumbesilat*. In ziemlich hoher Dosierung.

26

Rainer nahm die Kassette aus dem Diktiergerät und legte sie auf den Stapel mit den Unterlagen, die Martina später abarbeiten würde. Er fingerte eine Reval aus der zerknitterten Schachtel und steckte sie an. Dann lehnte er sich im Sessel zurück, platzierte seine Füße auf dem Schreibtisch, schloss die Augen und dachte nach. Sabine Schollwegs Verdacht gegen *FürLeben* ließ ihm keine Ruhe. War Horst Mühlenkamp wirklich einem Gewaltverbrechen zum Opfer gefallen?

Um Klarheit zu erlangen, musste er bei der zuständigen Staatsanwaltschaft Akteneinsicht beantragen. Das war aber erst möglich, wenn ihn Paul Mühlenkamp dazu bevollmächtigt hatte.

Rainer versuchte, seine Gedanken zu ordnen. Wenn Horst Mühlenkamp wirklich ermordet worden war – wer könnte ein Interesse an seinem Tod gehabt haben?

Da war zuerst der Bruder, Paul Mühlenkamp. Aber hatte der wirklich ein Motiv? Die Brüder hatten zwar eine Hypothek auf ihr gemeinsames Erbe aufnehmen müssen, um Horsts Ausbildung zu finanzieren. Diese Schulden mussten aber sowieso bezahlt werden. Daran änderte auch der Tod eines der beiden nichts. Und das Geld aus den Aktiengewinnen? Rainer glaubte nicht, dass Paul Mühlenkamp davon gewusst hatte. Horst hatte auch Sabine Schollweg nicht alles über seine Aktienspekulationen erzählt. Natürlich war es möglich, dass Paul Mühlenkamp ihn in diesem Punkt angelogen hatte. Rainer hatte in ihrem Gespräch jedoch nicht den Eindruck gehabt, dass das der Fall gewesen war. Das galt auch für Sabine Schollweg. Auch von ihr nahm er an, dass sie die Wahrheit gesagt hatte. Und schließlich hatte sie generös auf den ihr zustehenden Anteil an dem Haus verzichtet. Verhielt sich so jemand, der aus Habgier handelte? Das konnte Rainer sich nicht vorstellen. Selbstverständlich gab es auch noch andere Mordmotive: Eifersucht zum Beispiel. Oder Rache. Aber keiner dieser Gründe schien hier zuzutreffen. Nein, so wie es aussah, hatte das stärkste Mordmotiv tatsächlich diese seltsame Agentur, beziehungsweise der unbekannte Investor. Er hatte sein eingesetztes Kapital in den Sand gesetzt. Zwar nicht für immer, aber möglicherweise für Jahrzehnte.

Wenn Horst Mühlenkamp tatsächlich einem Kapitalverbrechen zum Opfer gefallen war, musste sein Mörder vermutlich im Umfeld von *FürLeben* gesucht werden. In diesem Punkt teilte Rainer Sabine Schollwegs Meinung.

An dieser Stelle seiner Überlegungen angelangt, stand Rainer auf, ging zu dem Schrank, auf dem sich alte Zeitschriften und neue Akten stapelten, griff zu dem roten Ordner, in dem sein früherer Mandant seine Unterlagen abgeheftet hatte, und blätterte ihn im Schnellgang durch. Er fand nicht das, was er suchte. Also setzte er sich wieder, legte die Unterlagen vor sich auf den Schreibtisch und kontrollierte sorgfältig Seite für Seite. Ohne Erfolg. Die Lebensversicherungspolice von Mühlenkamp war nicht in dem Ordner enthalten. Der Anwalt schob sich eine weitere Zigarette zwischen die Lippen und zündete sie an.

Dann griff er zum Telefonhörer.

»Agentur *FürLeben*«, flötete eine weibliche Stimme. »Ich bin Karin Semmler. Was kann ich für Sie tun?«

Esch stellte sich vor und sagte: »Einer Ihrer ... äh ... Mandanten ist vor etwa einer Woche verstorben. Ich vertrete seine Erben. Nun benötige ich Auskünfte über eine Lebensversicherung, die er, soweit mir bekannt ist, an Ihre Agentur abgetreten hat. Ich ...«

»Einen Moment bitte. Ich verbinde.«

Es knackte. Der Anwalt hörte für etwa eine halbe Minute krächzende Musik. Dann knackte es wieder.

»Schmidt.«

Rainer sagte erneut seinen Spruch auf.

»Das tut mir Leid, Herr Esch. Wir geben grundsätzlich keine Auskünfte über die Geschäftsbeziehungen zu unseren Klienten. Wir und unsere Partner haben uns vertraglich zu Stillschweigen verpflichtet.«

»Das kann ich nachvollziehen. Aber ich bin Anwalt. Ich unterliege ebenfalls der Schweigepflicht. Und ich bin mit einer Erbschaftsangelegenheit betraut. Natürlich kann ich mich auch an das Nachlassgericht wenden und mir einen entsprechenden Beschluss besorgen.« Das war geblufft. »Aber ich dachte, mit etwas gutem Willen auf Ihrer Seite ...«

»Um wen handelt es sich überhaupt?«

»Horst Mühlenkamp.«

»Einen Augenblick.« Eine Computertastatur klapperte. Dann war Schmidt wieder in der Leitung. »Wohnhaft in Recklinghausen, Leusbergstraße?«

»Genau.«

»Ja, Herr Mühlenkamp ist einer unserer Klienten. Und Sie sagten, er sei verstorben?«

»Ja.«

»Wann?«

»Anfang der Woche.«

»Interessant.« Es klapperte wieder. »Wir haben noch keine Meldung bekommen.«

»Soweit mir bekannt ist, hat Herr Mühlenkamp seine Lebensversicherung über Ihre Agentur an einen, sagen wir, Investor abgetreten.«

»Das ist richtig. Aber wir nennen diese Leute Kunden.«

»Mich würde nun interessieren, wer dieser ›Kunde‹ ist.«

»Ausgeschlossen, Herr Esch. Diese Information ist wirklich streng vertraulich.«

»Kommen Sie ...«

»Nein, unmöglich. Bitte verstehen Sie mich. Ich habe meine Vorschriften.«

Rainer seufzte. Immer diese deutschen Sekundärtugenden. »Schon klar. Vielleicht können Sie mir wenigstens etwas über das Prozedere erzählen. Ganz allgemein.«

»Na gut. Wenn wir uns entscheiden, mit einem Klienten einen Vertrag abzuschließen, muss sich dieser verpflichten, sich regelmäßig untersuchen zu lassen und den behandelnden Arzt von der Schweigepflicht zu entbinden. Dann ...«

Das wusste Rainer ja längst. Deshalb unterbrach er seinen Gesprächspartner. »Mich interessiert besonders der notarielle Vertrag. Darin ist doch festgehalten, wer der Begünstigte ist?«

»Selbstverständlich.«

»Und dann?«

»Wird ein entsprechender Formbrief mit der Unterschrift des Versicherten an dessen Versicherung vorbereitet. Gleichzeitig hinterlegt der Kunde den vereinbarten Betrag in bar oder überweist ihn auf ein Konto des Notars. Das ist ein Zug-um-Zug-Geschäft. Sobald der Betrag eingegangen ist, schickt der Notar den Brief, in dem die Änderung des Begünstigten mitgeteilt wird, und die notarielle Vereinbarung an die Versicherung. Das war es.«

»Und Ihre Provision? Wann wird die fällig?«

Schmidt zögerte einen Moment. Dann antwortete er: »Nach Vertragsunterzeichnung.«

»Klar. Und welcher Notar hat diese Verträge beurkundet?«

»Herr Esch!«

»Schon kapiert. Streng vertraulich?«

»So ist es.«

»Herr Schmidt, was mich wundert ist, dass in den Unterlagen meines Mandanten keine Ausfertigung dieses notariellen Vertrages oder eine Kopie des Briefes an die Versicherung zu finden war. Ist das ebenfalls Bestandteil Ihrer Vertraulichkeit?«

»Natürlich nicht! Selbstverständlich erhalten Kunden und Klienten vom Notar die entsprechenden Zweitschriften der Verträge, die sie geschlossen haben.«

»Sie besitzen keine Kopie?«

»Wie kommen Sie darauf? *FürLeben* ist nur Vermittler, nicht Vertragspartner.«

»Aber in den Unterlagen ...«

»Bei allem Verständnis für Ihr Anliegen, Herr Esch. Aber für die Sorgfalt unserer Klienten im Umgang mit ihren persönlichen Unterlagen sind wir nicht zuständig. Haben Sie sonst noch Fragen? Wenn nicht, dann ...«

Rainer verabschiedete sich. Mehr würde ihm dieser Schmidt nicht erzählen. Wenn er den Namen des Investors erfahren wollte, musste er die Originalverträge einsehen. Oder zumindest den Namen des Notars kennen. Oder den der Versicherung. Wie auch immer. Er musste noch einmal in die Wohnung des Toten und nach den fehlenden Schriftstücken suchen.

Eine Stunde später stand der Anwalt vor Paul Mühlenkamps Wohnung. Am Telefon hatte ihm der Recklinghäuser versichert, zu Hause zu sein. Jetzt drückte Rainer Eschs rechter Zeigefinger das internationale Morsesignal: drei Mal kurz, dann drei lange Signale, anschließend wieder kurz. Wenn sich Paul Mühlenkamp in seiner Wohnung aufhielt, musste er das rhythmische Kreischen der Schelle hören.

Tatsächlich öffnete sich kurz darauf die Wohnungstür und Mühlenkamps Doppelkinn erschien im Türspalt. »Wat issen?«

Rainer schlug eine Wolke von Alkoholdunst entgegen. Mühlenkamp starrte ihn mit glasigen Augen an. »Wat willste?« Er schien ihre eben erst getroffene Verabredung schon wieder vergessen zu haben.

»Könnte ich bitte hereinkommen?«

Nach einem kurzen Zögern drehte Mühlenkamp ab, ließ aber die Eingangstür offen stehen. Der Anwalt wertete das als Zustimmung und betrat den Flur. Er hörte leises Stöhnen aus dem Wohnzimmer, das Mühlenkamp ansteuerte. Rainer folgte ihm. Das Stöhnen wurde lauter.

»Hau dich hin. Ein Bier?«

Esch schüttelte den Kopf. Mühlenkamp ließ sich mit einem Ächzen auf das Sofa fallen, griff zur Flasche und widmete seinen Aufmerksamkeit wieder dem Fernsehgerät.

»Jaahhh, guuut, neiiin, tiiiiefer, jaaahhh.« Eine vollbusige Blonde mit neckischem Pferdeschwanz schaute gelangweilt zwischen zwei Beinen durch in die Fernsehkamera. Zwei nackte athletische Männer mit nicht unerheblichem akrobatischem Geschick vervollständigten das Ensemble. Alle schwitzten wie die Schweine, versuchten aber tapfer, den Eindruck zu vermitteln, als mache ihnen diese Stellung Spaß und als sei das Ganze mehr als anstrengende Arbeit. Rainer vergab insgeheim Haltungsnoten. Zu mehr als einer drei reichte es bei keinem der Akteure.

»Können Sie das einen Moment ausmachen?«, fragte er.

Mühlenkamp nahm einen tiefen Schluck aus der Flasche, vergaß jedoch, sie abzusetzen, bevor er: »Geil, wat?«, hervorstieß. Bier floss ihm aus den Mundwinkeln und tropfte auf sein T-Shirt. Es war dasselbe, das er bei Rainers erstem Besuch getragen hatte. Und es schien in der Zwischenzeit keine Waschmaschine von innen gesehen zu haben.

»Ich möchte mit Ihnen noch einmal über Ihren Bruder reden.«

»Wat denn noch?«

Die Akteure auf dem Bildschirm verstärkten ihre Anstrengungen und das Gestöhne wurde lauter.

»Jetzt machen Sie doch bitte die Kiste aus.«

Widerwillig griff Mühlenkamp zur Fernbedienung. »Wat is? Heute Morgen erst die Bullen und gezz …«

»Die Polizei war bei Ihnen?« Rainers Interesse war geweckt.

»Wieso bei mir?«

»Sie sagten doch ...«

»Die wollen kommen. Am Montag oder so.«

»Haben die Beamten Ihnen gesagt, was sie hier wollen?«

»Wat weiß ich.« Mühlenkamp winkte ab. »Irgend so 'n Scheiß. Wegen mein Erbe und so. Keinen Bock drauf, gezz dat allet nochma zu erzählen, verstehse? Moment.« Er stemmte sich aus dem Sofa. »Bier is alle.«

Eine Minute später rollte der Recklinghäuser mit zwei Flaschen Nachschub wieder an. Er stellte eine vor Rainer auf den Tisch. »Wennze dir's anders überlegst.« Sehnsüchtig blickte er auf den dunklen Bildschirm. »Also, nu mach ma. Ich hab nich ewich Zeit. Wat is?«

»Wenn Sie nichts dagegen haben, möchte ich mich nochmal kurz in der Wohnung Ihres Bruders umsehen. In der Akte, die Sie mir überlassen haben, fehlt ein wichtiges Schriftstück.«

Mühlenkamp schien das nicht besonders zu interessieren. »Mir egal«, nuschelte er und machte Anstalten, den Videorekorder in Betrieb zu setzen.

»Entschuldigung«, intervenierte Rainer rasch. »Der Schlüssel ist ...«

»Hängt im Flur. Aber lass die CDs stehen. Wenn da später eine fehlt ...« Mühlenkamps Blick sollte bedrohlich sein, wirkte aber einfach nur lächerlich.

»Geht klar. Die Papiere kann ich mitnehmen?«

Esch verstand das Antwortgrunzen als Zustimmung. Auf dem Weg nach oben begleiteten ihn dilettantisch vorgetragene Lustschreie.

Auch bei diesem Besuch in der Wohnung des Toten fühlte sich der Anwalt unwohl. Diese Empfindung war sogar noch stärker als beim ersten Mal, wahrscheinlich deshalb, weil er sich allein in den Räumen aufhielt. Die Luft in der Wohnung roch immer noch abgestanden, schal. Auf dem Schreibtisch stand eine leere Bierflasche. Die war neu. Rainer durchsuchte erfolglos den Schreibtisch, dann die Regale. Nur widerstrebend sichtete er die Ordner. Private Korrespondenz. Das ging ihn alles nichts an. Nach zehn Minuten erfolgloser Suche entschied er, Mühlenkamp zu bitten, ihm bei der Suche behilflich zu sein. Falls es ihm gelang, ihn von dem Pornofilm wegzulocken, schränkte Rainer in Gedanken ein.

Esch stieg die Treppe hinunter, klopfte an der Tür und betrat den Wohnraum. Mehrere nackte Leiber tummelten sich inzwischen auf dem Bildschirm – auf, vor und neben einer eindeutig zu schmalen Couch. Es dauerte einen Moment, bis Rainer die Übersicht gewonnen hatte: zwei Männer und drei Frauen.

Mühlenkamp lag laut schnarchend auf dem Rücken, die Turnhose bis zu den Knien heruntergezogen. Sein Slip war allerdings noch an seinem Platz. Rainer musste grinsen. Augenscheinlich hatten der Suff und der Schlaf Mühlenkamp zu schnell übermannt.

Der Anwalt beugte sich zu ihm hinunter, um ihn zu wecken. Dabei stieß er gegen eine Bierflasche. Die Flasche wankte einen Augenblick, kippte und ein großer Teil des Inhalts ergoss sich über einen der Polstersessel.

»Verdammt«, fluchte Rainer halblaut, schnappte sich das Teil und stellte es zurück auf den Tisch.

»Herr Mühlenkamp.« Keine Reaktion. Nur das Schnarchen wurde etwas dröhnender. Esch schüttelte den Liegenden und rief erneut seinen Namen.

Der Anwalt begab sich auf die Suche nach etwas, mit dem er das vergossene Bier aufwischen konnte. In der Küche lag neben dem Herd eine Rolle Küchenpapier. Und darunter ein blauer Schnellhefter, auf dem ein weißer Aufkleber pappte: *FürLeben – Vertrag.*

Esch widerstand der Versuchung, das Dokument an Ort und Stelle zu lesen. Er klemmte sich den Ordner unter den Arm und kehrte ins Wohnzimmer zurück. Der Videorekorder spulte das Band zurück. Die Fünfergruppe war anscheinend der fulminante Höhepunkt des Films gewesen.

Nachdem Rainer die Folgen seines Missgeschicks beseitigt hatte, unternahm er einen letzten Versuch, Mühlenkamp zu wecken. Auch der blieb vergeblich.

Nach kurzem Nachdenken schnappte sich Esch den Ordner und verließ das Haus. Aufkommende Zweifel an der Rechtmäßigkeit seines Handelns wischte er beiseite. Schließlich hatte ihn Mühlenkamp ja sozusagen autorisiert, den Vertrag mitzunehmen.

Im Wagen siegte Rainers Neugier. Er blätterte das Schriftstück durch, bis er zu dem Paragrafen kam, der die Bezugsberechtigung regelte. Die Straße, in der der Anspruchsberechtigte lebte, war ihm unbekannt: Essen, Gutenbergstraße 20. Auch der Name, den er las, sagte ihm nichts. Horst Mühlenkamps Vertragspartner hieß Knut Hendrikson.

Zurück im Büro wählte Esch die Nummer von Knut Hendrikson, die er dem Essener Telefonbuch entnommen hatte. Der Ruf ging durch und es wurde sofort abgenommen. Eine weibliche Stimme sagte rasend schnell ein Sprüchlein auf. Rainer verstand nur etwas von »Service«, nannte seinen Namen und fragte dann: »Ich habe Sie nicht richtig verstanden. Mit wem bin ich verbunden?«

»*Industrieservice GmbH und Co KG*. Wie kann ich Ihnen helfen?«

Der Anwalt war irritiert. Im Telefonbuch stand nichts von einer Gesellschaft. »Ich möchte Herrn Hendrikson sprechen.«

»Wen bitte?«

»Knut Hendrikson.«

»Tut mir Leid. Herr Hendrikson ist nicht im Haus. Wenn Sie eine Nachricht hinterlassen wollen …?«

»Ja, äh, nein. Wann kann ich Herr Hendrikson denn erreichen?«

»Das kann ich Ihnen leider nicht sagen. Wir sind hier nur die beauftragte Serviceagentur. Soll ich ihm nun eine Nachricht von Ihnen zukommen lassen?«

»Nein, danke. Das ist nicht nötig.«

»Dann auf Wiederhören.«

Es knackte, die Dame der Serviceagentur hatte aufgelegt.

»Danke. Wiederhören«, murmelte Rainer noch.

Seltsam. Bis jetzt war er wie selbstverständlich davon ausgegangen, dass es sich bei den Investoren um Privatleute handeln würde. Anscheinend lag er mit dieser Annahme falsch. Oder warum sonst bediente sich dieser Knut Hendrikson der Dienste eine Serviceagentur? Firmen, die sich kein eigenes Büro in einer bestimmten Stadt leisten wollten oder konnten, dennoch aber präsent sein wollten, griffen auf solche Angebote zurück. Die Agentur stellte Büroräume, Telefonleitungen und ein, zwei Sekretärinnen und fertig war die Briefkastenadresse. Unkompliziert, effektiv und vor allem diskret.

Esch dachte nach und sah auf die Uhr. Kurz nach drei. Wenn er sich beeilte, erwischte er in dieser Agentur in Essen noch vor Feierabend jemanden. Vielleicht gelang es ihm ja vor Ort, mehr über den Mann herauszufinden, der in Horst Mühlenkamps Tod investiert hatte.

Trotz Stadtplan verfuhr sich Rainer in der Essener Innenstadt. Endlich fand er zwar die Gutenbergstraße, aber keinen Parkplatz. So stellte er seinen Wagen um die Ecke in der Rellinghauser Straße ab, schräg gegenüber vom RWE-Hochhaus, und hoffte, dass die Essener Politessen Gnade vor Recht ergehen lassen würden.

Das Haus Gutenbergstraße 20 war ein blassblau gestrichener Zweckbau im Stil der Siebzigerjahre. Eine beeindruckende Ansammlung von Messingschildern schmückte die Hauswand. Aber weder dort noch auf den Klingelknöpfen fand sich der Name Hendrikson. Allerdings stand ganz oben und sehr klein der Name *In-*

dustrieservice GmbH und Co KG. Rainer schellte und wenig später ertönte der Türsummer.

Die Firma residierte in der fünften Etage hinter einer stahlgrau gestrichenen Tür, neben der fast alle Firmenschilder angebracht waren, die Rainer schon an der Hausfassade bewundert hatte.

Hinter einer Empfangstheke saß an einem beängstigend aufgeräumten Schreibtisch eine Brünette und musterte ihn gelangweilt.

»Bitte?«, fragte sie.

Das war ohne Zweifel die Stimme, mit der er vor etwas mehr als einer Stunde gesprochen hatte.

»Esch. Ich bin Rechtsanwalt und möchte zu Knut Hendrikson. Ich habe eine Nachricht für ihn, die ich ihm persönlich übergeben muss.«

Der Gesichtsausdruck der Brünetten wechselte von gelangweilt zu verwundert. »Haben wir nicht eben miteinander telefoniert?«

Rainer nickte.

»Ich dachte, ich hätte Ihnen schon am Telefon gesagt, dass Herr Hendrikson nicht hier ist.«

»Das haben Sie. Aber ich war ohnehin in der Gegend. Es hätte ja sein können, dass Herr Hendrikson mittlerweile eingetroffen ist.«

»Das hätte nicht sein können. Aber das wiederum können Sie ja nicht wissen.«

»Wie meinen Sie das?«

»Wir sind eine Serviceagentur, wie ich Ihnen ja schon sagte. Wir nehmen Nachrichten entgegen, Telefonate, schreiben hin und wieder auch einen Brief. Wie Sie sicher an der Tür gelesen haben, vertreten wir ein gutes Dutzend Unternehmen und Einzelpersonen. Herr Hendrikson ist ein Kunde. Er war aber noch nie persönlich hier. Zumindest habe ich ihn noch nie gesehen. Wenn Sie eine Nachricht für ihn haben, lassen Sie sie hier. Wir leiten sie dann weiter.«

»Dann haben Sie also seine Anschrift?«

Die junge Frau schüttelte den Kopf.

»Aber Sie sagten doch gerade ...«

»Wir verfügen nur über eine Postfachadresse bei der Herner Hauptpost. Dahin leiten wir jedes Schreiben weiter.«

»Und die Anrufe?«

»Nehmen wir auf, verfassen eine Notiz und senden diese an das Postfach. Aber ...« Sie lächelte.

»Ja?«

»Sie sind der Einzige, der in den letzten zwei Monaten für Herrn Hendrikson angerufen hat. Und außer einigen Schreiben von Lebensversicherungen ist auch keine Post für ihn eingegangen. Ich frage mich schon seit längerem, warum er sich unseren Service überhaupt leistet. Wirklich benötigen tut er uns jedenfalls nicht. Aber was soll's. Mich geht das ja schließlich nichts an.« Sie lächelte wieder. »Was ist nun mit Ihrer Nachricht?«

Rainer schluckte. »Das hat sich erledigt, danke.«

»Wie Sie meinen«, antwortete die Brünette gleichmütig und widmete sich wieder ihrer Frauenzeitschrift.

Der Anwalt hatte den Opernplatz überquert, als er die Knöllchenverteilerin auf der anderen Straßenseite entdeckte. Sie war gerade dabei, einen vor der RWE-Einfahrt geparkten Kleinbus zu verwarnen. Rainer spurtete los in der Hoffnung, dass sie seine Karre noch nicht entdeckt hatte. Aber schon von weitem entdeckte er das Stück Papier, das hinter seinem Scheibenwischer klemmte. Pech. Er verlangsamte seinen Schritt und warf einen Blick auf die Fassaden der Häuser in der unteren Rellinghauser Straße. Außer Arztpraxen, Anwaltskanzleien und Steuerberatern schien sich keiner die Mieten leisten zu können. Kurz bevor er seinen Wagen erreicht hatte, blieb er wie elektrisiert stehen. Am Haus mit der Nummer 22 wies ein graues Granitschild mit schwarz eingravierter Schrift darauf hin, dass hier eine Firma namens *FürLeben* ihr Domizil hatte. Nur einen Steinwurf entfernt von der Adresse, die Knut Hendrikson auf den notariellen Abtretungsverträgen angegeben hatte. Das konnte natürlich auch Zufall sein, aber andererseits ...

Nachdenklich steckte Rainer das Knöllchen in seine Tasche, stieg ein und dachte einen Moment nach. Dann entschloss er sich, mit seiner Partnerin über *FürLeben* und diesen Hendrikson zu sprechen.

Doch Elke war schon nicht mehr in ihrem Büro, teilte ihm Martina am Telefon mit.

Rainer erstand einen Strauß sündhaft teurer roter Rosen und quälte sich dann mit seinem Mazda Cabrio durch den Feierabendverkehr zum Recklinghäuser Quellberg. Anscheinend war Elke noch unterwegs, denn trotz mehrmaligen Klingelns öffnete sie nicht. Nachdem Esch einige Minuten ziemlich ratlos auf ihre Haustür gestarrt hatte, fiel ihm ein, dass sie an diesem Abend ihren Judokurs hatte. Wie alle zwei Wochen. Judo für Fortgeschrittene im Rahmen einer Veranstaltung der örtlichen Volkshochschule. In irgendeiner Turnhalle in Suderwich, wenn er sich recht erinnerte. Nervös steckte er sich eine Reval an. Eine asiatische Kampfsportart. In ihrem Zustand! Konnte sie nicht ruhig auf der Couch liegen und auf sich und sein Kind aufpassen?

Rainer riss zwei Zettel aus seinem Kalender, schrieb auf einen eine kurze Nachricht und auf den anderen groß Elkes Nachnamen, schob Ersteren unter den zweiten und klemmte beide in das Papier, mit dem die Blumen verpackt waren. Dann drapierte er den Strauß so unter die Klingelknöpfe, dass Elkes Name leicht zu erkennen war, und ging zurück zu seinem Wagen. Es war kurz vor acht. Cengiz war bestimmt noch in seinem Laden. Rainer griff zu seinem Handy, um seinen Freund anzurufen. Vergebens. Der Akku war leer. Also keine Voranmeldung.

Wenig später stand er vor dem Ladenlokal seines Freundes. Wie erwartet war alles hell erleuchtet.

»Wie komme ich zu der Ehre deines Besuchs?«, fragte Cengiz, nachdem sie sein Büro betreten hatten.

Esch sah sich um. Er war schon einige Monate nicht mehr hier gewesen. »Neuer Schreibtisch, was? Nobel. Und erst der Stuhl dahinter. Könnte einem Direktor gehören. Nicht schlecht. Die Geschäfte laufen also gut, nehme ich an?«

»Danke der Nachfrage. Also, was ist los?«

»Elke ist schwanger.«

Cengiz sagte für einen Moment nichts, sondern grinste breit. Richtig überrascht wirkte er nicht. »Und?«

»Was ›und‹?«

»Wie fühlt man sich so als werdender Vater?« Cengiz ging zu einem Schrank, holte zwei Gläser und eine Flasche heraus und sah fragend zu Rainer hinüber.

»Nee, ich muss noch fahren.«

»Tja, als Familienvater solltest du natürlich solide sein. Keine Gelage mehr mit deinen Freunden, keine Besuche auf Schalke ... Aber ich darf doch, oder?« Er goss sich etwas in sein Glas.

»Grappa?«, erkundigte sich Rainer.

»Grappa«, bestätigte Cengiz.

»Noch ist mein Sohn ja nicht geboren«, murmelte Esch und griff nach dem Glas.

Zwei Gläser später nahm Rainer seine Tasche und holte die Akte Mühlenkamp heraus. Er blätterte und präsentierte Cengiz die ärztlichen Bescheinigungen, mit denen Horst Mühlenkamp die Agentur *FürLeben* dazu bewogen hatte, seine Lebensversicherung aufzukaufen. »Kannst du so etwas nachmachen?«

Cengiz griff nach den Papieren. »Wie meinst du das?«

»Drücke ich mich undeutlich aus? Das kannst du doch sicher einscannen, oder?«

»Ja, natürlich, aber ...«

»Und auch einen anderen Namen einsetzen? Oder eine andere Krankheit?«

»Sicher geht das. Aber willst du mir nicht erklären ...«

»Und das Ganze dann so ausdrucken, dass die Fälschung vom Original nicht zu unterscheiden ist?«

»Nun ja«, Cengiz warf einen erneuten Blick auf die Schreiben. »Die Unterschriften. Trotz eines Farbdruckers wird man erkennen, dass sie nicht original sind.«

»Kann man neu machen«, wischte Rainer den Einwand beiseite. »Kein Problem. Unterschriften kann ohnehin kein Mensch lesen. Also, es geht?«

»Ja.«

»Danke. Das wollte ich hören. Du machst das dann also für mich.«

»Das habe ich nicht gesagt. Erst will ich wissen, um was es geht.«

Rainer verzog das Gesicht. »Nichts Wichtiges. Eine Kleinigkeit. Nur ein Versuchsballon. Ich will Kontakt zu Leuten bekommen, die sonst vermutlich nicht mit mir reden würden.«

Cengiz legte seine Stirn in Falten. »Ich kenne dich und deine spontanen Einfälle. Und ich kann nicht gerade behaupten, dass sie mir immer gut gefallen haben.«

»Vertraue mir. Ich weiß, was ich tue.«

»Hoffentlich.«

»Du hilfst mir also?«

Cengiz nickte zögernd.

27

Gemeinsam mit seinem Anwalt betrat Klaus Lehmann gegen neun Uhr das Büro im Polizeipräsidium Recklinghausen. Das Gesicht des Apothekers hatte große Ähnlichkeit mit einem zerknitterten Handtuch. Im krassen Gegensatz dazu stand die Kleidung: dunkelgrauer Anzug, die Bügelfalten scharf wie ein Fleischermesser, schneeweißes Hemd, dezente blau gemusterte Krawatte.

Die schweren Manschettenknöpfe glänzten golden in der Morgensonne.

»Ich bin Rechtsanwalt Uwe Losper. Meinen Mandanten kennen Sie ja bereits«, stellte sich der Jurist vor.

Brischinsky hörte auf zu essen, stand auf und streckte den beiden seine rechte Hand entgegen. Baumann, dessen Laune an diesem Samstagmorgen nicht die beste war, legte zwar ebenfalls sein Käsebrötchen beiseite, beließ es aber bei einem angedeuteten Kopfnicken. Schließlich war Lehmann der Grund, warum er hier und nicht in einem der Straßencafés in der Innenstadt frühstücken musste.

»Herr Lehmann«, begann der Hauptkommissar die Befragung, nachdem sich die Besucher gesetzt hatten. »Uns sind einige Widersprüche zwischen Ihrer Aussage und der eines Lieferanten von Ihnen aufgefallen.«

Baumann biss hörbar in sein Brötchen und erntete dafür einen missbilligenden Blick seines Vorgesetzten.

»Wir hoffen nun auf Ihre Mitwirkung. Insbesondere interessiert uns …«

Die erhobene Hand des Anwalts unterbrach den Hauptkommissar.

»Sie brauchen nicht weiterzusprechen. Mein Mandant möchte eine Erklärung abgeben.«

»Tatsächlich? Worüber?«

»Er glaubt, erklären zu können, welche Hintergründe die Explosion in Suderwich hat.«

Baumann verschluckte sich fast. »Was?«

Auch Brischinskys Gelassenheit war verflogen. »Da bin ich aber gespannt.« Er beugte sich vor.

»Bevor mein Mandant seine Erklärung abgibt, möchte ich jedoch etwas klarstellen.«

»Ja?« Der Hauptkommissar veränderte seine Körperhaltung nicht. Jeder Zentimeter war gespannte Aufmerksamkeit.

»Ich möchte betonen, dass mein Mandant seine Aussage freiwillig macht. Er ist aus freien Stücken hier.«

»Na ja, das kann man auch anders sehen«, schaltete sich Baumann ein. »Schließlich haben wir ihn vorgeladen.«

»Sie haben ihn telefonisch zu einer Unterredung gebeten. Eine formelle Vorladung sieht anders aus. Aber lassen wir das. Soweit mir bekannt ist, wird nicht gegen meinen Mandanten ermittelt, oder?«

»Weswegen sollte Ihrer Meinung nach denn gegen Herrn Lehmann ermittelt werden?«, fragte Brischinsky vorsichtig zurück.

»Diese Frage müssten schon Sie beantworten.«

»Auch wieder richtig«, lenkte Brischinsky ein. »Wir ermitteln in alle Richtungen. Noch befinden wir uns am Anfang der Untersuchungen.«

»Gut. Wir können also festhalten, dass dieses Gespräch auf Wunsch meines Mandanten erfolgt?« Losper sah die Beamten an.

Baumann zog es vor, das letzte Brötchenstück mit etwas Kaffee herunterzuspülen. Der Hauptkommissar zögerte einen Moment, nickte dann aber.

»Danke. Wenn insoweit Einvernehmen hergestellt ist – Herr Lehmann?«

Der Apotheker räusperte sich mehrmals. Dann begann er: »Ich glaube, ich weiß, wer für die Explosion in der Schulstraße verantwortlich ist.« Er machte eine Pause.

»Glauben Sie? Oder wissen Sie es?«, hakte Brischinsky sofort nach.

»Ich nehme an ...«

Losper sprang ihm bei. »Herr Lehmann will damit sagen, dass er Anhaltspunkte für die Vermutung hat, dass ...«

Brischinsky schüttelte heftig den Kopf und atmete tief durch. Dann hatte er sich wieder unter Kontrolle. »Was denn nun?«

»Mein Mandant war selbstverständlich nicht an der Vorbereitung oder Durchführung der Tat beteiligt«, dozierte Uwe Losper. »Es gibt aber Anhaltspunkte ...«

»Bitte nicht schon wieder.« Der Hauptkommissar hob abwehrend beide Hände. »Erzählen Sie uns einfach, was Sie wissen. Oder zu wissen glauben«, schränkte er ein. »Damit wir weiterkommen. Haben Sie etwas dagegen, wenn wir ein Tonbandgerät mitlaufen lassen?«

Lehmann sah seinen Anwalt fragend an. Der nickte Zustimmung.

»Prima. Heiner?«, erkundigte sich der Hauptkommissar.

Kurz darauf war der Apparat einsatzbereit. Nachdem Brischinsky das Datum, die Uhrzeit, die Namen der Anwesenden und den Vernehmungsort aufgesprochen hatte, schob er das Aufnahmegerät näher zu dem Apotheker hin.

Der räusperte sich erneut, bevor er mit der Aussage begann: »Den Mann, den ich für den Täter halte, kenne ich unter dem Namen Hendrikson.«

Heiner Baumann verdrehte die Augen.

»Knut Hendrikson, genau genommen. Er hat aber meiner Frau und mir zu verstehen gegeben, dass dieser Name falsch ist.«

»Ist ja toll. Der große Unbekannte«, murmelte Baumann.

»Heiner!«

Lehmann blickte verunsichert von einem zum anderen.

»Fahren Sie bitte fort«, forderte ihn Brischinsky auf.

»Meine Frau und ich haben uns 1998 selbstständig gemacht, direkt nach dem Studium. Aber wir haben uns übernommen. Die beiden Häuser, verstehen Sie? Und die Apotheke lief auch nicht so wie erwartet. Nur wenige Monate nach der Eröffnung konnten wir unsere Lieferanten nicht mehr bezahlen und mussten um Stundung der Rechnungen bitten.«

Brischinsky schaute zu seinem Assistenten. Der zuckte mit den Schultern.

»Waren das die gleichen Lieferanten wie die, mit denen Sie heute noch zusammenarbeiten?«, erkundigte sich der Hauptkommissar.

»Nein. Wir haben diese Geschäftsbeziehungen abgebrochen.«

Baumann war erleichtert. Also kein Fehler in seinen Recherchen.

»Kurz nachdem wir um Stundung gebeten hatten, erhielten wir einen Anruf.«

»Von Hendrikson?«, vermutete der Hauptkommissar.

»Genau. Er sprach uns unverblümt auf unsere Geldschwierigkeiten an. Diese Information konnte er nur aus dem Haus des Lieferanten erhalten haben. Er schlug uns ein Geschäft vor.«

»Was für eins?«

»Reimport von Aids-Medikamenten.«

»Und?«

»Wir haben uns darauf eingelassen.«

Brischinsky kratzte sich am Kopf. »Es mag ja sein, dass ich ein wenig begriffsstutzig bin. Aber wie konnte dieser Rückimport Ihnen bei der Bewältigung Ihrer finanziellen Probleme helfen?«

Lehmann zögerte. Deshalb antwortet Losper an seiner Stelle: »Es handelt sich um die Medikamente *Combivir*, *Epivir* und *Trizir* des britischen Pharmakonzerns *GlaxoSmithKline*.«

»Aha.«

»Die Präparate kosten pro Packung in Deutschland etwa vierhundertsiebzig Euro. Sie wurden aber bereits ein Jahr vor dem Rückimport im Rahmen eines Hilfsprojektes von dem Unternehmen nach Afrika exportiert und dort zu einem Zehntel des deutschen Marktpreises vertrieben.«

Rüdiger Brischinsky kratzte nicht mehr. »Verstehe. Legal war der Rückimport also nicht.«

Der Anwalt nickte.

»Und Hendrikson suchte für diese Reimportware Vertriebspartner. War es so, Herr Lehmann?«

»Ja. Aber wir dachten ...« Er sprach nicht weiter.

»Was dachten Sie?«

»Wir würden den Menschen in Afrika helfen.«

Brischinsky lachte kurz auf. »Wie bitte?«

»Hendrikson erklärte uns, dass die Aids-Medikamente auch mit einem neunzigprozentigen Preisnachlass für die meisten Afrikaner zu teuer seien. Von dem Erlös der Transaktion sollten andere Medikamente in Europa gekauft werden, die in Afrika ebenso dringend benötigt würden.«

»Das haben Sie nicht wirklich geglaubt?« Brischinsky schüttelte verständnislos den Kopf.

Lehmann schwieg.

»Wie viel haben Sie pro Packung bezahlt?«

Der Apotheker murmelte etwas Unverständliches.

»Sprechen Sie bitte lauter. Wir haben Sie nicht verstanden.«

»Zweihundertfünfzig Euro.«

»Und für vierhundertsiebzig verkauft?«

»Ja.«

»Wie viele Packungen? Und in welcher Zeit?«

»Etwa fünftausend. In drei Jahren.«

Baumann pfiff durch die Zähne. »Reingewinn rund eine Million. Da muss eine alte Frau lange für stricken.«

Brischinsky rechnete nach. »Das sind durchschnittlich rund einhundertvierzig Packungen im Monat. Gibt es in Recklinghausen so viele Aidskranke? Oder was haben Sie mit den Medikamenten gemacht?«

»Ich habe Sie teilweise an andere Apotheken weitergeliefert.«

»Aus Recklinghausen?«

»Nein. Dortmund und Berlin.«

»Mit Preisnachlass, nehme ich an.«

Der Apotheker nickte. »Ich habe sie für dreihundertfünfzig weitergegeben«, sagte er leise.

»Wussten Ihre Kollegen, aus welcher dubiosen Quelle Sie Ihre Ware bezogen haben?«

Lehmann schüttelte den Kopf.

»Aber die anderen Apotheker müssen doch Verdacht geschöpft haben«, wunderte sich der Hauptkommissar. »Oder sind solche Rabatte in Ihrer Branche üblich?«

Sein Gegenüber gab keine Antwort.

»Wie haben Sie die anderen Abnehmer denn gefunden?«

»Auf Kongressen. Man trifft sich abends in der Hotelbar beim Bier und dann …«

»Kann ich mir vorstellen«, unterbrach ihn Brischinsky. »Man klagt sich gegenseitig sein Leid über die geringen Umsätze und Gewinne und ist einem schnellen Euro nicht abgeneigt. War es so?«

»Ja. Ungefähr.«

»Versteuert haben Sie und Ihre Kollegen diese Extraprofite vermutlich nicht, oder?«

»Ich nicht, nein.«

»Hm. Dazu werden Ihnen unseren Kollegen, die sich mit Wirtschaftskriminalität befassen, vermutlich noch einige Fragen stellen. Kommen wir zu Hendrikson zurück. Hat er Ihnen die Ware persönlich geliefert?«, erkundigte sich der Hauptkommissar.

»Nein. Wir haben ihn nie von Angesicht zu Angesicht gesehen.«

»Sie wissen nicht, wie er aussieht?« Baumann schien enttäuscht.

»Nein. Wir kennen nur seinen Helfer.«

»Das müssen Sie uns genauer erklären.« Brischinsky nippte am Kaffee, verzog angewidert das Gesicht und stellte die Tasse mit dem mittlerweile kalt gewordenen Getränk zurück auf den Tisch.

»Die erste Kontaktaufnahme erfolgte über das Telefon und durch Hendrikson selbst. Wir vereinbarten ein Treffen. Es kam aber nicht Hendrikson.«

»Woher wollen Sie das wissen?«

»Die Sprache. Hendrikson spricht fehlerfreies Deutsch. Der Mann, mit dem wir uns an der Autobahnraststätte Hohenhorst trafen, hatte einen starken Akzent.«

»Diesen Mann können Sie aber beschreiben?«

»Ich weiß nicht. Ein Südeuropäer. Vielleicht aus Jugoslawien.«

»Na gut. Das klären wir später. Wie ging es weiter?« Der Hauptkommissar griff erneut zu seiner Tasse und entsorgte den Rest in einem Jogurtbecher, den er vor einigen Minuten geleert hatte. Dann schnappte er sich die Warmhaltekanne.

»Hendriksons Beauftragter erklärte uns die Modalitäten. Jeden Monat erhielten wir an der Raststätte etwa einhundert bis einhundertfünfzig Packungen, die wir im Folgemonat bezahlten.«

»Quasi in Kommission?«, sagte der Hauptkommissar ein wenig spöttisch.

»Wenn Sie so wollen, ja.«

»Und dann?«

»Wurden die Lieferungen eingestellt.«

»Wann war das genau?«

»Im Frühjahr 2001.«

»Vor etwas mehr als einem Jahr also«, meinte Brischinsky. »Und?«

Lehmann antwortete nicht.

Brischinsky beugte sich wieder vor. »Was war dann?«

»Nichts. Wir haben seither keine Aids-Medikamente mehr verkauft.«

»Aha. Warum hat Hendrikson Ihre Apotheke in die Luft gejagt, wie Sie ja annehmen?«

»Wir wollten nicht mehr mit ihm zusammenarbeiten.«

»Wann? 2001?«

Lehmanns Mundwinkel zuckten. »Ja.«

»Und es gab deshalb Streit?«

»Ja.«

Der Hauptkommissar dachte einen Moment nach. »Und das passierte alles Anfang 2001?«

»Das habe ich Ihnen doch gesagt.«

Brischinsky kratzte sich wieder am Kopf. Plötzlich brüllte er ohne Vorwarnung los: »Sie wollen mich wohl für dumm verkaufen, oder was?! Sie streiten sich mit diesem Hendrikson und knapp achtzehn Monate später kommt der daher und sprengt mir nichts, dir nichts Ihr Haus in die Luft. Mal eben so. Aus Rache. Weil Sie sich an seinem schönen Geschäft nicht mehr beteiligen wollten, das vor mehr als einem Jahr schon beendet worden ist. Ich glaube Ihnen kein Wort, Herr Lehmann.«

Bevor der Apotheker antworten konnte, griff der Anwalt ein. »Dürfte ich mit meinem Mandanten einen Moment allein sprechen?«

Rüdiger Brischinsky nickte und zeigte zur Tür.

28

Als Esch am nächsten Morgen erwachte, fiel ihm ein, dass er nach seiner Heimkehr mit einem Taxi noch zahlreiche Telefonate geführt hatte. Er versuchte zu sortieren, wen er alles zu nachtschlafender Zeit aus dem Bett geholt hatte, um von seiner Verantwortung als zukünftiger Familienvater zu erzählen. Doch er bekam die Namen nicht mehr zusammen. Außerdem konnte er sich nicht erinnern, wo er gestern seinen Wagen geparkt hatte.

Ein schrilles Klingeln ließ ihn zusammenzucken. Er sah auf seinen Wecker. Kurz nach zehn. Wer in aller Welt rief ihn um diese Zeit an einem Wochenende an? Er zog sich das Kissen über den Kopf, aber der unbekannte

Anrufer war hartnäckig. Dreißig Sekunden später hatte er gewonnen. Rainer kroch aus dem Bett und schlurfte zum Telefon. Kurt Schaklowski.

»Na, wieder unter den Lebenden?«, trompetete er in einer solchen Lautstärke, dass Esch einigen Abstand zwischen sein Ohr und den Hörer brachte.

»Wie man es nimmt.«

»Hast ja gestern ganz schön einen geladen.«

Anscheinend hatte er auch Kurt ... Rainer grauste es plötzlich. Einen solchen Filmriss hatte er noch nie gehabt. Vielleicht sollte er doch über seine Trinkgewohnheiten nachdenken.

»Woher weißt du ...«, erkundigte er sich vorsichtig.

»Am Telefon. Gestern Abend«, krähte Kurt fröhlich. »Du hast mich doch nach 'nem Haus gefragt.«

Stimmt. Rainer hatte sich mit Cengiz darüber unterhalten, dass nach seiner Meinung nur ein Haus mit Garten die richtige Wohnform für eine Kleinfamilie mit Kind darstellte. Sein Freund hatte ihm zwar zugestimmt, dennoch aber die Auffassung vertreten, Rainer solle diese Frage in Ruhe mit seiner zukünftigen Frau besprechen. Rainer selbst dagegen war der Ansicht, dass ein Familienvater bereit sein müsse, wichtige Entscheidungen notfalls auch allein zu treffen. So dokumentiere man Verantwortungsbewusstsein. Cengiz' Einwände gegen seine Argumentation hatte Rainer vom Tisch gewischt: Zum einen müsse Cengiz als Türke und Freund seine Motive nachvollziehen können, zum anderen habe dieser schließlich noch nie Vaterfreuden entgegengesehen. Den zaghaften Hinweis, dass auch Rainer bisher noch nie in einer solchen Situation gewesen sei, ließ der Anwalt nicht gelten.

»Ja, genau. Und?«

»Ich hab da wat für euch. Also, natürlich nicht ich. Abba der Freund vom Schwager meiner Schwester muss umziehen. Irgendwo in die Gegend um Frankfurt, verstehe. Wat Beruflichet. Un der sucht 'nen Mieter für sein Haus. Die Bude is irgendwo in Castrop. Quasi umme Ecke.«

Während Kurt ihm Einzelheiten schilderte, suchte Rainer nach einem Blatt Papier, um sich Notizen zu machen.

»Ist ja großartig. Vielen Dank, Kurt. – Ja, wir nehmen das Haus. – Natürlich ist das sicher. Du kennst mich doch. – Grüß den ... äh ... Freund des Schwagers deiner Schwester.«

Rainer legte auf. Elke würde sich freuen!

Dann rief er Cengiz an. Der Mazda stand sicher auf einem Firmenparkplatz. Cengiz hatte bereits am frühen Morgen dafür gesorgt, dass sein Fahrzeug den städtischen Greiftrupps nicht in die Hände fiel.

Rainer konnte sich zwar nicht erinnern, den Schlüssel bei seinem Freund gelassen zu haben, aber da sich dieser nicht mehr an dem Bund befand, musste er gestern wohl doch noch Übersicht bewiesen haben. Oder Cengiz, schränkte Rainer selbstkritisch ein.

Schließlich sprach er mit Elke und verabredete sich mit ihr für den späten Vormittag in einem Café in der Recklinghäuser Innenstadt.

Zufrieden mit sich und der Welt stiefelte er unter die Dusche.

»Du hast was?« Elke sah ihn entgeistert an. Ihre Augen blitzten. Rainer kannte diesen Blick. Aber er war fest entschlossen, nicht klein beizugeben. Dieses Mal nicht. Schließlich ging es um die Zukunft seiner Familie.

»Ein Haus gemietet.« Er machte eine Pause. »Na ja, quasi gemietet.«

»Was heißt ›quasi‹?«

»Ich habe natürlich noch keinen Mietvertrag unterschrieben. Selbstverständlich wollte ich vorher mit dir darüber reden.«

»Wirklich? Das ist ja nett.«

»Es wird dir gefallen. Das Haus hat zwei etwa gleich große Wohnungen mit je drei Zimmern. Ich nehme die untere, du kannst mit dem Jungen oben einziehen und ich …«

»Welchem Jungen?«

»Unserem natürlich.« Er ließ sich nicht unterbrechen. »Unsere Küche kommt nach oben. Den dafür vorgesehenen Raum in der Erdgeschosswohnung wollte ich als Spielzimmer für den Kleinen herrichten. Das geht gut, denn da ist ja der Boden auch gefliest. Wenn er mit Farben malen will, verstehst du. Und vielleicht kann ich dort auch endlich meine Modelleisenbahn aufbauen. Das wird ihm bestimmt gefallen. Dann ein Zimmer für mich und für uns beide ein Arbeitszimmer und den letzten Raum hinten könnten wir als Gästezimmer …«

»Rainer!«

Er sah sie irritiert an. »Natürlich kann ich auch nach oben …«

»Darf ich jetzt etwas sagen?«

»Klar, aber ich dachte …«

Elke schlug mit der flachen Hand auf den Tisch. »Halt endlich die Klappe!«

Rainer schwieg beleidigt.

»Erstens: Wenn ich überhaupt mit dir zusammenziehe, suchen wir uns das Haus oder die Wohnung gemeinsam aus, hast du verstanden?«

Er nickte. Das Wort ›wenn‹ in Verbindung mit dem ›überhaupt‹ ließ nichts Gutes ahnen.

»Damit meine ich, dass ohne Zustimmung des jeweils anderen keine Zusagen gemacht werden. Auch keine Quasi-Zusagen«, fügte sie bestimmend hinzu. »Zweitens: Ich ziehe nicht nach Castrop. Unter keinen Umständen. Drittens: Wenn wir zusammenleben, dann wirklich gemeinsam. Nicht einer unten und der andere oben. Und viertens: Wieso meinst du, dass das Kind ein Junge wird?«

Rainer schluckte. Das hatte er bis jetzt nicht ernsthaft in Zweifel gezogen. Also keine Schalke-Mitgliedschaft. Und keine Modelleisenbahn. Schade. Andererseits bot sich ihm eine gute Gelegenheit, das Thema zu wechseln.

»Kein Junge?«, fragte er.

»Ich bin erst im dritten Monat.«

»Na und?«

Sie lächelte. »Das Geschlecht des Kindes lässt sich durch   Ultraschall erst ab der siebzehnten Woche erkennen. Frühestens.«

Er begann zu rechnen.

Sie kam ihm zuvor. »In etwa sechs Wochen. Falls ich es   überhaupt wissen will. Und wenn – vielleicht sage ich es dir nicht.«

Schon wieder so eine ärgerliche Wortkombination.

Elke deutete seinen Gesichtsausdruck richtig. »Mach dir keine Sorgen. Du wirst es schon rechtzeitig erfahren.« Sie grinste. »Spätestens wenn ich dir die Namen vorschlagen werde. So, und jetzt rufst du deinen Kumpel an und sagst ihm, dass das leider nichts wird mit eurem Deal. Er muss sich wohl einen anderen Mieter suchen.«

Niederlage auf der ganzen Linie. Trotz Themenwechsels.

29

»Mein Mandant hat sich entschlossen zu kooperieren«, erklärte Uwe Losper, nachdem sie wieder im Büro der beiden Kriminalbeamten Platz genommen hatten.

»Na hoffentlich«, brummte Brischinsky. »Also, noch einmal von vorn. Warum hat Hendrikson Ihrer Meinung nach Ihre Apotheke in die Luft gesprengt?«

Lehmann zögerte. Dann gab er sich einen Ruck. »Mein Anwalt hat angedeutet, dass sich meine Aussagebereitschaft positiv auf ein, äh ..., also auf ein ...«

Losper kam ihm zu Hilfe. »Mein Mandant möchte damit zum Ausdruck bringen, dass er im Fall eines möglichen Strafverfahrens mit Ihrem Entgegenkommen rechnet.«

»Aha.« Brischinsky grinste schief. »Ich bin weder Staatsanwalt noch Richter, wie Sie wissen.« Sondern nur das dumme Arschloch, das Gauner wie dich vor den Kadi zerrt, um später frustriert zuzusehen, wie ihr im Rahmen irgendeiner Absprache lediglich zu einer Bewährungsstrafe verknackt werdet, fügte er in Gedanken hinzu. »Aber ich werde Ihre, wie sagten Sie doch so zutreffend, Aussagebereitschaft in meinem Bericht entsprechend würdigen.«

»Danke sehr.« Losper wandte sich wieder an seinen Mandanten. »Bitte, Herr Lehmann.«

Der räusperte sich zum wiederholten Mal.

Brischinsky trommelte mit den Fingern auf die Tischkante. »Können wir dann?«

Lehmann zögerte noch immer. Endlich platzte er heraus: »Ich räume Folgendes ein: Meine Frau und ich haben uns an Rezeptbetrug beteiligt.« Die Erleichterung über das Geständnis war ihm anzusehen.

»Geht es auch etwas konkreter?«

»Selbstverständlich. Wir haben, wie soll ich sagen ... Also, wir haben Rezepte mit den Krankenkassen abgerechnet, ohne dass eine Leistung erbracht worden ist.«

»Und wie haben Sie das gemacht?«, meldete sich Heiner Baumann zu Wort.

»Lassen Sie es mich so erklären: Jemand geht zum Arzt und lässt sich ein teures Medikament verschreiben. Mit dem Rezept kommt er zu uns und wir rechnen mit der Kasse ab.«

»Aber ohne dem Kranken das Medikament zu geben. Richtig?«

»Genau so, Herr Brischinsky.«

»Warum macht das ein Kranker?«, wunderte sich Baumann. »Braucht er das Medikament nicht? Schließlich will er doch wieder gesund werden?«

»Es gibt Menschen, die verlieren ihre Krankenkassenkarte. Oder verkaufen sie. Oder ihnen ist schlicht alles egal, weil sie dringend Geld brauchen.«

Baumann überlegte angestrengt, was ihn als Kranker dazu bewegen könnte, sich auf ein solches Geschäft einzulassen, aber Brischinsky war schneller.

»Sie haben Drogenabhängige für sich eingespannt?«

»Nicht wir. Hendrikson hat die Rezepte besorgt.«

»Und Sie haben sie abgerechnet?«

Lehmann nickte.

»Was haben Sie dabei verdient?«

»Das kam auf das Rezept an.«

»Dann eben im Durchschnitt.«

»Etwa einhundertfünfzig Euro.«

»Und wie häufig haben Sie sich an so einem Betrug beteiligt?«

»Etwa einhundert Mal.«

»Seit wann? Seit 2001?«

Lehmann antwortete nicht.

»Nun kommen Sie schon. Einhundert Rezepte seit 2001, oder was?«

Lehmann schüttelte zaghaft den Kopf. »Im Monat. Seit Sommer 2001, um genau zu sein.«

»Einhundert Rezepte im Monat?«, fragte Brischinsky ungläubig zurück. »Verstehe ich Sie da richtig?«

»Ja.«

Baumann pfiff anerkennend. »Schöner Nebenverdienst.«

Der Hauptkommissar dachte einen Moment nach. »Und Sie haben wieder Ihre Kollegen aus den anderen Städten an dem Deal beteiligt, damit Ihre Apotheke nicht auffällig viele solcher Rezepte einreichen musste, oder? Sonst wären die Krankenkassen doch sicher misstrauisch geworden.«

Lehmann senkte den Kopf.

»Habe ich Recht?«

»Ja.«

»Waren diese Apotheken identisch mit denen, die die reimportierten Medikamente verkauft haben?«

Der Befragte schwieg.

»Herr Lehmann!«

Der Apotheker nickte.

»Ich rate Ihnen dringend, bei der Wahrheit zu bleiben. Eben haben Sie ausgesagt, dass die anderen Apotheker in gutem Glauben bei dem Reimport der Medikamente mitgemacht haben. Aber dass der Handel mit den Rezepten nicht legal war, musste Ihren Kollegen doch auffallen?«

»Wir sind da reingerutscht ... «

»Wir? Also wussten die anderen von dem Betrug?«

»Die Geschäfte liefen nicht besonders gut. Bei uns allen nicht. Und als dann keine billigen Medikamente mehr verfügbar waren ...«

»... haben Sie nach anderen Finanzierungsmöglichkeiten gesucht.«

Lehmann ließ die Schultern hängen. »Ja.«

»Eine Art Anschlussgeschäft, nachdem Ihr Deal mit den Reimporten beendet war«, stellte Brischinsky fest. »Ist das so korrekt, Herr Lehmann?«

Der Beschuldigte sah auf. Ein leises Stöhnen war zu hören. »Ja, das ist korrekt.«

»Wusste Ihr Auftraggeber davon, dass Sie andere Apotheker in Ihre Geschäfte einbezogen haben?«

»Ja. Ich habe es ihm erzählt.«

»Er hatte keine Einwände?«

»Nein, im Gegenteil. Wenn ich weitere Kollegen anwerben könnte, würde das den Umsatz steigern, hat er gesagt.«

Und er brauchte sich nicht selbst die Hände schmutzig zu machen, dachte Brischinsky. Für jemanden, der so auf Konspiration bedacht war und mit solcher Vorsicht operierte wie dieser Hendrikson, waren die kriminellen Energien der Lehmanns geradezu ideal. Da hatten sich zwei Parteien gesucht und gefunden. »Und in der Folgezeit ist dann alles über Sie gelaufen?«

Der Apotheker quittierte die Frage mit einem stummen Nicken.

»Gut. Wir werden das später noch vertiefen.« Brischinsky beugte sich zu ihm hinüber. »Kommen wir zur Kernfrage. Sie haben sich mit Hendrikson zerstritten und der hat Ihnen eine Warnung zukommen lassen. Aber das war nicht 2001, sondern erst kürzlich. Und der Grund war nicht Ihre Weigerung, weiter mit ihm zusammenzuarbeiten, sondern Sie haben versucht, ihn auszubooten.« Brischinskys Stimme wurde schärfer. »Sie konnten den Hals nicht voll genug bekommen und haben das Geschäft auf eigene Faust gemacht. Nicht wahr, Herr Lehmann?«

Der Hauptkommissar bekam keine Antwort.

»War es so, Herr Lehmann?«

Lehmann schluchzte auf. Dann nickte er. »Das war vor drei Monaten. Meine Frau kam auf die Idee ... Ich wollte Schluss machen. Mit allem. Aber es ging nicht. Erst hat Hendrikson uns erpresst. Er würde die Kassen informieren. Einer genauen Überprüfung hätten unsere Bücher nicht standgehalten. Wir hatten ja keine Wareneingänge in dieser Größenordnung. Wir wären unsere Zulassung losgeworden. Wir alle. Unsere Existenz.«

Baumann dachte an den luxuriösen Lebensstil des Apothekerpaares. An sein eigenes monatliches Einkommen. Und seine Existenz. Schlagartig sah er die Diskussion über eine Gesundheitsreform mit ganz anderen Augen.

»Dann bedrohte er uns persönlich. Und als sich die Explosion ereignete ... Ich habe Angst. Deshalb bin ich hier.«

Es piepste. Ein Warnsignal. »Das Band?«

»Gleich. Ich lege ein neues ein.« Baumann hantierte einen Moment mit der Kiste und gab dann seinem Chef zu verstehen, dass die Aufnahme fortgesetzt werden konnte.

»Funktionierte die Übergabe der Rezepte genau wie die der zurückimportierten Medikamente?«, machte der Hauptkommissar weiter.

»Ja. Es lief immer nur über den Helfer. Und immer erfolgte die Übergabe an der Raststätte Hohenhorst. Es war stets das gleiche Muster. Ein Helfer Hendriksons teilte uns telefonisch mit, wann wir uns treffen sollten.«

»Ein Helfer?«

»Ja. Hendrikson selbst haben wir schon seit einiger Zeit nicht mehr gesprochen.«

»Bitte schildern Sie den Ablauf dieser Treffen. Möglichst genau.«

»Sie fanden an einem Werktag statt, immer um fünf. Der Anrufer meinte, dass unsere Verabredungen dann wegen des Berufsverkehrs weniger auffallen würden. Hendriksons Bote hat seinen Namen nie genannt und auch sonst das Gespräch nur auf das Notwendigste beschränkt. Wir trafen uns in der Raststätte. Der Bote war regelmäßig vor uns da und wartete an einem der hinteren Tische. Er trank Kaffee. Es war vereinbart, dass wir, wenn keine Tasse vor ihm stand, die Raststätte ohne Kontaktaufnahme verlassen sollten. Aber dazu ist es nie gekommen. Die Tasse stand immer da. Das Geld hatten wir in eine Plastiktüte gepackt, die wir neben eine andere auf einen der freien Stühle am Tisch stellten. In der anderen Tüte befand sich die Ware, später die Rezepte. Dann gingen wir wieder. Das war alles.«

»Und der Bote? Was machte der?«, wollte Brischinsky wissen.

»Keine Ahnung. Wir sind in unseren Wagen gestiegen, zurück auf die Autobahn, an der Abfahrt Herten ab- und in entgegengesetzter Richtung wieder aufgefahren und zu unserer Apotheke zurückgekehrt.«

»Sie haben diese Fahrten gemeinsam mit Ihrer Frau gemacht?«

»Nein. Entweder sie oder ich. Aber die Prozedur war stets gleich. Das wurde zu Routine. Wie Einkaufen.«

Baumann dachte an seinen Kontostand zum Monatsende. Bei ihm wurde dann jeder Einkauf zum Abenteuer. Auch das war Routine.

»Wann fand Ihr letztes Treffen statt?«

»Vor etwa acht Wochen. Meine Frau hat dann versucht in Dortmund selbst ... äh ... Mitarbeiter zu gewinnen.«

»Mitarbeiter gewinnen? Sie meinen, sie wollte Drogenabhängige für Ihre Betrügereien anheuern?«, hakte Brischinsky nach.

»Ja. Wenn Sie das so nennen wollen.«

»Das will ich. War sie erfolgreich?«

Lehmann schüttelte heftig den Kopf. »Nein. Das war es ja gerade. Trotzdem hat Hendrikson irgendwie Wind davon bekommen. Gestern hat er bei uns angerufen und fünfzehntausend von uns verlangt. Quasi eine Strafgebühr.«

»Haben Sie bezahlt?«

»Nein. Ich wollte ja erst ... Aber meine Frau war dagegen.«

»Aha.«

»Sie hat gedroht, mich zu verlassen. Ich wollte sie nicht verlieren.«

»Weiß Hendrikson, dass Sie auspacken wollten?«

»Natürlich nicht. Er bringt mich um, wenn er davon erfährt.«

»Und Ihre Frau?«

»Ich habe es ihr gegenüber angedeutet.«

»Sie weiß also, dass Sie hier sind.«

»Ich glaube nicht.«

172

»Was heißt das: Sie glauben nicht?«

»Wir hatten Streit. Ich habe gestern etwas getrunken. Als ich heute Morgen aufgewacht bin, war sie fort. Ein Koffer und ein Teil ihrer Sachen fehlen. Ich habe keine Ahnung, wo sie steckt.«

»Meinen Sie, dass sie mit Hendrikson wieder ins Geschäft kommen will?«

Der Apotheker dachte einen Moment nach. »Sicher nicht. Unter keinen Umständen.«

»Wann sollte die Übergabe der fünfzehntausend Euro erfolgen?«

»Nächsten Mittwoch. In der Raststätte.«

Der Hauptkommissar beschloss: »Herr Lehmann, Sie werden das Geld übergeben.«

Lehmann wirkte verunsichert. Schließlich rang er sich doch zu einer Antwort durch: »Wenn Sie meinen.«

Brischinsky nickte. »Dann wäre das ja geklärt. Bei unserem Besuch in Ihrem Haus haben wir Ihnen ein Tonband vorgespielt. Sie erinnern sich?«

»Natürlich. Der Anrufer, der vor der Explosion gewarnt hat.«

»Genau. Sie haben beide behauptet, die Stimme nicht zu kennen. Bleiben Sie bei dieser Aussage?«

Lehmann nickte langsam.

»Also ist diese Stimme nicht die von Hendrikson?«

»Nein. Bestimmt nicht. Hendrikson hat einen leichten norddeutschen Akzent.«

30

Wolfgang Diek, den seine Freunde einfach Dieki nannten, klemmte seinen Oberschenkel unter das Lenkrad der Zugmaschine, beugte sich nach rechts, griff zur Thermoskanne und goss schon das fünfte Mal Kaffee in den Becher, der in der Halterung neben dem Schaltknüppel stand. Den Schraubverschluss in der linken, die Kanne in der rechten Hand genoss er den Geruch, der die Fahrerkabine durchzog. Eine Bodenwelle ließ die schwere Maschine kurz erzittern, ein leichter Hopser, kaum spürbar, aber dennoch stark genug, dass etwas von dem Heißgetränk über Diekis Handrücken lief. Er stieß einen Fluch aus. Sein Bein verlor für einen Moment die Kontrolle über das Lenkrad und der Vierzigtonner zog leicht nach links. Ein wildes Hupen ertönte. Dieki schmiss die leere Kanne auf den Beifahrersitz und brachte das Gefährt wieder auf die rechte Spur. Die schwere Mercedes-Limousine zog an ihm vorbei und dessen Fahrer warf ihm böse Blicke zu.

»Du mich auch«, rief ihm Dieki hinterher und ließ seine Vier-Klang-Fanfare ertönen.

Er griff zum Becher und trank hastig zwei, drei Schluck. »Verdammte Scheiße«, murmelte er. »Wird Zeit, dass ich ins Bett komme.«

Der Trucker drehte das Radio auf, stellte die Temperatur der Klimaanlage herunter, schaltete das Gebläse auf volle Leistung und richtete die Luftstromdüsen auf sein Gesicht. Der kalte Windstrom tat ihm gut.

Er sah auf die Uhr. Kurz vor elf. Noch zwei Stunden bis Frankfurt. Wolfgang Diek gähnte heftig.

Maria Lehmann verließ um Punkt elf Uhr das kleine Hotel in der Nähe von Butzbach, abseits der Sauerlandlinie. Nachdem ihr Mann sich gestern bis zur Besinnungslosigkeit betrunken hatte, war sie hierher gefahren, sie kannte das Haus von früheren Besuchen mit ihren wechselnden Liebhabern. Sie verstaute ihre Reisetasche im Kofferraum des Porsche Cabrio und platzierte den Aktenkoffer sorgfältig im Fußraum hinter dem Fahrersitz. Dieser Koffer war ihr Leben, er enthielt ihre Zukunft.

Sie hatte mit einem solchen Ende gerechnet und ihre Vorkehrungen getroffen. Nur gut, dass Klaus ihr den finanziellen Teil ihres Geschäftes überlassen hatte. Sie hatte Vollmachten zu allen Konten und den Schlüssel zum Banksafe. Fast eine Million in Wertpapieren und cash befanden sich in der schlichten rotbraunen Tasche hinter ihr. Trotzdem war es ärgerlich, dass ihr Mann die Nerven verloren hatte. Zwei, drei Monate hätten sie das Geschäft wirklich allein machen können, ohne Hendrikson. Ein Vierteljahr. Das wären sichere einhunderttausend mehr gewesen. So lange hätten sie die Prüfer der Krankenkassen noch hinhalten können, keine Frage. Hendrikson hatte doch nur geblufft. Die Explosion war ein Betriebsunfall gewesen, mehr nicht. Klaus, dieser Schwächling! Vermutlich saß er schon bei der Kripo. Aus Angst um sein armseliges Leben. Wenn er denn schon wieder unter den Lebenden weilte. Sie schüttelte verächtlich den Kopf und steckte sich eine Zigarette an. Die Apothekerin drehte den Zündschlüssel. Über zweihundert Pferdestärken machten sich an die Arbeit. Der CD-Player setzte ein. Marilyn sang *Diamonds are the girl's best friend*. Maria Lehmann legte den ersten Gang ein und steuerte den Porsche zurück auf die A 45. In etwa fünf Stunden dürfte sie die Schweizer Grenze passiert haben.

Das tiefe Dröhnen einer Trucksirene scheuchte ihn hoch. Nach einer Schrecksekunde riss er das Lenkrad nach rechts. Der Sekundenschlaf, der schon so vielen übermüdeten Autofahrern zum Verhängnis geworden war. Dieki liebte seinen Beruf, aber langsam wurde es ihm zu viel. Er war jetzt fast fünfzig und seit mehr als dreißig Jahren auf der Piste. Ihm konnte keiner etwas vormachen. Er kannte alle Tricks. Aber in den letzten zehn Jahren ...

Seine Firma fuhr vornehmlich für die großen Automobilproduzenten. Diese waren zunehmend dazu übergegangen, Teile ihrer Lagerhaltung ihren Zulieferern zu übertragen. Diese mussten jetzt die geforderten Teile zu

auf die Stunde festgelegten Zeiten liefern. ›Just in time‹
nannten sie das. Leidtragende wa-
ren wie so oft die Fahrer der Speditionsunternehmen.
Sie wur-
den von ihren Firmen verpflichtet, die Lieferzeiten ein-
zuhalten. Und wenn sie im Stau standen, fuhren sie
dann des Öfteren länger als die erlaubten acht Stunden, um ihren Chefs Regress-
forderungen zu ersparen. Gestern war so ein Tag gewesen. Abends um sechs war er im Ruhrgebiet losgefah-
ren, einen Con-
tainer mit Mercedesteilen am Haken. Spätestens nachts
um zwei
hatte er seine Stammraststätte kurz vor Sindelfingen
erreichen und dort übernachten wollen, um pünktlich
um acht an der Laderampe zu stehen. Er hatte sich
auch um nur fünf Minuten verspätet, dafür aber keine
Minute geschlafen. Vollsperrung der Autobahn am
Frankfurter Kreuz. Sechs Stunden hatte ihn das gekostet. Der ganze Papierkram, die neue Ladung in Stutt-
gart. Über zwanzig Tonnen Schrauben. Und nun noch
der Termin in
Frankfurt. Um zwei. Und dann schlafen …

Kurz hinter Frankfurt war sie in einen Gewitterregen gekommen. Aber jetzt trocknete die Bahn schon wieder.
Kaum Verkehr. Sie hatte freie Fahrt. Maria Lehmann
drückte das Gaspedal langsam tiefer. Der Turbo setzte
ein und der Wagen machte einen Sprung. Die Tachona-
del ließ die zweihundert hinter sich. Das Schild, das die
nächste Ausfahrt *Seeheim* ankündigte, flog vorbei. Die
Apothekerin lächelte. Wenn das so weiterging, war sie in
drei Stunden in Konstanz. Sie beugte sich zur Seite, um
die CD zu wechseln.

Das Schild *Seeheim 1 km* bemerkte Dieki nicht. Sein
Kopf war auf die Brust gefallen. Als das linke Vorderrad

der Zugmaschine den Mittelstreifen berührte, brach sie aus. Der Truck preschte mit über hundert Sachen erst nach rechts, dann wieder nach links, knallte gegen die Mittelleitplanke. Der schwere Hänger geriet ins Trudeln, riss aus der Verankerung, schleuderte und knickte die Leitplanken wie ein Strohhalm. Die Zugmaschine überschlug sich mehrmals und kam völlig zermalmt auf dem Standstreifen zum Stillstand. Dieki hing mit gläsernen Augen in seinen Gurten.

Zwanzig Tonnen sind eine träge Masse. Der Anhänger kippte um und rutschte quer über die Gegenfahrbahn, einen Funkenregen versprühend.

Das Letzte, was Maria Lehmann in ihrem Leben hörte, waren die ersten Takte der Filmmusik zu *Convoy* mit Kris Kristofferson in der Hauptrolle. Das Letzte, was sie sah, war eine etwa drei mal sieben Meter große Blechwand mit der Aufschrift: *Wir fahren für Sie und Mercedes.* Dann hörte und sah sie nichts mehr.

31

Hauptkommissar Brischinskys Fuß schmerzte schon wieder, als er am Montagmorgen das Präsidium betrat. Das Pochen hatte ihn das gesamte Wochenende über beschäftigt. Wahrscheinlich wäre es doch besser gewesen, wenn er sich dem Rat der Ärzte gebeugt hätte und noch einige Tage im Krankenhaus geblieben wäre. Aber jetzt dahin zurückzukehren, ließ sein Stolz nicht zu, Schmerzen hin oder her.

Als er das Büro betrat, blätterte sein Assistent im Protokoll der Vernehmung Lehmanns.

»Kaffee fertig?«, erkundigte sich Brischinsky und ließ sich mit einem vernehmlichen Ächzen auf seinen Stuhl fallen.

»Hm«, antwortete Baumann, ohne von dem Schriftstück aufzusehen, sodass seinem Vorgesetzten nichts anderes übrig blieb, als sich wieder hochzustemmen und zu dem Aktenschrank zu humpeln, in dem sie ihr Geschirr aufbewahrten.

»Keine saubere Tasse da«, beschwerte er sich.

»Kann sein«, antwortete Baumann gedankenverloren.

»Ist das alles, was du dazu zu sagen hast?«, maulte Brischinsky.

Baumann legte den Ordner zur Seite. »Ich habe meine von Samstag benutzt«, entschuldigte er sich.

Skeptisch musterte sein Vorgesetzter seine eigene schmutzige Tasse, die auf dem Schreibtisch stand. Eingetrocknete grünbräunliche Kaffeereste bedeckten deren Boden. Eine Hinterlassenschaft des Süßstoffs, den er benutzte, seitdem er das Rauchen aufgegeben hatte. Er wollte nicht noch mehr an Gewicht zulegen.

»Na toll. Wie wär's mit Spülen?«

»Eigentlich bist du ja an der Reihe«, startete Baumann einen letzten Versuch. »Ich habe erst letzte Woche …«

»Na und?« Mit dieser Bemerkung war für Brischinsky die Angelegenheit erledigt. Baumann kannte seinen Chef gut genug, um zu wissen, wann er aufgeben musste.

Kurz darauf hielt auch der Hauptkommissar eine Kaffeetasse in der Hand. »Wann hast du den Termin bei dem Bruder des Toten?«, erkundigte sich Brischinsky unvermittelt.

»Du meinst Mühlenkamp?«

»Wen sonst?«

»Zwölf Uhr. Aber ich dachte, wir würden gemeinsam …«

»Nein. Ich muss zum Präsidenten. Wenn wir Lehmann bei der Geldübergabe observieren wollen, brauchen wir mehr Leute.« Er seufzte. »Das wird nicht einfach. Die anderen sind ja schließlich auch chronisch unterbesetzt. Nein, du fährst allein zu Mühlenkamp.« Brischinsky lächelte. »Ist ja ohnehin dein Fall.«

Baumann wuchs um einen halben Meter, trotzdem fragte er vorsichtshalber nach: »Wie meinst du das?«

»Wie ich es sage. Wir dürfen uns nicht verzetteln. Nicht bei unserer Personaldecke. Die Fahndung nach Hendrikson hat Priorität.«

Das war Baumanns Stichwort. Er fischte ein Blatt aus der Schublade. »Ich habe es nachgeprüft. In Recklinghausen gibt es nur drei Hendriksons, in Bochum knapp zwei Dutzend. Etwas mehr sind in Essen und Dortmund gemeldet. In Castrop sind es nur zwei und in …«

Brischinsky hob die Hand. »In meiner Laufbahn ist mir noch kein Erpresser oder auch ein anderer Krimineller untergekommen, der auf Nachfrage seinen richtigen Namen benutzt hat. Die sind doch nicht bescheuert! Jedenfalls nicht so bescheuert«, schränkte er ein. »Dieser Hendrikson wird wer weiß wie heißen. Nur nicht Hendrikson.«

»Aber er könnte den Falschnamen doch auch benutzt haben, um sich irgendwo anzumelden, ein Geschäft oder so was«, wandte Baumann zaghaft ein. »Mit gefälschten Papieren …«

»Quatsch. Warum sollte er das tun? Da könnte er sich ja gleich ins Telefonbuch setzen lassen. Ein solches Risiko geht der nicht ein. Nein, nein. Der Weg zu diesem Hendrikson führt über Lehmann.«

Baumann wollte das nicht vertiefen. »Also fahre ich zu Mühlenkamp?«

»Ja. Wir wissen ja schließlich noch nicht einmal definitiv, ob dieser Mühlenkamp ermordet oder einfach nur vom plötzlichen Herztod überrascht wurde. Solange wir keine Anhaltspunkte für Fremdverschulden haben, gehen wir von einem natürlichen Tod aus. Reine Routine.«

Heiner Baumann schrumpfte wieder auf Normalmaß. Ein Routinefall. So bewertete sein Chef also diese Sache. Aber da war noch etwas anderes. »Was ist los, Rüdiger?«

Der Hauptkommissar sah an ihm vorbei ins Leere. Dann brach es aus ihm heraus: »Das ist einfach alles zum Kotzen.« Er sprang auf, verzog vor Schmerzen das Gesicht und hinkte wortlos zur Tür.

Fünf Minuten später kehrte er zurück, eine brennende Zigarette im Mund. Er nahm einen tiefen Zug und stöhnte: »Manchmal habe ich die Schnauze gestrichen voll. Wir reißen uns den Arsch auf, kloppen Überstunden ohne Ende, verzichten auf Urlaub, ruinieren unsere Gesundheit und wofür? Für knapp dreitausend Euro im Monat? Für diese Pressemeute, die uns am liebsten schlachten würde? Oder etwa für die Gesellschaft? Öffentliche Anerkennung? Dass ich nicht lache.«

Ein Anfall von Resignation. Gepaart mit einer gehörigen Portion Selbstmitleid.

»Und du meinst, wenn du wieder anfängst zu rauchen, wird alles besser?«

Für einen Moment sah Hauptkommissar Rüdiger Brischinsky sein Gegenüber verblüfft an. Dann fixierte er die Zigarette in seiner Hand, schüttelte den Kopf und drückte die Kippe auf der Untertasse aus. »Hast ja Recht. Ist im Moment eben alles etwas viel. Der Fuß ... Vergiss, was ich eben gesagt habe.« Er grinste schief.

»Schon klar, Chef.«

Brischinsky straffte sich. »So. Dann werde ich jetzt versuchen, Leute für Mittwoch zusammenzukratzen. Und du kümmerst dich um deinen Fall.«

Dieses Mal schien er es ernst zu meinen.

Paul Mühlenkamp sah ziemlich verknautscht aus, als er Heiner Baumann die Tür öffnete. Kleine Pupillen, geschwollene Augenlider, tiefe Falten im Gesicht. Muss ein langer Abend gewesen sein, dachte der Kommissar. Mit viel Alkohol. Er stellte sich vor und zückte seinen Ausweis. Mühlenkamp bat ihn ins Wohnzimmer.

»Ich muss Ihnen einige Fragen zum Tod Ihres Bruders stellen. Reine Ermittlungsroutine.« Immer wieder dieser Satz. Heiner Baumann hasste ihn. »Ihr Bruder wurde

am 22. in einem Wäldchen am Stadtrand von Herne gefunden. Hat er da öfter gejoggt?«

Mühlenkamp zuckte mit den Schultern.

»Hat er denn nie mit Ihnen über seinen Sport gesprochen?«

»Nee.«

»Hm. Gestorben ist Ihr Bruder vermutlich zwischen
sieben und neun Uhr am Abend des Vortages. Wissen
Sie, wann er an diesem Sonntag die Wohnung verlassen
hat?«

»Keine Ahnung.«

»Ihr Bruder wohnte doch über Ihnen. Sie hätten ihn
doch hören müssen, wenn er die Treppe herunter...«

»Ich war an dem Abend nich da.«

»Aha. Wo waren Sie denn?«

»Weiß nich mehr. Einen trinken.«

»Und wo?«

Resigniertes Schulterzucken.

»Sie können sich also nicht mehr erinnern, wo Sie waren?«

Erneutes Kopfschütteln.

»Wieso wissen Sie denn so genau, dass Sie an diesem
Abend nicht zu Hause geblieben sind?«

»Weil ich jeden Abend einen trinken geh.«

Das war ein überzeugendes Argument.

»Wohin gehen Sie denn üblicherweise?«

»*Roter Hahn.*«

»Ist das hier in Süd?«

»Zwei Straßen weiter Richtung Stadt. Rechts anne
Ecke.«

Baumann erinnerte sich, auf der Fahrt zu Mühlenkamps Wohnung an der Kneipe vorbeigekommen zu
sein. Er machte sich eine Notiz. Auf dem Rückweg ins
Präsidium würde er sich in dem Lokal erkundigen. »Sie
sind sein einziger Angehöriger?«

Mühlenkamp nickte.

»Wie würden Sie Ihr Verhältnis zu Ihrem Bruder beschreiben?«

»Na als gut.«

»Kein Streit?«

»Nee.«

»Sie können mir doch nicht erzählen, dass es nie Streit zwischen Ihnen gegeben hat.«

»Wenn ich es doch sage.«

Baumann entschloss sich, dieses Thema nicht weiter zu vertiefen. »Sie sind der einzige Erbe?«

»Ja ... Dat heißt, eigentlich nein.«

»Was denn nun?«

»Nein. Mein Bruder hatte eine, wie soll ich sagen, Verlobte. Die erbt dat Geld.«

Baumann griff erneut zum Kugelschreiber. »Eben sagten Sie, Sie seien der einzige Angehörige.«

»Bin ich ja auch. Die war'n schließlich nich verheiratet.«

Da hatte er Recht. »Wie heißt diese Verlobte?«

»Sabine Schollweg.«

»Und wo wohnt sie?«

»In oder bei Münster, glaub ich.«

»Genauer geht es nicht?«

»Nee.«

»Frau Schollweg erbt also das Geld. Und Sie?«

»Dat Haus. Dat heißt, Horsts Anteil am Haus. Woll'n Se auch 'n Bier?«

Der Kommissar wollte nicht. Als Mühlenkamp mit der Flasche zurückkehrte, fragte er: »Hatte Ihr Bruder Feinde?«

»Nich dat ich wüsste.«

»Sagen Sie, war Ihr Bruder krank?«

Der Dicke stellte hörbar die Flasche auf den Tisch. »Warum woll'n Se dat wissen?«

»Reine Routine. Wir müssen ein Fremdverschulden am Tod Ihres Bruders definitiv ausschließen können.«

»Ach so.«

»Was nun? War er krank?«

»Ja.«

Solche Verhöre liebte Baumann. Dem Gesprächspartner jedes Wort einzeln aus der Nase ziehen zu müssen.

»Woran war er erkrankt?«

»Leukämie. War abba besser in letzter Zeit.«

Baumann dachte an das *Atracuriumbesilat.* »Was für Medikamente nahm er?«

»Woher soll ich dat wissen?«

»Haben Sie nicht mit Ihrem Bruder darüber gesprochen?«, wunderte sich der Kommissar.

»Nee. Nie.« Damit schien für den Dicken die Sache erledigt zu sein.

»Kennen Sie die Namen der behandelnden Ärzte?«

Mühlenkamp blickte Baumann an, als ob der ihn eben nach den Grundlagen der Quantenmechanik befragt hätte. »Seh ich so aus?«

Eigentlich nicht, dachte Baumann.

»Der is immer in sonne Klinik gefahren.«

»Ja?«

»Weiß abba nich, wo die is. In Essen oder Düsseldorf, glaub ich.«

Enttäuscht ließ der Kommissar seinen Kugelschreiber sinken. Dieser Mühlenkamp hatte sich entweder um seinen Verstand gesoffen oder er wollte nicht mit ihm reden. Die Befragung führte zu nichts.

Mühlenkamp setzte die Flasche wieder an.

Baumann fragte ihn, ob er einen Blick in die Wohnung des Bruders werfen dürfe.

»Wegen mir«, antwortete Mühlenkamp. »Treppe hoch. Is offen.«

»Begleiten Sie mich?«

Mühlenkamp machte eine abweisende Handbewegung.

»Wie Sie meinen.«

Oben angekommen, blickte sich Baumann erst einmal um. Schließlich machte er sich im Arbeitszimmer daran, die Ablage Horst Mühlenkamps zu überprüfen. Er hatte die Hoffnung, einen Hinweis auf den Namen der Klinik oder des behandelnden Arztes zu finden. Möglicherweise wurde ja *Atracuriumbesilat* bei der Behandlung von Leukämiekranken eingesetzt.

Baumanns Recherche blieb erfolglos. Er inspizierte die anderen Räume der Wohnung. Nach dreißig Minuten gab er entnervt auf. Merkwürdig eigentlich: keine Hinweise auf die Krankheit des Verstorbenen. Keinen Briefwechsel mit der Krankenkasse, kein ärztliches Attest, kein Schreiben des Arbeitgebers ... Der Kommissar würde Mühlenkamp danach fragen müssen. Und nach dem Seil, von dem der Gerichtsmediziner gesprochen hatte. In der Wohnung des Toten befand sich jedenfalls keines.

Der Hauseigentümer hatte mittlerweile eine weitere Flasche Bier geöffnet. »Na, wat gefunden?«, begrüßte er den Kommissar.

»Was hat Ihr Bruder beruflich gemacht?«, fragte Baumann zurück.

»Der war bei der Stadt.«

»In Recklinghausen?«

»Wat denn sonst? In Peking ja wohl nich, oder?«

Das war ein Anhaltspunkt. Über die Personalverwaltung war es möglich, den Namen der Krankenkasse zu erfahren, bei der der Verstorbene versichert gewesen war. Und über die Kasse konnte man den Arzt ausfindig machen. Und der konnte dem Kommissar dann vielleicht erklären, was es mit diesem *Atracuriumbesilat* auf sich hatte, das sie im Körper des Toten entdeckt hatten.

»Was machen Sie eigentlich beruflich?«

»Wieso? Ist das wichtig?«

»Eigentlich nicht.«

»Dann brauch ich ja auch nichts sagen.«

»Das müssen Sie in der Tat nicht. Aber gibt es einen Grund dafür, dass Sie so zurückhaltend sind?«

»Nee.«

»Dann können Sie meine Frage doch beantworten, oder?«

»Na gut. Ich bin auch bei der Stadt.«

»Recklinghausen?«

Mühlenkamp nickte.

»Und was machen Sie da genau?«

»Hausmeister.«

»Aha.« Baumann gab sich mit dieser Antwort zufrieden. »Herr Mühlenkamp, ein anderes Thema. Ich habe in der Wohnung Ihres Bruders nichts über seine Krankheit gefunden. Keine Versicherungsunterlagen, einfach nichts. Haben Sie dafür eine Erklärung?«

»Nee, hab ich nich.«

»Eigenartig.«

Mühlenkamp nahm einen Schluck. »Warten Se. Vor 'n paar Tagen war die Schollweg hier mit sonnem Anwalt. Die ham was mitgenommen.«

»Ach nee. Das ist ja interessant. Wie heißt dieser Anwalt?«

»Esch. Kommt aus Herne.«

In Baumanns Kopf wurden Millionen Nervenverbindungen geschaltet. »Irren Sie sich nicht?«

»Nee. Wieso?«

»War nur eine Frage.« Baumann musste grinsen. Er stellte sich das Gesicht des Hauptkommissars vor, wenn er diese Neuigkeit erfuhr. Schon wieder Rainer Esch. Immer noch leicht grinsend fragte der Kommissar: »Herr Mühlenkamp, haben Sie eigentlich ein Seil im Haus?«

Baumanns Gesprächspartner verzog keine Miene. »Warum woll'n Se denn dat wissen?«

»Haben Sie oder haben Sie nicht?«

»Wat für 'n Seil?«

»Eine Wäscheleine zum Beispiel.«

Mühlenkamp dachte einen Moment nach. »Nee, hab ich nich.«

»Auch keine Paketkordel oder so etwas?«

»Verschicke keine Pakete«, murmelte Mühlenkamp halblaut und griff zum Bier.

»Also kein Seil.«

»Nee. Wat soll eigentlich die ganze Fragerei? Hört sich ja an, als ob Se mich verdächtigen, meinen Bruder um die Ecke gebracht zu haben. Ich denke, dat is noch nich ma klar, ob der nich einfach so hopsgegangen ist.«

»Das ist richtig. Um das zu klären, bin ich hier.«

»Un fragen mich nach 'ne Wäscheleine? Dat könn Se Ihre Oma erzählen.«

Ein schriller Schrei aus dem Garten ließ Baumann zusammenzucken. Es folgte ein auf- und abschwellendes Heulen. Dann war wieder Ruhe.

Mühlenkamp sprang auf und lief zur Terrassentür. »Verdammte Blagen«, schnaubte er und stürmte nach draußen. Baumann folgte ihm.

»Macht bloß, dat ihr hier verschwindet!«, brüllte der Hausbesitzer. »Oder ich zieh euch die Ohren lang!« Zwei Stufen auf einmal nehmend, stürzte er sich die Steintreppe hinunter, die den weitläufigen, weitgehend verwilderten Garten von der Terrasse trennte.

Heiner Baumann sah sieben oder acht Kinder, die sich etwa zwanzig Meter vom Haus entfernt zwischen den Büschen und Bäumen verteilt hatten. Einige trugen Federn im Haar, andere Cowboyhüte. Sie schossen mit Holzgewehren aufeinander und wälzten sich stöhnend und scheinbar verletzt auf dem Boden. Offensichtlich tobte hier eine Schlacht zwischen Rothäuten und Bleichgesichtern. Als Mühlenkamp sich schnaufend näherte, stoben die Kids auseinander und suchten ihr Heil in der Flucht.

»Wenn ich euch nochmal erwische, passiert wat, dat könnt ihr mir glauben!«, rief Mühlenkamp hinter ihnen her und verlangsamte seinen Schritt. Ein schlaksiger Blonder von etwa zwölf Jahren drehte sich um und blieb stehen.

»Schwarze Feders Rache wird fürchterlich sein!«, rief er Mühlenkamp zu, stieß dann einen gellenden Schrei aus und folgte demonstrativ langsam seinen Spielgefährten, die bereits den Zaun zum Nachbargrundstück überwunden hatten. Kurz bevor der das Hindernis erreichte, wandte sich Schwarze Feder noch einmal Mühlenkamp zu, hob eine Art Rohr zum Mund und unmittelbar darauf verzog der Dicke schmerzhaft das Gesicht. Der Junge grinste. Zu mehr als einem Fluch reichte die Kraft seines Verfolgers nicht mehr. Schwarze Feder verschwand hinter Büschen.

»Ich sollte die Eltern verklagen«, beschwerte sich Mühlenkamp schwer atmend bei Baumann. »Dat is doch Hausfriedensbruch, oder? Un Körperverletzung. Wat meinen Se?«

Baumann meinte nichts.

»Immer mit die Erbsen.« Der Dicke rieb sich die linke Wange. »Dat könnte doch auch ins Auge gehen. Is dat eigentlich erlaubt?«

»Was meinen Sie?«

»Die pusten mit Erbsen durch so 'n Rohr. Wie die Indianer vom Amazonas.«

»Sie meinen ein Blasrohr?«

»Genau. So heißt dat.« Er nahm die Hand von seiner Backe. »Sieht man da wat?«

Der Kommissar warf einen flüchtigen Blick auf die Gesichtshälfte, die Mühlenkamp zur Besichtigung freigegeben hatte. »Ein kleiner roter Fleck. Sonst nichts.«

»Wenn ich den Kerl erwische ... Aber dat kommt nur von meinem Bruder«, ergänzte der Dicke mit Bestimmtheit.

»Wieso?«

»Der hat der Meute erlaubt, hier zu spielen. Ich war ja von Anfang an dagegen. Aber Horst ... Manchmal hat er mitgemacht. Ein Indianerspiel! In seinem Alter!«

Sie gingen an einer Rotbuche vorbei zurück Richtung Terrasse. Da lag ein Seil! Ein Ende im Gras, das andere war mehrfach um den Stamm der Buche gewickelt. Das war Baumann eben nicht aufgefallen. Eindeutig eine Wäscheleine. Er zeigte auf den Strick. »Sie sagten doch eben, dass es in Ihrem Haushalt so etwas nicht gibt.«

Überrascht blickte Mühlenkamp nach unten. »Dat Teil hatte ich ganz vergessen. Na ja. Wat soll's. Dat hat Horst besorgt. Der Baum hier war der Marterpfahl. Un damit hat er sich fesseln lassen. Allet klar?«

»Sie haben doch nichts dagegen, wenn ich das Ding mitnehme?«, fragte Baumann.

»Warum ... warum dat denn?« Mühlenkamp wirkte erschrocken.

Der Kommissar zog es vor, nicht zu antworten. Stattdessen bückte er sich und griff mit spitzen Fingern das Seil. »Danke für Ihre Kooperation. Sie erhalten es selbstverständlich zurück.«

Paul Mühlenkamp winkte generös ab. »Lassen Se ma. Dat Teil könnse behalten.«

32

Hierbei handelt es sich um Lymphome der Vorläufer (precursor) B- oder T-Zellen. Lymphoblasten sind größer als kleine Lymphozyten, aber deutlich kleiner als die Zellen der großzelligen Lymphome. Morphologisch lassen sie sich gegenüber Lymphomen niedriger Malignität abgrenzen. Eine Korrelation zwischen ihrer Morphologie und einem B- oder T-Zell-Ursprung der Tumorzellen ist nur mithilfe immunologischer Zusatzuntersuchungen möglich. Die Tumorzellen des lymphoblastischen Lymphoms zeigen darüber hinaus eine intranukleäre Expression der terminalen Desoxynucleotidyltransferase. Die Abgrenzung gegenüber der akuten lymphatischen Leukämie richtet sich nach klinischen Befunden und ist will-

*kürlich. Bei leukämischer Ausschwemmung und er-
heblichem Knochenmarkbefall wird das Krankheits-
bild als akute lymphatische Leukämie bezeichnet;
fehlen diese Kriterien, als lymphoblastisches Lym-
phom.*

Rainer stierte auf den Bildschirm und verstand nur
Bahnhof. Er hatte die Webseiten des Tumor Zentrums
Berlin in der Annahme aufgerufen, um etwas mehr
über die Krankheit erfahren zu können, an der Horst
Mühlenkamp gelitten hatte und die er sich auch zuzu-
legen gedachte – natürlich nur auf dem Papier. Aber
diese medizinische Geheimsprache … Seine Vorurteile
gegenüber Ärzten und vielen anderen, die üblicherweise weiße Kittel trugen, fanden neue Nahrung. Wer um
alles in der Welt verkaufte solche Artikel als Information? Und wer verstand das?

Esch sah auf die Uhr. Kurz nach sieben. Für halb acht
hatte sich Cengiz angekündigt, um mit ihm die Unterlagen durchzugehen, mit denen Rainer bei *FürLeben* vor-
sprechen wollte. Zeit genug, für ein Glas Pfälzer Riesling
und einen Blick in den *Kicker*.

Cengiz war pünktlich.

»Hast du die Papiere mitgebracht?«, erkundigte sich
Rainer, nachdem sie sich gesetzt hatten.

»Hab ich«, erwiderte Cengiz und machte ein unglück-
liches Gesicht. »Aber erst möchte ich auch Wein.«

»Moment.« Rainer verschwand in der Küche. »Nun zeig
schon her«, verlangte er, nachdem sein Freund ein Glas
Roten vor sich stehen hatte.

Cengiz machte keine Anstalten, ihm den Umschlag,
den er in der linken Hand hielt, auszuhändigen. »Vorher
erzählst du mir genau, was du vorhast.«

»Jetzt mach es doch nicht so spannend.« Rainer
streckte fordernd seinen Arm aus.

Aber Cengiz reagierte immer noch nicht. »Kommt
nicht infrage.« Sein Freund klopfte mit dem braunen

Umschlag mehrmals auf seinen Oberschenkel. »Was willst du damit?«

»Mensch, du kennst mich doch.«

»Eben. Also, raus mit der Sprache.«

Rainer seufzte. »Je mehr ich darüber nachdenke, desto sicherer bin ich mir, dass irgendetwas mit dieser *Für-Leben* nicht in Ordnung ist. Die ganze Geheimniskrämerei ...«

»... die aber eigentlich nicht ungewöhnlich ist. Oder erzählst du jedem Anrufer Details aus vertraulichen Gesprächen mit deinen Mandanten?«

»Das ist doch wohl etwas völlig anderes.«

»Ist es nicht. Vertraulichkeit ist die Grundlage aller erfolgreichen Geschäftsbeziehungen.«

»Und dann dieser Hendrikson, der nur über eine Briefkastenfirma erreichbar ist, die wiederum über ein Postfach mit ihrem Kunden in Kontakt tritt – hältst du das für normal?«

»Das ist in der Tat ein wenig merkwürdig.«

»Eben. Und dann residiert *FürLeben* nur knapp einen Steinwurf von der *Industrieservice GmbH* entfernt. Das kann doch kein Zufall sein!«

»Warum nicht?«

»Warum ...?« Rainer war verblüfft. »Weil ...« Er nahm einen Schluck Wein und zündete sich eine Zigarette an. »Weil ... Ach, was weiß ich. Auf jeden Fall stimmt da etwas nicht.«

»Unterstellen wir, du hättest Recht. Was willst du machen?«

»Bei *FürLeben* vorstellig werden, mich als Leukämiekranker ausgeben und anbieten, ihnen meine Lebensversicherung abzutreten.«

»Und dann?«

»Ich verstehe nicht ganz ...« Rainer zog tief an der Reval.

»Wie soll das weitergehen?«

Rainer sprang auf, das Weinglas in der einen, die Kippe in der anderen Hand und tigerte durch das Wohnzimmer. »Was weiß ich. Das werde ich dann schon sehen. Möglicherweise treffe ich diesen Hendrikson. Oder erhalte sonst irgendwelche Informationen. Vielleicht von einer netten Sekretärin, mit der ich ...«

»Das wird Elke sicher freuen.«

Abrupt blieb Rainer stehen. »Kein Wort zu Elke«, knurrte er.

»Ich glaubte, du hättest deinen genialen Plan mit ihr besprochen?«, spottete Cengiz. »Zumindest wolltest du das.«

»Ich habe es mir anders überlegt.«

»Kann ich verstehen. Im Gegensatz zu dir denkt sie nach, bevor sie Entscheidungen trifft.«

Rainer setzte sich wieder. »Das habe ich überhört. Also, her mit den Papieren.«

»Nein!«

»Wieso ›nein‹? Ich habe dir doch erzählt, was du wissen wolltest.«

»Eben. Deshalb bleibt es auch beim Nein!«

»Und warum?«

»Du hast mich nicht überzeugt.«

Der Anwalt goss Wein nach, atmete tief ein und sagte schließlich: »Na gut. Aber was ich dir jetzt erzähle, fällt unter die anwaltliche Schweigepflicht. Ich mache mich strafbar, wenn ich darüber rede. Aber weil du mein Freund bist ...«

»... und du die Unterlagen haben möchtest ...«

»... und dir vertraue, du mir aber diesen kleinen Freundschaftsdienst verweigern willst, setze ich mich über Recht und Gesetz hinweg und liefere mich dir aus.«

Dann berichtete er Cengiz alle Details vom ersten Besuch Horst Mühlenkamps in seiner Praxis, den Hoffnungen, die dieser gehegt hatte, als er seine Krankheit für überwunden hielt, den Brief an ihn und der Verzweiflung Sabine Schollwegs nach seinem Tod.

»Deshalb muss ich dieser Sache auf den Grund gehen. Mit oder ohne deine Hilfe.«

Cengiz nickte. »Deine Motive kann ich nachvollziehen. Dein Vorhaben nicht. Warum gehst du nicht zur Polizei?«

»Meinst du tatsächlich, die würden nur auf einen so vagen Verdacht hin ermitteln«, fragte Rainer zurück.

»Möglicherweise nicht.«

»Ganz deiner Meinung.«

»Ich habe ›möglicherweise‹ gesagt.«

Rainer ignorierte den Einwand. »Außerdem habe ich bereits Akteneinsicht bei der Staatsanwaltschaft beantragt. Aber bis darüber entschieden ist, kann einige Zeit vergehen.« Er streckte erneut seine Hand aus. Nun tat ihm Cengiz den Gefallen.

»Das ist ja irre«, bewunderte Rainer die Papiere, die sein Freund vorbereitet hatte. »Die sehen ja richtig echt aus.«

»Mit einem Scanner, der richtigen Software und einem guten Farbdrucker kein Problem«, erklärte Cengiz. »Du bist dir aber darüber im Klaren, dass wir hier gemeinschaftlich im Begriff sind, Urkundenfälschung zu begehen?«

»§ 267 Strafgesetzbuch. *Wer zur Täuschung im Rechtsverkehr eine unechte Urkunde herstellt, eine echte Urkunde verfälscht oder eine unechte oder verfälschte Urkunde gebraucht, wird mit Freiheitsstrafe bis zu fünf Jahren oder mit Geldstrafe bestraft. Absatz 2: Der Versuch ist strafbar.* Was meinst du, mit wem du redest? Schließlich bin ich Anwalt.«

»Schön, dass du mich daran erinnerst. Das war mir glatt entfallen. Wo steht der Rotwein?«

»Küche. Links neben der Spüle.«

Eine Minute später kehrte Cengiz zurück. »Ist es das wirklich wert?«, fragte er nachdenklich.

Ohne zu zögern, antwortete Rainer: »Ja.«

»Warum?«

»Weil das Leben eines Menschen das höchste Rechtsgut ist, ein unveränderliches Menschenrecht, hinter dem alle anderen Rechtsgüter zurückstehen müssen. Wer mordet, muss bestraft werden«, sagte er ernst und fuhr fort: »Alle Rechtsanwälte haben einen Eid geschworen, als Organ der Rechtspflege tätig zu sein.«

»Du willst Recht brechen, um das Recht zu schützen?«

»Lass mich eine Gegenfrage stellen: Ist es Unrecht, jemanden zu verletzen?«

»Natürlich.«

»Was aber ist, wenn ich jemanden, der einen anderen umbringen will, nur dadurch von seiner Tat abhalten kann, dass ich ihm seinerseits Schaden zufüge?«

»Das ist eindeutig Notwehr.«

»Nee. Das heißt Nothilfe. Ist aber egal. Die Verletzung eines Rechtsgutes wird in Kauf genommen, um ein anderes, höherwertiges zu schützen. Nichts anderes habe ich vor.«

»Aber Mühlenkamp ist bereits tot.«

»Stimmt. Doch wenn sich meine Vermutung als richtig erweist – woher weißt du, dass er das letzte Opfer ist?«

Cengiz dachte nach. »Das ist ein Argument. Und wer entscheidet, wann eine solche Rechtsverletzung zulässig ist. Du?«

Rainer nahm einen weiteren Schluck vom Riesling und lächelte. »Warum nicht?«

»Ein bisschen Gott spielen?«

»Quatsch, höchstens Oberlandesgerichtspräsident.«

»Und wie hast du dir das Weitere nun vorgestellt?«

»Wir überlegen uns einen schönen Namen für mich und den setzt du in allen Schriftstücken ein. Dann schicke ich *FürLeben* einen Brief und warte auf Antwort.«

»Klasse Plan. Wie möchtest du heißen?«

»Egal. Helmut Kohl vielleicht?«

»Sehr witzig.«

»Dann eben Jörg Deidesheim.«

»Wie kommst du denn darauf?«

Rainer hielt Cengiz die Weinflasche vor das Gesicht und zeigte grinsend auf das Etikett.

»Verstehe. Und wem soll *FürLeben* antworten? Jörg Deidesheim oder Rainer Esch?«

Es dauerte einen Moment, bis Rainer kapiert hatte. »Ich bringe einen Zettel an meinem Briefkasten an. Jörg Deidesheim wohnt quasi bei mir zur Untermiete.«

»Gute Idee. Und was ist mit den Versicherungsunterlagen?«

»Was soll damit sein?«, fragte Rainer zurück, die Ironie überhörend.

»Die werden bei dem Lebensversicherer nachfragen, ob Jörg Deidesheim tatsächlich versichert ist. Und auch bei dem behandelnden Arzt. Und dann stellen sie sehr schnell fest, dass es keinen Jörg Deidesheim gibt. Es folgen Strafanzeige, ein Besuch der Polizei unter der angegebenen Adresse, die die deine ist, eine Befragung deiner Wenigkeit durch die Beamten, Zusammenbruch des Delinquenten, Geständnis, Bitte um Gnade, Verurteilung …«

»Hör schon auf. Ich hab's ja kapiert. Dann nehmen wir eben meinen richtigen Namen.«

»Das ist ja noch bescheuerter! Im Übrigen: Seit wann hast du eine Lebensversicherung?«

»Seit einigen Tagen. Genau genommen, seit ich weiß, dass ich Vater werde. Samstag habe ich einen Versicherungsfritzen angerufen.«

Cengiz sah seinen Freund mit einer Mischung aus Belustigung und Mitleid an. »Rainer Esch macht sich Gedanken über die Zukunft. Ich fass es nicht.« Dann wurde er wieder ernst. »Rainer, lass die Finger davon.«

»Aber …«

»Lass es bleiben!«

Esch dachte nach. Dann erwiderte er: »Es bleibt bei Jörg Deidesheim. Aber der tritt nicht selbst in Erscheinung, sondern nur sein Freund.«

Cengiz hob beide Hände. »Kommt nicht infrage!«

»Jetzt mach dir nicht ins Hemd. Der Freund bin ich, nicht du. Ich trete *FürLeben* gegenüber als Vermittler auf, als Ansprechpartner. Ohne irgendwelche Unterlagen herauszugeben. Nein, warte. Noch besser: Als sein Anwalt. Genau. Das ist es. Ich bin der Anwalt von Jörg Deidesheim. Und verhandle in seinem Namen mit *Für-Leben*. Keine Urkundenfälschung, keine Verurteilung. Alles streng legal.«

»Wenn man von der Tatsache absieht, dass du keinen Mandanten namens Jörg Deidesheim hast.«

»Aber das weiß doch keiner.«

»Doch. Ich.«

»Du bist mein Freund. Du zählst nicht.«

»Vielen Dank. Trotzdem wird *FürLeben* nur auf dein freundliches Gesicht hin nicht lange mit dir verhandeln wollen. Die wollen Fakten sehen.«

»Eben. Deshalb benötige ich die Dokumente. Ausgestellt auf Jörg Deidesheim. Aber mit meiner Anschrift versehen. Schließlich muss ich wissen, welche Post mein neuer Freund so bekommt, nicht wahr? Und das Beste ist: Nicht ich bin der Fälscher, sondern Jörg.«

»Und wenn herauskommt, dass du keinen Mandanten dieses Namens hast?«

»Kommt nicht heraus.«

»Wieso bist du dir da so sicher? Die Polizei könnte dich befragen.«

»Das schon. Aber ich muss nicht antworten. Anwaltliche Schweigepflicht.«

»Rainer, das geht nicht gut.«

»Bis *FürLeben* dahinter kommt, dass die Unterlagen gefälscht sind, vergehen einige Tage. Da bin ich mir sicher. Außerdem werden sie bestimmt bei mir nachfragen, bevor sie etwas unternehmen. Dann erhalten sie einen freundlichen Brief, alles sei ein Missverständnis gewesen, und das war es dann. Du siehst, kein Risiko.«

Cengiz war nicht überzeugt. Und wenn Rainer ganz ehrlich

zu sich war, er selbst auch nicht. Dabei dachte er vor allem an das Telefonat, welches er am Freitag mit diesem Schmidt geführt hatte. Und nun wurde er wieder dort vorstellig – was für ein Zufall! Aber das Gespräch beichtete er seinem Freund nicht. »Wann kann ich die Unterlagen haben? Morgen?«

33

Es war kurz vor vier am Mittwochnachmittag. Brischinsky kramte in der Tüte und fand einen letzten Drops, den er sich in den Mund steckte. Er überlegte einen Moment, ob er sich an der Tankstelle Nachschub besorgen sollte, ließ es aber. Das Risiko, etwas nicht mitzubekommen, war zu groß.

Seit einer Stunde saß er in seinem Passat auf dem Parkplatz der Raststätte Hohenhorst und beobachtete den Eingang. Manfred Kossler sicherte die Zufahrt kurz hinter der Autobahn, Kollege Pauly die Abfahrt. Gernot Müller von den Drogenfahndern hockte in einem VW-Bus mit getönten Scheiben und lichtete mit einer Digitalkamera alle Personen ab, die die Raststätte betraten oder verließen. Es war schwieriger gewesen, die Freigabe der einzigen modernen Kamera, die der Recklinghäuser Kripo zur Verfügung stand, zu erwirken, als den Bus zu bekommen.

Heiner Baumann schließlich saß im Restaurant und schüttete auf Staatskosten einen Kaffee nach dem anderen in sich hinein. Brischinsky seufzte. Fünf Leute für eine Observation. Fünf! Und auch nur deshalb, weil er mit dem Präsidenten persönlich verhandelt hatte. Wenigstens der war nicht im Urlaub gewesen. Verbrechen während der Ferienmonate sollten verboten werden.

Brischinsky griff zum Funkgerät und erkundigte sich schon zum dritten Mal innerhalb einer Viertelstunde bei seinen Kollegen, ob sie auf Position waren.

»Wo soll ich denn sonst sein?«, fragte Kossler zurück. »Hier wird einem nicht besonders viel Abwechslung geboten.«

Uwe Pauly schnaubte etwas durch den Äther, was sich wie »Hier alles klar« anhörte, und Heiner Baumann flüsterte: »Verstanden«, in das Minimikrofon, welches unter seinem Jackenkragen steckte. Müller, dessen Bus direkt links neben dem Passat stand, streckte nur kurz seine Hand durch einen Fensterspalt.

Brischinsky lehnte sich zurück. Warten, sie konnten nur warten. Der Hauptkommissar rutschte tiefer in seinen Sitz und schloss für einen Moment die Augen.

»Lehmann kommt«, meldete sich Kossler um zehn vor fünf.

Brischinsky setzte sich auf. »Achtung. An alle. Lehmann trifft ein.«

Es war nicht einfach gewesen, den Apotheker dazu zu bewegen, die Geldübergabe durchzuführen. Obwohl seine Frau ihn hintergangen und verlassen hatte, hatte Lehmann die Nachricht von ihrem Unfalltod doch stark getroffen. Und der Verlust der einen Million, die mit Maria Lehmann im Porsche verbrannt war, dürfte seine Motivation auch nicht besonders gehoben haben.

Brischinsky sah in den Rückspiegel. Lehmanns Wagen rollte langsam über den Parkplatz. Dann setzte der Fahrer den Blinker und bog in eine freie Parklücke. Kurz darauf stieg der Apotheker aus. Brischinsky schaltete den zweiten Empfänger ein. Zuerst hörte er nur Rauschen. Eilig justierte er die Frequenz nach, bis aus dem Lautsprecher das Geräusch des vorbeirasenden Autobahnverkehrs zu vernehmen war. Zufrieden lehnte sich der Hauptkommissar zurück. Wenigstens funktionierte die Technik.

Ein Mikrofon befand sich in Lehmanns linkem Jackenärmel, ein kleineres wie bei Baumann unter dem Kragen. Der Sender, der alles übertrug, steckte in seiner Tasche. Müller würde die Gespräche aufzeichnen.

Lehmann verschwand im Rasthaus.

»Achtung. Lehmann betritt das Restaurant.« Diese Meldung war in erster Linie für Baumann bestimmt.

»Verstanden.«

Aus dem Empfänger hörte Brischinsky Schritte, das Klappern von Geschirr. Jemand sagte: »Sieben Euro achtzig, bitte.«

Dann wieder Schritte. Und dann einen Moment nichts mehr.

»Lehmann geht zu einem der hinteren Tische«, flüsterte Baumann aus dem anderen Funkempfänger.

»Hier ist das Geld«, war Lehmann laut und deutlich zu hören.

»Er übergibt den Umschlag an einen Typen, der schon seit etwa dreißig Minuten hier ist«, meldete sich Baumann wieder. »Kontaktperson identifiziert.«

»Sagen Sie Hendrikson, er soll mich in Ruhe lassen. Für immer.«

Schritte. Kein weiteres Wort. Kurz darauf trat Lehmann wieder auf den Parkplatz. Er schaute sich suchend um.

»Warum steigt der Idiot nicht in seinen Wagen?«, fluchte Brischinsky leise.

»Kontaktperson steht auf«, berichtete Baumann. »Geht Richtung Ausgang. Bleibe dran.«

Lehmann sah nun zu Brischinskys Passat und machte immer noch keine Anstalten weiterzugehen.

»Kontaktperson geht zur Toilette. Kontaktperson ist dunkelhaarig, etwa eins achtzig groß. Trägt blaue Jeans, weißes T-Shirt.«

»Nun verschwinde endlich«, schnaubte Brischinsky.

Als ob der Apotheker ihn gehört hätte, drehte er sich um und steuerte auf sein eigenes Fahrzeug zu.

Der Hauptkommissar atmete auf.

»Betrete jetzt die Toilette.« Das war wieder Baumann. Irgendwas rauschte. Dann trat Ruhe ein.

Brischinskys linke Hand suchte nach der Zigarettenschachtel, fand aber natürlich keine. Und die Drops waren auch verfrühstückt. Der Hauptkommissar trommelte mit den Fingern ein Solo auf das Armaturenbrett. Was war da auf dieser verfluchten Toilette los? Warum meldete sich Baumann nicht?

Im Schritttempo näherte sich von rechts ein Bus, wurde langsamer, die Warnleuchten blinkten. Schließlich hielt der Fahrer trotz Halteverbot genau zwischen den Polizeifahrzeugen und dem Eingang der Raststätte. Die Sicht war versperrt.

»Fotos kannst du vergessen.« Das war Müller.

Der Bus spuckte eine Gruppe älterer Frauen und Männer aus. Einige steckten sich eine Zigarette an, andere vertraten sich die Beine. Der Bus setzte sich wieder in Bewegung. Meter für Meter gab er den Blick frei.

»Kontaktperson hat telefoniert.«

Endlich! Baumann war wieder da.

»Kontaktperson verlässt die Raststätte.«

Brischinsky fixierte den Eingang. Etwa ein Dutzend Frauen aus dem Bus machten sich auf den Weg Richtung Gebäude. In der Tür erschien ein jüngerer Mann, auf den Baumanns Beschreibung passte.

»Achtung! Kein Zugriff. Ich wiederhole: Kein Zugriff.«

Der Bote schien es nicht besonders eilig zu haben. Er trat zur Seite, um die älteren Damen vorbeizulassen, und beobachtete mit einem gelangweilten Gesichtsausdruck die Szenerie. Langsam schlenderte er über die Straße und blieb endlich drei Fahrzeuge rechts neben dem Passat stehen. Er fingerte einen Schlüssel aus der Jeans, schloss den Audi auf und stieg ein.

Brischinsky drückte wieder die Ruftaste. »Kontaktperson fährt einen blauen Audi A4. Manfred, fahr los. Uwe,

Achtung. Er kommt gleich. Bleibt dran. Ich folge euch, sobald Heiner hier ist.«

Der Audi rollte an ihm vorbei. »Der Audi hat das Kennzeichen DN-JZ 53. Halterfeststellung.«

Eine Minute später trabte Heiner Baumann an, riss die Tür des Passats auf und ließ sich auf den Beifahrersitz fallen.

»Wo warst du so lange?«, erkundigte sich Brischinsky, während er den Motor startete.

»Nachdem der Kerl die Toilette verlassen hat, habe ich natürlich nachgesehen.«

»Und?« Brischinsky steuerte Richtung Autobahn und drückte aufs Gaspedal.

»Fehlanzeige. Er hat tatsächlich nur telefoniert. Aber ich konnte nichts verstehen. Er hat zu leise gesprochen. Ich konnte ihm schließlich nicht zu eng auf die Pelle rücken. Außerdem war das Gespräch sehr kurz. Höchstens eine halbe Minute.«

Der Hauptkommissar fädelte in den Verkehr ein und beschleunigte, das Hinweisschild mit der Geschwindigkeitsbegrenzung ignorierend.

Das Funkgerät knackte. »Kontaktperson verlässt die Autobahn Abfahrt Herten.«

Das war zwei Kilometer vor ihnen. Ein Mercedes, den Brischinsky nicht ganz vorschriftsmäßig überholt hatte, schickte ihnen wütende Lichtblitze hinterher.

»Kontaktperson fährt Richtung Gelsenkirchen«, informierte sie Pauly wieder. »Er will anscheinend ... Nein, er fährt wieder auf die Autobahn. Richtung Hannover. Was soll ich machen? Ihm folgen?«

»Nein, zu auffällig.« Noch dreihundert Meter bis zur Abfahrt Herten. »Wo ist Kossler?«

»Fünfzig Meter hinter mir.«

»Gut. Manfred, du übernimmst.«

»Verstanden.«

Müller meldete sich. »Halterfeststellung. Fahrzeug ist ein Mietwagen. Zugelassen auf *Sixt*. Kehre zur Zentrale zurück.«

Baumann sah zu seinem Vorgesetzten. Der nickte. »Geht klar«, sprach der Kommissar in den Funk. »Hast du Fotos von der Kontaktperson?«

»Klar und deutlich«, antwortete Müller. »Schöne Bilder.«

»Verstanden und Ende.«

Brischinsky schoss die Abfahrt herunter. Die Reifen des Passats quietschten. Baumann hielt sich am Türgriff fest.

Als sie an Paulys Golf vorbeirasten, winkte der ihnen kurz zu. Sekunden danach fuhren sie wieder in Gegenrichtung auf die Autobahn. Zwei Minuten später ordnete Brischinsky den Passat hundert Meter hinter Kosslers Wagen ein. Auch sie hatten nun Sichtkontakt zu dem blauen Audi.

Kurz hinter Helmstedt hatte Brischinsky die Nase voll. Seit mehr als drei Stunden klebten sie nun schon am Hinterrad des Audis, ohne dass Hendrikson versucht hatte, persönlich Kontakt zu seinem Boten aufzunehmen. Von einem Tankstopp bei Brackwede abgesehen, war die Kontaktperson die A 2 mit konstant einhundertzwanzig Stundenkilometern Richtung Osten gezockelt.

»Das wird nichts mehr«, murmelte der Hauptkommissar verärgert. Dann, etwas lauter, sagte er zu Baumann: »Festnehmen. Setz dich mit unseren hiesigen Kollegen in Verbindung. Wir brauchen Unterstützung. Sicherheitshalber.« Leise ergänzte er: »Der führt uns überallhin, nur nicht zu Hendrikson.«

Vierzig Minuten danach saß der Bote in Handschellen in einem VW-Bus der Magdeburger Polizei auf einem Rastplatz in der Nähe der Stadt. Hauptkommissar Brischinsky hockte in einem anderen und erklärte seinen anhaltinischen Kollegen nun schon zum dritten Mal, warum es ihm nicht möglich gewesen war, die Observation und den soeben erfolgten Zugriff innerhalb der Landesgrenzen Sachsen-Anhalts im Voraus anzukündigen.

Sein Gegenüber hieß Prüchler, war etwa in seinem Alter, hatte den gleichen Dienstgrad und war Sachse. Zumindest legte sein Dialekt diesen Schluss nahe. Und anscheinend hatte er seine eigenen Vorstellungen, wie ein länderübergreifender Polizeieinsatz abzulaufen hatte. Als Prüchler den Recklinghäuser erneut im breitesten Sächsisch mit einer eigenwilligen Interpretation des bürokratischen Regelwerks seines Innenministers konfrontierte, platzte Brischinsky endgültig der Kragen.

»Es ist gleich neun. Wir haben seit Stunden nichts gegessen und getrunken. Wissen Sie eigentlich, wie lange meine Kollegen und ich schon im Dienst sind? Fast vierzehn Stunden. Und Sie halten mich mit Ihrem Scheißformalismus auf. Schreiben Sie doch in Ihren Bericht, was Sie wollen. Und schicken Sie meinem Präsidenten eine Durchschrift. Oder noch besser: gleich dem Minister. Oder dem Bundeskanzler. Vielleicht bringt ihn das auf andere Gedanken. Soll ich Ihnen sagen, was ich jetzt machen werde? Ich schnappe mir meinen Verdächtigen, setze ihn in meinen Wagen und wir fahren zurück. Und das sofort.«

Rüdiger Brischinsky erhob sich von dem Sitz, auf dem sonst Verkehrssünder Platz nahmen. Zu abrupt, wie er unmittelbar darauf feststellen musste. Er prallte mit der linken Kniescheibe gegen den fest verschraubten Tisch, geriet ins Wanken, machte einen unkontrollierten Schritt nach vorn und stieß mit seinem frisch operierten rechten Fuß mit voller Wucht gegen den Türholm des Polizeifahrzeugs.

Er stöhnte kurz auf und trat auf den Parkplatz.

Kossler und Baumann, beide eine Coladose in der Hand, lehnten am Passat.

Brischinsky humpelte zu seinen Kollegen hinüber, warf einen sehnsüchtigen Blick auf deren Getränke und fragte Baumann: »Etwas gefunden?«

Wortlos schüttelte der den Kopf.

Kossler war etwas informativer: »Der Wagen war vollkommen sauber. Ist eben ein Leihwagen. Nur der Mietvertrag lag im Handschuhfach. Und der Ausweis unseres Freundes.« Er reichte Brischinsky das Dokument. »Er ist Weißrusse und heißt Wladimir Kulianow.«

Brischinsky blätterte ohne rechte Begeisterung in dem Pass. »Haben wir etwas über ihn?«

Baumann schaltete sich ein. »Nein, er ist ein völlig unbeschriebenes Blatt.«

»Was ist mit dem Geld?«

Der Hauptkommissar sah hoch, als keiner antwortete. Kossler musterte interessiert die Spitzen seiner Turnschuhe, während Heiner Baumann angestrengt an seinem Chef vorbei die Autobahn fixierte.

»Nun?«

»Leider auch nichts«, rang sich sein Assistent zu einer Auskunft durch.

»Was soll das heißen?« Brischinsky steckte den Ausweis in die Tasche und musterte Baumann.

Der versank fast im Boden. »Wir haben kein Geld gefunden. Das heißt, er hatte etwa fünfhundert Euro dabei. Aber der Rest ... Ich befürchte, als er auf der Toilette in der Raststätte war ...«

»Verdammt!« Brischinsky war sauer.

»Müller ist sofort wieder hingefahren und hat nachgesehen.«

»Und?«

Baumann musste wieder den Kopf schütteln.

»Tolle Arbeit, Heiner. Wirklich ganz toll.« Dann sagte er nach einer Pause: »Habt ihr den Verdächtigen schon vernommen?«

»Wir haben es versucht.«

»Und wie, bitte, soll ich das jetzt deuten?«

»Er gibt vor, kein Deutsch zu verstehen.«

Für einen Moment schnappte Brischinsky nach Luft. »Das darf doch wohl nicht wahr sein. Wir sind hier östlich der früheren Zonengrenze, falls euch das noch nicht aufgefallen ist. Hier spricht jeder Russisch. Auch die Polizei.« Mit einem theatralisch verzweifelten Gesichtsausdruck drehte er ab und schlurfte Richtung VW-Bus. Und Brischinsky lag mit seiner Behauptung richtig. Hauptkommissar Prüchler sprach fließend Russisch. Und war nach einigen versöhnlichen Worten des Recklinghäusers auch bereit zu helfen. »Zwei Jahre Moskau. Austauschprogramm«, erklärte er.

Kurz darauf konnte er Brischinsky berichten, dass Wladimir Kulianow in einer Kneipe in Minsk von einem ihm Unbekannten angeheuert worden war. Einhundert Euro Vorschuss, das Handy, Spesen und ein Busticket nach Berlin waren ihm noch in der Kneipe übergeben worden. Nein, der Mann, der ihn engagiert hatte, war kein Deutscher, sondern Russe gewesen. Es sei ihm gesagt worden, dass er das Handy nach Erfüllung seines Auftrages behalten dürfe. Eines der Dinger, die mit fünfzig Euro Guthaben ausgestattet werden. Von Berlin sei er dann weiter mit dem Zug nach Dortmund gereist. Dort habe er – wie aufgetragen – den Audi gemietet und war von da aus zur Raststätte gefahren, hatte auf Lehmann gewartet, das Geld in Empfang genommen und war dann, seinen Instruktionen folgend, um zehn nach fünf zur Toilette gegangen. Dort hatte ihn wieder der Russe angerufen und ihn angewiesen, sich vier Hunderter aus dem Briefumschlag zu nehmen und das restliche Geld im Papierkorb zu deponieren. Das hatte er getan. Dann sei er in den Audi gestiegen und habe sich auf den Weg Richtung Heimat gemacht. Immer an die Verkehrsvorschriften halten, war ihm eingeschärft worden. Den Mietwagen sollte er in Frankfurt an der Oder wieder abgeben.

Prüchler war sich sicher, dass der Russe die Wahrheit sagte. »Ein typischer Auftragstäter. Weiß nichts, kennt keinen und fragt nicht viel. Ein kleiner Fisch, wenn Sie meine Meinung hören wollen«, berichtete er dem Recklinghäuser Hauptkommissar.

Sehe ich auch so, dachte der, bedankte sich und ging zurück zu seinen wartenden Kollegen.

»Ist noch was in der Dose?« Brischinsky verspürte immer mächtigeren Durst.

Baumann verneinte. Manfred Kossler drehte zum Beweis das Gefäß um und zuckte bedauernd mit den Schultern. Dann deutete er mit dem Kopf zur Tankstelle. »Da drüben kannst du dir ...«

Hauptkommissar Rüdiger Brischinsky dachte daran, dass Hendrikson, oder wie immer der Typ hieß, sie augenscheinlich ausgetrickst hatte, an die Schmerzen in seinem Fuß, an Prüchler und die Dienstvorschriften und an seine trockene Kehle. Danach an seinen Dienstgrad. Und dann an den Baumanns.

Fünf Minuten später saß er auf dem Beifahrersitz, das kalte Bier in der Hand, welches er sich von seinem Assistenten hatte holen lassen, und streckte seinen schmerzenden Fuß durch die geöffnete Tür.

»Heiner, du fährst«, ordnete er an. »Manfreds Karre bleibt hier. Der fährt auch mit uns. Den Wagen können unsere Kollegen morgen überführen.«

»Und der Bote?«, erkundigte sich der Kommissar.

»Nehmen wir natürlich mit. Drei Bewacher dürften wohl reichen. Alles ganz nach Vorschrift.« Brischinsky grinste, nahm noch einen Schluck, lehnte sich im Sitz zurück, sehnte sich nach einer Zigarette und schloss wie am Nachmittag die Augen. Nur für länger. »Und jetzt Abmarsch.«

34

»Brauchen Sie sonst noch etwas, Herr Schmidt?« Karin Semmler steckte ihren Kopf durch den Türspalt und wartete auf eine Antwort.

»Wie?« Peter Schmidt sah von den Unterlagen auf, die er vor sich liegen hatte, und fragte barscher als beabsichtigt: »Sie wollen schon gehen?«

Die Sekretärin wirkte enttäuscht. »Ja. Es ist kurz vor zwölf. Ich habe Ihnen doch erzählt, dass meine Mutter ... Aber, wenn es nicht möglich sein sollte ...«

Schmidt schüttelte den Kopf. »Nein, machen Sie ruhig Feierabend.«

Die Frau blieb noch einen Moment zögernd in der geöffneten Tür stehen. Dann zog sie sich zurück.

»Frau Semmler?«

»Ja?«

»Bitte bringen Sie mir noch die Eingangspost von heute.«

»Sofort.« Sie verschwand in ihrem Büro, schloss aber die Tür nicht.

Heute waren zwei weitere Anfragen eingegangen. Zusammen mit denen der letzten Tage hatte *FürLeben* fünf neue Interessenten. Drei davon machten auf den ersten Blick einen recht lukrativen Eindruck. Zwei Fälle von HIV, ein Lungenkrebs. Die Kranken schienen es besonders eilig zu haben, da sie bereits Kopien ärztlicher Gutachten eingereicht hatten. Ihre Lebenserwartung betrug keine zwölf Monate mehr. Die Versicherungssumme belief sich auf insgesamt etwa fünfhunderttausend Euro. Schmidt würde den drei in einem ersten Schritt siebzig Prozent des Versicherungsbetrages anbieten und, sofern erforderlich, auf fünfundsiebzig erhöhen.

Die HIV-Infizierten waren auf Empfehlung eines Klienten gekommen, mit dem sie im letzten Jahr einen Vertrag geschlossen hatte. Armin Ludgerus war sein Name gewesen. Homosexuell. Hatte Aids im Endstadium. Ludgerus war drei Tage nach Vertragsunterzeichnung an einer plötzlich aufgetretenen Lungenentzündung gestorben. Konnte sein Geld nicht mehr ausgeben, das arme Schwein.

Der an Lungenkrebs Leidende war Rentner mit einer guten Pension. Wie er schrieb, beabsichtigte er mit dem Erlös aus der Versicherung eine Weltreise zu machen.

Peter Schmidt wischte sich einen Schweißtropfen von der Stirn und griff zum Schalter, der den Ventilator mit Strom versorgte. Der Tag drohte heiß zu werden.

Er blätterte wieder in den Unterlagen. Nach seiner Erfahrung konnten sie weitere Geschäfte nur mit den beiden HIV-Infizierten machen. Den Rentner schloss er definitiv aus. Möglicherweise waren die beiden schwul und hatten sich bisher nicht als Homosexuelle geoutet. Vielleicht wollten sie, dass ihre sexuellen Präferenzen auch zukünftig vor den Nachbarn und Arbeitskollegen geheim blieben. Und waren auf dieser Basis zur Zusammenarbeit bereit. Das war ein Ansatzpunkt. Schmidt machte eine Notiz. Dieses Problems würde er sich zu einem späteren Zeitpunkt annehmen. Er musste nur Hendrikson über die Option informieren. Sein Mund fühlte sich trocken an.

»Frau Semmler?«, rief er, bekam aber keine Antwort. Seine Sekretärin war schon gegangen.

Schmidt stand auf. In der Kaffeeküche am Ende des Flures versorgte er sich mit kühlem Mineralwasser. Gierig trank er direkt aus der Flasche. Für einen Moment dachte er an Eva und Nina. Hoffentlich ging es den beiden gut.

Auf dem Rückweg zu seinem Büro fiel Schmidt der Anruf dieses Anwalts wieder ein. Er vertrete die Erben Mühlenkamps, hatte er behauptet. Und sich sehr intensiv nach den Modalitäten erkundigt, mit denen sie ihre Geschäfte abwickelten. Wie hieß der Anwalt doch gleich? Er hatte den Namen doch notiert. Irgendwo auf seinem Schreibtisch musste der Zettel liegen ...

Nach kurzem Suchen fand Schmidt den Wisch. Rainer Esch. Dummerweise hatte er sich nicht nach der Adresse von Esch erkundigt. Aber da Mühlenkamp aus Recklinghausen stammte, lag die Vermutung nahe, dass auch sein Anwalt sein Büro in der näheren Umgebung hatte. Er würde morgen Karin Semmler mit dieser Recherche beauftragen.

Wahrscheinlich gab es keinen Grund zur Besorgnis. Der Anwalt tat vermutlich nur seinen Job. Trotzdem würde er Hendrikson bei nächster Gelegenheit über diesen Anruf informieren. Man konnte ja nie wissen.

35

Die Verhandlung vor dem Haftprüfungsrichter dauerte nur wenige Minuten. Kurz und knapp beschied der Vorsitzende die Staatsanwaltschaft und Hauptkommissar Brischinsky, dass Wladimir Kulianow unverzüglich auf freien Fuß zu setzen sei. Zwar waren die fünfhundert Euro, die der Minsker bei sich hatte, beschlagnahmt worden, der Russe behauptete aber steif und fest, nicht gewusst zu haben, dass es sich um erpresstes Geld handelte. Da ihm das Gegenteil nicht nachzuweisen war und er auch sonst keine Straftat begangen hatte, wurde der Haftbefehl außer Vollzug gesetzt. Und Brischinsky war um eine Hoffnung ärmer.

»Nun sind wir genauso weit wie am Anfang«, stellte der Hauptkommissar resignierend fest, als er Baumann wieder gegenübersaß. »Dieser Hendrikson ist ein Phantom. Auf jeden Fall wird die Überwachung von Lehmanns Telefon fortgesetzt. Auch wenn ich mir nicht sehr viel davon verspreche. Dieser Kulianow wird doch alles seinen Hintermännern in Minsk erzählen. So erfährt es todsicher auch Hendrikson. Wenn er uns nicht ohnehin auf dem Parkplatz beobachtet hat.«

»Hast du eine Idee, wie wir trotzdem an ihn rankommen könnten?«

Brischinsky schüttelte den Kopf. »Wir könnten Kulianow weiter beschatten. Aber ich bin davon überzeugt, dass er auf direktem Weg nach Minsk zurückkehren wird. Hinter der Grenze sind uns die Hände gebunden.«

»Was ist mit dem Tonband?«, schlug Baumann vor.

Der Hauptkommissar nickte nachdenklich. »Daran habe ich auch schon gedacht. Lehmann behauptet zwar, dass das nicht Hendriksons Stimme ist, aber es wäre ja möglich, dass er sich irrt.«

»Und selbst wenn es nicht Hendrikson ist, könnte uns der Anrufer zu ihm führen.«

»So ist es«, bekräftigte Brischinsky. »Also dann los.«

Vier Stunden später waren die erforderlichen Vorbereitungen getroffen. Zwar hatte der Polizeipräsident eine bundesweite Aktion wegen der zu erwartenden Kosten untersagt, aber die Presseerzeugnisse des Ruhrgebietes, die lokalen Radiostationen und der *WDR* würden ab dem nächsten Morgen eine Woche lang auf die kostenlosen Hotline-Nummern der Kripo Recklinghausen hinweisen, unter denen der Anruf abgehört werden konnte. Vielleicht spielte endlich ein wenig Glück mit, so hofften die Beamten, und sie kamen über diesen Weg weiter.

»Jetzt können wir nur noch warten«, stellte Brischinsky fest.

Das Telefon schrillte. Der Hauptkommissar meldete sich. »Nein, den Fall bearbeitet mein Kollege«, antwortete er. »Einen Augenblick bitte.« Er reichte Baumann den Hörer. »Das Labor der Gerichtsmedizin«, sagte er mit normaler Stimme. Und dann, fast flüsternd: »Dein spezieller Freund.«

Der Weißkittel, der das Ableben Mühlenkamps begutachtet hatte, redete sofort los: »Wir haben das Seil untersucht, das Sie uns überlassen haben. Ein Volltreffer. Die Faserspuren an den Handgelenken des Toten sind zu achtundneunzig Prozent identisch mit denen des Beweisstückes.«

»Kein Zweifel?«, fragte Baumann zurück.

»Habe ich mich irgendwie unklar ausgedrückt? Achtundneunzig Prozent Übereinstimmung, zwei Prozent Zweifel. Genauer geht's nicht. Sie bekommen den Bericht schriftlich nachgereicht.«

»Danke«, sagte der Kommissar hastig.

»Keine Ursache. Dafür werden wir bezahlt.« Das Knacken verriet, dass der Mediziner der Meinung war, das Gespräch habe lange genug gedauert.

»Mühlenkamp ist vor seinem Tod tatsächlich an den Händen gefesselt gewesen«, wandte sich Baumann an seinen Chef. »Mit dem Seil, das ich im Garten der Brüder entdeckt habe.«

»Ach nee.«

»Allerdings behauptet Paul Mühlenkamp, dass sein Bruder Horst häufiger mit Nachbarskindern Indianer gespielt hat. Der Baum im Garten sei der Marterpfahl gewesen.«

»Na toll. Wäre ja auch zu schön gewesen. Was hast du jetzt vor?«

Baumann blickte zur Uhr. »Mich mit diesem Indianerstamm unterhalten.«

»Vergiss nicht, Esch wegen der Unterlagen anzusprechen.« Brischinsky hatte nicht besonders überrascht gewirkt, als ihm Baumann von Rainer Esch erzählt hatte. Stattdessen hatte er nur etwas von einem freien Land gemurmelt, in dem sich jeder den Anwalt nehmen könne, den er wolle. Er hatte noch hinzugefügt, dass bei Anwälten wie bei Regierungen jeder das bekomme, was er verdiene. »Es würde mich brennend interessieren, was der Kerl mit dieser Schollweg zu schaffen hat.«

»Ich habe mit seiner Kanzlei telefoniert. Morgen Nachmittag ist er zu sprechen.«

Heiner Baumann kurvte mit seinem Passant durch die Straßen in dem Viertel, in dem sich auch die Wohnung der Mühlenkamps befand. Ohne Erfolg. Der Junge, den er als Schwarze Feder kannte, war wie vom Erdboden verschluckt. Der Kommissar sah auf die Uhr. Es war kurz nach eins. Noch einmal um den Block und dann würde er die Suche abbrechen. Er lenkte den Wagen in die Uferstraße, um so zurück auf die Bochumer Straße zu gelangen. Da bemerkte er einen Knirps von vielleicht sieben, acht Jahren, der ihm vage bekannt vorkam. Vielleicht war er ein Mitglied der Bande, die Mühlenkamps Garten heimgesucht hatte.

Baumann bremste scharf, hielt an und stieg aus. »He du«, rief er dem Jungen zu. »Warte einen Moment.«

Mit skeptischem Blick blieb der Junge stehen.

»Was machst du überhaupt zu dieser Zeit auf der Straße? Müsstest du nicht in der Schule sein?«

»Ferien«, bekam Baumann zur Antwort.

»Stimmt. Kennst du jemanden, der sich Schwarze Feder nennt? Etwas größer als du, blonde Haare, etwas älter.«

»Wer will dat wissen?«, gab der Knirps, ein Kaugummi lässig aufblasend, zurück.

»Die Polizei will das wissen«, erwiderte Baumann.

»Glaub ich nich. Kann jeder sagen.« Mit einem Plopp platzte die Kaugummiblase und ein dünner weißer Film legte sich über das Gesicht des Knaben. Mit spitzen Fingern zog der Kleine das Zeug ab, rollte es mit einem dreckigen Zeigefinger und Daumen sorgfältig zu einem Knäuel zusammen und steckte sich das fertige Produkt wieder in den Mund. »Ham Se 'nen Ausweis?«

»Natürlich.«

»Zeigen«, befahl der Junge.

Baumann zückte seinen Dienstausweis.

Mit vorgeblichem Kennerblick untersuchte der Bursche etwa eine Minute das Papier. »Könnte echt sein«, meinte er.

»Ist echt«, antwortete Baumann.

»Sagen Sie. Ham Se 'ne Wumme?«

»Jetzt hör mal zu …«

Als Antwort zuckte der Knirps mit den Schultern. »Sie wollten wat von mir, oder?«, sagte er und wandte sich zum Gehen.

Leicht genervt ging Baumann zum Passat zurück, griff ins Handschuhfach und hielt seine Dienstpistole hoch. »Nun zufrieden?« Er packte sein Schießeisen zurück an seinen Platz und verriegelte den Wagen. »Also, was ist nun?«

»Wat is für mich drin?«, erkundigte sich sein Geprächspartner.

Für einen Moment wollte Baumann aus der Haut fahren, besann sich dann aber doch eines Besseren. »Fünfzig Cent.«

»Reicht ja kaum für 'n Eis«, maulte der Kleine. »Ein Euro.«

»Abgemacht.«

Der Junge streckte die Hand aus. »Erst die Knete.«

Baumann atmete tief durch und griff zu seiner Geldbörse. Einen Moment später war der Deal perfekt.

»Klar kenn ich Schwarze Feder. Is unser Häuptling.«

»Weißt du, wo der wohnt und wie er heißt?«

»Logo.«

»Und?«

»Sven Gröner. Wohnt da umme Ecke.« Er zeigte Richtung Bochumer Straße. »Is zu Hause. Hat Stubenarrest. War et dat?«

Baumann nickte.

Die Mutter von Schwarze Feder erlitt fast einen Herzinfarkt, als Heiner Baumann mit dem Dienstausweis in der Hand nach Sven fragte. Aber die mehrmalige Versicherung, dass ihr Sprössling wirklich nichts ausgefressen hatte, beruhigte sie ein wenig. Auch Schwarze Feder musste erst durch gutes Zureden überzeugt werden, Baumanns Fragen zu beantworten. Schließlich ließ der

Hinweis von Svens Mutter, dass bei wahrheitsgemäßen Antworten sein Hausarrest aufgehoben sei, sein Misstrauen schwinden. Der Kommissar vermutete, dass der Häuptling mehr auf dem Kerbholz hatte, als seine Mutter ahnte. Deshalb bat er auch darum, den Jungen allein befragen zu dürfen.

»Und ihr habt öfter in Mühlenkamps Garten gespielt?«

»Klar. Abba immer mit Erlaubnis.«

»Horst Mühlenkamp hat euch das gestattet?«

Sven nickte zur Bestätigung.

»Und er war immer dabei?«

Kopfschütteln.

»In diesen Fällen gab es Ärger mit seinem Bruder?«, vermutete Baumann.

»Dat is 'n Arsch.«

»Deshalb hast du ihn auch mit dem Blasrohr beschossen, was?«

Schwarze Feders Gesicht glühte vom Kinn bis zu den Haarwurzeln. »Bitte, sagen Se dat nich meiner Mutter. Dann krich ich noch mehr Hausarrest.«

»Versprochen. Wann habt ihr denn das letzte Mal mit Horst Mühlenkamp gespielt?«

»Vorletzten Samstach.«

»Woher weiß du das denn so genau?«

»Am Dienstach war dat Bild von Horst inne Zeitung. Un am Sonntach war Formel 1. Um zwei. Schumi hat gewonnen. Un am Samstach Qualifikationstraining. Um vier. Dat hab ich mit dem Lars geguckt. Un vorher mit dem gewettet, dat Schumi wieder die Pole holt. Dat hamma im Garten von Mühlenkamp gemacht. Als wir den annen Marterpfahl gebunden haben.«

»Womit habt ihr Mühlenkamp festgebunden?«

»Mit die Leine, die der Bruder uns gegeben hat.«

Der Kommissar war wie elektrisiert. »Paul Mühlenkamp hat euch eine Leine gegeben?«

»Ja. Die Wäscheleine, aussem Keller. So 'n richtiges Seil. Also nich so wat mit Plastik drum. Wir ham uns auch gewundert, weil der war ja sonst immer dagegen. Dat mit dem Indianerspielen, mein ich.«

»Und das weißt du genau? Das ist nämlich wichtig.«

»Dat könnte ich beschwören«, erklärte Sven Gröner altklug und hielt die rechte Hand auf seine Herzgegend.

»Trotzdem. Der Paul bleibt 'n Arsch.«

»Wieso?«

»Wir wollten gerade anfangen, den Horst zu martern, da hat der Blödmann uns wieder wechgeschickt.«

»Paul?«

»Wer denn sonst? Abba dat kricht der wieder, dat sach ich Ihnen.«

»Und ihr seid dann gegangen?«

»Wat sollten wir denn sonst tun? Horst hat zwar gesacht, dat wir bleiben könn', aber Paul hat en Riesenaufstand gemacht.«

»Und dann?«

»Nix mehr. Ich war zu spät zu Hause und hab Hausarrest gekricht.«

»Scheint bei dir ja häufiger vorzukommen.«

Sven griente. »Leider. Aber wenigstens darf ich inne Glotze gucken.«

36

»Elke hat eben angerufen.« Martina Spremberg knallte eine Kanne Kaffee auf Rainers Schreibtisch. »Sie kommt heute etwas später. Ihr ist übel.« Sie grinste. »Außerdem muss sie noch einkaufen. Vermutlich hat sie Heißhunger auf Salzheringe mit Schokoladenpudding«, bemühte sie ein Klischee.

Ihr Chef sah sie gedankenverloren an.

»Vergiss es. War nun so 'ne Bemerkung von mir. Denk an den Juristenstammtisch. Heute um sieben. Im *Drübbelken*.«

»Mache ich.« Obwohl ihre Kanzlei schon seit einigen Jahren in Herne angesiedelt war, trafen sich Elke und Rainer immer noch regelmäßig mit ihren Recklinghäuser Kollegen in der anderen Stadt.

»Noch was: Du bekommst heute Nachmittag Besuch. Ein Heiner Baumann von der Kripo Recklinghausen. Es geht um Mühlenkamp.«

»Wann?«

»Ich habe gesagt, um drei wärst du zu sprechen.«

»Danke.«

»Hast du eigentlich schon Radio gehört?«

»Heute? Nee, hab ich nicht. Warum fragst du?«

»Du erinnerst dich doch noch an die Explosion vor vierzehn Tagen?«

»In Suderwich, nicht?«

»Genau. Jemand hat bei der Feuerwehr angerufen und vor der Explosion gewarnt. Den suchen sie jetzt als Zeugen. Deshalb kann man sich die Stimme am Telefon anhören. Die Nummer geben sie ständig durch. Meine Mutter hat da angerufen. Sie meint, die Stimme klänge wie die von meinem Onkel Albert.«

Rainer schenkte sich Kaffee ein und hörte nur mit einem Ohr zu. Manchmal nervte Martinas Geschwätz ein wenig. »Dann soll sie bei der Polizei anrufen.«

»Hätte keinen Zweck«, lachte die Sekretärin und ging Richtung Tür. »Onkel Albert ist seit drei Jahren tot.«

Rainer quittierte die Geschichte mit einem müden Lächeln und nahm einen Schluck. Dann loggte er sich ins Internet ein und rief eine Seite auf. Der Dienstleister besorgte für eine Gebühr von nur wenigen Euro in maximal zwei Stunden jede gewünschte Handelsregisterauskunft in Deutschland. Der Anwalt gab *FürLeben* und die Adresse der Agentur in eine Suchmaske ein, fügte seine Kreditkartennummer hinzu und beförderte seine Anfrage mit einem Mausklick in die Weiten des Netzes.

Esch schnappte sich die Zigarettenpackung, steckte eine Reval an und griff widerwillig zu einer Akte, die er schon seit einigen Tagen von links nach rechts auf seinem Schreibtisch verschob, ohne sich mit ihr ernsthaft befasst zu haben. Er inhalierte tief und vergrub sich in die Unterlage.

Etwa eine Stunde später machte ihn ein Signalton darauf aufmerksam, dass er eine Mail erhalten hatte. Es war die gewünschte Auskunft über *FürLeben*. Rainer schickte einen Befehl an den Rechner und wartete ungeduldig, bis sein altersschwacher Drucker die Information ausspuckte.

FürLeben war seit dem 1. Januar 2001 beim Amtsgericht Essen registriert. Die Firma war eine GmbH mit einem Grundkapital von fünfzigtausend Euro. Geschäftsführer von *FürLeben* war Peter Schmidt, alleiniger Gesellschafter die Firma *Lichmed* mit Sitz in Luxemburg. Die Adresse der Gesellschafterfirma lautete Maitre Pierre Gobin, Postfach. Mehr gab der Auszug nicht her. Nicht sehr ergiebig das Ganze.

Martina betrat wieder sein Büro. Sie hielt einen Umschlag in der Hand. »Hier, für dich. Ist persönlich.« Sie warf ihm das Teil auf den Schreibtisch. »Von deinem Kumpel Cengiz. Einer seiner Aushilfskräfte hat ihn eben bei mir abgegeben.«

Rainer riss den Umschlag auf. In ihm befanden sich Schriftstücke eines Jörg Deidesheim, der unheilbar an Leukämie erkrankt war.

Jetzt hatte Rainer alles, was er brauchte. Die Unterlagen und vor allem einen Plan. Letzteres war vielleicht etwas übertrieben. Eher die Idee eines Planes. Oder, noch besser, eine vage Vorstellung von dem, was er als Nächstes tun wollte.

Er griff zum Hörer, rief *FürLeben* an und vereinbarte mit der Sekretärin ein Treffen für die nächste Woche.

37

Heiner Baumann hatte noch gut zwei Stunden Zeit bis zu seinem Termin mit Rainer Esch. Also entschloss er sich, die Recklinghäuser Stadtverwaltung aufzusuchen, um dort mehr über Horst Mühlenkamp zu erfahren.

Der Kommissar hatte Glück und fand eine Parkmöglichkeit direkt hinter dem im Renaissancestil erbauten Gebäude.

Nach kurzem Suchen gelangte er auf den Flur, in dem die Personalverwaltung der Stadt ihre Räume hatte. Nach drei vergeblichen Versuchen antwortete im vierten Büro jemand auf sein Klopfen. »Herein.«

Baumann wies sich aus und brachte sein Anliegen vor.

Der Mittfünfziger, der dem Polizisten übergewichtig und schwitzend hinter seinem Schreibtisch gegenübersaß, hörte Baumann zu und schüttelte erst langsam, dann immer heftiger den Kopf. »Nee, so geht das nicht. Das ist leider unmöglich, Herr Kollege. Datenschutz. Sie verstehen?«

»Wieso Datenschutz? Mühlenkamp ist schließlich verstorben.«

»Sagen Sie.«

»Was soll das heißen?«, erregte sich der Kommissar.

Der Personalmensch zeigte auf seinen Computermonitor. »Sehen Sie, er wird hier in der Datei als Angestellter der Stadtverwaltung geführt. Sein Ausscheiden wurde noch nicht registriert. Und solange der Computer sagt, dass Horst Mühlenkamp noch im Dienst ist, so lange ist er auch beschäftigt. Jedenfalls für uns in der Verwaltung. Und deshalb darf ich Ihnen keine Auskünfte über solche sensiblen Daten wie Krankheiten oder Ähnliches erteilen.«

»Sie sind nicht in der Lage, diesen Eintrag zu ändern?«

Der Beamte schüttelte bedauernd den Kopf. »Tut mir Leid. Wir sind schließlich alle verpflichtet, uns strikt an die Gesetze zu halten. Das sollten Sie als Polizist verstehen.«

»Das Einzige, was ich kapiere, ist, dass Sie mir nicht helfen wollen. Wer kann denn diesen verdammten Eintrag ändern?«

»Mein Vorgesetzter.«

Baumann stand auf. »Und den finde ich wo?«

Fünf Minuten später hatte auch der Computer der Stadtverwaltung Horst Mühlenkamps Ableben zur Kenntnis genommen. Und nach weiteren drei Minuten kannte Kommissar Heiner Baumann nicht nur den Namen der Krankenkasse, bei der der Verstorbene versichert gewesen war, sondern auch den Namen des behandelnden Arztes.

Dessen Praxis befand sich in Recklinghausen-Süd, quasi auf dem Weg zur Anwaltskanzlei Esch.

Der Doktor dort war erheblich auskunftsfreudiger als der Personalverwalter. »Was sagten Sie? *Atracuriumbesilat?*«

»Ja.«

Der Arzt blätterte in seinen Unterlagen. »Nein, haben wir nicht verabreicht. Das wäre auch sehr seltsam. Solche Medikamente werden normalerweise zur Muskelentspannung ...«

»Ich weiß, vielen Dank«, unterbrach ihn der Kommissar. »Wie war denn Mühlenkamps genereller Gesundheitszustand?«

»Das war wirklich erstaunlich. Vor einigen Monaten betrug seine Lebenserwartung nicht mehr als ein Jahr. Aber überraschend haben dann die Medikamente angeschlagen. Wir konnten sie später sogar absetzen. Sein Blutbild war wieder völlig normal.« Er lächelte. »Manchmal passieren eben doch noch Wunder.«

»Konnte man ihn als gesund bezeichnen?«

»Das nicht gerade. Krebs ist eine heimtückische Krankheit. Man glaubt sie besiegt und dann ... Aber sein Herz war stark, sein Kreislauf stabil und der Blutkrebs unter Kontrolle – der Patient hätte alt werden können.«

»Sagen Sie, haben Sie ihm kurz vor seinem Tod ein Medikament injiziert?«

Ein erneuter Blick in die Krankenakte. »Nein.«

»Könnte einer Ihrer Kollegen …?«

»Sie meinen in einer anderen Praxis?«

»Ja.«

»Möglich. Da müssten Sie vielleicht die Kollegen bemühen.«

Genau das hatte Baumann auch vor. Aber dazu müsste er die anderen kennen.

»Wer hat Mühlenkamp denn noch behandelt?«

Der Arzt zögerte mit einer Antwort. »Das kann ich Ihnen im Moment nicht sagen. Leider. Ich habe hier nur die Unterlagen aus dem letzten Quartal. Die vollständige Krankenakte liegt in unserem Archiv. Das ist im Keller. Da kann ich jetzt wirklich niemand hinunterschicken. Wenn Sie in einigen Tagen nochmal nachfragen würden? Außerdem möchte ich mich vorher bei der Ärztekammer erkundigen, ob ich Ihnen diese Auskünfte überhaupt geben darf. Aber wann das sein wird – schließlich haben wir Urlaubszeit.«

Baumann schluckte eine bissige Antwort hinunter. »So lange kann ich nicht warten.«

Er verabschiedete sich mit einem knappen Dank. Zurück im Wagen, setzte sich der Kommissar mit dem Präsidium in Verbindung und bat darum, dass bei der Krankenkasse höchst offiziell eine Liste der Ärzte angefordert wurde, die in den letzten drei Monaten Mühlenkamps Behandlungskosten abgerechnet hatten.

Dann machte er sich auf den Weg nach Herne.

38

»Sie habe ich ja lange nicht mehr gesehen.« Rainer stand auf, um seinen Besucher zu begrüßen.

Gott sei Dank, dachte Baumann. Wann immer dieser Esch in der Vergangenheit aufgetaucht war, hatte es Probleme gegeben.

»Was kann ich für Sie tun?«

»Wir ermitteln im Todesfall Mühlenkamp. Von seinem Bruder haben wir erfahren, dass Sie zusammen mit Frau Schollweg ...«

Rainer beugte sich vor. »Gibt es etwas Neues? Ich habe zwar Akteneinsicht bei der Staatsanwaltschaft beantragt, aber leider bisher keinen Zugang bekommen. Wie ist denn der Stand Ihrer Ermittlungen?«

»Herr Esch, Sie wissen doch genau, dass ich Ihnen darüber keine Auskunft geben darf.« Und auch nicht will, fügte er in Gedanken hinzu. Und auf die Akteneinsicht kannst du lange warten. Solange Brischinsky kein übereifriger Staatsanwalt dazu zwang, würde der die Ermittlungsakte nicht herausrücken.

»Nun kommen Sie«, schleimte Esch. »Wir kennen uns doch schon so lange.«

Eben. »Ich kann Ihnen nur so viel sagen ...«

»Ja?« Rainer schob sich noch weiter vor.

»... dass wir in alle Richtungen ermitteln. Reine Routine.« Da war er wieder, dieser Satz.

»Was Sie nicht sagen.« Enttäuscht lehnte sich Esch in seinen Stuhl zurück. »Und was wollen Sie nun von mir?«

»Paul Mühlenkamp hat erwähnt, dass Sie und Frau Schollweg irgendwelche persönlichen Papiere aus der Wohnung seines Bruders entfernt haben.«

Der Anwalt griff zur Zigarettenschachtel. »Auch eine?«

Baumann lehnte ab.

»Stört Sie doch nicht, oder?«

»Eigentlich ...«

»Danke für Ihr Verständnis.« Rainer steckte die Zigarette an und schickte eine Wolke Revalqualm in den Raum.

Baumann verzog das Gesicht. »Haben Sie?«

»Was?«

»Persönliche Papiere entfernt.«

»Wie sich das anhört. Als ob ich Diebstahl begangen hätte.« Jetzt war es an Rainer, formell zu werden. »Herr Kommissar, bitte nehmen Sie zur Kenntnis, dass Frau Schollweg Erbin des Verstorbenen ist. Ich bin ihr Anwalt. Und Horst Mühlenkamp war ebenfalls mein Mandant. Wie im Übrigen nun auch sein Bruder Mandant ist. Er hat mich mit der Nebenklage beauftragt, sofern es zu einer Anklageerhebung kommt.«

»Ach, Sie rechnen mit einer Anklage? Dann gehen Sie von Fremdverschulden aus?« Baumann zögerte einen Moment, bevor er weitersprach. »Herr Esch, wenn Sie irgendwelche Informationen unterschlagen, dann ...«

»Ich unterschlage keine Informationen. Wie sagten Sie doch eben so schön, Sie ermitteln in alle Richtungen. Nun, und ich möchte für alle Ermittlungsergebnisse gerüstet sein.«

»Was ist nun mit den Unterlagen?«

»Was soll damit sein?«

»Ich möchte sie sehen.«

»Nein.«

»Wie bitte?« Diese Reaktion hatte Baumann nicht erwartet. »Herr Esch, Sie behindern unsere Arbeit. Ich brauche Ihnen nicht zu sagen, dass ...«

»Wie bitte?«, konterte Rainer scharf. »Wollen Sie mir etwa drohen? Darf ich Sie daran erinnern, dass ich der anwaltlichen Schweigepflicht unterliege! Ich«, er betonte das Wort überdeutlich, »mache mich strafbar, wenn ich Ihnen irgendwelche Informationen gebe, ohne dass mich meine Mandanten dazu befugt haben.« Rainer zog an der Zigarette und setzte merklich friedfertiger fort:

»Ein kleiner Tipp: Besorgen Sie sich einen richterlichen Beschluss und Sie bekommen alle Unterlagen, die ich habe. Natürlich«, er deutete ein Grinsen an, »nur nach Ausschöpfung aller Rechtsmittel. Schneller ginge es möglicherweise, wenn Ihr Chef seinen Widerstand gegen meinen Antrag auf Akteneinsicht aufgeben würde. Auf meine Nachfrage hin hat mir die Staatsanwaltschaft nämlich mitgeteilt, dass die Ermittlungsakte noch beim zuständigen Kommissariat liegen würde und dort unentbehrlich sei.« Jetzt feixte Esch unanständig breit. »Und dieses Kommissariat sind doch Sie oder irre ich mich da?« Er drückte die Reval im Aschenbecher aus. »Kann ich noch etwas für Sie tun?«, fragte er freundlich.

Baumann stand auf. »Ich hätte etwas mehr Kooperationsbereitschaft erwartet.«

»Das gilt auch für meine Seite«, antwortete der Anwalt jovial. »Und grüßen Sie Herrn Brischinsky herzlich von mir.«

Als Baumann den Raum verlassen hatte, nahm Rainer die Unterlagen aus dem Schreibtisch, die er aus Mühlenkamps Wohnung mitgenommen hatte, und rief Martina.

»Bitte kopiere mir das.«

Sie griff nach den Ordnern und blätterte darin. »Alles?«, fragte sie ungläubig.

»Alles«, bestätigte Rainer. »Lange werden die nämlich nicht mehr in meinem Besitz sein.«

»Auch die ganzen Kontenauszüge hier?«

»Auch die«, bekräftigte ihr Chef.

Wenig später klingelte das Telefon und Martina stellte Sabine Schollweg durch.

»Ich habe noch etwas vergessen. Ich weiß nicht, ob das wichtig ist«, begann sie das Gespräch.

»Ja?«

»Horst hatte eine ziemlich umfangreiche Sammlung von Karl-May-Bänden.«

Der Anwalt erinnerte sich, dass ihm die Bücher aufgefallen waren.

»Horst wollte, dass ein Nachbarsjunge die Bücher bekommt. Er hatte vor, ihm die Bände zu seinem zwölften Geburtstag zu schenken.«

Horst Mühlenkamp kam Rainer immer mehr wie ein Philanthrop vor. »Und?«, fragte er.

»Ich habe die Bücher gestern aus Horsts Wohnung geholt. Durfte ich das?«

»Was sagt Paul dazu?«

»Der liest nicht. Wenn, dann höchstens den *Playboy*.«

Rainer musste laut auflachen. Geschichte wiederholte sich doch.

»Warum lachen Sie?«

»Nicht wegen Ihnen. Ich musste nur gerade an eine Episode aus meiner Jugend denken. Machen Sie sich keine Gedanken. Wenn Paul keine Einwände hatte, geht die Sache schon klar.«

»Da bin ich beruhigt. Ich beabsichtige, die Bücher an Ihre Kanzlei zu schicken. Ich möchte, dass Sie die Romane Sven übergeben.«

»Sven?«

»Sven Gröner, sagte ich das nicht eben?«

»Nein. Aber warum schicken Sie die Bücher denn nicht gleich direkt an ihn?«

»Horst wollte sie ihm persönlich übergeben. Ich habe in den nächsten Tagen keine Zeit und da dachte ich, dass Sie ...?«

Rainer seufzte. Dann sagte er sich, dass er nicht nur ein Organ der Rechtspflege, sondern auch Dienstleister war.

Und als Sabine Schollweg noch hinzusetzte: »Selbstverständlich bezahle ich Sie dafür«, konnte sie seiner Zustimmung sicher sein.

39

Das *Drübbelken* war immer noch *die* Szenekneipe in Recklinghausen. Deshalb hockten hier auch nur diejenigen Juristen zusammen, die entweder unter dreißig waren oder sich im weitesten Sinne dem linken oder alternativen Lager zugehörig fühlten. Alle anderen Vertreter der Jurisprudenz trafen sich üblicherweise in einem der nobleren Speiserestaurants in der Innenstadt.

Wie immer begann auch an diesem Freitagabend das Treffen im *Drübbelken* mit einem Kurzvortrag. Einer der knapp ein Dutzend Teilnehmer, ein Jurist, der bei einer der großen Einzelgewerkschaften des DGB beschäftigt war und den Rainer nur unter seinem Vornamen – Holger – kannte, hielt ein Referat über die Änderungen im Kündigungsschutzgesetz. Anschließend war Diskussion angesagt, dann folgte der Tagesordnungspunkt *Geselliges Beisammensein*. Einer der Teilnehmer hatte vor Jahren dieses monatliche Ritual treffend als *Saufen mit Programm* bezeichnet.

Gegen elf hatte sich die Runde weitgehend aufgelöst. Nur Elke, Rainer und vier, fünf weitere Kollegen hatte es an die lange Theke des Lokals gespült. Elke trank Orangensaft, was Rainer angesichts ihres Zustands für sehr vernünftig hielt, ihn aber nicht dazu bewog, auf den vierten Schoppen Weißwein zu verzichten. Auch die anderen waren nicht mehr ganz nüchtern. Nun fand das statt, was der eigentliche Zweck des Abends war: der Austausch von Klatsch und Tratsch aus der Juristenszene.

Rainer erzählte mit schwerer Zunge von einem Herner Kollegen, der wegen Unterschlagung von Mandantengeldern für einige Jahre in den Knast gewandert war und sich dort, so hörte man, einen illustren Kreis potenzieller Mandanten für den Fall aufbaute, dass er jemals wieder seine Zulassung zurückerhalten würde und erneut als Anwalt arbeiten konnte.

Ein Rechtsreferendar, angehender Jurist in der dritten Generation, machte sich über einen Richter lustig, der überwiegend Verkehrsstrafsachen bearbeitete und als besonders scharfer Hund bekannt war. Nun war er selbst mit fast zwei Promille erwischt worden. »Und weg war die Fleppe«, meinte der junge Kollege lakonisch. »Wenn er mit seinen Maßstäben gemessen wird, für mindestens ein Jahr.«

»Und dann noch der medizinisch-psychologische Eignungstest«, ergänzte Elke. »Dumm gelaufen.«

Alle nickten verständnisvoll und die Vernünftigeren unter ihnen fassten den Entschluss, den Heimweg in einem Taxi anzutreten.

Das *Drübbelken* füllte sich, das Stimmengewirr nahm zu und die Musik wurde etwas lauter gestellt. Das führte dazu, dass die Diskutanten ein wenig ihre Stimme hoben, um sich besser verstehen zu können. So kletterte der Schallpegel langsam, aber unaufhörlich nach oben, bis sich nur noch die direkt nebeneinander Sitzenden ohne zu schreien verständigen konnten.

Elke schob sich an die Seite ihres Freundes. »Du solltest nicht so viel trinken. Wir übernachten doch heute bei mir.«

»Ich denke, du bist schwanger?«, grinste Rainer etwas anzüglich.

Sie knuffte ihn in die Hüfte. »Idiot. Aber lass uns nicht mehr so lange bleiben.«

»Geht klar. Nur noch ein Glas Wein, ja?«

Zehn Minuten später stand Uwe Losper neben Rainer. Uwe war ein früherer Studienkollege Rainers, betrieb eine Anwaltskanzlei am Börster Weg und hatte, nachdem er Cengiz Kaya vor einigen Jahren aus der Untersuchungshaft geholt hatte, bei Rainer mehr als nur einen Gefallen gut.

»Na, läuft euer Laden?«, erkundigte er sich mit schwerer, aber noch verständlicher Stimme und hielt sich an einem Bierglas fest.

»Nee, wir können nicht klagen«, kalauerte Rainer als Antwort. »Und bei dir?«

»Geht so.« Er nahm einen großen Schluck, setzte ab, blickte einen Augenblick mit etwas verblüfftem Gesicht auf das leere Glas und bestellte unverzüglich Nachschub. »Mandate hab ich ausreichend, aber das hier …«, er rieb Daumen und Zeigefinger gegeneinander, »… fehlt. Geringe Streitwerte, miese Zahlungsmoral …«

Für einen Moment hingen beide Anwälte ihren trübseligen Gedanken nach und fragten sich, warum sie nicht Bossi oder Gysi hießen.

»Aber jetzt habe ich etwas Lukrativeres an Land gezogen. Weiß der Teufel, wie der Kerl auf mich gekommen ist.«

»Vermutlich hat dein Mandant bei der Anwaltskammer nachgefragt, wer am meisten Zeit hat«, spottete Rainer.

»Mag sein«, antwortete Losper ernsthaft. »Ist aber auch 'ne Menge Arbeit.«

Rainer bestellte einen Espresso und einen Brandy, was ihm einen ungehaltenen Blick Elkes einbrachte.

»Du hast doch bestimmt von der Explosion in Suderwich gehört, oder?«

Esch nickte.

»Ich vertrete den Apotheker, dessen Geschäft da in die Luft geflogen ist.«

»Als was? Nebenklage?«

»Quatsch. Der ist Beschuldigter.«

Rainers Interesse war geweckt. »Wieso? Ich dachte, das sei ein Unfall gewesen?«

»Hörst du eigentlich kein Radio?«

»Manchmal, warum?«

»Weil da seit heute Morgen alle naselang um Mithilfe gebeten wird. Es gibt eine Telefonnummer, unter der man sich eine Stimme anhören soll.«

Esch erinnerte sich dunkel an das Gespräch mit Martina Spremberg über ihren Onkel Albert selig. »Nun mach's nicht so spannend.«

Uwe Losper beugte sich vertraulich zum Ohr seines Kollegen. »Mein Mandant ist nicht ganz sauber. Rezeptbetrug, du verstehst?«

Rainer nickte und nahm einen Schluck vom Brandy. »Logo.« Seit der Sache mit Margit Krämke war er quasi Experte auf diesem Gebiet. Ihn wunderte bei Apothekern nichts mehr. »Ihr habt eine Honorarvereinbarung?«

»So ist es.« Losper wirkte sehr zufrieden. Und dafür hatte er auch allen Grund. Fast nichts wurde laut der Gebührenordnung der Anwälte in Relation zum Aufwand schlechter bezahlt als Strafverteidigungen. Mit einer individuellen Honorarvereinbarung allerdings ...

»Und dein Mandant ...«

»... ist geständig. Er wollte bei dem Betrug nicht mehr mitspielen. Und da haben sie in seiner Apotheke an der Gasleitung rumgesägt. Sollte wohl 'ne Warnung sein. Oder auch Rache, was weiß ich. Auf jeden Fall ist etwas schief gegangen und dann ... Bumm.« Lospers Bierglas war schon wieder leer. »Der Anrufer, dessen Stimme du hören kannst, hat vor dem Gas gewarnt. Allerdings erst nach der Explosion.«

Rainer steckte sich eine Zigarette an und griff zur Espressotasse.

»Die Polizei hofft nun, über den Anrufer an die Hintermänner heranzukommen.«

»Wieso das denn? Ich denke, dein Mandant hat ausgepackt?«

»Das schon. Aber er kennt diesen Hendrikson nicht persönlich, sondern nur vom Telefon. Ansonsten hatte er mit Mittelsmännern zu tun.«

Rainer zuckte zusammen, sodass er die Hälfte des Kaffees auf seine Jeans kippte.

Losper bemerkte trocken: »Die Liebe und der Suff, die reiben den Menschen uff.«

»Sag das nochmal!«

»Die Liebe und der Suff ...«

»Blödsinn. Das über die Hintermänner deines Mandanten.«

»Er kennt die nicht, ja.«

»Du hast einen Namen genannt.«

»Tatsächlich? Das hätte ich nicht tun sollen, glaube ich«, entgegnete Losper bierselig. »Aber du bist ja auch Anwalt. Betrachte das eben als vertraulich und dann ...«

»Wie, sagtest du, heißt der Kerl?«

»Mein Mandant?«

»Ach was. Der andere.«

Losper seufzte und trank sein Bier aus. »Hendrikson. Unter dem Namen kennt ihn jedenfalls mein Kunde.«

»Und wer ermittelt? Die Recklinghäuser Kripo, vermute ich.«

»Du hast es erfasst. Dein alter Freund Brischinsky.«

Ohne auf die Proteste seines Kumpels zu achten, griff Rainer nach dem Pils, das die Bedienung gerade vor Uwe abgestellt hatte, und trank es in einem Zug aus. Diese Information musste er erst einmal verdauen.

40

Das Verhör Klaus Lehmanns führte dazu, dass vier Apotheken in Dortmund und Umgebung überraschenden Besuch von der Kripo und den Betriebsprüfern der Finanzämter erhielten. Brischinsky hatte die dortigen Kollegen um einen Bericht gebeten, der schon wenig später in Recklinghausen eintraf. Alle Beschuldigten hatten nach kurzem Leugnen ausgepackt und die Aussage Lehmanns im Großen und Ganzen bestätigt. Sie behaupteten, keinen Hendrikson zu kennen, und die vernehmenden Beamten waren sich sicher, dass die Apotheker die Wahrheit sagten. Es sah so aus, als ob sie auch diese Hinweise nicht bei ihrer Suche nach Hendrikson weiterbringen würden. Wie zwischen den beteiligten Dienststellen abgesprochen, hatte Brischinsky es übernommen, das Landeskriminalamt zu informieren. Möglicherweise ermittelten die Düsseldorfer ja bereits gegen Hendrikson und die betrügerischen Apotheker.

Baumann betrat das Büro. Der Hauptkommissar legte den Bericht der Dortmunder Kollegen zur Seite.

»Na, wie war dein Wochenende?« Rüdiger Brischinsky hatte bereits sehr früh seinen Platz in ihrem Büro bezogen. Rechts neben seinem Schreibtischstuhl hatte er einen dieser kleinen Klapphocker, so wie ihn Angler benutzten, drapiert. Auf der Sitzfläche aus Stoff ruhte sich sein verletzter Fuß aus.

»Och, ging so.« Baumann verspürte nicht die geringste Lust, seinem Vorgesetzten von Claudia zu erzählen. Das freie Wochenende vor Augen, hatte er am Samstagmorgen erneut ihre Nummer in Münster gewählt und sie war zu Hause gewesen. Zu seiner Freude konnte sie sich noch an ihn erinnern und wollte sich tatsächlich mit ihm treffen. Also war er am Samstagabend mit klopfendem Herzen und einem Strauß Blumen nach Münster gedüst und hatte sich bis zu ihrer Wohnung durchgefragt, um sie zu einem Kneipenbummel abzuholen. Es war bei der Absicht auszugehen geblieben. Baumann hatte ihre Wohnung erst gestern Abend wieder verlassen. »Und bei dir?«

»Blendend, wirklich.«

»Freut mich. Und dein Fuß?«

»Wird schon wieder.« Das war die Übertreibung des Jahres. Die Verletzung hatte sich erneut entzündet und er war nur mit Mühe in seine Schuhe gekommen. Brischinsky musste sich eingestehen, dass er das Krankenhaus nicht so früh hätte verlassen dürfen. Wenn die beiden Fälle, die sie im Moment bearbeiteten, abgeschlossen waren, würde er sein Leiden auskurieren, und zwar gründlich. »Hier, das ist für dich gekommen.« Er warf seinem Assistenten ein Blatt Papier zu.

Es war die Antwort der Krankenkasse auf das Fax vom Freitag. Kurz und knapp teilte ihnen der Versicherer mit, dass nur der Arzt in Recklinghausen-Süd in den letzten Monaten Leistungen für Mühlenkamp abgerechnet hatte. Für den Zeitraum davor war allerdings eine stattliche Liste von Ärzten aufgeführt, bei denen der Leukämiekranke in Behandlung gewesen war. Vermutlich hingen die weniger gewordenen Arztbesuche mit Mühlenkamps verbessertem Gesundheitszustand zusammen. Wenn man unterstellte, dass Mühlenkamp keine Arztbesuche aus eigener Tasche finanziert hatte, blieb also nur die Schlussfolgerung, dass ihm das *Atracuriumbesilat* nicht in Zusammenhang mit einer Erkrankung gespritzt worden war. Und das wiederum begründete einen starken Verdacht auf Fremdverschulden.

Leider war die Seilspur im Sande verlaufen. Baumann stand wieder am Anfang und nun folgte der eher unerfreuliche Part ihres Jobs: Klinkenputzen und Anwohnerbefragungen in der Umgebung des Tatortes, das übliche Puzzle. Das war nun wirklich Routine.

»Was sagt denn dieser Esch?«, wollte der Hauptkommissar wissen.

»Mauert. Er hat die Unterlagen, rückt sie aber nicht raus. Er beruft sich auf seine Schweigepflicht. Allerdings ...«

»Was?«

»Ich habe den Eindruck, dass er uns Einblick gewähren würde, wenn wir ihn bei seinem Antrag auf Akteneinsicht unterstützten.«

Brischinsky sprang halb auf, ließ sich aber sofort wieder stöhnend auf seinen Stuhl zurückfallen. »Verdammt ...«

»Scheint ja doch nicht so viel besser geworden zu sein«, bemerkte Baumann.

»Das ist nichts.« Brischinskys Gesichtsausdruck strafte ihn Lügen. »So weit kommt das noch. Wir lassen uns doch nicht von so einem kleinen Anwalt erpressen. Wir beantragen einen Gerichtsbeschluss«, entschied er. »Das wollen wir doch einmal sehen.« Mühsam erhob er sich. »Reichst du mir bitte die Krücke?«

»Was für eine Krücke?«, wunderte sich Heiner Baumann.

»Die da hinten in der Ecke steht«, gab Brischinsky ungehalten zurück.

»Seit wann hast du …«

»Samstag. Ich habe mir das Teil von einem Nachbarn geliehen. Der hatte sich die Bänder im Knie gerissen. Im Krankenhaus haben sie ihm zwei Gehhilfen gegeben. Jetzt braucht er aber nur noch eine. Und da hat er mir ausgeholfen. Ist aber nur für kurze Zeit. Damit das mit dem Gehen etwas leichter fällt.«

Baumann reichte seinem Chef die Stütze. »Rüdiger, du solltest dich wirklich noch einmal untersuchen lassen.«

»Mache ich ja«, erwiderte der Hauptkommissar. »Später.«

»Wohin willst du eigentlich?«

»Amtsgericht. Mir den Beschluss besorgen.«

»Soll ich nicht besser …«

»Nein.« Brischinskys Tonfall duldete keinen Widerspruch. »Wo sind die Autoschlüssel?«

Wortlos griff Baumann in seine Tasche und hielt ihm die Schlüssel hin. Der Hauptkommissar humpelte zur Tür. Baumann blickte ihm, besorgt den Kopf schüttelnd, noch einen Moment nach und machte sich dann daran, die Berichte über seine letzten Vernehmungen in den Computer zu tippen.

Zehn Minuten später kehrte Brischinsky schon wieder zurück.

»Das ging aber schnell«, wunderte sich Baumann.

Sein Chef knallte die Passatschlüssel auf den Tisch. »Der Wagen muss in die Werkstatt«, brummte er verärgert.

»Wieso? Der ist doch heute Morgen noch gefahren.«

»Aber jetzt fährt er nicht mehr«, blaffte der Hauptkommissar.

»Was hat er denn?«

»Er ist kaputt.«

»Wie kann denn das ...« Erst jetzt bemerkte Baumann das Blutgerinnsel auf der Stirn seines Chefs. »Was ist passiert?«, fragte er streng.

»Murphys Gesetz. Was schief gehen kann, geht schief. Ich habe mich in die blöde Karre gesetzt, den Motor gestartet und natürlich mit dem rechten Fuß Gas gegeben. Das hat so verdammt wehgetan, dass ich den Fuß reflexartig zurückgezogen habe. Dabei bin ich zwischen Gas- und Bremspedal geraten, die Hacke immer noch auf dem Gas.«

Baumann war klar, was folgte.

»Die Mistkarre macht einen Satz nach vorn und ich bekomm den Fuß nicht rechtzeitig frei. Und dann hat es auch schon geknallt. Blöderweise war ich noch nicht angeschnallt. Erst mit der Brust gegen das Lenkrad, anschließend mit dem Kopf vor die Scheibe.«

Baumann war aufgesprungen und mit einem Papiertaschentuch zu Brischinsky geeilt. »Soll ich ...?«

»Danke. Das ist nur ein Kratzer. Nur der verdammte Fuß tut höllisch weh.«

»Du musst zum Arzt.«

»Später. Der andere Wagen ist im Übrigen auch ziemlich   kaputt. Die ganze Seite eingedrückt.«

»Lässt sich reparieren.«

»Sicher. Aber weißt du, wem die Karre gehört?«

»Sag schon.«

»Dem Polizeipräsidenten.«

41

Rainer fand die Rellinghauser Straße in Essen dieses
Mal auch ohne Stadtplan. Heute stellte er seinen Mazda
aber in einer der nahe gelegenen Tiefgaragen ab. Das
war immer noch preiswerter, als sich ein neues Knöllchen einzufangen.

Pünktlich um zehn Uhr stand er, mit Jörg Deides-
heims Krankenakte in der Tasche, vor Karin Semmler
und stellte sich vor. Die Sekretärin der *FürLeben GmbH,*
mit der er bisher nur telefoniert hatte, war deutlich älter, als er nach Kenntnis ihrer Stimme vermutet hatte.
Sie war dunkelhaarig, braun gebrannt und trug trotz
der Hitze ein dunkles Kostüm mit weißer Bluse. Überhaupt strahlte der ganze Laden eine ausgesprochene
Distinguiertheit aus: flauschiger dunkelgrauer Teppichboden, die Wände in dezentem Hellgrau, Design-Halo-
genstrahler an der Decke, Möbel aus schwarzem Eben-
holz, raumhohe, ausladende Pflanzen, Dali-Drucke an
den Wänden. Das ganze Interieur sagte: Wir sind seriös!

»Herr Schmidt hat leider noch keine Zeit für Sie, Herr
Esch. Wenn Sie dort noch einen Augenblick Platz nehmen möchten?« Sie deutete auf eine Ledersitzgruppe in
der hinteren Ecke des Empfangsraums. »Kaffee? Espresso?«

»Espresso, bitte.«

»Zucker, Milch?«

»Nur Zucker, danke.«

Neben Werbebroschüren der *FürLeben* lagen auf den
Beistelltischen nur solche Zeitschriften aus, die Lust
darauf machten, Geld auszugeben – sofern man denn
darüber verfügte: *Schöner Wohnen, Yacht, Traumreise*
und ähnliche Presseerzeugnisse. Esch blätterte gelangweilt in einem Einrichtungsblatt, bewunderte einen
Esstisch, der mehr kosten sollte, als er für die gesamte
Möblierung seiner Wohnung bezahlt hatte, und nippte
am Espresso. Rauchen war in diesen heiligen Hallen an-

scheinend verpönt, weit und breit war kein Aschenbecher sichtbar. Danach fragen wollte Rainer nicht. Das Ambiente beeindruckte selbst so gefestigte Naturen wie ihn. Vermutlich war das genau der Zweck des Ganzen.

Wenig später geleitete ihn Karin Semmler in das Büro von Peter Schmidt, dem Geschäftsführer von *Für-Leben*, wie der Anwalt bereits wusste.

Schmidt war einen guten Kopf kleiner als Rainer, schlank, höchstens fünfzig Jahre alt. Grauer Anzug, blaues Hemd, gelber Binder. Spätestens jetzt fühlte sich Rainer in seiner Jeans und Lederjacke etwas underdressed. Der Geschäftsführer stand auf und kam dem Anwalt entgegen. Rainer fiel der etwas nach vorn gebeugte, fast schlurfende Gang auf, so als ob Schmidt zentnerschwere Lasten auf seinen Schultern schleppte. Der Versicherungsmann begrüßte ihn herzlich und bat den Besucher, am Konferenztisch Platz zu nehmen.

Der Anwalt sah sich verstohlen um. Das Büro war ebenso geschmackvoll eingerichtet wie die Räumlichkeiten, die er schon gesehen hatte. Allerdings war eine der Wände über und über mit gerahmten Kinderzeichnungen bedeckt.

»Meine Kleine«, erklärte Schmidt mit verlegenem Lächeln, als er Rainers Interesse bemerkte. »Ich habe ihr versprochen, jedes Bild, das sie mir schenkt, in meinem Büro aufzuhängen.«

Esch nickte verstehend, obwohl ihm dieser Umgang mit dem kindlichen Schöpfungsdrangs etwas übertrieben entgegenkommend erschien. Die Hälfte oder vielleicht nur ein Drittel der Kunstwerke hätte es auch getan.

»Was führt Sie zu uns, Herr Esch. Wenn ich mich richtig erinnere, haben wir doch erst vor wenigen Tagen miteinander telefoniert, oder?«

Das weißt du doch ganz genau, dachte Esch. Vermutlich liegt der Aktenvermerk über das Gespräch noch auf deinem Schreibtisch. »Sie haben Recht. Aber ich bin heute nicht wegen Horst Mühlenkamp bei Ihnen.«

»Nicht?«

»Nein. Die Angelegenheit ist etwas, wie soll ich sagen, delikat.«

»Ja?«

»Sie wissen sicher, dass es Selbsthilfegruppen auch für Leukämiekranke gibt?«

»Tatsächlich?« Schmidt heuchelte Interesse.

»Eine dieser Gruppen besuchte auch mein Mandant Horst Mühlenkamp.«

»Was Sie nicht sagen. Kaffee?«

»Espresso, bitte.«

Schmidt drückte die Tasten eines Telefons. »Frau Semmler, einen Espresso und für mich grünen Tee bitte.« Dann wandte er sich wieder seinem Gast zu. »Wo waren wir stehen geblieben?«

»Bei der Selbsthilfegruppe Mühlenkamps.«

»Ah ja.«

»Zu dieser Gruppe gehört auch ein Jörg Deidesheim. Mühlenkamp hat ihm vom Service Ihrer Agentur erzählt. Deidesheim ist sehr interessiert und hat deshalb meine Dienste in Anspruch genommen.«

»Warum schaltet er einen Anwalt ein?«

»Zum einen lebt er äußerst zurückgezogen. Gäbe es nicht seine regelmäßigen Besuche in der Selbsthilfegruppe, könnte man sagen, Deidesheim sei menschenscheu. Ich vermute, das ist eine Folge seiner Krankheit. Ich weiß nicht, wie meine Psyche reagieren würde, wenn mir jemand sagen würde, dass ich nur noch eine bestimmte Zeit zu leben hätte. Vielleicht ... Aber lassen wir das. Deidesheim wurde nichtehelich geboren. Seine Mutter ist vor einiger Zeit verstorben. Und zu dem leiblichen Vater hatte er noch nie Kontakt. Deidesheim will nicht, dass ihn sein Vater beerbt. Nun, er und Mühlenkamp waren gemeinsam in dieser Selbsthilfegruppe. Ich erwähnte das ja bereits. Mühlenkamp war mein

Mandant. Schon seit Jahren«, log Rainer weiter. »Da lag es für Deidesheim nahe, bei mir Rat einzuholen. Deshalb auch mein Anruf vor einigen Tagen. Ich wollte mich bei Ihnen etwas sachkundiger machen. Mühlenkamp hatte mich seinerzeit nicht in die Verhandlungen einbezogen.« Esch versuchte ein Lächeln. »Leider. Gegen das Honorar hätte ich nichts einzuwenden gehabt.«

Schmidts Gesichtsausdruck hatte sich verändert. Wo woher noch blasierte Langeweile war, zeichnete sich jetzt Anspannung ab. Wie ein Jagdhund, der die Spur aufgenommen hat, dachte Rainer.

Tatsächlich stürzte sich sein Gegenüber gierig auf den Knochen, der ihm hingeworfen worden war. »Wussten Sie, dass wir für jede erfolgreiche Vermittlung eine Provision von zwei Prozent zahlen?«

Das hatte Rainer bereits im Internet gelesen. »Ach? Das ist ja interessant. Zwei Prozent von was?«

»Von der Versicherungssumme. Wie hoch ist denn die Lebensversicherung Ihres Mandanten?«

Rainer war sich fast sicher, dass er auf der Siegerstraße war. Für einige Tage würde die Legende Jörg Deidesheim standhalten. Aber eine Hürde musste er noch nehmen. »Dreihunderttausend im Sterbefall. Ich habe hier ...«, er griff zu seiner alten Aktentasche, »... die Police sowie einige weitere Unterlagen. Allerdings ...«

»Ja?«

»Mein Mandant besteht darauf, dass alle Verhandlungen ausschließlich über mich geführt werden.«

»Kein Problem, Herr Esch. Wirklich kein Problem.«

Jetzt galt es. »Und er möchte, dass mir derjenige, der später als Anspruchsberechtigter auftritt, vor Vertragsunterzeichnung vorgestellt wird.«

»Sie meinen unseren Kunden?«

»Ich glaube, Sie nennen sie so.«

Schmidt schluckte. »Das ist allerdings ungewöhnlich. Unsere Geschäftsbedingungen ...«

»… können Sie in diesem Punkt vergessen. Für meinen Mandanten ist das nicht verhandelbar.«

»Aber der Kunde kann ihm doch wirklich völlig gleichgültig sein. Entscheidend ist doch nur, ob er sein Geld bekommt.«

»Das sehe ich ja genauso, Herr Schmidt. Aber ich deutete doch an, dass mein Mandant, nun ja, ein wenig sonderbar ist. Eine Lebensversicherung zu überschreiben – für ihn kommt das einem Vertrauensbeweis gleich. Doch ich kann Sie beruhigen. Er wird sich vollständig auf mein Urteil verlassen.«

Schmidt rieb sich nervös die Hände. »Unsere Kunden werden von uns auf Herz und Nieren geprüft. Das kann ich Ihnen versichern. Wir können wirklich keine Ausnahme …«

Esch packte die Unterlagen ein. »Schade. Aber ich bin zu Verhandlungen mit Ihnen nur autorisiert, wenn in dieser Frage Übereinstimmung erzielt wird. Schließlich gibt es, soweit ich informiert bin, noch andere Agenturen Ihrer Art.«

Schmidt wischte sich den Schweiß von der Stirn. Und Rainer wusste definitiv, dass er den Fisch an der Angel hatte. Er stand auf. »Wenn Sie sich also nicht in der Lage sehen, diesen Punkt im beiderseitigen Interesse zu regeln … War nett, Sie kennen gelernt zu haben.« Der Anwalt streckte Schmidt die Hand zum Abschied entgegen.

Der Geschäftsführer von *FürLeben* erhob sich, zögerte einen Moment und ließ sich dann wieder auf den Stuhl zurücksinken. »Bitte behalten Sie doch Platz. Wie hoch, sagten Sie, ist die Versicherungssumme?«

Rainer hatte gewonnen.

Auf der Heimfahrt freute er sich zwar darüber, dass er Schmidt ausgetrickst hatte. Aber es plagten ihn auch leise Zweifel. Was war, wenn Jörg Deidesheim auffliegen würde, bevor er diesen Kunden kennen gelernt hatte?

Und was, wenn es sich nicht um diesen Hendrikson handelte? Und selbst wenn Hendrikson tatsächlich der Investor war – brachte ihn das weiter? Die Geschäftsidee von *FürLeben* war ja, gewisse ethische Bedenken ignorierend, nicht dumm. Und auch legal. Warum sollte dann ein Investor nicht mehrmals zugreifen und Gewinne einstreichen? Das allein wäre kein Grund, diesen Hendrikson für geldgierig und skrupellos zu halten. Und die Namensgleichheit mit dem Hintermann im Fall Lehmann, von dem ihm sein Freund Losper erzählt hatte? Das konnte Zufall sein, auch wenn der skandinavisch klingende Name Hendrikson im Ruhrgebiet nicht ganz so häufig war wie der urdeutsche Name Koslowski. Schließlich: War Hendrikson wirklich – nur weil er ein mögliches Motiv hatte – verantwortlich für Mühlenkamps Tod?

Esch musste sich eingestehen, dass sein Plan nicht mit Sicherheit zu einem Beweis führen würde, dass es bei *FürLeben* nicht mit rechten Dingen zuging.

42

Nach dem Unfall verzichtete Brischinsky auf jede Diskussion mit Baumann, wer fahren sollte. Und so saß Baumann hinter dem Steuer des schon etwas altersschwachen Golf, der üblicherweise nicht mehr im Einsatz war und nur noch als Reserve zum Fuhrpark der Recklinghäuser Kripo gehörte.

Baumann fragte sich, welches Fahrzeug wohl der Polizeipräsident in den nächsten Wochen benutzen würde. Der Anschiss, dem sich der Hauptkommissar hatte stellen müssen, war nicht so heftig wie erwartet gewesen. Wie ein Kollege aus der Verwaltung, der für Beschaffungen zuständig war, hinter vorgehaltener Hand kolportierte, war der PP nicht besonders unglücklich über den

Vorfall. Zweimal schon war sein Antrag auf einen neuen Wagen von der übergeordneten Behörde abgelehnt worden und nun witterte der Präsident die große Chance, diesen Widerstand elegant zu überwinden. Schließlich standen, meinte auch der Beschaffungsfuzzi, der Listenpreis des alten Fahrzeugs und die zu erwartenden Reparaturkosten in keinem vernünftigen Verhältnis.

Heiner Baumann lenkte den Golf in die Herner Schadeburgstraße und fuhr, peinlich genau die Geschwindigkeitsbegrenzung beachtend, durch die Teutoburgia-Siedlung. Kurz vor den Neubauten am Ende der Straße bremste er und parkte rechts ein.

»Wir sollten dort links anfangen«, schlug Baumann vor und zeigte auf zwei Häuser, die im rechten Winkel zur Straße an dem Waldweg standen, auf dem vor zwei Wochen Ilse Popenka den toten Horst Mühlenkamp gefunden hatte.

»Hm«, brummte Brischinsky und bewegte vorsichtig seinen verletzten Fuß.

Baumann wertete den Laut als Einverständnis und sagte beim Aussteigen: »Du nimmst das erste Gebäude, ich das zweite. Okay?«

Sein Chef antwortete nichts, sondern machte Anstalten, den Golf zu verlassen. Vorsichtig schraubte er sich aus dem Wagen, stützte sich auf die Krücke und folgte seinem Mitarbeiter mit schmerzverzerrtem Gesicht.

»Heiner«, rief er, als Baumann bereits die andere Straßenseite erreicht hatte. »Warte. Wir sollten die Befragungen gemeinsam durchführen. Ich kann mich schlecht auf die Krücke stützen und mit nur einer Hand Notizen machen.«

Baumann nickte und blieb stehen. Gemeinsam überquerten sie dann die Straße.

»Entweder hat der Täter Mühlenkamp von der Schadeburgstraße aus in das Wäldchen geschleppt oder er ist über die Bruchstraße an die Kleingärten herangefahren«, meinte Heiner Baumann. »Wenn er über die

Bruchstraße gekommen ist, haben wir schlechte Karten. Da steht weit und breit kein Haus. Sehr unwahrscheinlich, dass da jemandem etwas aufgefallen ist.«

»Wenn sich nach über zwei Wochen überhaupt noch jemand an etwas erinnert«, maulte Brischinsky. »Du hättest dich auch etwas eher um die Befragung der Anwohner kümmern können.«

»Wie denn das? Du warst im Krankenhaus ...«

»Nur zwei Tage!«

»Und dann diese Beschattungsaktion an der Raststätte. Hat uns einen ganzen Tag gekostet. Du weißt doch, wie die Personaldecke im Moment aussieht«, verteidigte sich der Angegriffene. »Außerdem gehen wir ja erst seit gestern davon aus, dass bei dem Tod Mühlenkamps Fremdverschulden vorliegt.«

»Schon gut«, beschwichtigte Brischinsky. »War ja nicht so gemeint.«

Sie standen mittlerweile vor der Haustür und fixierten die Klingelknöpfe. »Unten oder oben?«, fragte Baumann.

»Egal«, stöhnte Brischinsky. »Es gibt hier mit Sicherheit ohnehin keinen Fahrstuhl.«

Trotz mehrmaliger Versuche öffnete niemand.

»Alle zur Arbeit«, stellte der Hauptkommissar fest. »Versuchen wir es beim nächsten Haus.«

Dort meldete sich über die Gegensprechanlage eine Frauenstimme und wenige Momente später standen die Beamten im Wohnzimmer der Familie Breuer und erwehrten sich der Zuneigungsbeweise eines zotteligen Etwas.

»Quita, hierher«, ordnete Ute Breuer ebenso energisch wie erfolglos an. Schließlich griff sie zum Halsband, zog das Tier mit aller Kraft in Richtung Küche und verschloss die Tür. »Tut mir Leid«, entschuldigte sie sich. »Aber sie ist eben sehr lebhaft. Wir haben sie aus Spanien, wissen Sie.«

Brischinsky interessierte die Herkunft der Töle nicht im Geringsten. Trotzdem nickte er voller Anteilnahme.

Bevor die stolze Hundebesitzerin weitere Einzelheiten aus dem Leben ihres vierbeinigen Mitbewohners zum Besten geben konnte, brachte der Hauptkommissar ihr Anliegen vor. »Und deshalb interessiert uns alles, an was Sie sich erinnern können«, schloss er seine kurzen Ausführungen.

»Ich habe mich oft mit meinem Mann darüber unterhalten«, antwortete Ute Breuer. »Aber es geht uns ja eigentlich nichts an.«

»Was geht Sie nichts an?«, wollte Brischinsky wissen.

»Ein Mann ist in der Nacht, bevor der Tote gefunden wurde, hier herumgeschlichen.«

»Hier ist jemand herumgeschlichen?«

»Na ja, nicht direkt geschlichen. Mein Mann war noch mit dem Hund Gassi. Da ist ihm der Kerl aufgefallen.«

»Können Sie bitte etwas deutlicher werden?«

»Unsere übliche Route mit dem Hund geht am Haus vorbei und dann am ersten Weg links, Richtung Kunst- und Duftwald. Wenn Hans-Georg, das ist mein Mann, weiter geradeaus am Sportplatz vorbeigegangen wäre, hätte er vielleicht den Toten gefunden.«

»Und weiter?«

»Da ist ihm der Mann entgegengekommen.«

»Aus Richtung Kunstwald?«

»Nein, aus Richtung Sportplatz. Komisch war, dass der den Gruß von Hans-Georg nicht erwidert hat.«

»Das ist alles?«, fragte Baumann enttäuscht.

»Nein. Seltsam war auch, dass sich der Mann die Kapuze seiner Jacke tief ins Gesicht gezogen hatte und im Laufschritt an meinem Mann vorbeilief. Dabei war es warm und es hatte auch nicht geregnet.«

»Wann war das?«, fragte Brischinsky nach.

»In der Nacht zum Montag.«

»Nein, ich meine die Uhrzeit.«

»Gegen elf Uhr abends. Da machen wir immer die letzte Runde mit dem Hund.« Wie zur Bestätigung bellte

Quita heftig in der Küche. »Der Mann ist dann auf der Straße in einen Wagen eingestiegen und weggefahren.«

»Konnte Ihr Mann das Modell erkennen?«

Sie machte eine abwehrende Handbewegung. »Nein, dazu war es ja schon viel zu dunkel.«

»Das wissen Sie genau?«

»Er hat es mir schließlich erzählt.« Sie wirkte ein wenig empört.

»Könnte Ihr Mann den Unbekannten beschreiben?«, meldete sich Baumann zu Wort.

»Ich glaube nicht. Auf jeden Fall hat er mir gesagt, dass er das Gesicht wegen der Kapuze nicht sehen konnte.«

»Und die Größe des Mannes? Seine Figur?«

»Tut mir Leid. Da müssten Sie Hans-Georg schon selber fragen. Aber ich glaube nicht …«

Der Hund bellte lauter und kratzte an der Tür. »Entschuldigung«, sagte Ute Breuer. »Aber ich muss kurz nach dem Hund schauen. Er ruiniert uns sonst die ganze Küche.«

Brischinsky hob verstehend beide Hände. »Kein Problem. Wir wollten ohnehin gehen. Vielen Dank, Sie haben uns sehr geholfen.«

Im Wagen wandte sich der Hauptkommissar an seinen Assistenten. »Und?«

»Etwas sehr dürftig, finde ich. Ein fehlender Gruß und eine ins Gesicht gezogene Kapuze.«

»Vergiss den Wagen nicht.«

»Meinst du das im Ernst?«

Statt einer Antwort sagte der Hauptkommissar: »Fahr zurück zum Präsidium. Mir tut der Fuß weh.«

Als sie wieder in ihrem Büro saßen und sich gerade einen Kaffee eingeschenkt hatten, klopfte es.

Ein Mitarbeiter der Pressestelle trat ins Zimmer, einen Karton unter dem Arm, den er auf Brischinskys Schreibtisch fallen ließ.

»Was soll das?«, fragte dieser.

»Die Protokolle der Gespräche mit den Anrufern, die meinten, die Stimme identifiziert zu haben.«

Brischinsky richtete sich vorsichtig auf und wagte einen Blick in das Innere des Kartons. »Das müssen ja einige Dutzend sein«, beschwerte er sich. »Habt ihr die nicht vorsortiert?«

»Nein«, antwortete der Pressefritze. »Schlimm genug, dass unsere Mitarbeiterin am Wochenende nichts anderes getan hat, als den ganzen Scheiß abzutippen. Aber sortieren: Nee, das ist euer Job. Viel Spaß.« In der Tür drehte er sich noch einmal um. »Zu eurer Information: Es sind genau einhundertzweiundvierzig!«

»O Scheiße«, stöhnte Brischinsky und verdrehte die Augen. Er kippte den Karton um und der Inhalt ergoss sich über die Schreibtischplatte. Der Hauptkommissar warf einen flehentlichen Blick zu Baumann. »Hilfst du mir?«

»Ehrensache«, antwortete dieser verwundert. Normalerweise bat Brischinsky nicht, sondern ordnete an. Der verletzte Fuß schien ihn zu besänftigen. Wenn es nach Baumann ginge, konnte dieser Zustand noch länger andauern.

Vier Stunden später hatten sie drei Haufen gebildet. Auf dem ersten Stapel waren alle Anrufer gelandet, die offenkundig nicht ganz richtig im Kopf waren: ältere Damen, die ihren verstorbenen Ehegatten erkannt haben wollten, Kleingartenbesitzer, die ihre türkischen Nachbarn denunzierten, oder Grundschüler, die ihre Lehrer anzeigten, insgesamt etwas über hundert Protokolle.

Der zweite Stapel war schon etwas vielversprechender. Er umfasste an die dreißig Anrufer, die nicht so ohne weiteres aussortiert werden konnten.

Am interessantesten war der dritte Stapel. Hier lagen die protokollierten Aussagen von elf Zeugen. Sie alle meinten, den Unbekannten eindeutig identifiziert zu haben. Und das Besondere war, dass sieben von ihnen auf dieselbe Person hinwiesen: einen gewissen Peter Schmidt, wohnhaft in Essen.

43

Zwei Tage nach seinem Besuch bei *FürLeben* meldete sich der Geschäftsführer der Agentur telefonisch bei Rainer.

»Herr Esch, es gibt ein kleines Problem. Bei der Bearbeitung des Falles Ihres Mandanten sind einige Fragen aufgetaucht, die ...«

Spielchen gemacht, Spielchen verloren. Sie waren ihm auf die Schliche gekommen. Rainer wappnete sich für das Kommende.

»... ein paar Rückfragen bedürfen.«

»Als da wären?«

»Das würden wir sehr gern mit Herrn Deidesheim persönlich erörtern.«

Der Anwalt atmete tief durch. *FürLeben* ging also immer noch davon aus, dass ein Jörg Deidesheim tatsächlich existierte. »Wenn ich mich richtig erinnere, habe ich Ihnen doch erläutert, warum mein Mandant nur über mich verhandeln möchte.«

»Das verstehen wir ja. Aber Sie müssen auch unsere Position bedenken. Schließlich ist uns Herr Deidesheim völlig unbekannt. Es geht nur um einige wenige Fragen. Das als Verhandlung zu bezeichnen, wäre etwas übertrieben.«

Eschs Gedanken rasten.

»Ich habe Rücksprache mit meinem Vorgesetzten gehalten. Wenn wir Herrn Deidesheim nicht persönlich kennen lernen können, kommt es nicht zu einem Vertragsabschluss. Leider, möchte ich hinzufügen.«

»Wie hatten Sie sich dieses Gespräch denn vorgestellt?«

»Wenn Ihr Mandant vielleicht heute Nachmittag in unser Büro kommen könnte, dann ...«

»Ich glaube nicht, dass das möglich ist. Herr Deidesheim ist nicht sehr mobil. Ginge es nicht hier in Herne?«

Für einen Moment war es still in der Leitung. Dann antwortete Schmidt: »Wenn Sie meinen.«

»Wer nimmt denn von Ihrer Seite an dem Gespräch teil?«

»Einer unserer Außendienstmitarbeiter. Vielleicht auch ich. Aber das steht noch nicht fest, da ich heute noch einen anderen Termin wahrnehmen muss.«

Esch dachte nach. Wenn Schmidt bei dem Treffen nicht dabei wäre, könnte er sich selbst als Deidesheim ausgeben. Deshalb der Vorschlag, sich in Herne zu treffen. Aber was war, wenn Schmidt nun doch teilnahm? Er musste einen Jörg Deidesheim aus dem Hut zaubern. Und das schnell. Cengiz kam aufgrund seines türkischen Aussehens nicht infrage. Rainer brauchte jemanden, der als Deutscher durchging. Einen, der auch bereit war, mitzuspielen. Einen, der ihm noch einen Gefallen schuldete. Einen wie ... Kurt. Falls er nüchtern war.

»Gut«, hörte er sich sagen. »Wir treffen uns gegen drei im *Kleinen Café* in der Mont-Cenis-Straße in Herne-Mitte.«

»Herr Esch, es tut mir Leid, aber ...«

»Was denn noch?«

»Wir möchten Herrn Deidesheim allein sprechen.«

»Aber ich bin sein Anwalt. Ohne mich wird er nicht ...«

»Dann gibt es keinen Abschluss.«

Schmidt hörte sich nicht so an, als ob mit ihm in dieser Sache noch viel zu diskutieren sei. Trotzdem versuchte es Rainer noch einmal. »Ihr Anliegen ist mehr als ungewöhnlich. Als Anwalt unterliege ich der Schweigepflicht, wie Sie wissen. Und mein Mandant ...«

»... muss sich entscheiden. Ohne ein vertrauliches Gespräch gibt es keinen Vertrag.«

Rainer schluckte. »Wenn ich mich in der nächsten Stunde nicht wieder bei Ihnen gemeldet habe, bleibt es bei dem Termin. Dann wird Herr Deidesheim auf Sie oder Ihren Mitarbeiter warten. Wie erkennt er Sie?«

»Wir tragen kleine Namensschilder mit unserem Firmenlogo.«

»Gut. Ich werde mit ihm sprechen«, log der Anwalt.

Sie legten auf.

Glücklicherweise war Kurt sofort bereit, ihm zu helfen. Zwar hörte sich seine Stimme am Telefon etwas schwer an, aber er sagte zu, spätestens um eins in Rainers Kanzlei zu erscheinen, um dort die Einzelheiten zu besprechen. Nachdem Esch auch dieses Telefonat beendet hatte, zündete er eine Reval an, lehnte sich in seinem Stuhl zurück und schloss die Augen.

Sein Plan war simpel. Er wollte sich mit Kurt eine halbe Stunde vor dem vereinbarten Termin in der Nähe des Cafés einfinden und beobachten, ob Schmidt dort auftauchen würde. In diesem Fall sollte Kurt Schaklowski die Rolle als Jörg Deidesheim spielen, andernfalls wollte Esch selbst als der Kranke auftreten.

Kurt war pünktlich und vor allem nicht betrunken. Esch erwog zunächst, die wenigen Schritte bis zu dem Treffpunkt zu Fuß zu gehen, entschied sich aber dann doch dafür, den Wagen zu nehmen. Er hatte keine Lust, sich irgendwo am Straßenrand die Beine in den Bauch zu stehen, während Kurt in dem Café hockte.

Rainer parkte den offenen Mazda so, dass sie einen guten Blick auf das Café hatten. Er hatte keine Angst vor Entdeckung. Nichts war nahe liegender, als dass ein Anwalt seinen Mandanten zu einem solchen Treffen begleitete, auch wenn er nicht direkt daran teilnehmen konnte. Rainer hatte seinem Freund Kurt nur das erzählt, was dieser für seine Rolle brauchte, mehr nicht. Kurt war ohnehin schon aufgeregt genug. Wenn er nun auch noch erfahren würde, dass Rainer es für möglich hielt, dass die Agentur *FürLeben* oder einer ihrer Kunden einen Mord begangen haben konnte, würde sein Freund vermutlich noch verkrampfter agieren und damit völlig unglaubwürdig werden.

Sie warteten bis kurz nach drei. Während dieser Zeit hatten vier junge Mädchen, ein älteres Paar und zwei Männer das Café betreten. Schmidt war nicht unter ihnen gewesen. Rainer entschloss sich, den Auftritt als Jörg Deidesheim zu wagen. Kurt wartete im Wagen.

An einem der Tische direkt neben dem Eingang saß einer der beiden Männer. Unübersehbar prangte auf seinem Anzug ein Namensschild.

Rainer steuerte den Tisch an und stellte sich als Jörg Deidesheim vor.

»Michael Müller«, antwortete der dunkelhaarige Mann mit unüberhörbarem Akzent und reichte ihm die Hand zur Begrüßung. »Möchten Sie etwas trinken?«

Rainer orderte einen Espresso und ein Mineralwasser und wartete gespannt auf das Kommende. Er musterte sein Gegenüber. Der Mann hatte einen südländischen Teint. Dem Akzent nach stammte er aus Südosteuropa, Bulgarien oder vielleicht auch Rumänien. Esch hätte sich nicht gewundert, wenn der Name im Ausweis des Mannes anders gelautet hätte als der, den er eben genannt hatte und der auch auf dem Namensschild stand, das er trug.

»Ich möchte Sie nicht lange aufhalten«, begann Müller die Konversation. »Sie wollen Ihre Lebensversicherung verkaufen. Das heißt, Sie brauchen Geld. Richtig?«

Esch nickte zur Bestätigung.

»Gut. Ich möchte Ihnen ein Angebot machen, wie Sie an weitere Geldmittel kommen können. Aber vorab möchte ich eines klarstellen: Dieses Gespräch muss vertraulich bleiben. In jedem Fall. Sollten Sie diese Vertraulichkeit nicht zusichern können oder wollen, brechen wir jetzt sofort ab.«

Rainer war verwirrt. Was wollte der von ihm? Wovon sprach der Mann? Handelte es sich bei dem Kerl um Hendrikson – oder wie immer der wohl in Wahrheit heißen mochte. »Sie können sich darauf verlassen.«

»Gut. Aber bedenken Sie: Sollten wir erfahren, dass Sie sich nicht an diese Abmachung halten, können wir sehr ungemütlich werden.«

Rainer richtete sich auf. »Ist das eine Drohung?«

»Natürlich.« Müller verzog das Gesicht zu einem Grinsen. »Vermutlich wollen Sie Ihre letzten Monate doch nicht in einem Krankenhaus verbringen, oder?«

Esch war baff. Mit einer solchen Unverfrorenheit hatte er nicht gerechnet. »Nein, sicher nicht.«

»Dachte ich mir. Kann ich also fortfahren?«

Der Anwalt nickte wieder.

»Sie benötigen als Leukämiekranker viele Medikamente. Darunter auch einige sehr teure.« Der Mann griff in seine rechte Innentasche. »Ich habe hier eine Liste dieser Arzneien. Sollten wir ins Geschäft kommen, werde ich Ihnen diese Liste aushändigen. Sie werden dann Ihren Arzt aufsuchen und ihm klar machen, dass Ihnen genau diese Medikamente abhanden gekommen sind. Irrtümlich im Müll gelandet oder so etwas. Er wird Sie Ihnen erneut verschreiben. Und dieses Rezept geben Sie einfach mir. Im Gegenzug erhalten Sie eine Entschädigung für Ihre Mühen. Das ist alles.«

»Hört sich nicht besonders gefährlich an«, antwortete Esch.

»Ist es auch nicht. Später werden wir Sie bitten, andere Ärzte aufzusuchen. Auch dort lassen Sie sich behandeln. Und die Rezepte gehen wieder an mich.«

»Aber fällt das denn nicht auf?«

»Zum einen ist das Kontrollsystem der Kassen nicht sehr effizient. Zum anderen erhalten Sie von uns andere Versicherungskarten.«

»Fälschungen?«

»Nein.«

»Und wo haben Sie diese Karten her?«, wollte Esch wissen.

»Das lassen Sie unsere Sorge sein.«

»Was ist für mich drin?« Rainer fand, dass er seine Rolle ausgesprochen professionell spielte.

»Fünfzig Prozent.«

»Von was?«

»Vom Medikamentenwert.«

»Und das ist in Euro?«

»Je nach Rezept. Und Ihrem persönlichen Einsatz.« Müller wedelte mit der Liste. »Der Verkaufspreis pro Medikament reicht von einhundert bis fünfhundert Euro.«

»Aber wenn das nun doch auffällt. Ich meine, ich will auch nicht in den Knast.«

Wieder ein Grinsen. »Kann ich verstehen. Aber unser System ist sicher. Sozusagen hundertmal erprobt. Und selbst wenn Sie auffliegen: Sie erhalten in Ihrem Zustand doch sofort Haftverschonung. Wegen eines kleinen Betruges wandert kein Sterbenskranker hinter Gitter. Also, was soll Ihnen schon groß passieren?«

Das leuchtete Rainer ein. Das Risiko erschien tatsächlich kalkulierbar.

»Sie könnten Ihre Finanzmittel um, sagen wir, durchschnittlich zwei- bis dreitausend Euro aufstocken. Eventuell mehr. Und das im Monat. Na, was ist?«

Esch antwortete nicht sofort. Jörg Deidesheim musste schließlich das Für und Wider abwägen. Dann sagte er: »Einverstanden. Wie halten wir Kontakt?«

Müller holte einen anderen Zettel aus der Tasche und las Rainers Adresse vor. »Sie sind unter dieser Anschrift erreichbar?«

»Ja.«

»In den nächsten Tagen finden Sie in Ihrem Briefkasten einen Zettel mit Ort und Termin, an dem die Übergabe stattfinden wird. Rezept gegen Geld. Ganz einfach.

– Hier. Sehen Sie sich die Namen der Medikamente genau an. Sie werden typischerweise Kranken wie Ihnen verschrieben. Kommen Ihnen die bekannt vor?«

Rainer warf einen Blick auf die Liste. Er hatte die Namen noch nie gehört oder gelesen. »Natürlich«, log er.

»Gut. Dann sind wir im Geschäft.« Der Mann, der sich Michael Müller nannte, beglich die Rechnung und stand auf. »Sie hören von uns.«

Er verließ das Café.

Kurt Schaklowski hatte sich mittlerweile an der nahe gelegenen Trinkhalle mit einem Sechserpack eingedeckt. Drei Dosen hatte er bereits vernichtet.

»Auch eine?«, rief er Rainer zu, als sich dieser wieder seinem Wagen näherte. »Wird sonst warm.«

»Nee, danke.« Esch ließ sich auf den Fahrersitz fallen. »Wo soll ich dich hinbringen? Nach Hause?«

»Setz mich am Einwohnermeldeamt ab. Ich geh noch auf 'n Bier.«

Obwohl Rainer nicht übel Lust hatte, Schaklowski zu begleiten, ließ er es bleiben. Er musste seine Gedanken ordnen und die weiteren Schritte überlegen. Alkohol bei dieser Hitze wäre da nur hinderlich.

Zurück in seinem Büro hängte er sich an die Strippe und rief Uwe Losper an. Dieser zierte sich zwar ein wenig, als er ihn nach Hendrikson fragte, rückte aber schließlich doch mit der Information heraus, die Rainer haben wollte: Hendrikson sprach laut Aussage von Lospers Mandanten Hochdeutsch. Wenn das stimmte, konnte Rainers Gesprächspartner von eben nicht Hendrikson gewesen sein. Aber wer war dieser Mann dann?

44

Die Kriminalisten hatten nicht lange gebraucht, um herauszufinden, um wen es sich bei diesem Peter

Schmidt handelte: Geboren am 23. April 1958 in Laufzorn, einem Dorf wenige Kilometer südlich von München, hatte es ihn bereits 1985 ins Ruhrgebiet gezogen. Schmidt war seit 1990 mit einer deutschstämmigen Rumänin verheiratet, lebte aber anscheinend mittlerweile wieder getrennt von ihr, da seine Frau nicht mehr unter seiner Anschrift gemeldet war. Zwei der Anrufer, die glaubten, Schmidt als den Unbekannten wiedererkannt zu haben, waren Mitglieder im gleichen Tennisklub wie er, bei den anderen handelte es sich um Nachbarn.

Die Häufung der Zeugenaussagen und die Tatsache, dass Schmidt als gebürtiger Bayer in das Raster des vom LKA erstellten Sprachprofils passte, veranlassten Brischinsky und Baumann, Peter Schmidt am frühen Donnerstagmorgen einen Besuch abzustatten.

Schmidt wohnte im Essener Süden, in einer kleinen Stichstraße in der Nähe der *Villa Hügel.*

»Keine schlechte Wohngegend«, bemerkte Brischinsky, als sie auf der Suche nach dem Domizil des Verdächtigen durch die Straßen kurvten. »Was ist dieser Schmidt von Beruf?«

»Keine Ahnung. Wir haben nur die Informationen der Meldebehörden, mehr noch nicht. Das Finanzamt hat auf unsere Anfrage noch nicht geantwortet.«

»Und unsere Datenbanken?«

»Schmidt ist für den Rechenknecht ein unbeschriebenes Blatt.«

»Computer sind eben auch nur Menschen«, alberte Brischinsky. »Halt an, ich glaube, die kleine Straße da eben ist es.«

Baumann bremste, setzte zurück und steuerte den Golf in den schmalen Weg.

Der Hauptkommissar bemühte sich, die Nummern zu erkennen. »Zwölf, vierzehn«, zählte er. »Fahr langsamer, das Nächste müsste es sein.«

Das Haus mit der Nummer sechzehn entpuppte sich als weiße Villa mit weit heruntergezogenem Dach. Es lag einige Meter von der Straße entfernt, eingebettet in einen Vorgarten, der weniger Betuchten als Sportplatz hätte dienen können.

»Nobel, nobel«, konstatierte Brischinsky, während Baumann den Golf parkte. »Wie spät ist es jetzt?«

Baumann gähnte. »Auf jeden Fall zu früh für mich.«

»Sieben«, gab sich Brischinsky selbst zur Antwort. »Frühstückszeit. Jeder anständige Deutsche ist um diese Zeit entweder zu Hause oder bei der Arbeit. Wie wir. Dann wollen wir mal.« Der Hauptkommissar öffnete die Beifahrertür und griff zur Krücke. Langsam humpelte er auf die schmiedeeiserne Eingangstür zu.

»Hier wohnen Ländbach ...«, er zeigte auf ein großes Messingschild, auf dem der Name in schwungvoller schwarzer Schrift herausgehoben war, »... und Schmidt. Anscheinend zur Untermiete oder so etwas. Sein Namensschild ist deutlich kleiner.«

Der Hauptkommissar drückte auf den Knopf. Nach kurzer Zeit meldete sich jemand über die Gegensprechanlage. »Bitte?«

»Kripo Recklinghausen. Wir möchten uns mit Ihnen unterhalten.«

Für einige Zeit war kein Ton aus der Anlage zu hören. »Der wird uns doch wohl nicht von der Fahne gehen?«, befürchtete Brischinsky und Baumann musterte das Gartentor, bereit, beim kleinsten Anzeichen einer Flucht daran hochzuklettern.

Dann knackte es wieder. »Kommen Sie herein. Ich habe mit Ihrem Besuch gerechnet. Der Nebeneingang. Links am Haus vorbei.«

Die beiden Kripobeamten sahen sich verwundert an. Irgendetwas summte. Dann schwang wie von Geisterhand das Tor auf.

Peter Schmidt erwartete sie an der Tür. Er war mit einem Jogginganzug bekleidet und schwitzte stark. »Sie müssen entschuldigen«, sagte er zur Begrüßung. »Ich bin eben erst von meinem morgendlichen Training zurückgekehrt und wollte gerade duschen. Bitte sehr.« Er ließ die Beamten eintreten. »Zweite Tür rechts ist das Wohnzimmer. Ich möchte mich nur schnell ein wenig frisch machen.«

Brischinsky warf Baumann einen kurzen Blick zu. Der verstand. »Ich begleite Sie.«

Peter Schmidt lächelte für einen Moment. »Meinen Sie tatsächlich, ich hätte Sie ins Haus gelassen, um mich dann durch das Badezimmerfenster zu verabschieden? Aber bitte. Kommen Sie. Es ist gleich hier.« Er ließ die Tür zum Bad offen stehen, sodass ihn Baumann beobachten konnte.

Brischinsky sah sich im Flur um. An den Wänden befanden sich Dutzende von Zeichnungen, die meisten von ihnen einfach mit Stecknadeln befestigt, einige hinter Glas. Die Motive waren von der Art, wie sie kleine Kinder malten: Sonne, Mond und Sterne, giftgrüne Wiesen, jede Menge Strichmenschen und seltsame Gebilde, die mit etwas Fantasie als Tiere durchgehen konnten. Keine anderen Bilder.

Schmidt kehrte nach wenigen Minuten zurück. »Wenn ich vorgehen darf ...« Sein bayerischer Akzent war unüberhörbar.

Auch die Wohnzimmerwände hingen voller Kinderbilder. Brischinsky war überrascht. Nach den Daten der Meldebehörde war Schmidts Ehe kinderlos geblieben.

Der Raum strahlte eine dezente Sachlichkeit aus. Holzboden, eine Schrankwand aus Buche, schwarze Ledersitzmöbel mit klarer Linienführung, Stereoanlage, einige CDs.

»Was kann ich Ihnen anbieten?«

Die Beamten lehnten dankend ab. Stattdessen begann Brischinsky die Befragung. »Wieso haben Sie, wie Sie eben sagten, mit unserem Besuch gerechnet?«

Wieder das feine, kurze Lächeln in Schmidts Gesicht. »Auch ich höre Radio, Herr Kommissar. Außerdem haben mich einige Nachbarn auf die Ähnlichkeit der Stimmen angesprochen. Wirklich frappierend.«

»Sie haben sich die Tonbandansage angehört?«

»Natürlich. Wie würden Sie reagieren, wenn Ihnen Bekannte erzählen, sie seien davon überzeugt, dass die Stimme auf dem Band Ihre eigene ist?«

»Und ist sie es?«

»Selbstverständlich nicht. Würde ich dann hier sitzen und mich in aller Seelenruhe mit Ihnen unterhalten?«

Der Hauptkommissar antwortete nicht. Dann fragte er: »Wo waren Sie am Samstag, dem 20. Juli?«

»Vormittags oder nachmittags?«

»Nachmittags.«

»Einen Moment.« Schmidt stand auf, öffnete eine Schublade und kam dann mit einem Taschenkalender zurück. »Vormittags habe ich Tennis gespielt. Dann bin ich nach Hause gegangen. Daran kann ich mich noch erinnern. Da kein weiterer Eintrag vorhanden ist, bin ich sicher auch hier geblieben. Vermutlich habe ich Fußball im Fernsehen geschaut.«

»Da hatte die Bundesliga Sommerpause«, warf Baumann ein.

»Tatsächlich?... Nun, schließlich gibt es bei Premiere ständig die Wiederholungen der besten Spiele, nicht wahr.«

Baumann schwieg betreten.

»Sie wissen also nicht, wo Sie sich an diesem Nachmittag aufgehalten haben?« Brischinsky schaltete sich wieder in die Befragung ein.

»Doch sicher. Ich sagte doch eben, dass ich hier war.«

»Haben Sie dafür Zeugen?«

»Muss ich welche haben?«

»Es könnte nichts schaden. Was ist mit der Familie Ländbach? Vielleicht kann diese Ihre Aussage bestätigen?«

»Tut mir Leid. Die sind schon seit Anfang Juli in der Karibik. Dort liegt ihr Boot.«

Villa im Essener Süden, Yacht in der Karibik und anscheinend Zeit und Geld genug für mehrere Wochen Urlaub, dachte Baumann. Die Reichtümer in dieser Gesellschaft waren verdammt ungerecht verteilt.

»Natürlich bleibt es Ihnen überlassen, ob Sie mir glauben. Ich kann Ihnen nur versichern, dass ich nicht dieser Anrufer bin.«

»Das werden wir überprüfen. Wir haben die technischen Möglichkeiten, um mit sehr großer Wahrscheinlichkeit zu ermitteln, ob Sie die Wahrheit sagen. Herr Schmidt, ich muss Sie bitten, uns nach Recklinghausen zu begleiten.«

Zum ersten Mal seit dem Beginn ihrer Unterhaltung hatte es für Baumann den Anschein, als ob Schmidt seine Selbstsicherheit verlöre. »Was soll das heißen? Bin ich etwa verhaftet?«

»Wie kommen Sie darauf?« Brischinsky beobachtete sein Gegenüber aufmerksam. »Wir bitten Sie lediglich um einen Gefallen. Es sollte schließlich auch in Ihrem Interesse sein, zweifelsfrei zu klären, dass Sie nicht der Anrufer sind.«

»Und wenn ich mich weigere?«

»Dann allerdings«, antwortete Brischinsky energisch, »werden wir Sie vorläufig festnehmen müssen.«

Peter Schmidt sackte in sich zusammen, so, als ob ihm die Aussichtslosigkeit seines Widerstandes klar geworden wäre. Sein eben noch von der Anstrengung des Frühsports krebsrotes Gesicht wurde aschfahl. Mit tränenden Augen schaute er erst zu Brischinsky, dann zu Baumann. Schließlich stammelte er mit tonloser Stimme: »Ich ... ich will sofort meinen Anwalt sprechen.«

45

Seit einer Viertelstunde stand Rainer auf dem Ruhr-
schleichweg im offenen Mazda im Stau und atmete Ab-
gase ein. Die Sonne brannte vom wolkenlosen Himmel,
der Vierzigtonner neben ihm schleuderte bei jeder An-
fahrt Myriaden von Schadstoffpartikeln in die Luft, von
denen der größte Teil direkt in Rainers Atemwegen landete. Esch verfluchte seine Idee, die *Neukreuz-Apotheke*
im Ruhrpark nicht über Stadtstraßen anzufahren.

Er hatte beim Amtsgericht Bochum die Schadenser-
satzklage eines nicht vorfahrtsberechtigten, dafür aber
rechtsschutzversicherten Autofahrers vertreten, natürlich mit Pauken und Trompeten verloren und war nun
auf dem Weg zum Arbeitgeber seiner früheren Mandantin Margit Krämke, dem er in Sachen Rezeptbetrug,
Hendrikson und *FürLeben* ein wenig auf den Zahn fühlen wollte.

Und noch etwas trieb ihn zu dieser Apotheke: Er hatte
einen Zettel in der Tasche: die Liste mit den Medikamenten. Den Übergabeort und -zeitpunkt hatte er heute
Morgen in seinem Briefkasten gefunden. *Übergabe der
Rezepte: Hauptbahnhof Gelsenkirchen, Gleis 3. Nachmittags um Punkt fünf Uhr in genau zwei Wochen.* Natürlich
war dieser Wisch nicht für ihn bestimmt gewesen, sondern für Jörg Deidesheim, der gestern Abend bei ihm
eingezogen war. Nun prangte sein Name neben dem seinen auf Briefkasten und Klingelknopf.

Zwei Wochen. Rainer blieben also nur einige Tage, die
Rolle als leukämiekranker Versicherungsinhaber zu
spielen. Vielleicht fand er in dieser Zeit heraus, wer dieser Hendrikson war und ob er etwas mit dem Tod Mühlenkamps zu tun hatte. Auf jeden Fall aber würde Jörg
Deidesheim nach Ablauf der Frist jeden weiteren Kontakt zu *FürLeben* dankend ablehnen.

Endlich setzte sich die Autoschlange wieder in Bewegung. Langsam passierte der Anwalt das Autobahn-

kreuz, zwängte sich dann rechts zwischen zwei holländische Wohnwagengespanne und verließ an der Anschlussstelle Bochum-Harpen die frühere Bundesstraße 1.

Trotz Urlaubszeit und Badewetter waren die Parkplätze am Ruhrpark voll. Schließlich entdeckte er eine Lücke in der Nähe des Kinos und machte sich auf die Suche nach der Apotheke.

Fünfzehn Minuten später stand der Anwalt in dem klimatisierten Verkaufsraum und fragte nach dem Inhaber.

Der Apotheker war von kleiner, gedrungener Statur. Er musterte Rainer über den Rand seiner Hornbrille. »Ich bin Klaus Hoitner. Was kann ich für Sie tun?«

Esch stellte sich vor.

»Sind Sie nicht der Anwalt, der Frau Krämke vertreten hat?«

»Ja.«

»Was will sie denn noch? Ich dachte, wir haben eine Vereinbarung.«

»Ich bin nicht in ihrem Auftrag hier«, antwortete Rainer.

»Nicht in ihrem Auftrag?«, echote der Inhaber.

»Nein. Aber mich interessiert schon, warum Sie sich eigentlich mit Frau Krämke geeinigt haben.«

»Das geht Sie nichts an«, erwiderte der Apotheker schroff.

Rainer senkte die Stimme. »Wie man's nimmt. Wollen wir das wirklich hier vor Ihren Kunden und Mitarbeiterinnen erörtern?«

»Ich betrachte das Gespräch als beendet. Guten Tag.« Hoitner machte Anstalten, sich abzuwenden.

»Dann werde ich mich wohl an die Staatsanwaltschaft wenden müssen«, sagte Rainer in normaler Lautstärke. Eine Angestellte, die zwei Meter entfernt eine ältere Dame bediente, drehte den Kopf in ihre Richtung.

»Seien Sie ruhig«, zischte der Apotheker mit rotem Gesicht. »Warten Sie draußen. Ich komme sofort.«

Fünf Minuten später standen die beiden Männer vor der Schaufensterscheibe eines Fotofachgeschäftes.

»Meine Mandantin hat durchblicken lassen, dass sie ein Geschäft gemacht haben: großzügige Abfindung gegen Verschwiegenheit. Stimmt doch, oder?«

Hoitner nickte. »Aber anscheinend hat sie sich nicht daran gehalten. Sonst wären Sie nicht hier.«

Rainer grinste. »Richtig. Aber ich war ihr Anwalt.«

Der Apotheker winkte ab. »Ach, kommen Sie. Diese Krämke ist und bleibt eine Quatschtante. Will sie mehr Geld? Das ist nicht drin, sagen Sie ihr das.«

»Noch einmal: Ich bin nicht in ihrem Auftrag hier.«

Hoitner musterte Esch abschätzend. »Auch Sie bekommen kein Geld von mir.«

»Ich bin kein Erpresser«, empörte sich der Anwalt.

»Was wollen Sie denn sonst?«

»Nur ein paar Informationen.«

»Und wenn ich Ihnen keine Informationen gebe? Was machen Sie dann? Mir wieder mit der Staatsanwaltschaft drohen? Sagten Sie nicht eben, dass Sie kein Erpresser sind?«

Esch suchte nach einer Antwort. So ganz Unrecht hatte der Pillendreher nicht. »Betrachten Sie es, wie Sie möchten. Es liegt an Ihnen. Wollen Sie mir Auskunft erteilen?«

Hoitner dachte einen Moment nach. Dann antwortete er: »Erst die Frage.«

»Frau Krämke ist der Meinung, Sie hätten in großem Stil Rezeptbetrügereien betrieben. Stimmt das?«

Der Apotheker lachte kurz auf. »Wie gesagt, Quatschtante. Das ist doch Blödsinn. Rezeptbetrug! Wie sich das anhört.«

»Aber warum haben Sie dann ...«

»... die Abfindung gezahlt? Um endlich Ruhe zu haben.«

»Vor wem?«

»Vor Ihrer Mandantin natürlich. Sie ist mir auf die Nerven gegangen mit ihren ständigen Andeutungen und Unterstellungen. Und sie hat Druck auf mich ausgeübt. Hier einen Tag Sonderurlaub, da eine Stunde eher frei. Ich wollte dem ein Ende setzen. Deshalb habe ich ihr auch gekündigt.«

»Um Druck ausüben zu können, musste sie aber doch etwas gegen Sie in der Hand haben«, stellte Rainer fest.

»Ich räume ein, dass ich Fehler gemacht habe. Aber was ich tue, tun viele.«

»Und das wäre?«

»Keine Rezeptfälschungen.«

»Sondern?«

Klaus Hoitner druckste herum. »Der eine oder andere Kunde ist auch mit kleineren Packungsgrößen zufrieden, als der Arzt verordnet hat.«

»Sie haben aber die größere Menge mit den Kassen abgerechnet?«

»Warum fragen Sie? Sie wissen es doch ohnehin.«

»Also hat Frau Krämke doch Recht.«

»Ich habe nie ein einziges Rezept gefälscht.«

»Betrug ist auch strafbar«, bemerkte Rainer lakonisch. »Sagen Sie, kennen Sie einen Hendrikson?«, schob er unvermittelt die entscheidende Frage nach.

»Sollte ich?« Hoitner schüttelte den Kopf. »Nie gehört. Wer ist das?«

»Oder *FürLeben?*« Rainer beobachtete sein Gegenüber aufmerksam.

»Nein.«

Wenn Hoitner nicht die Wahrheit sagte, hatte er sich perfekt unter Kontrolle. Der Apotheker wirkte völlig ruhig.

»Eine Frage hätte ich noch. Wie sind Sie auf die Idee gekommen, sagen wir, derart kreativ abzurechnen? Ist vielleicht jemand an Sie herangetreten, der Ihnen das Verfahren vorgeschlagen hat?«

Hoitner sah Rainer verwundert an. »Es wird zwar nicht offen darüber gesprochen, aber ich vermute, dass ich nicht der einzige unter den Kollegen bin, der die Folgen der Gesundheitsreform auf diesem Wege etwas abmildern möchte. Meinen Sie das?«

»Mir kommen die Tränen. Vermutlich erzählen Sie mir gleich, dass Sie am Hungertuch nagen, drei kleine, hungrige Kinder ernähren müssen und Ihre Rente nicht sicher ist.«

»Haben Sie eigentlich eine Vorstellung davon, was uns die rot-grünen Dilettanten ...«

»Hören Sie auf«, winkte Rainer ab. »Mich interessieren Ihre Tiraden nicht im Geringsten. Zurück zu meiner Frage. Ich meinte nicht einen Ihrer Kollegen, sondern mehr, äh ... Geschäftspartner.«

Klaus Hoitner wirkte beleidigt. »Auf die Idee bin ich allein gekommen.« Fast klang er ein wenig stolz. »Keine Partner, keine Kollegen.«

Esch überlegte einen Moment. Dann meinte er: »Danke für Ihre Auskunft.«

»Was ist jetzt mit der Staatsanwaltschaft?«, wollte der Apotheker noch wissen.

Der Anwalt lächelte. »Da müssen Sie irgendetwas missverstanden haben.«

46

Heiner Baumann machte den Kassettenrekorder bereit. Sie hatten Peter Schmidt vorläufig festgenommen und zum Verhör nach Recklinghausen gebracht. Dann hatte der Verdächtige erfolglos versucht, seinen Anwalt zu erreichen. Brischinsky zuckte nur gleichgültig mit den Schultern, als ihm Schmidt eröffnete, unter diesen Bedingungen werde er keine Aussage machen.

»Das sagen die meisten«, erwiderte der Hauptkommissar. »Aber früher oder später reden alle. Und wenn ich Sie so anschaue, dann packen Sie eher früher aus.«

Dann hatte er den Geschäftsführer von *FürLeben* in eine der Verwahrungszellen des Präsidiums bringen lassen. Ohne Hosengürtel, Krawatte und Schnürsenkel. Und natürlich ohne Handy. Nach drei Stunden durfte Schmidt die Zelle wieder verlassen. Jetzt saß er im Verhörzimmer Brischinsky gegenüber und knetete nervös seine Finger.

Mit einem kurzen Nicken zeigte Baumann an, dass das Gerät betriebsbereit war.

»Rauchen Sie?«, eröffnete der Hauptkommissar die Vernehmung. Als Schmidt nicht antwortete, setzte er hinzu: »Auch besser so. Donnerstag, der 8. August 2002. Vierzehn Uhr fünfzehn«, sprach er laut auf das Band. »Anwesend KHK Brischinsky und KK Baumann sowie Peter Schmidt ...« Es folgten die persönlichen Daten des Esseners.

»Bitte lesen Sie diese Sätze laut und deutlich vor.« Er reichte Schmidt die Tonbandabschrift des Warnanrufes.

»Das werde ich nicht tun«, antwortete der Verdächtige. »Ich möchte meinen Anwalt sprechen.«

»Später. Haben Sie den Gasanschluss in der Schulstraße manipuliert?«

»Ich kenne keine Schulstraße.«

»Klar. Und natürlich haben Sie auch noch nie etwas von einer *Heiligen-Apotheke* in Suderwich gehört.«

»Nein. Ich war noch nie dort.«

»Wo waren Sie noch nie?«

»In diesem Suderwich.«

Brischinsky gab Baumann ein Zeichen. Der entnahm die Kassette und legte eine neue ein.

»Das reicht uns doch schon, Herr Schmidt. Danke für Ihre Kooperation.«

Schmidt sah verständnislos von einem Polizisten zum anderen.

»Sie hätten sich besser einprägen sollen, was Sie genau gesagt haben, als Sie bei der Feuerwehr anriefen. Zwei, drei Schlüsselwörter reichen unseren Experten für eine absolut sichere Stimmidentifizierung«, erklärte Brischinsky. »Und die haben Sie uns eben gegeben. Wenn Sie mich allerdings nach meiner persönlichen Meinung fragen: Wir können uns die Untersuchungen durch das LKA auch schenken. Ich habe nicht den geringsten Zweifel, dass Sie der Anrufer sind. Was sagen Sie dazu?«

Schmidts Augen funkelten wütend. Aber er schwieg.

»Nun kommen Sie schon. Das hat doch keinen Zweck. Wir werden Ihre Stimme identifizieren und mit einem Foto von Ihnen die Anrainer in der Schulstraße befragen. Dann kommt Ihr Bild auch noch in die Zeitung, ganz groß und auch auf die erste Seite, wenn es sein muss. Irgendjemand wird Sie bestimmt gesehen haben. Entweder in Suderwich oder am Hauptbahnhof. Wo haben Sie eigentlich die Pumpenzange gekauft?«

Schmidt zeigte keine Reaktion. Brischinsky versuchte es mit einem weiteren Versuchsballon. »Auch egal. Dann bleiben Sie eben stumm. Wir nehmen Ihnen gleich noch die Fingerabdrücke ab. Haben Sie tatsächlich angenommen, die Explosion würde alle Spuren verwischen? Das war ein Irrtum. Etwas finden wir immer.«

Schmidt blieb stur.

»Wer ist eigentlich der Boss? Sie oder Hendrikson? Oder gibt es noch jemanden?«

Als Brischinsky diesen Namen aussprach, zog Schmidt für einen Moment die Augenbrauen hoch. Anscheinend eine nur kurze, unbewusste Reaktion, aber sie bestätigte den Hauptkommissar in seiner Überzeugung: Schmidt war ihr Mann.

»Ich bin mir sicher, der Tod dieses Rentners war unbeabsichtigt. Ein Unfall sozusagen. Habe ich Recht?«

Der Verdächtige stützte den Kopf in beide Hände und atmete schwer.

Brischinsky tat so, als ob er lediglich laut dachte. »Fahrlässige Tötung vielleicht. Bringt bis zu fünf Jahren. Dann noch die Anstiftung Lehmanns zum Rezeptbetrug, je nach Auslegung auch so um den Dreh. Aber vermutlich wird die Strafe zusammengezogen. Wenn Sie jetzt reden, Schmidt, gibt es einen Bonus. Das kann ich Ihnen versprechen. Bei guter Führung sind Sie nach vielleicht drei Jahren wieder draußen. Oder sogar nach nur zwei.«

Der Essener sog tief die Luft ein. Nur das leise Brummen des Rekorders und die Geräusche der umliegenden Straßen waren zu hören. Dann hob Schmidt langsam seinen Kopf und sah Brischinsky ins Gesicht. Mit schwerer Stimme stieß er hervor: »Ja, ich habe angerufen.«

»Warum erst nach der Explosion?«

»Ich wusste doch nicht ...«

»... dass sich jemand im Haus aufhielt? War es so?«

Schmidt nickte. »Es tut mir Leid. Es tut mir sehr Leid.«

Brischinsky rutschte etwas näher an den Tisch heran und beugte sich zu dem Verdächtigen hinüber. »Es sollte nur eine Warnung sein, nicht wahr?«

»Ja.«

»Haben Sie am Gas hantiert?«

»Nein. Das war ich nicht, das müssen Sie mir glauben.«

»Wer dann?«, fragte Brischinsky scharf. »Hendrikson?«

Sein Gegenüber schüttelte heftig den Kopf. »Nein, ich kann nicht ...«

»Wer war es?«

»Bitte ... «

»Also doch Sie!«

»Nein, nicht ich. Ich sollte um zehn die Feuerwehr alarmieren. Es sollte niemand verletzt werden. Es sollte tatsächlich nur eine Warnung sein, mehr nicht.«

»Wer hat Ihnen den Auftrag erteilt? Es war Hendrikson, oder?«

Als Schmidt nicht antwortete, schlug Brischinsky mit der flachen Hand heftig auf den Tisch. »Nun reden Sie schon, Mann!«

Vergebens. Schmidt schien auf seinem Stuhl immer kleiner zu werden. Schließlich hielt er sich die rechte Hand vor Augen und begann zu schluchzen. Immer heftiger wurde sein Weinkrampf, bis er schließlich am ganzen Körper zitterte.

Brischinsky stand auf und ging um den Tisch zu Schmidt. Er legte seine Hand auf dessen Schulter und sagte beruhigend: »Es ist Hendrikson, den Sie decken wollen. Aber warum?«

Mit stockender Stimme antwortete der weinende Mann: »Das kann ich Ihnen nicht sagen, das kann ich wirklich nicht.«

47

Auf dem Weg zurück zu seinem Wagen gönnte sich Rainer eine Portion Eis: je zwei Kugeln Vanille und Zitrone, ohne Sahne, die Kugel zu schlappen sechzig Cent. Er schluckte, als er die Münzen auf die Theke der Eisdiele zählte. Sechzig Cent! Wenigstens wurde der flache Keks nicht noch extra berechnet. Als Kind hätte er sich den Magen verdorben, wenn er damals für diesen Betrag Eis in sich hineingeschaufelt hätte.

Sein Handy meldete sich. Mit der linken Hand hielt er den Pappbecher, mit der rechten fingerte er das Mobile aus der Hosentasche. »Ja?«

Elke. »Wo steckst du?«, wollte sie wissen.

»Im Ruhrpark.«

»Was machst du im Ruhrpark? Ich denke, du bist bei Gericht?«

»Ich war auch dort. Jetzt esse ich ein Eis.«

»Aber warum in dem Einkaufszentrum und nicht in der Bochumer Innenstadt?«

Für einen Moment erwog Rainer, seine Freundin zu beschwindeln. Dann aber sagte er wahrheitsgemäß: »Ich habe mich mit Hoitner unterhalten. Du erinnerst dich sicher: die Kündigungsschutzklage, die von meiner Mandantin dann doch nicht weiterverfolgt wurde.«

»Ja. Aber ich dachte, die Sache sei abgeschlossen?«

»Ist sie auch.«

»Was hast du dann bei dem Apotheker verloren?«

»Ich hoffte, von ihm etwas über *FürLeben* erfahren zu können«, antwortete Esch schuldbewusst.

Für einige Zeit sagte Elke kein Wort. Der Anwalt konnte sich ausmalen, was in ihrem Kopf vorging. Letzten Samstag beim Frühstück hatte Rainer Elke von Hendrikson erzählt und den Vermutungen, die er gegen ihn hegte. Lediglich angedeutet hatte er, dass er sich als Jörg Deidesheim bei der Agentur eingeschlichen hatte, um mehr über den Laden zu erfahren. Elke war trotzdem entsetzt gewesen. Sie hatte von ihm in der dann folgenden, etwas heftigeren Diskussion ultimativ verlangt, dass er sich auf seine Tätigkeit als Anwalt beschränkte und sich nicht dilettantisch als Detektiv betätigte. Damit es nicht zu einem wirklichen Streit kam, hatte Rainer wider besseres Wissen eingelenkt.

»Du hattest mir ein Versprechen gegeben.« Ihre Stimme klang nicht wütend, eher ein wenig resigniert.

»Ich habe zugesagt, dass ich nicht Polizei spielen werde. Aber ich werde Paul Mühlenkamp als Nebenkläger vertreten, wenn es zu einer Anklage kommen sollte. Da muss ich mich schließlich sachkundig machen. Insofern war ich im Auftrag meines Mandanten unterwegs.« Er wusste, dass seine Argumentation nicht sehr überzeugend war. Er konnte es drehen und wenden, wie er wollte, Elke war im Recht.

»Das glaubst du doch wohl selbst nicht.« Jetzt war sie wütend, sehr wütend sogar.

»Elke, können wir nicht später darüber reden? Mein Eis schmilzt und ich ...«

»Tatsächlich? Von mir aus kannst du dein Eis mit dem Strohhalm schlürfen«, fauchte sie. »Von Verlässlichkeit und Vertrauen hast du anscheinend noch nie etwas gehört.«

»Elke, ich ...«

»Spar dir deine Ausflüchte.«

Es knackte in seinem Gerät.

»Elke?«, fragte er.

Zu spät. Sie hatte die Verbindung bereits unterbrochen.

Esch atmete tief durch. Er war sich darüber im Klaren, dass dieser Disput nicht vergleichbar war mit der in einer Partnerschaft üblichen Auseinandersetzung über nicht weggeräumte Kaffeetassen oder verlegte Fernsehzeitungen. Und es würde mehr bedürfen als einen Strauß Blumen, um den Konflikt wieder auszuräumen. Der Anwalt war ratlos. Was sollte er jetzt tun? Sofort reumütig nach Herne zurückfahren, sich entschuldigen und um Verzeihung bitten? Oder sein ursprüngliches Vorhaben, weiter in Sachen *FürLeben* zu recherchieren, in die Tat umsetzen? Rainer kannte seine Freundin gut genug, um zu wissen, dass sie nach dem Krach von eben nicht den ersten Schritt zur Versöhnung tun würde. Und auch er konnte ziemlich dickköpfig sein. Das bedeutete, dass sie vorläufig nicht mit seinem Erscheinen oder einem Anruf rechnete. Und das hieß nichts anderes, als dass er zumindest heute noch freie Hand hatte.

An diesem Punkt seiner Überlegungen angekommen, entschloss er sich, den Mandanten seines Freundes und Kollegen Uwe Losper aufzusuchen. Schließlich hatte ja dieser Lehmann Uwe gegenüber den Namen Hendrikson erwähnt. Da lag die Annahme nahe, dass Lehmann Hendrikson kannte.

Esch machte sich keine Illusionen. Sein Kollege würde die Anschrift seines Mandanten nie herausrücken. Zumindest nicht, solange er nüchtern war. Anwaltliche Verschwiegenheitspflicht.

Er übereignete die Flüssigkeit, die vormals Vanille- und Zitroneneis gewesen war, samt Keks und Becher einem Papierkorb und griff erneut zum Handy. Ein Anruf bei Cengiz und zwei Minuten später wusste er den Namen und die Anschrift der Apotheke, die vor etwas mehr als zwei Wochen in die Luft geflogen war.

Auf dem Weg zu seinem Fahrzeug fiel ihm der Zettel wieder ein, den er immer noch in der Hosentasche trug. Kopfschüttelnd machte er kehrt und betrat erneut die Apotheke.

»Was wollen Sie noch?«, maulte Hoitner.

Rainer kramte die Liste hervor. »Wären Sie so freundlich, sich das hier anzusehen?«

Der Apotheker murmelte die Namen der Medikamente: »*Etoposid, Idarubicin, Mitoxantron, Interferon-alpha, Glivec,* was soll das?«

»Kennen Sie die Medikamente?«

»Selbstverständlich. Das sind Mittel, die in der Chemotherapie bei Leukämie eingesetzt werden.«

»Die sind also verschreibungspflichtig?«

»Was denken Sie denn? Die werden fast nur stationär eingesetzt. Intravenös, wenn Sie verstehen, was ich meine.«

Rainer war irritiert. »Dann sind das keine Tabletten, die ein Kranker ohne Hilfe einnehmen kann?« So gut war dieser Müller anscheinend über die Behandlungsmöglichkeiten bei Leukämie auch nicht informiert.

»Die meisten nicht. Nur einige Interferone werden in Tablettenform eingesetzt.«

»Und diese könnte ich vom Arzt verschrieben bekommen und bei Ihnen erhalten.«

»Ja, sicher. Aber warum wollen Sie das wissen?«
»Sind diese, wie sagten Sie, Interferone teuer?«
»Sehr teuer.«
Rainer bedankte und verabschiedete sich und ließ einen ziemlich verwirrten Apotheker zurück.

Rainer brauchte nach der Schulstraße in Suderwich nicht lange zu suchen. Und auch die *Heiligen-Apotheke* war dank des stilisierten roten A nebst Äskulapschlange und Apothekerschale, das oberhalb eines Bretterzauns sichtbar war, problemlos zu finden.

Rainer verließ den Mazda und stiefelte zur Absperrung, konnte aber an der Straßenseite keinen Einlass entdecken. Er ging weiter, um einen anderen Zugang zu suchen. Eine mannshohe Hecke versperrte den Blick auf das Nachbarhaus. Esch blinzelte durch die Äste und stellte fest, dass dieses Grundstück und der Garagenhof der Apotheke nur durch eine kleine Mauer getrennt waren. Kurz entschlossen betrat der Anwalt durch ein Holztor den Vorgarten des Nachbarn. Im Inneren des Hauses begann ein Hund zu bellen. Rainer spurtete Richtung Einfassung und kletterte hinüber. Vorsichtshalber ging er zunächst hinter dem Mäuerchen in Deckung. Als sich aber weder Hund noch Mensch auf der anderen Seite zeigte, erhob er sich und schlich vorsichtig zur Vorderseite der Apotheke.

Die Gebäudefront war mit schweren Brettern gegen unbefugtes Eindringen gesichert, eine provisorische Eingangstür vergittert und von der Staatsanwaltschaft versiegelt. Aber das Emailleschild mit den früheren Öffnungszeiten war immer noch auf einem Mauerrest neben dem früheren Eingang zu erkennen. Darunter fand sich eine Telefonnummer für Notfälle, die Rainer notierte.

Er verließ das Grundstück unbehelligt und auf demselben Weg, den er gekommen war.

Im Auto rief er wieder Cengiz an. »Wenn ich mich recht erinnere, hast du doch eine Software, mit der sich über die Telefonnummern die Namen der Anschlussinhaber ermitteln lassen«, hoffte er.

»Irrtum. Die Vergangenheitsform wäre richtig. Ich hatte eine solche Software. So etwas ist jetzt in Deutschland verboten. Datenschutz. Wofür ...?«

»Ich habe eine Nummer und brauche die Adresse.«

»Pech für dich. Ohne den Namen läuft nichts«, antwortete sein Freund.

»Der Typ heißt Lehmann.«

»Warum rufst du dann nicht die Auskunft an? Die sagen dir die Adresse.«

»Ich weiß den Ort nicht.«

»Dann musst du dich schon selbst ins Internet bemühen. Bei vermutlich tausenden von Lehmanns musst du zwar etwas suchen, aber ...«

»Ich kenne die Vorwahl.«

Cengiz seufzte. »Na gut.«

Rainer nannte ihm die Ziffern.

»Warte einen Moment.« Kurz darauf meldete sich Cengiz wieder. »Das ist Datteln. Dort wohnen aber etwa ein gutes Dutzend dieses Namens.«

»Kein Problem. Hier hast du den Rest der Nummer.«

Kurz darauf verfügte Esch über die Anschrift der Lehmanns. Er sah auf die Uhr. Es war fast sechs. Zeit für den Feierabend. Den Besuch bei Lehmann würde er sich für morgen aufheben.

48

Am frühen Freitagmorgen schickte der Haftrichter Peter Schmidt in Untersuchungshaft und legitimierte die Durchsuchung seiner Essener Wohnung.

Brischinsky und Baumann erreichten die Villa noch vor dem eigentlichen Durchsuchungskommando.

Gleich der erste der drei Schlüssel, die sie bei dem Verdächtigen beschlagnahmt hatten, passte in das Schloss des schmiedeeisernen Tores. Die Beamten öffneten, betraten das Grundstück und machten sich auf den Weg zu der Tür, die zur Einliegerwohnung Schmidts führte. Der Hauptkommissar hatte mit seinem schmerzenden Fuß Mühe, seinem Mitarbeiter zu folgen. Plötzlich blieb er stehen und sagte: »Heiner, wenn das heute vorbei ist, möchte ich zum Krankenhaus. Die Ärzte müssen sich meinen Fuß ansehen.«

»Geht klar.«

Sie erreichten den Eingang. Brischinsky wollte gerade einen der Schlüssel ansetzen, als ihm sein Assistent auf die linke Schulter klopfte und auf einen kleinen weißen Kasten mit einem Zifferblock zeigte, der rechts an der Wand hing.

»Das Teil da sieht aus wie eine Alarmanlage.«

»Na und?«, meinte Brischinsky und machte Anstalten, den Schlüssel in das Schloss zu stecken.

»Es sieht so aus, als ob das Ding scharf wäre.«

Der Hauptkommissar zog seine Hand von der Tür zurück. »Wie kommst du darauf?«

»Das rote Lämpchen blinkt.«

Brischinsky blickte einen Moment nachdenklich auf den Kasten, dann zu Baumann.

»Du weißt vermutlich nicht den Zahlencode?«

Baumann schüttelte nur den Kopf.

»Was passiert, wenn wir trotzdem öffnen?«

»Je nachdem. Wenn sie stumm geschaltet ist, zunächst gar nichts, bis der Sicherheitsdienst eintrifft.«

»Und sonst?«

»Gibt es jede Menge Krach. Und der Sicherheitsdienst kommt trotzdem.«

»Na toll. Wie lässt sich das Ding abschalten?«

»Wir benötigen den Code. Oder den Techniker der Firma, die das Teil installiert hat.«

Brischinsky machte ein Gesicht, als ob er in eine Zitrone beißen würde. »Und natürlich wissen wir nicht, wo wir diesen Techniker erreichen können.«

Sein Assistent griente unverschämt. »Stimmt.«

Brischinsky dachte einen Augenblick nach. »Was passiert bei einem Fehlalarm?«

»Das Verfahren ist üblicherweise so: Der Alarm wird in der Zentrale der Sicherheitsfirma gemeldet. Die schickt jemanden zur Kontrolle los. Handelt es sich um einen Fehlalarm, behebt er den Schaden. Kommt ihm etwas komisch vor, ruft er die Polizei.«

»Das heißt, der Techniker sieht vor Ort nach?«

Baumann ahnte das Kommende. Langsam nickte er. Brischinsky steckte einen Schlüssel in das Schloss. Auch der passte sofort. Der Hauptkommissar drehte ihn herum und öffnete. Fast gleichzeitig heulte mit infernalischem Lärm eine Sirene auf.

»Die Anlage war nicht stumm geschaltet«, bemerkte Baumann trocken.

Der Techniker der Sicherheitsfirma traf fast zeitgleich mit den Beamten des Durchsuchungskommandos ein und kurze Zeit später fanden auch die Bewohner der umliegenden Häuser wieder ihre Ruhe.

Neben dem Wohnzimmer, das die beiden Kommissare schon kannten, verfügte Schmidt über eine Küche, ein kleines Schlaf- und ein Arbeitszimmer. Auch an den Wänden dieser Räume fanden sich dutzende von Kinderzeichnungen.

»Seltsam«, bemerkte Brischinsky. »Überall diese Bilder.«

Der Essener schien eine Vorliebe für Actionfilme zu haben, denn ein Schrank im Wohnzimmer, auf dem der Fernseher stand, enthielt zahlreiche DVDs mit Ikonen der Schauspielzunft wie Schwarzenegger, Stallone und Van Damme.

Baumann durchsuchte im Arbeitszimmer die Schränke, Brischinsky blätterte in den dort auf einem Regal abgestellten Ordnern. Briefwechsel mit Behörden, Versicherungen, das übliche. Etwas mehr Zeit nahm sich der Hauptkommissar für das Studium der Kontoauszüge und die Steuererklärungen. Wenn Schmidt an der Explosion beteiligt war, hatte vermutlich auch er an den Rezeptbetrügereien der Lehmanns verdient.

Er verdiente bei einer Agentur namens *FürLeben* etwa dreitausend Euro netto. Das Geld wurde monatlich auf ein Konto bei der Sparkasse Essen überwiesen. Der Kontostand betrug etwas über sechstausend Euro im Haben. Schmidt schien also nicht auf besonders großem Fuß zu leben. Hinweise auf sonstige Konten oder Depots gab es nicht. Sie fanden auch keine Schlüssel, die auf ein Bankschließfach hindeuteten. Korrespondenz mit ausländischen Geldinstituten war ebenfalls nicht vorhanden. Wenn Schmidt tatsächlich in die Betrügereien verwickelt und reich geworden war, hatte er es verstanden, den Wohlstand perfekt zu tarnen.

»Rüdiger, das solltest du dir ansehen.« Heiner Baumann stand vor einer der geöffneten Schranktüren und zeigte in das Innere. »Briefe. Fein säuberlich gebündelt. Immer etwa zehn Stück. Das müssen über hundert sein.«

»Zeig her.« Der Hauptkommissar griff zu einem der Stapel und löste den roten Faden, der die Umschläge zusammenhielt. »Die Briefmarke stammt aus Rumänien. Kannst du den Poststempel entziffern?«

»Das heißt Resita oder so ähnlich.«

»Hm. Kein Absender. Hör dir das an: *Lieber Papa, gestern haben wir mit unserer Klasse einen Ausflug gemacht zu einer der großen Höhlen hier in der Gegend. Es hat mir gut gefallen. Nächste Woche gibt es Zeugnisse. Mama hat mir versprochen, dass ich bei guten Noten ins Kino gehen darf. Hoffentlich gefällt dir das Bild. Das ist Dora, der Hund unserer Nachbarin ...* In diesem Stil geht das weiter. Warte. Das ist ja interessant ... *Der Onkel, der auf Mama aufpasst, hat mir gesagt, dass ich in der Schule nicht Deutsch reden darf ...*«

Baumann hatte sich mittlerweile einen anderen Stoß gegriffen. »Oder hier: *Mama hat gesagt, ich soll dir schreiben, dass du alles tun sollst, damit wir hier wieder weg dürfen. Ich möchte dich doch endlich sehen. Ich möchte wie die anderen Kinder auch einen Papa haben.* Unterschrift: *Nina.*«

Brischinsky nahm einen dritten Brief zur Hand. »*Ich bin so allein. Dann male ich die Bilder. Gefallen sie dir? Mama weint oft und ich habe dann Angst. Besonders nachts, wenn sie Mama einsperren. Das tun sie manchmal. Bitte hilf uns. Nina.* Wirst du daraus schlau?«

Sein Assistent schüttelte den Kopf und untersuchte weitere Briefstapel. »Es scheint, als ob sie chronologisch geordnet sind. Die du hast, lagen ganz oben. Was ist das für ein Datum auf dem Poststempel?«

Brischinsky setzte seine Lesebrille wieder auf. »Der erste August.« Er blätterte weiter. »Der nächste stammt von Mitte Juli, dann wieder Anfang Juli. Und so weiter. Ein Brief etwa alle vierzehn Tage.«

»Das könnte passen. Bei dem zweiten Stoß geht es im März los.« Baumann bückte sich und griff in den Schrank. »Und dann wieder im Oktober.«

»Wann hat das angefangen?«

Baumann suchte den ersten Brief und öffnete ihn. »Im Mai 1990. *Lieber Peter, unserer Tochter geht es gut. Sie ist gesund und munter. Ich hoffe so sehr, dass alles ein gutes Ende nimmt. Bitte tue alles, was sie sagen. Bitte! In Liebe deine Eva.* Das hört sich sehr nach Erpressung an, was meinst du?«

»Und würde vor allem auch die ganzen Kinderzeichnungen erklären. Aber wer erpresst Schmidt? Hendrikson?«

49

»Du traust dich ja doch nicht!«

»Wohl!« Schwarze Feder stemmte beide Arme in seine Hüften.

»Der hat Schiss inne Buchse.« Das kam von seinem Stellvertreter und ständigem Rivalen Brauner Bär.

»Halt die Klappe! Dat macht der mit links.«

»Dat will ich abba erstma sehen.«

Im Hauptquartier des Indianerstammes südliches Recklinghausen am Rhein-Herne-Kanal herrschte gewaltige Aufregung. Häuptling Schwarze Feders Autorität war durch eine unbedachte Äußerung schwer ins Wanken geraten. Einer seiner Krieger hatte die Frage aufgeworfen, warum sie sich von einem Teil ihrer Jagdgründe – er meinte den Garten der Mühlenkamps – so einfach hatten vertreiben lassen. Schließlich wäre es ihr angestammtes Recht, sich dort aufzuhalten. In dem sich anschließenden Palaver wurde diskutiert, ob es angesichts der feindlichen Übermacht nicht doch zu gefährlich sei, sich auf dieses Terrain zu begeben.

»Indianer haben nie Angst«, hängte sich Schwarze Feder aus dem Fenster. Schließlich waren in dieser Situation Führungsqualitäten gefragt. »Ich jedenfalls nicht«, fügte er mit überheblichem Tonfall nach einem Blick auf seine unsicher wirkenden Stammesgenossen hinzu. »Wenn es sein müsste, würde ich sogar wieder in den Keller klettern.« Er wusste sofort, dass auch der letzte Satz ein Fehler gewesen war. Aber jetzt war es zu spät für einen Rückzieher. Wenn er Häuptling bleiben wollte, musste er seine großspurige Aussage in die Tat umsetzen, so schwer es ihm auch fallen würde.

Vor einigen Monaten hatte Horst Mühlenkamp den Schlüssel zum Haus vergessen und Sven gebeten, durch eine kleine Fensteröffnung zu klettern, die in den Keller führte. Früher einmal war dieses Fenster mit einer Glasscheibe und einem Metallgeflecht gesichert gewesen, aber mangelnde Pflege hatte die Scharniere durchrosten lassen, sodass der Zugang nun immer offen stand. Sven erinnerte sich, wie die Mühlenkamp-Brüder nach seiner Kletteraktion darüber gestritten hatten, wer denn nun für die erforderliche Reparatur verantwortlich sei. Horst hatte kritisiert, dass durch den offenen Zugang allerlei Ungeziefer wie Mäuse und Ratten in das Haus gelangen könnten. Deshalb sei es ratsam, die Fensteröffnung so schnell wie möglich zu verschließen.

»Quatsch«, hatte Paul geantwortet. »Allenfalls solche Ratten wie dein kleiner Freund hier.«

Zwar war das Fenster vergittert, die Abstände zwischen den Stangen waren aber so groß, dass ein schmaler Junge mit etwas Anstrengung und Geschick hindurchpassen konnte. Und Sven war schmal gebaut. Er hatte seinem Freund damals den Gefallen getan, sich durch die Öffnung gezwängt und dann die Kellertür geöffnet. Und genau das stand ihm jetzt wieder bevor. Nur dass dieses Mal kein Horst im Garten stand, um ihn gegebenenfalls gegen seinen Bruder Paul zu verteidigen.

Die Späher meldeten, dass die Luft rein sei. Kein Hausbesitzer in Sicht. Und jetzt lag Schwarze Feder auf dem Bauch im Gras und robbte sich langsam, jeden Busch als Deckung ausnutzend, an das Haus heran. Als er sich dem Kellerfenster bis auf wenige Meter genähert hatte, schwand auch seine letzte Hoffnung, ohne Gesichtsverlust und mit heiler Haut aus der Sache herauskommen zu können. Das Fenster war immer noch nicht in Stand gesetzt worden. Wäre es verschlossen gewesen, hätte er eine mehr als willkommene und auch für die anderen akzeptable Entschuldigung gehabt.

Schwarze Feder holte tief Luft und nahm die letzten Meter im Spurt. Er zitterte vor Aufregung und Angst. Der Junge drückte sich eng an die Hauswand und wartete horchend. Er warf einen Blick zurück und sah mehrere Köpfe oberhalb des Zauns, der das Nachbargrundstück abgrenzte. Die Mitglieder seines Stammes beobachteten ihn mit Argusaugen. Wenn er seinem Vorsatz nicht nachkam, würde er sich auf ewig zum Gespött seiner Freunde machen.

Vorsichtig schob er sich näher zu dem Fenster hin. Er lauschte wieder. Drinnen blieb es ruhig. Zuerst steckte er seinen Kopf durch die Stäbe. Er blinzelte, bis sich seine Augen an die Dunkelheit gewöhnt hatten. Alles war noch so, wie er es damals vorgefunden hatte, als er im Auftrag von Horst hier eingedrungen war. Sogar die Holzkiste, die ihm wertvolle Hilfe beim Hineinklettern geleistet hatte, stand noch unter der Fensteröffnung.

Sven machte sich ganz schmal, streckte beide Arme nach vorne und stützte sich mit den Handflächen an der Kellerwand ab. Dann zwängte er seine Schultern nach. Er verharrte einige Sekunden in dieser Position. Denn jetzt kam der schwierige Teil. Um zu verhindern, dass er, sobald er seine Hüfte durchschob, kopfüber in die Tiefe stürzte, musste er sich mit einer Hand an den Gitterstäben festhalten. Dazu drehte er seinen Körper, so weit es ging, nach links oben, ergriff die Stange und ließ sich dann wie ein Sportler am Reck mit einer Rolle vorwärts in den Raum fallen. Geschafft! Seine Zehenspitzen berührten die Kiste. Er ließ los und stand sicher. Wieder lauschte er. Nichts war zu hören.

Erleichtert sprang er auf den Boden und schlich zur Tür, die in den Kellerflur führte. Mit einem leichten Quietschen schwang sie auf. Schwarze Feder drückte sich durch die Öffnung. Es war kalt und roch muffig. Ihn fröstelte. Er wandte sich nach links. Auf Zehenspitzen machte er sich auf den Weg zur Außentür.

Nach zwei Metern passierte er eine Feuerschutztür aus Stahl, die bei seinem letzten Besuch noch geschlossen gewesen war. Dieses Mal stand sie offen. Sven hielt inne, dachte einen Moment nach und wagte dann einen Blick hinein. Durch die verschmutzten Außenscheiben fiel etwas Licht in den Raum.

Schwarze Feder klappte der Unterkiefer hinunter. Fein säuberlich aufgestapelt befanden sich dutzende von Kisten an den Wänden, deren Beschriftungen keinen Zweifel darüber aufkommen ließen, was hier in großen Mengen gelagert wurde: Hi-Fi-Geräte, alle originalverpackt. Ein Vermögen für jemanden, dessen monatliches Taschengeld zehn Euro betrug.

Sven kratzte sich am Kopf und fragte sich, warum jemand so viele empfindliche Geräte in einem feuchten Kellerraum aufbewahrte. Ehe er seine Überlegungen abschließen konnte, hörte er von oben das Geräusch einer sich öffnenden Tür. Fast gleichzeitig glimmte das Kellerlicht auf und schwere Schritte erklangen auf der Holztreppe. Der Feind!

Schwarze Feder drehte sich auf dem Absatz um und schoss in den Flur zurück. Das helle Licht blendete ihn. Er rannte Richtung Außentür, ohne den Putzeimer zu bemerken, der im Weg stand. Scheppernd kippte das verfluchte Ding um. Sven erreichte die Tür und riss an der Klinke. Sie war verschlossen. Seine Hände ertasteten fieberhaft den Schlüssel. Da, er hatte ihn. Doch der Schlüssel steckte nicht fest im Schloss, rutschte Sven aus den Fingern und fiel zu Boden. Hektisch suchend blickte er nach unten.

Mühlenkamp brüllte, anscheinend befand er sich immer noch auf der Treppe: »Wer is da?«

Dem Häuptling blieb nur ein Fluchtweg: das offene Kellerfenster. Er rannte zurück und sah, wie Mühlenkamp schnaufend um die Ecke bog.

»Bleib stehen, du Mistkerl«, schrie der Dicke und beschleunigte seine Schritte.

Schwarze Feder machte einen Satz auf die Holzkiste und sprang nach oben. Seine Finger erreichten die Gitterstangen, er zog sich hoch. Voller Panik drückte er seinen Kopf durch die Öffnung, schob den Oberkörper nach, dann den linken und den rechten Arm. Jetzt noch die Hüfte und die Beine und er hätte es geschafft. Verzweifelt stemmte er sich im weichen Gras ab. Hinter ihm keifte Mühlenkamp.

Sven war fast durchgeschlüpft, als er einen festen Griff um sein linkes Fußgelenk spürte. Mühlenkamp hatte ihn zu fassen bekommen und versuchte, ihn wieder in den Raum hineinzuziehen. Schwarze Feder rutschte ein Stück zurück, breitete aber dann seine Arme aus, suchte und fand Halt an der Hauswand. Solange Sven diese Stellung verteidigte, war es Mühlenkamp unmöglich, seiner habhaft zu werden. Und ließ der Dicke nur für einen Moment sein linkes Bein los, war Schwarze Feder frei. Der Häuptling schob sein anderes Bein zurück durch das Fenster und strampelte wild um sich. Er hatte Erfolg. Einer seiner Tritte musste den Angreifer schwer getroffen haben, denn dieser stieß einen Schmerzensschrei aus und lockerte den Griff. Blitzartig schlängelte sich Sven endgültig durch die Öffnung und kam stolpernd auf die Beine. Dann rannte er los.

Anfeuerndes Geheul seiner Stammesgenossen machte ihm klar, dass Mühlenkamp ihm immer noch auf den Fersen war. Er riskierte einen Blick zurück. Tatsächlich stapfte der Mann die Kellertreppe hoch und lief hinter ihm her. Im freien Gelände hatte er jedoch gegen einen Indianerhäuptling nicht die Spur einer Chance. Zumal ihm sein Stamm Feuerschutz gewährte.

Ein Erbsenhagel, abgefeuert aus mehreren Blasrohren, ging auf Svens Verfolger nieder. Dieser blieb stehen, ballte die Faust und rief: »Ich weiß, wer du bist, Sven Gröner. Und ich verspreche dir, dat ich dich kriege. Auch wenn es Tage dauert. Ich kriege dich, du kleiner Scheißer. Und dann mach ich kurzen Prozess! Darauf kannsse dich verlassen.«

Dem Jungen imponierte die Drohung nur wenig. Er sprang über den Zaun und der ganze Stamm setzte sich mit Kriegsgeheul in sicheres Gelände ab. Schwarze Feder sonnte sich in der Bewunderung seiner Gefolgschaft. Auf absehbare Zeit würde ihm keiner den Häuptlingstitel streitig machen.

50

Baumann hatte seinen Chef gestern nach der Durchsuchungsaktion im Knappschaftskrankenhaus Recklinghausen abgesetzt. Seitdem hatte er von Brischinsky nichts mehr gehört.

Heute Morgen war der Kommissar zunächst ins Präsidium gefahren, um mehr über Schmidts Familie zu erfahren. Eva Schmidt, geborene Ivanceau, war nicht mehr in Essen gemeldet. Und ihre neue Anschrift war entgegen der Vorschriften des Meldegesetzes nicht verzeichnet. Baumann vermutete einen Fehler der zuständigen Ämter, so wie er immer wieder vorkam. Geboren war Eva Schmidt am 3. Juli 1973 in Resita, Rumänien. Baumann stutzte. Aus dieser Stadt waren die Briefe gekommen, die sie in Schmidts Wohnung gefunden hatten. Hielt sich die Frau wirklich wieder in ihrer Heimatstadt auf? Und hatte das Ehepaar eine Tochter? Oder lebte dort eine zweite Eva gleichen Namens?

Ohne große Erwartungen speiste Baumann das Wenige, das er wusste, in die polizeilichen Datenbanken ein. Es dauerte nicht lange, dann spuckte der Rechner aus, was gespeichert war: Eine Eva Schmidt, geboren am 3. Juli 1973 in Resita in Rumänien, war vor nicht ganz zwei Monaten in einem Strafverfahren wegen Beischlafdiebstahls zu einer Gefängnisstrafe von neun Monaten verurteilt worden und saß seitdem in der JVA Gelsenkirchen ein. Davor hatte sie in Dortmund gelebt, wo sie einen zweiten Wohnsitz angezeigt hatte. Und zwar ununterbrochen seit 1990.

Baumann glaubte nicht, dass das ein Zufall war. Eine Tochter namens Nina tauchte in den Unterlagen nicht auf.

Er beschloss, dieser Angelegenheit auf den Grund zu gehen. Drei Telefonate später hatte man dem Kommissar eine Besuchserlaubnis zugesagt. Baumann hinterließ seinem Chef eine Nachricht und fuhr los.

Die JVA lag an der Stadtgrenze zu Essen. Auf dem Weg dorthin deckte sich der Kommissar mit fünf Paketen Zigarettentabak und -papier ein und verstaute seinen Einkauf in einer Plastiktüte.

Der Beamte parkte seinen Wagen auf einem der zahlreichen Besucherparkplätze, die sich direkt gegenüber dem lang gestreckten Gebäude befanden, und ging zu dem eher unscheinbaren Besuchereingang, der natürlich von einer Videokamera überwacht wurde. Er schellte und nannte seinen Namen.

Kurz darauf durfte Baumann die erste der Schleusen betreten, die die angeblich Guten draußen von den vermeintlich Bösen drinnen trennten. Er wartete, bis sich die Eingangstür wieder geschlossen hatte. Erst dann ließ sich die zweite Stahltür einige Meter entfernt öffen. Vor ihm lag ein etwa zwanzig Schritte langer Gang. Hinter Panzerglas auf der rechten Seite saß ein JVA-Bediensteter, der seinen Ausweis prüfte.

»Wenn Sie Ihre Dienstwaffe bei sich tragen sollten, legen Sie sie bitte hier ab.« Der Schließer zeigte auf eine bereitstehende Kassette. »Das gilt auch für Handschellen und Ähnliches.«

Baumann schüttelte den Kopf.

»Was ist in der Tüte dort?«

Der Kommissar händigte den Beutel aus. »Schmiergeld«, grinste er.

»Verstehe. Das müssen wir trotzdem durchleuchten.«

»Klar.«

Ein paar Minuten später erhielt er die Tüte zurück. »Bitte gehen Sie bis zur Gittertür durch. Sie werden dort abgeholt. Ich denke, auf eine Leibesvisitation können wir in Ihrem Fall verzichten.«

»Das denke ich auch«, murmelte der Kommissar, folgte der Anordnung und wartete, bis ihn ein zweiter Beamter die nächste Sperre passieren ließ. Der grün Uniformierte begleitete ihn bis zu einer weiteren Gittertür. Als sie auch die hinter sich gelassen hatten, komplimentierte Baumanns Begleiter ihn in ein Besucherzimmer, dessen Möblierung lediglich aus einem Tisch und vier Stühlen bestand. »Einen Moment bitte. Die Gefangene wird Ihnen gleich zugeführt.«

Eva Schmidt trug Jeans, Turnschuhe und ein eng anliegendes weißes T-Shirt. Ihre langen dunkelbraunen Haare hingen ihr etwas wirr ins ungeschminkte Gesicht. Sie war etwa einen Kopf kleiner als Baumann, schlank und ausgesprochen hübsch.

»Wer sind Sie und was wollen Sie von mir?«, begrüßte sie den Kommissar mit neugierigem Blick und einer angenehm warmen, etwas rauchigen Stimme. Der harte Akzent war aber deutlich hörbar.

Heiner Baumann stellte sich vor. »Sie sind mit Peter Schmidt, wohnhaft in Essen, verheiratet?«

Ihr Gesichtsausdruck wechselte von Neugier zu Skepsis. »Was geht Sie das an?«

»Bitte beantworten Sie meine Frage.«

»Warum sollte ich?«

»Wollen Sie nicht zuerst Platz nehmen?«

»Nein«, erwiderte sie kalt. Ihr ganzer Körper drückte Abwehr aus. »Warum interessieren sich die Bullen dafür, ob ich verheiratet bin?«

Baumann legte ein Tabakpäckchen auf den Tisch. »Rauchen Sie?«

Eva Schmidt lachte kurz auf. »Ihr seid doch alle gleich. Glauben Sie, ich würde Ihnen antworten, nur weil Sie mit etwas Zigarettentabak winken?« Sie drehte sich um. »Ich will zurück in meine Zelle.«

Augenfällig kam Baumann mit der weichen Tour nicht weiter. Hier galt es, schwerere Geschütze aufzufahren.

»Sie haben noch etwas mehr als sechs Monate«, stellte der Kommissar lakonisch fest.

»Toll. Der Junge hat seine Hausaufgaben gemacht«, spottete sie. »Bei guter Führung sind es nur vier. Und ich habe selbstverständlich vor, mich gut zu benehmen. Ja, Frau Schließer. Natürlich, Herr Schließer. Aber sicher, Frau Direktorin. Noch irgendwelche Fragen?«

»Keine Fragen. Nur ein Versprechen: Sie brummen bis zum letzten Tag, wenn Sie nicht kooperieren.«

»Ich werd's überleben«, erwiderte Eva Schmidt gleichgültig.

»Mag sein. Aber wenn Sie wieder draußen sind, werden unsere Dortmunder Kollegen ein besonderes Auge auf Sie haben. Regelmäßige Ausweiskontrollen Ihrer Freier, Durchsuchungen des Arbeitszimmers und so weiter. Das ganze Instrumentarium. Das ist nicht nur schlecht fürs Geschäft, das wird auch deinem Luden nicht gefallen. Es wird auch nicht sehr lange dauern, bis die Kollegen etwas finden. Äitsch, Schnee oder anderen Stoff. Und du fährst wieder ein. Das könnte aber dann etwas länger dauern als sechs Monate.« Der Wechsel zum Du war verletzend gemeint.

Ihre Blicke sprühten Ärger. »Du Schwein!«

»Vorsicht bei der Wortwahl. Sonst kommt noch Beamtenbeleidigung hinzu. Also, was ist?«

Eva Schmidt setzte sich widerstrebend, griff aber zum Tabak. »Ja, ich habe diesen Schwächling geheiratet. Aber ich lebe getrennt von ihm.«

Baumann konnte ein Lächeln nicht unterdrücken. »Na bitte, geht doch. Wann war das?«

»Was?«

»Beides. Heirat und Trennung.«

»Heirat, warten Sie, ich muss überlegen, das war so Mitte Januar 1990. Im Herbst desselben Jahres habe ich ihn wieder verlassen.«

»Haben Sie Kinder?«

Ihr Misstrauen war fast körperlich spürbar. »Nein, wieso?«

»Keine Tochter, die Nina heißt?«

»Nein.«

»Ihr Mann scheint das aber zu glauben.«

»Na und?«

»Wir haben Briefe einer Nina gefunden.« Baumann schob ein zweites Paket Tabak über den Tisch.

»Was habe ich damit zu tun?«

Ein drittes Päckchen folgte.

»Ich habe wirklich keine Ahnung, glauben Sie mir.«

Der Kommissar zog den Tabak zu sich zurück und verstaute ihn wieder in der Plastiktüte. »Genau das tue ich nicht. Okay, Sie haben Ihre Chance gehabt.« Er stand auf und ging Richtung Tür. »Herzlichen Gruß an Ihren Zuhälter.«

»Warten Sie!«, befahl Eva Schmidt.

»Ja?«

»Sie haben gewonnen«, erklärte sie resigniert. »Setzen Sie sich wieder.«

Heiner Baumann kehrte zu seinem Platz zurück.

»Was ist mit dem Tabak?«, fragte die Gefangene.

51

Am Freitagnachmittag hatte Elke kurz überlegt, sich mit Rainer auszusprechen. Sie hatten zwar den ganzen Tag gemeinsam an einem neuen, äußerst gewinnbringenden Mandat gearbeitet, waren aber nur geschäftsmäßig miteinander umgegangen. Ein in Herne ansässiges Unternehmen der Automobilzulieferindustrie wollte einen Lieferanten auf Schadensersatz verklagen, da die gelieferte Ware mit so großen Fehlern behaftet war, dass sie nicht weiterverarbeitet werden konnte. Die Firma bezifferte ihren Schaden auf etwas über fünfhunderttausend Euro. Bei so einem Streitwert klingelte es auch in der Kasse der Sozietät *Schlüter und Esch*. Aber die Anwälte hatten kein privates Wort oder gar eine vertrauliche Geste miteinander getauscht.

Obwohl Elke wütend war und sich im Recht fühlte, empfand sie diesen kalten Krieg als zutiefst unangenehm. Den ersten Schritt wollte sie allerdings auch nicht machen. So hatte sie einen ziemlich einsamen und traurigen Abend verlebt und war am Samstagmorgen in die Kanzlei gefahren, um mit Martina noch einen dringenden Schriftsatz fertig zu stellen. Nach zwei Stunden waren die Arbeiten abgeschlossen.

Beim Verlassen ihres Büros stolperte sie im Sekretariat fast über einen großen Karton.

»Kannst du das blöde Teil nicht irgendwo anders deponieren«, fauchte sie die Sekretärin an. »Da bricht man sich ja die Beine.«

»Verzeihung«, blaffte Martina beleidigt zurück. »Aber zum einen ist das Teil nicht zu übersehen und zum anderen solltest du deine schlechte Laune nicht an mir auslassen. Wenn du Streit mit deinem Freund hast, kläre das mit dem und hacke nicht auf mir herum. Ich kann nichts dafür, wenn bei euch mal wieder das Kriegsbeil ausgegraben wurde. Meine Laune ist im Übrigen auch nicht die beste. Ich kann mir nämlich etwas Schöneres vorstellen, als den Samstagvormittag hier zu verbringen, nur weil ihr eure Arbeiten nicht so fertig stellt, dass ich die meine während der regulären Arbeitszeit erledigen kann.«

Elke lenkte ein. Ihr waren die Nerven durchgegangen. »Tut mir Leid. Sorry.«

Martina akzeptierte die Entschuldigung mit einem Nicken.

»Was ist das überhaupt für eine Kiste?«

»Da sind Bücher drin.«

»Bücher? Was für Bücher?«

»Karl-May-Bände. Diese Mandantin von Rainer, Sabine Schollweg, hat sie geschickt. Rainer soll sie irgendeinem Jungen übergeben. Das war der Wunsch des verstorbenen Horst Mühlenkamp.«

»Sind wir jetzt auch schon Testamentsvollstrecker?«, maulte Elke.

»Was weiß ich, was sich Rainer dabei gedacht hat.«

Die Anwältin hatte inzwischen den Karton geöffnet und einen der Bände herausgeholt. »Unter Geiern«, las sie laut. »Der Titel passt zu unserem Beruf, was meinst du?«

Martina lachte auf.

Elke blätterte in dem Roman. Dabei fiel ein zusammengefaltetes Blatt Papier aus den Seiten. »Hast du jemals eine dieser Indianergeschichten gelesen?«

Martina schüttelte den Kopf und zeigte auf den Boden. »Da ist etwas herausgefallen.«

»Tatsächlich?« Elke legte den Band zurück und bückte sich nach dem Zettel. »Vermutlich ein Lesezeichen.« Sie deponierte das Papierstück auf Martinas Schreibtisch.

»Mein kleiner Bruder hat die Geschichten früher regelrecht gefressen«, erzählte die Angestellte. »Mal war er Winnetou, mal Old Shatterhand. Manchmal auch Kara Ben Nemsi oder, warte, ich bekomme es bestimmt noch zusammen, Hadschi Halef Omar Ben Hadschi Abdul Abbas Ibn Hadschi Dawud al Gossarah.«

»Wer?«, wunderte sich ihre Chefin.

»Einer der Helden aus den Geschichten, die im Orient spielen.«

»Kein Wunder, dass Männer so eigenartig sind, wenn sie als Jungs Geschichten lesen, in denen die Figuren so seltsame Namen tragen.«

Martina lachte wieder. »Da hast du wirklich Recht.«

Elke nahm ihre Mitarbeiterin in den Arm. »Komm, pack zusammen. Ich lade dich auf ein Eis ein.«

52

»Wie geht es dir?«, erkundigte sich Heiner Baumann, als er seinen Chef bei seiner Rückkehr an dessen Schreibtisch vorfand.

»Geht so«, brummte der. »Die Wunde hatte sich wieder entzündet und war vereitert. Die Ärzte haben sie desinfiziert, gereinigt und einen neuen Verband angelegt. Das Schlimmste aber war, dass ich heute Nacht kein Auge zugetan habe.«

»Warum nicht? Hattest du Schmerzen?«

»Das auch. Aber sie haben mich dabehalten. Vierbettzimmer! Links neben mir ein Schnarcher, rechts ebenfalls. Und der gegenüber hatte anscheinend was an der Prostata. Zehn Toilettengänge in fünf Stunden. Licht an, Licht aus. Zu allem Übel zog der jedes Mal mit lautem Klappern den Ständer hinter sich her, an dem seine Infusionsflaschen hingen. Wecken um fünf. Halb sechs Frühstück. Ein Albtraum, sage ich dir.«

»Die Ärzte haben dich nach nur einer Nacht wieder entlassen?«

»Ach was. Ich bin einfach gegangen.«

Sein Mitarbeiter konnte ein Grinsen nicht unterdrücken. »Du wirst auch nicht schlau. Und der Fuß?«

»Ist besser, Gott sein Dank. Aber lassen wir das. Du hast Schmidts Frau gefunden?«

Baumann erzählte von seinem Besuch im Knast.

»Das wird Schmidt einen schweren Schlag versetzen«, prophezeite Brischinsky, nachdem er den Bericht gehört hatte. »Ich bin gespannt, wie er reagiert.«

Der Untersuchungshäftling Peter Schmidt wurde nachmittags um zwei zur Vernehmung ins Verhörzimmer gebracht.

»Bei der Durchsuchung Ihrer Wohnung haben wir Briefe von Nina gefunden«, begann der Hauptkommissar. »Wer ist Nina?«

»Meine Tochter«, erwiderte Schmidt mit leiser Stimme.

»Und wo hält sich Nina auf? Die Briefe sind ausnahmslos in Resita aufgegeben worden. Das liegt in Rumänien, nicht wahr? Befindet sich Ihre Tochter dort?«

Brischinsky bekam keine Antwort.

»Was ist mit Ihrer Frau? Wissen Sie, wo sie lebt?«

Schmidt schwieg weiter.

»Wir haben einige der Briefe gelesen. Es hat den Anschein, dass Sie erpresst werden. Von diesem Hendrikson?«

Der Untersuchungshäftling sah auf. Er hatte Tränen in den Augen. »Ich kann nicht darüber sprechen.« Er war kaum zu verstehen. »Ich darf sie nicht gefährden«, murmelte er. »Ich muss sie schützen.«

»Herr Schmidt, was ich Ihnen jetzt sage, wird ein Schock für Sie sein.«

Der Angesprochene reagierte nicht.

»Wir haben Ihre Frau gefunden.«

Schmidt riss überrascht die Augen auf. »Wie kann das … Wo ist sie? Geht es ihr gut?«

»Keine Angst. Sie erfreut sich bester Gesundheit.«

»Wo …?«

»Sie befindet sich zurzeit in der Justizvollzugsanstalt Gelsenkirchen. Sie ist dort inhaftiert. Seit etwa zwei Monaten. Davor hat sie in Dortmund gewohnt. Seit sie sich von Ihnen getrennt hat.«

Schmidt sah aus, als ob er ein Gespenst gesehen hätte. »Das, das kann nicht sein«, stammelte er. »Das ist unmöglich.«

»Es gibt keinen Zweifel. Mein Kollege hat heute Morgen mit ihr gesprochen.«

»Nein, ich glaube Ihnen nicht …«

Baumann schob langsam ein Foto über den Tisch, das Eva Schmidt kurz nach ihrer Festnahme zeigte. »Ist sie das?«, fragte er.

Schmidt nickte zögernd.

»Diese Frau sitzt im Moment knapp dreißig Kilometer von hier entfernt in einer Zelle. Ich habe sie dort besucht«, bekräftigte Baumann.

»Und meine Tochter? Wo ist Nina?«

»Sie haben nie eine Tochter gehabt«, sagte Brischinsky ruhig. »Nina war eine Erfindung. Ein Druckmittel, um Sie bei der Stange zu halten.«

Schmidt sah zweifelnd und mit tränenüberströmtem Gesicht von einem zum anderen. »Nein!«, schrie er voller Schmerz auf. »Neeiin!«

Brischinsky gab Baumann ein Zeichen. Der unterbrach die Tonbandaufnahme.

Als der Hauptkommissar der Auffassung war, dass sich Schmidt wieder einigermaßen in der Gewalt hatte, fuhr er mit seinen Erklärungen fort: »Ihre Frau ist kurz nach dem Umsturz in Rumänien mit einem Besuchervisum in die Bundesrepublik eingereist. Angeblich hatten Verwandte sie eingeladen. Um ihren Aufenthalt hier zu legalisieren, brauchte sie einen deutschen Pass. Den haben Sie ihr durch die Hochzeit verschafft. Sie ist schon, während sie noch bei Ihnen wohnte, mit einem Landsmann eine Beziehung eingegangen. Mit diesem Mann lebt sie noch heute zusammen. Er ist ihr Partner und ...«, Brischinsky zögerte einen Moment, als ob er sich nicht sicher wäre, ob er die nächsten zwei Worte aussprechen sollte, »... ihr Zuhälter.«

Schmidt schluchzte wieder.

»Dieser Mann hat sie dazu gebracht, Ihnen die Schwangerschaft vorzutäuschen. Über die Gründe können wir im Moment nur Vermutungen anstellen. Nachdem sie Sie verlassen hat, ist sie nach Dortmund gezogen und hat begonnen, als Prostituierte zu arbeiten. Eva Ivanceau hatte nie die Absicht, mit Ihnen zusammenzuleben. Dann erhielten Sie den ersten Brief von ihr. Abgeschickt in Rumänien. Um den Druck auf Sie noch zu erhöhen, erfanden die Erpresser Nina. Und einige Jahre später schickte Ihnen die vermeintliche Nina die ersten

Bilder. Tatsächlich stammen Briefe und Bilder von dem Sohn einer Arbeitskollegin Ihrer Frau. Der Junge heißt übrigens Paul. Die Mutter hat für die Bemühungen ihres Sohnes pro Lieferung dreihundert Euro kassiert. Geschrieben und gemalt wurde quasi auf Vorrat. Zwei Mal im Jahr wurden die Briefe in Dortmund abgeholt, nach Rumänien gebracht und dann an Sie weitergeschickt. Es gab nie eine Nina, Herr Schmidt.« Nach einer längeren Pause fragte Brischinsky: »Wer ist der beziehungsweise sind die Erpresser? Hendrikson?«

Peter Schmidt schaute die Beamten mit entsetztem Gesicht an. Dann stöhnte er wie ein verletztes Tier. »Dieses Schwein. Dieses verdammte Schwein!« Sein Atem ging rasselnd. »Mehr als zehn Jahre habe ich Angst um meine Familie gehabt. Angst um eine Familie, die ich nie hatte! Ich bringe den Mistkerl um, das schwöre ich. Ich bringe ihn um!«

»Uns wäre es lieber, wenn Sie mit uns zusammenarbeiten würden«, bemerkte Brischinsky trocken. »Sind Sie jetzt bereit, eine Aussage zu machen?«

»Ja, das bin ich«, antwortete Schmidt.

Er erzählte: Angefangen hatte alles im Sommer 1989. Schmidt war damals als Vertreter auf Provisionsbasis in eine kleine Versicherungsagentur eingetreten, die ursprünglich einem Belgier gehört hatte und bevorzugt Lebensversicherungen vermittelte. Irgendwann im Frühjahr des folgenden Jahres berichtete der Inhaber, dass er einen Teil des Geschäfts an einen Partner verkauft hatte. Wie sich später herausstellen sollte, hieß dieser Partner Hendrikson.

Erste Unregelmäßigkeiten im Geschäftsgebaren bemerkte Schmidt kurz nach der Wende. Den unerfahrenen Ostdeutschen wurden Versicherungspolicen zu völlig überhöhten Preisen verkauft. Dann häuften sich die Reklamationen. Schmidt hatte den Eindruck, dass von den Vertretern der Agentur die Unterschriften unter den Verträgen gefälscht worden waren, um die Vermittlungsprovisionen von den Versicherungsgesellschaften zu kassieren. Um seinen Job nicht zu verlieren, schließlich hatte er gerade erst geheiratet, verschloss Schmidt vor diesen Praktiken zunächst die Augen. Dann sprach er seinen damaligen Chef darauf an. Dieser zuckte mit den Schultern, versprach aber, den Verdachtsmomenten nachzugehen. Schmidt gab sich mit dieser Erklärung zufrieden. Wenig später übernahm Hendrikson die Agentur ganz. Schmidt wurde als Geschäftsführer eingesetzt und Eva verschwand. Die Erpressung begann.

Bereits 1991 wurde *FürLeben* gegründet. Die Gesellschaft übertrug ein Geschäftsmodell auf die Bundesrepublik, das bisher nur in England und den USA erfolgreich gewesen war. Der Laden boomte. Zunächst war Hendrikson darauf bedacht, die Transaktionen legal abzuwickeln. Nach einigen Monaten aber kam er auf den Gedanken, mit den Sterbenskranken zusätzliche Geschäfte zu machen. Die Idee mit dem Rezeptbetrug war geboren. *FürLeben* verfügte über Namen und Anschriften der Todkranken und gab sie an Hendrikson weiter, der die Rezepte verwertete. Später war Schmidt für die Rekrutierung der Leute verantwortlich. Dabei halfen ihm Männer, die ihm Hendrikson vermittelte.

»Und der Warnanruf wegen der drohenden Explosion?«

»Ich hatte nicht die geringste Ahnung, um was es sich handelte. Hendrikson hat mir den Text und den Zeitpunkt des Anrufs vorgeschrieben. Ich war fürchterlich erschrocken, als ich am nächsten Tag in der Zeitung las, was passiert war. Das müssen Sie mir glauben. Bitte!«

»Was ist mit der Manipulation an der Gasleitung? Hat Hendrikson selbst die Rohrzange geschwungen?«, fragte der Hauptkommissar.

»Das kann ich mir nicht vorstellen. Er hat sich immer bemüht, im Hintergrund zu bleiben. Ich glaube eher, dass er einen seiner Helfershelfer damit beauftragt hat.«

»Verstehe. So wie diesen Kulianow?«

Schmidt war überrascht. »Sie kennen ihn?«

»Natürlich.«

»Das stimmt. Kulianow war einer dieser Handlanger. Er stammt aus Kiew. Hendrikson hat oft mit Männern aus Ost- und Südosteuropa zusammengearbeitet. Er verfügt über exzellente Kontakte dorthin.«

»Sie kennen diese, sagen wir, Mitarbeiter?«

»Nicht alle. Aber eigentlich kenne ich sie nicht wirklich. Ich weiß, wie sie heißen ... nein, wie sie sich nennen. Ich habe jeden von ihnen höchstens zwei- oder dreimal gesehen. Sie waren immer nur wenige Tage in Deutschland. Hendrikson ist sehr vorsichtig. Ich glaube nicht, dass ihn einer dieser Leute persönlich kannte. In der Regel fand der Kontakt nur telefonisch oder über Mittelsmänner wie mich statt. Angeworben wurden diese Leute in ihren Heimatländern. Hendrikson erzählte mir, dass er dort einen guten Freund habe, der das für ihn erledigen würde. Ich vermute, nur dieser Bekannte wusste, dass Hendrikson hinter den Aufträgen steckte, die die Helfer ausführten.«

»Und diese Aufträge beinhalteten das Anwerben von Menschen, die bereit waren, Rezeptbetrügereien zu begehen?«, fragte Brischinsky nach.

»Ja.«

»Und das war alles?«

»Vermutlich hat Hendrikson sie auch noch mit anderen Aktivitäten beauftragt. Aber darüber hat er mich nie informiert.«

»Warum sind Sie eigentlich nicht irgendwann zur Polizei gegangen?«, wollte Baumann wissen. »Mehr als zehn Jahre sind eine lange Zeit für Überlegungen.«

»Aber das wissen Sie doch. Nina, meine Frau ...«

Schmidt wischte sich eine Träne aus dem Augenwinkel.

Der Kommissar gab sich nicht damit zufrieden. »Mehr als zehn Jahre ... Das ist doch grotesk! Und Sie haben sich mit Briefen abspeisen lassen! Sind Ihnen denn nie

Zweifel an der Geschichte gekommen, die Ihnen Hendrikson aufgetischt hat?«

»Doch, manchmal schon.«

»Und was war dann?«

»Etwa zwei Jahre, nachdem meine Frau verschwunden war, bestand ich auf einem Lebenszeichen. Daraufhin hat mir Hendrikson an einem Autobahnrastplatz Nina, ich meine, ein Kind präsentiert. Ein Baby. Hendrikson hat mich immer wieder vertröstet. Noch ein paar Monate, hat er gesagt. Dann könne ich wieder mit meiner Familie zusammen sein. Immer wieder waren es nur noch ein paar Monate. Irgendwann habe ich einfach aufgegeben. Ich habe nur noch gehofft. Ich ... ich habe mir doch immer schon so sehr eine Familie gewünscht.« Schmidt schluchzte auf.

Baumann schüttelte leicht den Kopf. So ganz konnte er Schmidts Handeln nicht nachvollziehen. Möglicherweise hatte Schmidt ihnen ja lediglich eine rührselige Geschichte aufgetischt, um sich und seine Rolle bei *Für-Leben* in einem anderen Licht erscheinen zu lassen. Andererseits: Sie hatten die Briefe und die Kinderzeichnungen gefunden. War auch das nur ein Bluff gewesen?

Brischinsky dagegen hatte Mitleid mit Schmidt. Bis eben war er noch Ehemann und Vater gewesen, nun musste er sich eingestehen, dass er nicht nur Frau und Kind verloren hatte, sondern auch noch mehr als zehn Jahre seines Lebens einer Fata Morgana hinterhergejagt war. Alles, was er in seinem Leben je geliebt hatte, war von einem Augenblick auf den anderen nicht mehr existent, ja schlimmer noch: war nie existent gewesen.

»Außerdem hatte er mich in der Hand. Ich konnte nicht zur Polizei gehen. Dazu steckte ich doch zu tief drin in seinen Geschäften. Ich wollte nicht ins Gefängnis. Ich wollte nur meine Angehörigen wiedersehen.«

»Also waren es nicht nur die Familienbande, die Sie bei der Stange bleiben ließen?«, fragte Baumann.

Schmidt schwieg.

»Ist das so?«, übernahm Brischinsky wieder die Gesprächsführung.

Schmidt nickte zögernd. »Ich hatte Angst.«

»Wie finden wir Hendrikson?«, fragte der Hauptkommissar.

»Ich weiß es nicht.«

»Wie soll ich das verstehen?«

»Wir bei *FürLeben* haben zwar seine Adresse und Telefonnummer. Aber dort meldet sich nur eine Servicegesellschaft, die Anfragen an ihn weiterleitet. Wenn Hendrikson etwas von mir will, meldet er sich telefonisch bei mir. Nur ganz selten ist er ins Büro gekommen. Immer unangemeldet, immer überraschend. Die Agentur selbst gehört inzwischen einer anderen Gesellschaft namens *Lichmed* mit Sitz in Luxemburg, an der Hendrikson Anteile hat oder die er ganz besitzt. Unser dortiger Ansprechpartner ist ein Rechtsanwalt namens Pierre Gobin. Ich habe aber keine Ahnung, ob der weiß, wo Hendrikson wohnt.«

»Sie können Hendrikson beschreiben?«

»Natürlich.«

»Sehr schön. Ist das eigentlich sein richtiger Name?«

»Ich glaube nicht.«

Brischinsky dachte einen Moment nach. »Herr Schmidt, wären Sie bereit, uns zu helfen, Hendrikson zu schnappen?«

»Darauf können Sie sich verlassen. Ich tue alles, um diesem Schwein zu schaden.«

»Gut. Ich rede mit der Staatsanwaltschaft. Wenn sich der Untersuchungsrichter unserer Auffassung anschließt, kommen Sie heute noch frei. Wir überwachen Ihr Telefon und die Agentur. Sie spielen den Köder, der uns zu Hendrikson führt. Einverstanden?«

Schmidt nickte.

53

Esch nahm die dunkle Sonnenbrille und die Mütze mit extra breitem Schirm und setzte sie auf. Er hatte in den letzten Tagen seine Denkerstirn der Sonne schon genug ausgesetzt. Wegen ihres neuen Mandats hatte gestern der Besuch bei Lehmann ausfallen müssen. Und da Elke sowieso immer noch nicht mehr als nötig mit ihm sprach, kam ihm der Ausflug sehr gelegen.

Es war kurz vor zwölf, als er mit dem Cabrio in die Straße einbog, in der die Villa der Lehmanns stand. Das Apothekerehepaar bewohnte das vierte Haus auf der linken Straßenseite. Vor der Garage stand ein weißer Benz der Oberklasse, quer vor der Einfahrt parkte ein dunkler Audi mit Dürener Kennzeichen. Schon wieder ein Mietwagen, dachte Rainer, als er das Nummernschild DN-SI 88 registrierte, und wunderte sich, wie seltsam der Audi parkte: Er blockierte die Garagenzufahrt entgegen der Fahrtrichtung.

Der Anwalt steuerte den Mazda an den Straßenrand und wollte gerade aussteigen, als er zwei dunkelhaarige Männer aus dem Hauseingang kommen sah, die eilig Richtung Audi liefen. Rainer zuckte zusammen. Einen der beiden kannte er: Michael Müller, dem er in seiner Rolle als Jörg Deidesheim gegenübergesessen hatte.

Esch rutschte etwas tiefer in seinen Sitz, während die Männer nur wenige Meter von ihm entfernt in den Audi kletterten. Müller schaute kurz zu ihm herüber, dann startete er den Wagen mit aufheulendem Motor und quietschenden Reifen. Der Audi schoss an dem Mazda vorbei. Rainer erwartete, dass der Fahrer bremste, aussteigen und ihn zur Rede stellen würde. Was hatte Jörg Deidesheim vor dem Privathaus des Apothekers Lehmann verloren? Aber der Mann schien ihn nicht wiederzuerkennen und der dunkle Audi fuhr, ohne seine Geschwindigkeit zu verlangsamen, weiter. Es dauerte einen Moment, bis dem Anwalt der Grund einfiel, warum ihn Müller nicht erkannt hatte. Eigentlich gab es zwei Gründe. Den einen trug er auf der Nase, den anderen auf dem Kopf.

Im Rückspiegel beobachtete Rainer, wie der Wagen um die nächste Straßenecke verschwand. Esch wartete ein paar Minuten, stieg aus und marschierte Richtung Haustür der Lehmanns.

Die Tür war nicht ins Schloss gefallen. Als auf sein mehrmaliges Klingeln niemand reagierte, drückte Rainer zaghaft gegen das schwere Eichentürblatt, sodass es langsam aufschwang.

Esch steckte seinen Kopf durch den Spalt und rief in den Flur: »Hallo, Herr Lehmann?«

Es blieb ruhig. Das war verwunderlich. Lehmann hatte doch noch vor wenigen Minuten Besuch gehabt. Oder wohnte einer der beiden Männer sogar hier?

Rainer rief erneut, dieses Mal etwas lauter. Nichts. Schließlich schob er die Eingangstür vollständig auf und betrat den Flur. Nach zwei, drei Schritten blieb er stehen. Die Sohlen seiner schwarzen Lederschuhe verursachten auf dem weißen Marmorboden einen Krach, als ob er zum Stepptanz angetreten wäre.

»Hallo? Ist jemand zu Hause?« Eine blöde Frage, dachte er. Wie sollte die Antwort lauten, wenn niemand da wäre?

Augenscheinlich war tatsächlich keiner anwesend. Folgerichtig gab es keine Antwort. Trotzdem schlich Rainer vorsichtig weiter. »Hallo?«

Immer noch keine Reaktion. Für einen Moment erwog Rainer, das Haus wieder zu verlassen. Streng genommen, beging er einmal mehr Hausfriedensbruch.

Er war froh, nach weiteren zwei Metern einen edel aussehenden Läufer zu erreichen, der das Geräusch seiner Tritte dämpfte. Er musste schmunzeln. Wie ein Kind, das sich die Bettdecke über den Kopf zog. Nach dem Motto: Wenn man ihn nicht hörte, war er auch nicht da.

Rechts von ihm befand sich eine Tür. Er lugte durch die Öffnung in den Raum und konnte ein Bücherregal ausmachen, eine Ledercouch, zwei mehr als moderne Bilder an einer Wand. Das war anscheinend das Wohnzimmer. Kurz entschlossen stieß der Anwalt die Tür auf und ging hinein.

Ein Mann saß tief in einem der Ledersessel und blickte in seine Richtung. Sein Kopf war etwas zur Seite geneigt, der linke Arm lag auf der Sessellehne, der rechte hing schlaff herunter. Die Beine waren leicht angewinkelt, er trug keine Strümpfe.

Über seine linke Wange lief ein dünnes Rinnsal rotes Blut, das Auge darüber war geschlossen. Noch weiter oben sah Esch ein kleines, schwarz umrandetes Loch. Das andere Auge und weite Teile der rechten Schläfe fehlten. Der Mann war tot.

Esch unterdrückte einen Schrei und hielt sich die Hand vor den Mund. Er kämpfte die aufkommende Übelkeit nieder und rannte, als er seinen Schrecken überwunden hatte, nach draußen. Vor der Tür schaute er sich erschrocken um, aber der dunkle Audi war nicht in Sicht. Er spurtete zum Mazda und startete den Motor, bereit, beim kleinsten Anzeichen von Gefahr Gas zu geben. Dann steckte er sich mit zitternden Fingern eine Reval an und inhalierte tief. Erst als er sich nach einigen Zügen wieder in der Gewalt hatte, griff er zum Handy und wählte 110.

Das war der Schlusspunkt seiner Ermittlungen in Sachen Hendrikson und *FürLeben*.

54

Drei Stunden nach seinem Geständnis kam Peter Schmidt unter Auflagen frei. Wie Brischinsky angeregt hatte, verneinten Richter und Staatsanwalt eine Flucht-

und Verdunklungsgefahr und signalisierten Schmidt, dass er beim Strafmaß mit Entgegenkommen rechnen könne, wenn mit seiner Hilfe Hendrikson gefasst werden würde. Die Überwachung seines privaten und dienstlichen Telefonanschlusses war genehmigt worden und Schmidt hatte bei der Erstellung eines Phantombildes mitgewirkt, welches allen an der Überwachung des Sitzes der *FürLeben GmbH* beteiligten Beamten ausgehändigt werden sollte. Auf eine Veröffentlichung des Bildes wollte die Polizei zunächst verzichten. Die Kripo und die Staatsanwaltschaft waren sich einig, dass eine verdeckte Observation die Chancen vergrößern würde, weitere Beteiligte ermitteln und festnehmen zu können. Hendrikson war, so wie es aussah, kein Alleintäter. Und Brischinsky wollte alle schnappen.

»Ich habe mit dem LKA gesprochen«, sagte der Hauptkommissar, als Heiner Baumann das Büro betrat, ihr verspätetes Mittagessen in den Händen.

»Und?«, fragte der mit vollem Mund.

»Was isst du?«

Baumann hielt eine durchgeweichte Serviette mit einem Stück Fladenbrot hoch. »Gyros-Pita.«

»Und was hast du für mich?«

»Was du wolltest. Currywurst mit Pommes.« Er schob seinem Chef die Schale zu. »Macht drei fünfzig.«

»Was?«

»Eurozeitalter. Ist alles teurer geworden. Nur unsere Besoldung ist gleich geblieben. Was ist nun mit dem LKA?«

Brischinsky packte seine Mahlzeit aus und pikste mit einer kleinen roten Kunststoffgabel ein Stück Wurst auf. »Den Kollegen in Düsseldorf ist das Prinzip bekannt. Es funktioniert nach dem gleichen Muster wie bei der italienischen Mafia. Jemand wird nach Deutschland eingeflogen, verübt ein Verbrechen und, noch ehe wir überhaupt davon wissen, ist der Täter zu Hause bei Muttern und zählt seine Kohle. Mit der Frühmaschine rein, abends wieder raus. Mit sauberen Papieren überhaupt kein Problem. Nur dass früher die Startflughäfen Rom oder Neapel hießen. Heute kommen diese Leute eher aus Moskau, Kiew oder Bukarest.«

»Und was meinen die Kollegen zu unseren Chancen, in Resita etwas herauszubekommen?«

»Wir können es versuchen, meinen sie. Das klang nicht sehr optimistisch. Nach dem Zusammenbruch des Staatssozialismus in diesen Ländern ist der real existierende Kapitalismus wie ein Taifun über sie hinweggefegt und hat nicht nur Hamburger und Coca-Cola, sondern auch Firmenzusammenbrüche und Arbeitslosigkeit gebracht. Viele dieser neuen Staaten sind, zumindest wenn sie über keine Bodenschätze verfügen, faktisch pleite. Deshalb können sie ihren Bediensteten häufig keine angemessenen Gehälter zahlen. Deshalb ist der ein oder andere auch bereit, sich schmieren zu lassen. Irgendwie müssen die Kollegen schließlich über die Runden kommen.«

»Geht denen also wie uns«, bemerkte Baumann und wischte sich etwas Zaziki von den Lippen.

»Fast. Ein offizielles Rechtshilfeersuchen geht über jede Menge Schreibtische, bis es an der richtigen Stelle angelangt ist. Die Wahrscheinlichkeit ist nicht gerade gering, dass einer von diesen Schreibtischtätern auf der Gehaltsliste einer der Unterweltbosse steht.«

»Das LKA rät uns also ab?«

»Natürlich nicht. Aber sie haben nicht viel Hoffnung, dass uns die Kollegen in Resita bei der Suche nach den Absendern der Briefe wirklich weiterhelfen können. Na ja, ich glaube ohnehin, dass uns nur die Überwachung Schmidts den Erfolg bringen kann.«

»Ab wann steht die Telefonschaltung?«

»Heute Abend.«

Baumann stöhnte auf. Schon wieder unbezahlte Überstunden. Und das am Wochenende! »Schneller ging es nicht?«

Brischinsky schmunzelte. »Keine Angst. Die ersten zwei Tage übernehmen die Essener Kollegen. Wir sind erst Anfang der Woche dran. Lass uns noch unser weiteres Vorgehen im Fall Mühlenkamp abstimmen und dann ist Feierabend.«

Sein Mitarbeiter atmete auf. Er konnte sich also doch mit Claudia treffen. Der kaputte Fuß hatte Brischinskys Psyche tatsächlich anhaltend verändert. Sein Chef hatte eindeutig Kreide gefressen.

Das Telefon schellte. Brischinsky nahm den Hörer ab, meldete sich und machte erst ein überraschtes, dann ein nachdenkliches Gesicht. Schließlich fragte er: »Fahndung?«, und nickte, als er die Antwort erhalten hatte. Er legte auf. »Wird nichts mit Feierabend und erst recht nichts mit Wochenende. Lehmann ist ermordet worden. Und unser Freund, dieser Anwalt aus Herne, hat ihn gefunden.«

»O nein!« Dieser enttäuschte Ausbruch galt der verpassten Verabredung. »Scheißjob!«

»Wem sagst du das«, erwiderte Brischinsky. »Komm, nützt ja nichts. Lass uns fahren. Die Spurensicherung ist schon unterwegs.«

Rainer Esch saß den beiden Kommissaren in einem VW-Bus gegenüber und berichtete, wie er Lehmann gefunden hatte.

»Sie haben einen der beiden Männer, die das Haus verlassen haben, vorher schon einmal gesehen?«, fragte Brischinsky nach.

»Ja. Er hat sich mir als Michael Müller vorgestellt.«

Baumann blätterte in seinem Notizbuch. Schmidt hatte in der weiteren Vernehmung den Beamten die Namen der Helfer Hendriksons genannt, an die er sich erinnern konnte. Baumann hatte sie sich notiert. »Schmidt erwähnte einen Müller. Der heißt allerdings Michail mit Vornamen.«

Brischinsky ignorierte den Einwand und konzentrierte sich weiter auf Esch. »Woher kennen Sie diesen Mann?«

Rainer packte aus. Er erzählte von Mühlenkamp, seinem Mandat, *FürLeben,* Hendrikson und seinem Gespräch mit Müller in dem Herner Café, vermied aber wohlweislich jeden Hinweis auf seinen Auftritt als Jörg Deidesheim. Die Beamten warfen sich während der Aussage des Anwalts viel sagende Blicke zu, unterbrachen ihn aber nicht. Schließlich endete Rainer: »Deshalb bin ich nach Datteln gefahren. Ich wollte mehr über diesen Hendrikson und seine Beziehungen zu *Für-Leben* erfahren.«

»Sie haben Hendriksons Adresse über das Telefonbuch ermittelt?«, staunte Brischinsky.

Baumann konnte ein Grinsen nicht unterdrücken. Ihm klangen noch die Worte seines Chefs im Ohr, dass Verbrecher nie ihren richtigen Namen benutzen und sich auch nicht in Telefonbücher eintragen ließen.

»Na ja, nicht direkt seine. Aber die der Serviceagentur, die er benutzt.«

Ein uniformierter Beamte öffnete die Seitentür. »Wir haben die Bestätigung, auf die Sie gewartet haben, Herr Hauptkommissar. Der Wagen ist auf eine Mietwagenfirma zugelassen. Er wurde heute Morgen am Düsseldorfer Flughafen von einem Michael Müller angemietet und mit Kreditkarte bezahlt. Mietdauer voraussichtlich einen Tag. Der Kartenbeleg wird gerade gecheckt.«

»Danke. Wurde der Wagen schon zurückgegeben?«

Der Polizist schüttelte den Kopf. »Wissen wir nicht.« Dann schob er die Tür wieder zu.

Rainer schwitzte. Das lag nur zum Teil an der stickigen Luft in dem nicht klimatisierten Transporter.

»Herr Esch, Sie haben unsere Arbeit nicht gerade unterstützt. Wenn Sie uns früher gesagt hätten, dass Mühlenkamp vertraglich mit *FürLeben* verbunden war ...«

Brischinsky ließ offen, was dann passiert wäre.

»Ich bin Anwalt und an die Schweigepflicht gebunden«, protestierte Rainer. »Außerdem habe ich einen Antrag auf Akteneinsicht gestellt. Sie haben diesen Antrag blockiert. Ich wusste doch überhaupt nicht, in welche Richtung Sie ermitteln. Welche Hinweise hätte ich Ihnen denn da geben können?«

»Alle. Aber lassen wir das. Überlassen Sie uns denn jetzt die Unterlagen Mühlenkamps?«

»Sicher. Für mich ist die Sache abgeschlossen.«

»Das will ich hoffen.« Brischinsky streckte Rainer seine rechte Hand entgegen. »Fürs Erste war es das. Kommen Sie bitte am Montag zu uns ins Präsidium. Wir müssen Ihre Aussage protokollieren.«

Rainer nickte und verließ den Wagen, glücklich, Brischinsky und der Hitze entronnen zu sein.

Er steckte sich eine Zigarette an, setzte Sonnenbrille und Mütze wieder auf und machte sich auf den Weg nach Herne.

Die beiden Recklinghäuser Kommissare blieben im VW-Bus zurück.

»Unterstellen wir, dass Esch sich nicht geirrt hat und der eine der beiden Männer tatsächlich Müller war. Wer war der zweite?«, fragte Brischinsky nachdenklich.

»Hendrikson?«, spekulierte Baumann.

»Glaube ich nicht. Dafür ist der zu vorsichtig. Vermutlich ein anderer seiner Helfer.«

»Wenn Hendrikson wirklich so umsichtig agiert, warum lässt er dann Lehmann umbringen?«, sinnierte Baumann. »Warum geht er ein solches Risiko ein? Vor allem: Was hat er davon?«

»Darüber habe ich mich auch gewundert. Hältst du es für möglich, dass uns Lehmann nicht alles gesagt hat, was er wusste?«

»Nein«, antwortete Baumann. »Der war doch völlig fertig. Ich glaube nicht, dass er uns etwas verschwiegen hat. Aber selbst wenn: Ist das ein Grund für Hendrikson, Lehmann umzubringen?«

»Das meine ich nicht. Vielleicht hatte der Apotheker ja etwas, was Hendrikson unbedingt haben wollte.«

»Geld?«

Brischinsky schüttelte den Kopf. »Nein, das wohl nicht. Ich denke eher an irgendwelche belastenden Dokumente.«

»Könnte sein.«

»Mal sehen, ob die Kollegen Spuren finden, die auf eine Durchsuchung des Hauses hindeuten.«

»Oder ...« Baumann zögerte.

»Ja?«, ermunterte ihn sein Chef weiterzureden.

»Vielleicht wollte er sich einfach nur rächen. Und ein Zeichen für seine anderen Partner setzen: Seht her, wer mich verrät, bezahlt dafür. Etwas in der Art.«

»Möglich.«

Der Uniformierte unterbrach ihre Diskussion. »Bei der Kreditkarte handelt es sich um die Firmenkreditkarte einer *FürLeben GmbH,* ausgestellt auf einen Michael Müller.«

»Das habe ich mir fast gedacht.« Brischinsky kletterte langsam aus dem Wagen. »Hendrikson läuft Amok.« Er drehte sich zu Heiner Baumann um. »Der Samstag ist ohnehin gelaufen. Überprüfe bitte alle Flüge, die heute oder morgen von Düsseldorf abgehen, ob ein Michael Müller auf einen von ihnen gebucht ist. Ich bin mir sicher, dass er Deutschland auf dem schnellsten Weg verlassen will. Ach ja, und dann will ich Paul Mühlenkamp sprechen. Und diese Sabine ... Wie heißt die gleich?«

»Schollweg.«

»Genau. Vielleicht können die beiden schon morgen kommen. Noch etwas: Hol dir die Unterlagen von Esch. Ich will sie so schnell wie möglich auf meinem Schreibtisch haben.« Langsam humpelte er Richtung Haus, um mit dem Spurensicherer zu reden. »Wenn man nicht alles selber macht«, murmelte er im Weggehen.

Baumann unterdrückte eine Entgegnung. Das war wieder der Rüdiger Brischinsky, den er kannte. Die Wirkung des *Atracuriumbesilat,* oder was immer man Brischinsky verabreicht hatte, schien nachzulassen.

55

Esch fuhr noch am späten Nachmittag mit dem Aktenordner Mühlenkamps im Recklinghäuser Polizeipräsidium vorbei und gab ihn beim Pförtner ab. Bei dieser Gelegenheit hatte er auch gleich die Kiste mit den Karl-May-Romanen eingepackt.

Nun steuerte Rainer den Wagen nach Recklinghausen-Süd und parkte vor dem Haus, in dem nach Sabine Schollwegs Angaben der kleine Freund ihres verstorbenen Partners wohnte.

Rainer öffnete den Kofferraum, um das Buchpaket herauszuholen, überlegte es sich dann aber doch anders. Wenn bei Gröners niemand zu Hause war, schleppte er die Kiste völlig unnötig zwischen Haus und Wagen hin und her.

Esch überquerte die Straße. Links neben der Haustür lehnte ein höchstens Zehnjähriger und paffte lässig und mit größter Selbstverständlichkeit eine Zigarette. Der Knirps musterte ihn gründlich. Rainer fand den richtigen Klingelknopf, schellte und wartete. Nichts.

»Woll'n Se zu Gröners?«, fragte der Kleine und schnipste weltmännisch die Asche von seiner Kippe.

»Ja«, antwortete Rainer.

»Sind nich da.«

»Das habe ich bereits bemerkt.«

»Wat woll'n Se denn von Gröners?« Er nahm einen tiefen Zug.

Im ersten Moment wollte der Anwalt den Jungen einfach stehen lassen, antwortete ihm dann aber doch. »Ich möchte zu Sven.«

»Un wat woll'n Se von dem?«

»Ich habe ein Geschenk für ihn.«

»Och, ährlich?«

»Ehrlich.«

»Wat denn für 'n Geschenk?«

»Bücher.«

»Ach so.« Das Interesse des kindlichen Zerberus erlahmte sichtbar. Bücher schienen kein Geschenk zu sein, über das er sich besonders freuen würde.

»Es sind Indianerbücher. Von Winnetou und so.«

»In Echt?«

»Wenn ich es sage.«

»Darf ich die angucken? Schwarze Feder, ich mein Sven, ist unser Häuptling.« Der Junge wuchs um mindestens zehn Zentimeter. »Und ich bin Flinker Falke. Sein Späher.«

»Geht klar. Komm mit.«

Flinker Falke trottete hinter Rainer her zum Mazda. Der Anwalt öffnete den Kofferraum und holte den oben liegenden Band aus dem Karton. *Unter Geiern*, las er den Titel vor und reichte den Roman weiter. »Hier.«

Der Kleine bewunderte die Coverzeichnung und blätterte dann die Seiten durch. »Sind ja keine Bilder drin«, bemängelte er. »Dat is langweilig.« Er gab das Buch zurück.

»Wie man es nimmt. Die Bilder entstehen beim Lesen im Kopf.«

Flinker Falke wirkte nicht besonders beeindruckt.

»Sven wird sich darüber sicher freuen.«

»Meinen Se?«

»Ja. Weißt du, wann die Gröners wieder zu Hause sind?«

Der Knirps überlegte. »Sven is nich da. Und seine Mutter sucht ihn.«

»Wo ist Sven denn?«

»Dat darf ich nich sagen. Dat is geheim!« Flinker Falke sah sich um, so als ob er die Straße absuchen würde. Dann stellte er sich auf Zehenspitzen und bedeutete Rainer, sich zu ihm herunterzubeugen. »Schwarze Feder wird verfolgt«, flüsterte der Späher todernst. »Der muss sich verstecken. Sons wird der alle gemacht.«

Esch musste unwillkürlich schmunzeln. »Verstehe. Vor wem versteckt er sich denn?«

Der Kleine senkte seine Stimme noch weiter. »Vor dem Fettsack aus der Leusbergstraße.«

Der Anwalt dachte einen Moment nach. »Vor Mühlenkamp?«, fragte er dann verwundert.

Flinker Falke nickte. »Der will den Sven alle machen«, wiederholte er.

»Warum denn das?«

Der Junge schüttelte nur den Kopf. »Dat muss geheim bleiben.«

»Die Bücher hier sind von Horst Mühlenkamp. Sein Erbe sozusagen. Er hat mich beauftragt, Sven die Romane zu bringen. Aber das geht natürlich nur persönlich. Ich kann das Geschenk doch nicht einfach bei seiner Mutter abliefern.«

»Die is ja sowieso nich da.«

»Genau. Deshalb wäre es toll, wenn du mir sagen könntest, wo ich deinen Häuptling finden kann.«

Flinker Falke wartete etwas. »Fahren wir im Cabrio?«, fragte er dann.

»Wenn du willst.«

Der Junge nickte. Dann reichte er Rainer die Hand. »Du musst aber versprechen, Mühlenkamp das Versteck nich zu verraten.«

»Mein Ehrenwort.«

Der Junge dirigierte Rainer erst in Richtung Innenstadt, dann auf die Autobahn nach Oberhausen, an der Abfahrt Herten zurück und schließlich wieder über die Bochumer Straße nach Recklinghausen-Süd. Nach etwa einer halben Stunde Fahrt erreichten sie die Uferstraße, die knapp hundert Meter vom Wohnhaus der Gröners entfernt lag.

»Bist du jetzt zufrieden?«, fragte Rainer seinen Begleiter, als sie am Ende der Straße ausstiegen.

»Echte Sahne so 'n Cabrio«, bekam er zur Antwort.

»Und jetzt?«

»Gezz isset nich mehr weit.«

»Na toll.«

Sie ließen die Emscherstraße links liegen und gingen auf dem kleinen Weg in die Felder. Nach etwa hundert Metern schlug sich Flinker Falke nach rechts ins Unterholz, Richtung kanalisierte Emscher. Der Anwalt kämpfte sich durch Gebüsch und tief hängende Zweige, bis sie einen kleinen Baum passierten, in dessen Geäst in vielleicht zwei Meter Höhe ein mit Pfeil und Bogen bewaffneter Junge hockte.

»Parole?«, rief der Wächter von oben.

»Kriegspfad«, antwortete Rainers Begleiter, schob die Zweige eines Busches zur Seite und winkte Rainer, ihm zu folgen. Nach wenigen Schritten hatten sie das Lager des Indianerstammes erreicht. Fünf, sechs Jungen erwarteten sie. Einige hielten ihre Bogen bereit, andere trugen dünne Rohre aus Aluminium, die Rainer an Sanitärzubehörteile erinnerten.

»Dat is 'n Freund von Horst«, stellte Flinker Falke Rainer vor. »Der hat 'n Geschenk für 'n Häuptling.«

Ein blonder Junge von vielleicht elf, zwölf Jahren erhob sich von einem Baumstumpf, der ihm als Sitzgelegenheit gedient hatte. »Ich bin Schwarze Feder. Wat für 'n Geschenk?«

»Indianerromane«, erwiderte Esch.

»Die von Karl May?« Svens Augen leuchteten.

»Ja. Horst hat sie mir für dich gegeben.«

»Horst ist tot.« Seine Stimme klang traurig.

»Genau genommen habe ich sie von Sabine Schollweg.«

»Der Freundin?«

Rainer nickte bestätigend.

»Horst hat mir manchmal daraus vorgelesen. Tolle Geschichten! Wo sind die Bücher?«

»In meinem Wagen. Nicht weit von hier.«

Flinker Falke meldete sich zu Wort. »Der hat 'ne klasse Karre. MX 5. Mit Ledersitzen! Geil!«

»Was sagen die Kundschafter?«, wandte sich der Häuptling an seinen Stamm.

»Die Luft ist rein«, meinte ein etwa Zehnjähriger. »Der Fettkloß is nich da.«

»Warum ist Mühlenkamp hinter dir her?«, erkundigte sich Rainer, als sie, beschützt von mehreren Kriegern, zu seinem Fahrzeug unterwegs waren.

»Ach, dat is 'ne lange Geschichte.«

»Erzähl sie mir«, forderte der Anwalt. Doch der Häuptling verfiel in indianisches Schweigen. Sie erreichten den Mazda und Rainer öffnete die Beifahrertür. »Steig ein. Ich bringe dich nach Hause und helfe dir, die Bücher in eure Wohnung zu schaffen.«

»Nee, nich nach Hause.« Svens Stimme klang verängstigt. »Der wartet da bestimmt auf mich.«

»Wie wäre es dann mit einem Eis?«, schlug Rainer vor.

Sven warf ihm einen dankbaren Blick zu. »Abba nich hier in Süd.«

»Okay. Dann fahren wir nach Herne.«

Eine große Portion Spagettieis und zwei Cola später kannte Rainer den Grund, warum sich Sven Gröner vor Paul Mühlenkamp fürchtete. »Der ganze Kellerraum stand voller Kisten?«

»Sag ich doch. Un alle originalverpackt. Wenn Se mich fragen, allet geklaut. Kein Wunder, dat der so ausgerastet is.«

Impulsiv fragte Rainer: »Würdest du mir die Kisten zeigen?«

Einen ganzen Keller voller Diebesgut? Nein, das traute er dem dicken Säufer nicht zu. Trotzdem blieb ein Funken Misstrauen. Und deshalb wollte er selbst nachsehen. Eigentlich ohne Grund, einfach so. Er konnte nicht anders. Er musste seine Nase immer in anderer Leute Angelegenheiten stecken.

Sven schüttelte heftig den Kopf. »Nee, da geh ich nich nochma rein.«

»Du sagtest, der Kellerraum habe ein Fenster. Kann man da von außen reingucken?«

»Keine Ahnung. Vielleicht.«

»Es ist der Raum links neben dem Eingang?«

»Wenn Se von hinten vorm Haus stehen.«

»Wie komme ich in den Garten?«

Schwarze Feder erzählte ihm von dem Weg über das Nachbargrundstück. »Abba vor der alten Oma in Parterre müssen Se keine Angst haben. Die kann nur an Krücken laufen. Damit is die nich schnell genug.«

Das beruhigte den Anwalt immens.

»Seit wann warst du nicht mehr zu Hause?«

»Seit gestern Nachmittag.«

Rainer erschrak. »Deine Eltern machen sich doch bestimmt Sorgen?«

»Meine Mutter. Mein Alter is schon seit drei Jahren wech. Abba wir ham ihr eine Nachricht überbracht, dat es mir gut geht.«

»Und wie?«

»Mit 'm Zettel im Briefkasten.«

Rainer konnte sich lebhaft vorstellen, welche Reaktion das bei Svens Mutter ausgelöst hatte. »Pass auf, wir machen das so. Wir fahren zurück nach Recklinghausen, ich schließe das Verdeck und du machst dich ganz klein im Sitz. Falls Mühlenkamp vor eurem Haus wartet, verwickele ich den in ein Gespräch und lenke ihn ab. Du schleichst dich derweil ins Haus und ich bringe dir die Bücher später. Ist Mühlenkamp nicht da, gehen wir beide zusammen rein.«

»Wenn er mich abba sieht?«

»Passiert doch nichts. Er wird dir doch wohl kaum etwas tun, wenn ein Erwachsener dabei ist, oder? Außerdem bin ich Anwalt. Das ist so etwas Ähnliches wie ein Polizist. Du kannst dich auf mich verlassen.«

Sven blieb skeptisch, willigte aber ein.

Mühlenkamp lauerte natürlich nicht vor dem Haus, um den Jungen abzufangen. Und wenig später schloss eine überglückliche Mutter ihren Sohn in die Arme. Rainer übergab die Bücher, verabschiedete sich und fuhr in die Leusbergstraße.

Er parkte seinen Wagen etwa hundert Meter vom Haus Mühlenkamps entfernt, ging zum Eingang und schellte mehrmals. Mühlenkamp war entweder nicht anwesend oder betrunken. In beiden Fällen konnte er Rainer bei seinem Vorhaben nicht überraschen.

Den Weg zum Nachbarhaus und durch den verwilderten Garten fand Rainer problemlos. Svens Beschreibung seines Kriegspfades war äußerst präzise gewesen.

Rainer stand vor der Hinterfront des Hauses. Das Kellerfenster war völlig verdreckt. So sehr sich Rainer auch bemühte, er konnte nichts in dem Raum erkennen. Als er sich wieder aufrichtete, fiel sein Blick auf den Kellereingang. Die Tür stand einen Spalt offen.

Vorsichtig schlich er die Steinstufen hinunter, blieb dann aber vor der Tür stehen. Es gab zwei gute Gründe umzudrehen: Vor einigen Stunden erst hatte er ein Haus durch einen nicht verschlossenen Eingang betreten und einen Toten gefunden. Ein solches Erlebnis reichte ihm eigentlich für ein Wochenende. Zum anderen würde er, falls ihn Mühlenkamp erwischte, eine gute Erklärung für diesen Hausfriedensbruch benötigten. Schließlich siegte doch seine Neugier. Zögernd betrat Rainer den Kellerflur, machte drei Schritte und lugte in den Raum, den ihm Sven beschrieben hatte. Der Keller war leer. Anscheinend war mit dem Jungen die Fantasie durchgegangen. Leise und auch erleichtert verließ der Anwalt den Keller.

Mittlerweile war es fast sieben Uhr. Rainer setzte sich in den Mazda und versuchte über sein Handy, Cengiz zu erreichen, um sich mit ihm für den Abend zu verabreden. Er traute sich immer noch nicht, Elke unter die Augen zu treten. Cengiz und er vereinbarten ein Treffen in einer halben Stunde im *Neo-Kyma.*

Vor Mühlenkamps Haus hielt ein dunkler Passat und Mühlenkamp stieg aus. Rainer war verwundert. Er hatte wie selbstverständlich angenommen, dass ein Schnapsfass wie Paul Mühlenkamp nie eine Führerscheinprüfung bestanden hatte. Und wenn doch, hätte ihm die Fleppe schon längst wieder entzogen gehört.

Der Dicke verschwand im Haus, schloss aber die Haustür nicht. Tatsächlich tauchte er nur Sekunden später wieder auf, mehrere Kartons im Arm, die so aussahen, wie sie Sven beschrieben hatte. Die Kisten verschwanden im Kofferraum des Passat. Dieser Vorgang wiederholte sich noch zwei Mal. Augenscheinlich hatte Sven doch nicht geflunkert. Mühlenkamp war dabei, sein Warenlager aufzulösen.

Als sich der Passat wieder in Bewegung setzte, folgte Rainer ihm. Mühlenkamp fuhr Richtung Herner Innenstadt, passierte den dortigen Bahnhof und folgte dann dem Hinweisschild nach Castrop-Rauxel. Kurz vor der Herner Stadtgrenze verlangsamte er seine Geschwindigkeit und bog zu Eschs Überraschung in die Straße Am Knie ein.

Der Anwalt kannte diese Gegend wie seine Westentasche. Hier in der Teutoburgia-Siedlung hatte er als Kind häufig gespielt, wenn er seine Großeltern besuchte. Und nur hundert Meter weiter war der Leichnam Horst Mühlenkamps gefunden worden.

Der Fettkloß parkte seinen Wagen unmittelbar vor einer halb verfallenen Garage, die einem Sanitärunternehmen gehörte. Er stieg aus, schnappte sich zwei Kisten aus dem Kofferraum und stampfte rechts an dem Schuppen vorbei auf zwei andere Garagen zu, die sich auf dem hinteren Teil des Grundstücks befanden und von der Straße nur schwer einzusehen waren. Rainer hatte er anscheinend nicht bemerkt.

Esch zögerte, dann gab er Gas. Eigentlich ging ihn die ganze Angelegenheit nichts an. Er würde seine Beobachtungen am Montag der Kripo mitteilen. Sollten die sich doch darum kümmern.

Nach Lammkoteletts und gegrillter Dorade bestellte Rainer nun den zweiten Liter Wein. Das *Neo-Kyma* war bis auf den letzten Platz gefüllt. Cengiz griff in seine Tasche und holte ein Handy hervor. Er hielt das Teil in Rainers Richtung, ein kurzer Blitz und das Konterfei seines Kumpels war im Kasten.

»Der neueste Schrei. Zwar ist die Auflösung nicht die beste, aber das wird noch.« Er hantierte an den Bedienungsknöpfen und streckte Rainer das Mobile entgegen. »Sieh dir das an.«

Esch warf nur einen flüchtigen Blick auf das Display. »Na toll. Das Bild hat ja tatsächlich Ähnlichkeit mit mir. Wenn man nicht zu genau hinguckt«, ergänzte er mit verschmitztem Lächeln. »Kannst du damit auch telefonieren?«

Vasili servierte den Wein und schenkte nach. Sie prosteten sich zu.

Cengiz wechselte das Thema. »Hoffentlich hältst du dich daran, was du eben versprochen hast. Lass die Finger von der Sache. Diese Leute sind gefährlich. Das sollte dir seit gestern klar sein.«

»Ist es doch auch.«

»Und warum hast du dann noch nicht mit Elke geredet und ihr gesagt, dass deine Detektivspiele vorbei sind?«

»Sie ist mir aus dem Weg gegangen.«

»Und du ihr.«

Sie schwiegen einen Moment. Dann sagte Rainer: »Morgen erhält *FürLeben* von mir einen Brief, in dem Jörg Deidesheim erklärt, dass er kein Interesse an einer weiteren Zusammenarbeit hat.«

»Gute Idee. Wenn es denn reicht.«

»Wie meinst du das?«

»Was ist, wenn dieser Michael Müller nicht auf deine falsche Identität hereingefallen ist? Oder dich trotz Sonnenbrille und Mütze erkannt hat?«

»Ach, Quatsch.«

»Tatsächlich Quatsch? Sie waren auch bei diesem Lehmann zu zweit. Warum nicht auch bei eurem Treffen? Einer wartete vor dem Café und hatte eines dieser kleinen Wunderwerke dabei.« Cengiz deutete auf sein Telefon. »Er tut so, als ob er telefoniert und knipst dich dabei in aller Seelenruhe. Das Bild präsentiert er später diesem Schmidt und das war es dann mit der perfekten Tarnung. Rainer, du bist ein Idiot!«

Esch schmeckte plötzlich der Wein nicht mehr. »Mich hat keiner fotografiert«, erklärte er ohne große Überzeugung.

»Bist du dir sicher?«

»Klar. Schließlich hat Kurt im Wagen gewartet und mich die ganze Zeit nicht aus den Augen gelassen.« Von den langen Minuten abgesehen, in denen Schaklowski das Bier am Kiosk gekauft und später in sich hineingeschüttet hat, ergänzte er in Gedanken. In seinem Magen machte sich ein flaues Gefühl breit. »Ich brauche jetzt einen Ouzo«, verkündete er mit Bestimmtheit. »Eine Reval und einen Mokka.«

Ihre weitere Unterhaltung plätscherte dahin. Jeder vermied es, nochmal das Thema *FürLeben* anzuschneiden. Sie sprachen über ihre geplanten Urlaube, die neuesten Filme und Cengiz' Computerladen. Derweil kreisten Rainers Gedanken nur um die eine Frage: Was, wenn Cengiz Recht hatte?

Die beiden vernichteten noch zwei Karaffen Wein und je zwei weitere Schnäpse. Dann bezahlten sie die Rechnung.

Vor dem Lokal lehnte sich Rainer an ein Verkehrsschild. Ihm war schlecht. Und das lag nicht am Essen oder dem Alkohol. »Ich fahre jetzt zu Kurt«, entschied er mit schwerer Stimme. »Sofort.« Er legte den Arm um die Schulter seines Freundes. »Ich frage ihn nach den Bildern. Da war keiner, der Bilder gemacht hat. Bestimmt nicht. Oder?« Seine Stimme war weinerlich geworden. »Cengiz, was meinst du?«

Der meinte eigentlich ziemlich wenig. Denn er war genauso betrunken wie Rainer. »Keine Ahnung«, lallte er. »Was für Bilder?«

Das Taxi nahm sie nur widerstrebend auf. Der Kutscher hatte Angst um seine Polster. »Wenn ihr in die Karre kotzt, kostet das einen Fünfziger extra. Für die Reinigung. Ist das klar?«

»Klar«, meinte Rainer und suchte nach seiner Geldbörse.

»Du brauchst nicht vorher zu bezahlen. Es reicht, wenn du das hinterher erledigst. Wohin?«

Esch kramte in seinem Gedächtnis und nannte die Adresse. Fünfzehn Minuten später standen sie vor dem Haus Schaklowskis in der Teutoburgia-Siedlung. Und sie mussten keine fünfzig Euro abdrücken.

»Sind wir hier wirklich richtig?«, fragte Cengiz, als trotz Sturmschellens niemand öffnete.

»Klar.«

»Und woher weißt du das so genau?« Cengiz hielt sich am Geländer fest.

»Steht hier.« Rainer zeigte auf das Namensschild und buchstabierte langsam: »Schaklowski.«

»Stimmt. So heißt der. Und warum macht keiner auf?«

»Die schlafen schon. Dabei ist es erst ein Uhr.« Rainer drückte erneut den Knopf. Aber im Haus blieb es dunkel.

In ihren alkoholumnebelten Gehirnen reifte langsam die Erkenntnis, dass bei Schaklowskis niemand zu Hause war.

»Und jetzt?«, fragte Cengiz mit schwerer Stimme, als sie wieder am Straßenrand standen.

»Taxi«, antwortete Rainer.

Sein Freund kramte das Telefon hervor. »Welche Nummer?«

»Keine Ahnung. Hast du keine eingespeichert?«

»Nö.«

»Dann ruf die Auskunft an.«

»Brauche ich auch 'ne Nummer.«

»Versteh ich nicht. Die sind doch standardmäßig im Verzeichnis.«

»Bei mir nicht. Alle gelöscht.«

»Na toll.«

Trotz gemeinsamer Anstrengungen gelang es ihnen nicht, sich an eine der Nummern der Servicedienste zu erinnern. Nach mehreren Fehlversuchen gaben sie auf.

»Dann gehen wir eben bis zur Castroper Straße. Da sind Pommesbuden«, bestimmte Rainer und machte sich schwankend auf den Weg. »Vielleicht hat noch eine auf.«

»Ich habe keinen Hunger«, maulte Cengiz, trottete aber seinem Freund folgsam hinterher.

Kurz vor ihrem Ziel blieb der Anwalt stehen. »Hier war das.«

Cengiz starrte ihn aus gläsernen Augen an.

»Hier hat der Mühlenkamp die Kisten reingeschleppt.«

»Ich kenne keinen Mühlenkamp«, erwiderte sein Freund. »Bestimmt nicht.«

»Komm, wir sehen uns das an.« Rainer bog nach rechts ab und verschwand im Dunkeln. Er stolperte über einen Feldweg und erreichte schließlich zwei Garagen, nur wenige Meter von der Straße entfernt. Es war Neumond. Rainer konnte die Hand nicht vor seinen Augen erkennen.

Von vorne rief Cengiz: »Rainer? Wo steckst du?«

»Hier«, brüllte Esch zurück.

»Wo?«

»Na hier.«

Er hörte, dass sich sein Freund mit schweren Schritten näherte. »Warte. Ich muss pinkeln«, sagte Cengiz.

»Dann pinkel doch.« Rainer suchte in der Hosentasche nach seinem Feuerzeug. Als er es gefunden hatte, drehte er am Zündrad. Für wenige Sekunden war es ein wenig heller. Er stand vor einer zweiflügeligen verwitterten Holztür, die schief in den Scharnieren hing und mit einem schweren Vorhängeschloss gesichert war. Er versuchte, einen der Türflügel etwas beiseite zu drücken, um einen Blick in das Innere werfen zu können. Vergeblich, der Spalt war zu klein.

»Rainer?«, meldete sich Cengiz wieder. »Ich kann nichts sehen.«

»Ich auch nicht«, antwortete Rainer.

»Hier ist es wirklich verdammt dunkel.« Cengiz konnte nicht mehr weit entfernt sein. »Mir ist kalt. Außerdem habe ich Steine in den Schuhen.«

»Was musst du auch mit Sandalen herumlaufen. Selbst schuld.«

Schemenhaft konnte Rainer erkennen, dass sein Freund einen Busch umrundete. Cengiz beschleunigte seinen Schritt, geriet ins Stolpern, taumelte und stürzte nach vorne. Mit einem dumpfen Laut prallte er gegen das Tor, Holz splitterte, ein kurzer Schmerzensschrei, dann war es still.

Rainer war mit einem Satz bei Cengiz. »Hast du dir etwas getan?«

Cengiz stöhnte eine Antwort. Langsam richtete er sich auf. »Meine Schulter schmerzt etwas.« Er tastete sie ab. »Ansonsten ist alles okay.«

Der Anwalt zückte wieder sein Feuerzeug. Flackernd schoss die Flamme empor. Da, wo eben noch eine Holztür gewesen war, gähnte jetzt ein dunkles Loch. Cengiz

315

hatte durch seinen Sturz den Metallring, der das Vorhängeschloss hielt, aus der Verankerung gerissen. Der linke Torflügel war aufgesprungen und stand offen.

»Lass uns abhauen«, flehte Cengiz. »Bevor jemand kommt.«

»Warte. Ich will da kurz einen Blick reinwerfen. Ich bin sofort wieder da.«

»Rainer, bitte lass den Unsinn.«

Zu spät. Rainer hatte die Garage bereits betreten.

Mithilfe des spärlichen Lichts, das sein kleines Feuerzeug warf, konnte Rainer nicht viel erkennen. Aber was er sah, reichte ihm. In einer Ecke waren dutzende Kisten gestapelt, die den Aufklebern nach zu urteilen Hi-Fi-Komponenten, aber auch Computerzubehör enthielten. Auf einem kleinen Tisch standen vier kleinere Kartons, deren Beschriftungen nur einen Schluss zuließen: Sie enthielten Medikamente. Schlagartig fühlte sich Rainer ziemlich nüchtern.

Er lief zurück zum Tor. »Ich brauche dein Telefon.«

Cengiz hatte es sich auf einem kleinen Steinhaufen bequem gemacht und war kurz vor dem Einnicken. »Für 'n Taxi?«, fragte er.

»Wie kann ich mit dem Ding Fotos schießen?«

»Links der Knopf. Einfach draufdrücken.« Mit diesen Worten versank Cengiz wieder in den Halbschlaf.

Kurz darauf hatte Rainer fünf Aufnahmen von dem mutmaßlichen Diebesgut gemacht. Er schloss vorsichtig das Tor wieder, weckte seinen Freund und schlurfte mit ihm Arm in Arm Richtung Castroper Straße. Er hatte eigentlich nicht das Gefühl, etwas Ungesetzliches getan zu haben. Das Ganze war schließlich nur ein Unfall gewesen. Mehr nicht. Und der kleine Blick um die Ecke … reine Neugier.

56

Der Haftbefehl für Michael Müller wurde am Sonntagmorgen gegen elf Uhr unterzeichnet.

Gegen Mittag kehrte Heiner Baumann ins Präsidium zurück und ließ sich frustriert in den Sessel fallen.

»Was ist los?«, fragte Brischinsky.

»Hier. Lies das. Der offizielle Bericht unserer Kollegen aus Düsseldorf.« Baumann knallte ein Schriftstück auf den Schreibtisch. »Scheißbürokratie.«

»Erzähl es mir. Schlechte Nachrichten erfahre ich lieber mündlich. Und du siehst aus, als ob du keine guten Nachrichten überbringst.«

»Stimmt. Ein Michael Müller war heute Morgen auf die Frühmaschine nach Bukarest gebucht. Abflug ab Düsseldorf um 6.20 Uhr. Wir haben schon um kurz nach fünf unsere Positionen am Gate 72 bezogen. Wer nicht erschien, war Müller. Wir haben umsonst gewartet. Den Blick auf die Passagierlisten der anderen Flüge hat uns der Verantwortliche der *Lufthansa* zunächst verweigert. Datenschutz, hieß es als Begründung. Den zuständigen Staatsanwalt haben wir dann leider erst gegen zehn Uhr an die Strippe bekommen, weil er gestern auf einem Sommerfest in der Staatskanzlei war. Vorher war der Herr unpässlich. Eine halbe Stunde später konnte endlich die Verfügung auf Auskunftserteilung zugestellt werden. Müller hatte nach Frankfurt umgebucht. Genauso wie ein gewisser Josef Ivanceau.«

»Ivanceau? Ist das nicht der Mädchenname von Eva Schmidt?«

»So ist es. Das kann kein Zufall sein. Vermutlich handelt es sich dabei um den zweiten Mann, den Esch gesehen hat. Ivanceau ist erst gestern nach Deutschland eingereist. Passt also alles in das Muster: einreisen, Tat ausüben, ausreisen. Und während wir uns am Gate 72 die Beine in den Bauch gestanden haben, haben Müller und Ivanceau in aller Ruhe zehn Gates weiter eingecheckt, sind um 6.05 Uhr abgeflogen und in Frankfurt um 10.50 mit einem Anschlussflieger nach Bukarest gestartet. Sie haben uns, um es salopp zu formulieren, voll auflaufen lassen.«

»Mist! Wann landen sie in Rumänien?«

»Um 14.05 Uhr Ortszeit.«

Brischinsky sah auf die Uhr. »Dann haben wir noch zwei Stunden. Hier liegt der Haftbefehl.«

»Reicht nicht.«

Der Hauptkommissar sah Baumann fragend an.

»Steht alles in dem Dossier. Ohne internationalen Haftbefehl ist die Polizei in Bukarest nicht bereit, etwas zu unternehmen. Müller und Ivanceau haben sich in Rumänien nichts zu Schulden kommen lassen. Unser Tatverdacht reicht den werten Kollegen bedauerlicherweise nicht aus.«

»Und warum beantragen wir keinen internationalen Haftbefehl?«

»Das haben wir bereits getan. Vermutlich bekommen wir ihn auch. Aber leider erst morgen. Dann sind die beiden mit Sicherheit schon abgetaucht.«

»Sag, dass das nicht wahr ist.«

Kommissar Heiner Baumann schüttelte den Kopf. »Haben wir etwas Kaltes zu trinken da?«

»Guck im Kühlschrank nach. Dieser Hendrikson ist wirklich clever. Aber nicht clever genug.« Brischinsky lehnte sich zurück und ruhte sein Bein auf einem kleinen Hocker aus. Er lächelte. »Gut, dass ich nicht mit zum Flughafen gefahren bin. So konnte ich von hier alles Notwendige veranlassen.«

»Mach es nicht so spannend.« Baumann goss Mineralwasser in einen weißen Kunststoffbecher.

»Hendrikson hat gestern Nachmittag mit Schmidt telefoniert. Sogar die Gesprächsabschrift haben wir schon. Wenn mich nicht alles täuscht, hat uns Anwalt Esch nicht die volle Wahrheit gesagt. Wir werden noch einmal mit ihm reden müssen. Er hat sich wohl etwas sehr weit aus dem Fenster gehängt.«

»Was heißt das?«

»Esch hat – angeblich im Auftrag eines Jörg Deidesheim – mit *FürLeben* verhandelt. Schmidt hat Hendrikson davon erzählt. Hendrikson hat sich eingehend nach Eschs Aussehen erkundigt. Wenn er glaubt, dass ihn nicht nur Lehmann, sondern auch der Anwalt hintergangen hat ...« Er ließ den Satz unvollendet. »Wie auch immer, wir müssen auf Esch aufpassen. Was ihn angeht, scheint Hendrikson misstrauisch geworden zu sein. Leichtsinnigerweise hat er Schmidt von seinem Privatanschluss aus angerufen. Scheinbar fühlt er sich sicher. Zu sicher. Da kommt es zu Fehlern. Dieses Gespräch war einer.«

»Und?« Baumann trank einen Schluck und wartete gespannt.

»Wir haben ihn! Hendrikson heißt mit richtigem Namen Jürgen Sutthoff und ist von Beruf Apotheker ...«

»Ach nee!«

»... und wohnt in Essen. Ich habe bereits einen Antrag auf Telefonüberwachung gestellt und seit etwa drei Stunden wird er beschattet.«

»Großartig. Wer erledigt das?«

»Pauly und Kossler.«

»Mit welchem Wagen?« Bei Temperaturen von über dreißig Grad war eine Observation in einem Fahrzeug ohne Klimaanlage die reinste Tortur. Und der Recklinghäuser Kripo stand nur ein Wagen zur Verfügung, der über so einen Luxus verfügte: ein A4 neuerer Produktion.

»Dem Golf.«

Heiner Baumann verspürte so etwas wie Schadenfreude. »Reichen zwei Leute?«, erkundigte er sich.

»Nein. Aber wir haben einfach nicht mehr.«

»Was ist mit den Essener Kollegen?«

»Bei denen ist auch Sommer und damit Urlaubszeit. Außerdem sind sie mit der Telefonüberwachung und der Beschattung Schmidts beschäftigt. So schwer es auch fällt: Sutthoffs Überwachung ist unser Job. Also, mach dich fertig. Wir lösen unsere Kollegen gleich ab.« Brischinsky machte Anstalten aufzustehen. »Wir nehmen den Passat. Unterwegs berichte ich dir, was die Spurensicherer bei Lehmanns ausgegraben haben.«

»O nein. Warum nicht den Audi?«

Der Hauptkommissar verzog das Gesicht. »Der Präsident ist damit zu einer Tagung nach Bielefeld gefahren. Sein neuer Wagen wurde noch nicht geliefert. Los, komm.«

Also den Passat. Auch ohne Klimaanlage. Kleine Sünden straft der Herr sofort. »Können wir vorher nicht noch etwas essen? Ich habe schon um vier gefrühstückt und Hunger.«

»Du kannst an der nächsten Pommesbude anhalten.«

»Ein wirklich tolles Wochenende! Samstags eine Leiche untersuchen, sonntags stundenlang sinnlos am Flughafen herumhängen und dann noch Currywurst mit Pommes rot-weiß, die ich vermutlich bei dreißig Grad in einem stinkenden Auto verzehren muss. In den Werbebroschüren der Polizei, die ich vor zwanzig Jahren so überzeugend fand, stand nichts davon.«

»Bullen sind eben flexibel. Aber immerhin bist du Beamter auf Lebenszeit. Wenn du keine silbernen Löffel klaust, kann dir nicht gekündigt werden. Ist das etwa nichts?« Brischinsky warf Baumann den Autoschlüssel zu. »Du fährst.«

Auf dem Weg nach Essen erfuhr Baumann, dass Lehmann vermutlich mit einer Browning CZ 70 erschossen worden war. Die Nachbarn hatten nichts gehört, obwohl man diese Waffe nicht mit einem Schalldämpfer ausstatten konnte. Die Ballistiker beschäftigten sich zurzeit mit dem gefundenen Projektil, Kaliber 7.65. So wie es aussah, war das Geschoss an der Spitze abgefeilt worden, um beim Austritt eine möglichst große Wunde zu reißen. Lehmann war vermutlich noch keine neunzig Minuten tot gewesen, als der Notarzt den Leichnam untersuchte. Der Körper des Toten wies keine weiteren Verletzungen auf. Kampfspuren am Tatort waren nicht entdeckt worden. Alles deutete darauf hin, dass der tödliche Schuss das Opfer völlig überrascht haben musste.

Da kein Anzeichen für ein gewaltsames Eindringen in das Haus vorlag, gingen die Beamten davon aus, dass Lehmann seinen Mördern die Eingangstür geöffnet und sie in das Wohnzimmer begleitet hatte. Ob er dabei bereits mit einer Waffe bedroht worden war, hatten die Spurensicherer natürlich nicht feststellen können. Auch blieb offen, ob die Täter im Haus nach etwas gesucht hatten. Wenn das der Fall gewesen war, hatten sie jedenfalls alle Schubladen und Schränke wieder ordentlich verschlossen. Es waren zahlreiche Fingerabdrücke und Faserspuren gefunden und sichergestellt worden. Ob die der Täter darunter waren, blieb weiteren Ermittlungen vorbehalten. Solange sie der beiden Verdächtigen nicht habhaft wurden, konnten aus den Spuren keine Beweise werden.

»Unsere Leute haben noch etwas Spannendes entdeckt.« Brischinsky blickte Baumann herausfordernd an.

Sein Assistent tat ihm den Gefallen: »Und?«

»Medikamente.«

»Wirklich überraschend bei einem Apotheker.«

Brischinsky ignorierte den Einwand. »Hunderte Packungen. Das Zeug heißt *Zerit*. Es wird in der Behandlung von Aids-Kranken eingesetzt. *Zerit* wurde kürzlich in einem der Memos, die uns regelmäßig aus Bochum geschickt werden, erwähnt.«

»Habe ich nicht gelesen.«

»Solltest du aber. Dient der Fortbildung.« Brischinsky grinste.

»Von mir aus. Was stand drin?«

»Kürzlich haben unsere Kollegen von der Zollfahndung bei einer Razzia in einer Spedition das Medikament beschlagnahmt und untersuchen lassen. Die Gelatine, aus der die Kapselhülle hergestellt wurde, ist nicht vom eigentlichen Produzenten gefertigt worden, auch die Packung und der Beipackzettel waren gefälscht. Überraschenderweise stammte der Wirkstoff eindeutig aus der Chemieküche des Originalherstellers. Vielleicht wurde also die Rezeptur geklaut, vielleicht hat sich aber auch jemand im Lager des Herstellers bedient und den Wirkstoff mitgehen lassen. Lehmann hat uns also wohl nicht alles erzählt.«

»Gefälschte Medikamente? Ich dachte immer, Produktpiraten nähmen sich nur Software, Platten, Uhren oder so etwas vor.«

»Irrtum. Im Medikamentenbereich werden jedoch in der Regel nur die Umverpackungen und die Beipackzettel kopiert. Seltener gleich das ganze Medikament. Auf den Beipackzetteln stehen dann Verfallsdaten, die unkorrekt sind, oder auch fehlerhafte Angaben über Wirkstoffkombinationen.«

»Und was für Medikamente befinden sich dann in den gefälschten Verpackungen?«

»Günstigenfalls harmlose Vitaminprodukte. Manchmal leider auch zusammengepantschte Wirkstoffe.«

»Na toll. Und das Zeug hatte Lehmann im Keller?«

Brischinsky nickte. »Der Vertrieb erfolgt über seriös auftretende Vertreter. Die sprechen gezielt Apotheker an und verkaufen die gefälschten Pillen zu einem Bruchteil des eigentlichen Einkaufspreises. Dürfte für alle Beteiligten ein Bombengeschäft sein.«

»Wer verkauft das Zeug? Hendrikson?«

»Eher Lehmann. Schließlich lagerten die Fälschungen in seinem Keller.«

»Schöpfen denn die Apotheker keinen Verdacht, wenn ihnen Produkte zu einem erheblich günstigeren Preis als üblich angeboten werden?«

Brischinsky zuckte mit den Schultern. »Bestimmt gibt es auch Apotheker, die gutgläubig gehandelt haben. In dem Memo stand, dass auch Vertreter renommierter Pharmaunternehmen versucht haben, sich durch den Vertrieb solcher Fälschungen einen lukrativen Nebenverdienst zu sichern.«

»Kontrolliert denn keiner, was in den Apotheken über den Ladentisch geht?«

»Doch, schon. Aber das ist wie beim Gewerbeaufsichtsamt und den Pommesbuden. Da wird geschaut, dass der Laden halbwegs sauber, das Frittieröl nicht zu alt und der Kartoffelsalat im Eimer noch nicht vollständig verschimmelt ist. Woher der ganze Kram stammt, interessiert nicht das Gewerbeaufsichtsamt, sondern nur das Finanzamt. Und die Jungs kommen, wenn überhaupt, nur alle drei oder vier Jahre.«

»Scheiße.«

»Das kannst du laut sagen.«

Die Apotheke Sutthoffs alias Hendriksons befand sich in einem Eckhaus mit der Nummer 22. Ihre beiden Kollegen waren froh, abgelöst zu werden. Sie hatten nichts Interessantes zu berichten. Kurz nach Beginn der Observation hatte Pauly Sutthoffs Nummer gewählt und sofort aufgelegt, als sich dieser gemeldet hatte. Der Gesuchte war also anwesend. Seitdem hatte niemand das Haus betreten oder verlassen.

Baumanns schlimmste Befürchtungen wurden wahr. Es war heiß an diesem Sonntagnachmittag, sehr heiß sogar. Unter seinen Achseln bildeten sich große, dunkle Flecken. Sein Hemd klebte am Rücken. Und er schaufelte missmutig lauwarme, völlig vermatschte Kartoffelstäbchen in sich hinein, während er auf ein Haus starrte, vor dem sich nichts ereignete. Polizistenleben!

57

Sie haben nie eine Tochter gehabt. Als Brischinsky diesen Satz ausgesprochen hatte, war Schmidt der Gedanke gekommen. Und je länger er darüber nachgrübelte, umso sicherer wurde er in seinem Entschluss.

Er war sich darüber im Klaren, dass die Polizei seine Wohnung überwachte. Deshalb wollte er kein Risiko eingehen. Wenn die Bullen Wind davon bekamen, dass er sich nicht an die richterlichen Auflagen hielt, würde der Haftbefehl gegen ihn sofort wieder in Kraft gesetzt. Das hatte ihm der Robenträger bei dem Haftprüfungstermin unmissverständlich mit auf den Weg gegeben. Er musste also vorsichtig sein.

Zunächst programmierte er die Rufweiterschaltung seines stationären Telefons so, dass alle ankommenden Anrufe auf sein Handy umgeleitet wurden. Sollte die Polizei telefonisch Kontakt zu ihm aufnehmen wollen, konnte er das Gespräch entgegennehmen. Er verstaute einen klappbaren Campingspaten in einen kleinen Rucksack. Dann verband er die Stromzufuhr des Fernsehgerätes und die von zwei Stehlampen mit Zeitschaltuhren. Pünktlich zur Tagesschau würde der Apparat anspringen und etwas später, wenn es dämmerte, auch die Beleuchtung. Schmidt hoffte, durch diese Maßnahme Zeit zu gewinnen.

Er sah auf die Uhr. Noch vier Minuten. Er musste sich beeilen und griff zu dem Rucksack. Über eine Treppe gelangte er in das Untergeschoss. Die Zwischentür zu den Kellerräumen der Ländbachs war nie verschlossen. Zu der Tür, die von dort nach draußen in den von der Straße her nicht einsehbaren Garten führte, hatte er einen Schlüssel. Während der Abwesenheit seiner Vermieter hatte er das Mähen des Rasens und die Bewässerung der Pflanzen übernommen, und die dafür erforderlichen Gerätschaften befanden sich im Keller.

So war es für Schmidt ein Leichtes, ungesehen das Nachbargrundstück und von dort die Straße und die Bushaltestelle zu erreichen. Er hatte die erforderliche Zeit richtig kalkuliert. Der Bus fuhr genau in dem Moment vor, als er auf die Straße trat.

Dreißig Minuten benötigte er bis zum Hauptbahnhof, dann nahm er die S-Bahn Richtung Düsseldorf. Knapp eine Stunde, nachdem er seine Wohnung verlassen hatte, stand Peter Schmidt im Büro einer Mietwagenfirma am Flughafen und charterte einen BMW. Nach weiteren zehn Minuten warf er den Rucksack auf den Rücksitz des Wagens, startete das Fahrzeug und war auf dem Weg Richtung Witten.

Sie haben nie eine Tochter gehabt. Diese sechs Worte waren sein Untergang gewesen. Er verspürte einen brennenden Hass auf Hendrikson, der ihn zum Handeln zwang. Einen tödlichen Hass.

Schmidt umfuhr die Wittener Innenstadt, überquerte die Ruhrbrücke und bog dann scharf rechts Richtung Muttental ab. Er parkte den BMW in der Nähe des Bethauses, wartete, bis keine Spaziergänger mehr in der Nähe waren, und schlug sich dann, mit dem Spaten bewaffnet, in das Unterholz.

Vor einer mächtigen Eiche, etwa hundert Meter vom Bethaus entfernt, blieb er stehen. Er musste sich orientieren, sich erinnern. Da drüben wuchs die Blutbuche, dort eine weitere Eiche. Ja, das war die Stelle. Obwohl die damalige Lichtung mittlerweile weitgehend zugewachsen war. Er hatte das Versteck wiedergefunden. Und das nach fast fünf Jahren.

Schmidt kämpfte sich durch die fast mannshohen Büsche. Zweige schlugen ihm ins Gesicht. Er ignorierte den kurzen Schmerz. Noch wenige Schritte, dann war er am Ziel. Genau im Mittelpunkt des Dreiecks, das die drei alten Bäume bildeten, blieb er stehen. Hier war es. Hier hatte er sie verscharrt. Er schlug mit dem Spaten einige Brennnesseln nieder, die hier besonders üppig wuchsen, und begann zu graben. In etwa fünfzig Zentimeter Tiefe fand er das Gesuchte. Sorgfältig in einem blauen Müllbeutel vor Feuchtigkeit geschützt. Schmidt sah sich um. Niemand war in der Nähe. Er bückte sich, griff nach seinem Fund und zog ihn aus dem Loch. Mit der Linken wischte er die Erdreste ab, die an dem Beutel klebten. Dann riss er die Schutzhülle von der Holzkiste. Sie sah noch genauso aus wie an dem Tag, als er sie hier versteckt hatte. Er öffnete sie und griff nach dem Gegenstand, der in öliges Wachspapier eingewickelt war. Die Kiste ließ er achtlos fallen und schlug das Papier auseinander. Mattschwarz und glänzend lag sie in seiner Hand, die Sig Sauer P 210, Kriegswaffe, neun Millimeter.

Einer der Helfer von Hendrikson, ein junger Russe mit dem Vornamen Iwan, hatte ihm die Waffe vor Jahren überlassen. Iwan hatte Geld gebraucht. Außerdem hatten er und Schmidt sich gut verstanden. Und so hatte der Russe ihm die Knarre für nur zweihundert Mark verkauft. Schmidt fand damals, dass es eine gute Idee war, eine Schusswaffe im Haus zu haben, und bewahrte die Sig Sauer griffbereit in einer Schublade neben seinem Bett auf. Später kamen ihm Bedenken. Er wusste ja gar nicht, wofür und von wem diese Waffe in der Vergangenheit benutzt worden war. Aber sich wieder ganz davon trennen …? So war er auf die Idee gekommen, die Knarre im Muttental zu vergraben. Man konnte ja nie wissen.

Schmidt prüfte das Magazin. Es war vollständig aufmunitioniert. Aber er musste wissen, ob die Waffe noch funktionierte. Vielleicht blieb ihm später nicht die Zeit für einen zweiten Versuch. Er schaute sich noch einmal um. Sehen konnte ihn hier keiner. Fahrzeuggeräusche waren nicht auszumachen. Trotzdem blieb es ein Risiko. Ein Schuss war noch in weiter Entfernung zu hören. Wenn nun eine Polizeistreife gerade in diesem Moment im Muttental patrouillierte … Schmidt vercheuchte diesen Gedanken. Eine bessere Gelegenheit zur Überprüfung der Waffe bekam er ohnehin nicht. Kurz entschlossen hob er den Arm und drückte ab. Seine Hand wurde durch den unerwartet heftigen Rückstoß nach oben gerissen. Er geriet ins Straucheln. Nur ein schneller Ausfalltritt nach hinten verhinderte, dass er lang hinstürzte. Nun verstand Schmidt, was Iwan damals lachend in seinem holprigen Deutsch hatte zum Ausdruck bringen wollen: »Sig Sauer ist wie Panzerkanone. Damit du kannst angreifenden Elefanten mit eine Schlag stehen machen.«

Der Knall dröhnte in seinen Ohren. Aufgeregt kreischende Vögel flatterten auf. Zufrieden sicherte Schmidt die großkalibrige Waffe, verstaute sie in der Innentasche seiner Jacke und ging langsam zu seinem Wagen zurück. Er machte sich nicht die Mühe, den Spaten, die Holzkiste oder gar den Müllsack mitzunehmen oder zu verstecken. Es war völlig nebensächlich, ob er später anhand der darauf zu findenden Fingerabdrücke zu identifizieren war. Er hatte ohnehin nicht vor zu fliehen. Wohin auch sollte er schon flüchten? Ihm ging es nur darum, nicht festgenommen zu werden, bevor er sein Vorhaben in die Tat umsetzen konnte. Alles andere war völlig nebensächlich. *Sie haben nie eine Tochter gehabt.*

Unbehelligt erreichte er sein Fahrzeug. Der erste Teil seines Planes war aufgegangen.

58

Üblicherweise empfing die Kanzlei *Schlüter und Esch* morgens ab zehn Uhr ihre Mandanten. Martina Sprembergs Arbeitstag begann in der Regel eine halbe Stunde früher, Elkes um Punkt neun und Rainers meistens etwas später.

An diesem Montagmorgen jedoch war auch Esch pünktlich. Er hatte fast den ganzen Sonntag schlafend auf der Couch zugebracht, um seinen Kater zu vergessen. Als er am gestrigen Morgen aufgewacht war, waren seine Gedanken in einem dichten Nebel versunken. Erst als er Cengiz' Fotohandy auf seinem Wohnzimmertisch bemerkte, regte sich so etwas wie Erinnerung. Und mit der Erinnerung kam das schlechte Gewissen. Er hätte nicht auf stur schalten dürfen und Elke anrufen müssen. Schließlich waren *seine* Eskapaden die Ursache ihres Streits gewesen. Er griff zum Telefon. Aber Elke war nicht zu Hause. Und auch alle weiteren Versuche, sie zu erreichen, blieben erfolglos.

Auch am Abend hatte er noch einen gesunden Widerwillen gegen jede Art von Alkoholkonsum verspürt und war sehr früh schlafen gegangen. Daher war er heute entgegen seiner sonstigen Gewohnheit sehr zeitig aufgestanden.

Er betrat den Hausflur durch den Hintereingang, der zum Garagenhof führte, und machte sich daran, die Treppe zu den im ersten Stock gelegenen Praxisräumen hochzusteigen. Fast wäre er mit Martina zusammengestoßen, die, zwei oder drei Stufen auf einmal nehmend, von oben herunterstürmte.

»Morgen«, brummte der Anwalt und versuchte, sich an ihr vorbeizudrücken.

»Gut, dass du da bist!«, stieß sie atemlos hervor. »Mühlenkamp ist oben. Er hat Elke als Geisel genommen.«

Es dauerte eine Weile, bis Rainer die Tragweite dieser Sätze begriff. Auch nach mehr als zehn Stunden Schlaf war er morgens nicht besonders aufnahmefähig.

»Er hat was?«

»Der Typ hat eine Pistole. Sie sind in Elkes Büro«, sprudelte es aus Martina heraus. »Ich war gerade in deinem Zimmer, als es schellte. Elke muss aufgedrückt haben. Und dann stand der plötzlich da und bedrohte sie mit der Waffe. Ich bin sofort zurück in dein Büro und habe die Tür verschlossen.«

Rainer ließ vor Schreck seine Tasche fallen. Die unbearbeiteten Akten, die er seit Wochen hin- und herschleppte, verteilten sich auf den Stufen.

»Mühlenkamp hat sie angebrüllt und irgendetwas von Fotos geschrien, die er haben wollte. Dann hat er Elke in ihr Büro bugsiert.« Sie fing an zu weinen. »Ich bin, als die Luft rein war, abgehauen. Ich konnte ihr doch nicht helfen. Was sollen wir jetzt machen?«

Esch war bleich geworden. Wie hatte Mühlenkamp bloß von ihrer nächtlichen Aktion erfahren? Die Angst um Elke raubte ihm fast den Verstand. Hektisch kramte er sein Handy aus der Jacke und drückte es Martina in die Hand. »Ruf die Polizei«, sagte er und rannte los.

Die Tür zu ihrer Kanzlei stand weit offen. Ohne Zögern durchquerte Rainer den Flur und blieb schließlich vor Elkes Bürotür stehen. Vorsichtig legte er sein Ohr an das Türblatt. Er hörte nichts. Zitternd versuchte er, durch das Schlüsselloch etwas auszumachen. Gott sei Dank! Elke schien, soweit er das erkennen konnte, unverletzt. Sie saß wie ein Häuflein Elend hinter ihrem Schreibtisch. Mühlenkamp konnte Rainer nicht ausmachen.

Rainers Gedanken rasten. Die Tür zu ihrem Büro war mit hoher Wahrscheinlichkeit nicht verschlossen. Vor Wochen war der Schlüssel verlegt worden und seitdem nicht wieder aufgetaucht. Rainers rechte Hand schob sich auf die Klinke. Vielleicht sollte er in einer Art Überraschungsangriff die Tür aufreißen, sich auf den Angreifer stürzen und versuchen, ihn zu überwältigen? Leider wusste er nicht, in welchem Winkel des Raumes sich Mühlenkamp aufhielt. Und es bedurfte nicht sehr viel Zeit, einen Finger zu krümmen. Außerdem öffnete sich die Tür in seine Richtung. Nein, das war keine Erfolg versprechende Strategie. Aber er konnte Elke und sein Kind auch nicht dort drinnen allein lassen.

An diesem Punkt seiner Überlegungen angelangt, holte er tief Luft und betrat den Raum.

»Was machen Sie hier für einen Scheiß, Mühlenkamp?«, brüllte er.

Elke sah auf. Ein Hoffnungsschimmer zog über ihr tränenüberströmtes Gesicht. Rainer verspürte den unwiderstehlichen Drang, zu ihr zu gehen und sie in die Arme zu nehmen.

Mühlenkamp hockte rechts von ihm auf einem der Besucherstühle und fuchtelte wild mit einer Waffe durch die Luft.

Wie kommen diese Kerle eigentlich immer wieder an diese Knarren?, dachte Rainer.

»Ah, da bist du ja endlich.« Der Fettkloß schraubte sich schwer atmend hoch und richtete die Waffe nun auf Rainer. »Komm nur her. Auf dich ham wir beide gewartet.« Er grinste widerwärtig.

Esch machte zwei Schritte auf Mühlenkamp zu.

»Du meinst wohl, du könntest dich mit mir anlegen, wa? Abba nich mit mir, dat sach ich dir. Mit mir nich!« Schweißgeruch und Alkoholausdünstungen stiegen Rainer in die Nase. Mühlenkamp war sturzbetrunken. Das konnte sich als ein Vorteil erweisen.

»Un dat sach ich dir gleich: Wenn eure Tippse die Bullen holt, seid ihr tot, is dat klar?«

»Keine Polizei. Das regeln wir unter uns.« Rainer war jetzt bis auf Sprungweite an den Betrunkenen herangekommen.

»Dat reicht«, ordnete der umgehend an. »Bleib da stehen.«

Rainer gehorchte.

»So is dat gut. Gezz woll'n wir uns ma etwas unterhalten.«

»Gerne.« Esch bemühte sich, gelassen zu wirken. »Um was geht es?«

»Um wat et geht?« Mühlenkamp blickte empört zu Elke hinüber. »Da fragt der Mistkerl, um wat et geht. Erst will er mir für die Schlampe Schollweg mein Erbe wechnehmen, dann macht er 'nen Bruch in meine Garage un fotografiert meine Klamotten. Haste abba die Videokamera nich gesehen. Haste nich mit gerechnet, wa? Haste gedacht, ich wär blöd, oder wat? Wat wollteste mit die Bilder? 'nen Käufer suchen?« Er schüttelte heftig den Kopf. »Abba nich mit mir, dat sach ich dir.«

»Ich hatte nicht vor, Sie zu bestehlen.«

Elke hatte den Dialog mit zunehmendem Unverständnis verfolgt und warf ihrem Freund einen fragenden Blick zu.

»Wat denn dann?«, schnaubte Mühlenkamp.

Rainer entschloss sich, die Wahrheit zu sagen. »Wenn ich ehrlich bin, weiß ich das nicht so genau.«

Sein Gegenüber lachte giftig. »Erzähl nich sonnen Mist. Dat glaubt dir doch sowieso keiner.« Der Dicke machte mit der Waffe eine winkende Bewegung. »An die Wand da. Un keine dummen Sachen. Sonst knallt's. Ich hab nix mehr zu verliern.« Er stapfte an Rainer vorbei Richtung Fenster, schob die Gardine ein wenig zur Seite und sah nach unten. »Keine Bullen. Dat is gut. Dat is sehr gut.«

»Kommen Sie, Herr Mühlenkamp.« Rainer zeigte auf Elke. »Sie hat doch mit der ganzen Sache nichts zu tun. Lassen Sie sie laufen. Wir beide werden uns schon einigen.«

»Erst will ich die Bilder.«

Rainer verfluchte seine Vergesslichkeit. Cengiz' Fotohandy lag auf seinem Wohnzimmertisch. »Die sind in meiner Wohnung. Wir können zusammen hinfahren, um sie zu holen.«

»Kommt nich infrage. Du willst mich doch bloß linken.« Mühlenkamp hob seine Stimme und fuchtelte noch wilder mit der Waffe umher. »Ihr alle wollt mich linken. Wie mein Bruder und seine Schlampe. Abba dem hab ich et gezeigt. Ich werd et allen zeigen. Mir nimmt keiner mein Eigentum wech. Er nich und ihr auch nich.

Allet ham dem unsere Eltern in den Arsch geschoben. Abba dat hat er nun davon.«

»Ihr Bruder hatte bestimmt nicht vor, Sie zu übervorteilen.«

»Red nich so geschwollen. Wat weißt du denn schon davon!«

»Eines weiß ich ganz sicher: Er wäre nicht einverstanden gewesen mit dem, was Sie hier abziehen. Wenn Ihnen das Andenken Ihres Bruders etwas wert ist, sollten Sie uns jetzt gehen lassen.«

Mühlenkamps Gesicht verzog sich zu einer Grimasse. Und Rainer erkannte schlagartig, dass er einen Fehler gemacht hatte.

Mühlenkamp rastete nun völlig aus. »Halt die Klappe!«, tobte er. »Sonst mach ich euch beide sofort kalt. Auf einen mehr oder weniger kommt et sowieso nich mehr an. Kein Wort mehr über mein' Bruder, verstehse? Kein Wort mehr.«

Eschs Ahnung wurde zur Gewissheit. Jetzt war klar, wer Horst Mühlenkamp auf dem Gewissen hatte.

Der auf- und abschwellende Ton eines Martinshorns kam näher, wurde ganz laut und erstarb direkt unter Elkes Fenster.

»Du hast ja doch die Bullen geholt.« Mühlenkamp wirkte auf einmal ganz ruhig. »Na gut. Abba euch nehm ich mit.« Er hob die Waffe und zielte auf Elke.

Rainer kam es vor, als würde vor seinen Augen ein Film ablaufen. Mit einem Schrei der Verzweiflung stürzte er sich nach vorne.

»Lauf«, rief er seiner Freundin zu und versuchte, den Waffenarm seines Gegners zu packen. Elke zögerte keine Sekunde und flitzte aus dem Zimmer. Mühlenkamp reagierte zu langsam. Mit voller Wucht prallte Rainer auf den massigen Körper. Der Dicke wich einen Schritt zurück und geriet ins Straucheln. Rainer bekam mit seiner Rechten die Pistole zu fassen und drückte sie nach unten. Mit der freien anderen Hand schlug er zu und traf Mühlenkamps Nase. Der schrie auf. Esch hörte einen lauten Knall und verspürte im selben Augenblick einen stechenden Schmerz an seiner rechten Seite. Voller Wut schlug er weiter zu. Irgendetwas knirschte unter seiner Faust. Polternd fiel erst die Pistole, dann Mühlenkamp zu Boden. Der Dicke hatte sich jedoch so in Rainers Jacke verkrallt, dass dieser auch mit nach unten gerissen wurde. Mühlenkamp streckte seinen Arm aus, um wieder an die Waffe zu gelangen. Noch im Fallen traf Rainers Fuß die Wumme, die einige Meter weiterrutschte. Der Anwalt landete auf dem Fettkloß. Aber seine Schlaghand war wieder frei. Ohne nachzudenken, trommelte er weiter auf den Dicken ein, bis dieser ihn losließ. Rainer sprang auf, knallte die Tür hinter sich zu, griff nach dem Stuhl, der rechts daneben stand, und klemmte die Lehne eilig unter die Klinke. Das Hindernis würde Mühlenkamp zumindest für kurze Zeit aufhalten. Rainer flüchtete durch den Flur ins Treppenhaus. Den Rest erlebte er wie in Trance.

Mit gezogener Waffe stürmten zwei uniformierte Beamte von unten die Treppe hoch.

»Halt, Polizei!«, riefen sie überflüssigerweise. Und dann: »Stehen bleiben!«

Der Anwalt kam dem Befehl nach und hob sicherheitshalber beide Arme. Nachdem er gerade dem einen Bewaffneten entkommen war, wollte er nicht von anderen in Putativnotwehr umgelegt werden.

Von unten rief jemand – Elke?: »Nein! Nicht! Das ist er nicht!« Unmittelbar darauf war aus ihren Kanzleiräumen ein Schuss zu hören. Die Polizisten gingen sofort in Deckung. Eine gespenstische Stille trat ein.

Rainer war nun alles egal. Er plumpste völlig erschöpft auf die Treppenstufen und ließ beide Arme sinken.

59

Sutthoff blinzelte durch die Gardinen auf die Straße. Schon wieder stand ein Wagen mit Recklinghäuser Kennzeichen in der Nähe seines Geschäfts, heute jedoch etwa dreißig Meter entfernt und auf der anderen Straßenseite. Diese Bullen waren wirklich Idioten.

Um nach der Schwüle des Tages etwas kühlere Luft in seine Wohnung zu lassen, hatte er in den Abendstunden des Vortages die Fenster weit geöffnet. Der Passat hatte seine Aufmerksamkeit erregt, weil er ihn an die Wagen erinnerte, die die Polizei häufig bei ihren Radarkontrollen einsetzte. Zwei Männer saßen in der Karre. Er hatte sie schemenhaft erkennen können.

Als er zwei Stunden später die Fenster wieder schloss, stand das Fahrzeug immer noch an seinem Platz. Um seinen Verdacht zu verifizieren, hatte er das Haus verlassen, seinen Mercedes aus der Garage geholt, war zum zwei Straßen entfernten Kiosk gefahren und hatte eine Programmzeitschrift gekauft. Und tatsächlich! Der Passat war ihm gefolgt. Er wurde beschattet.

Heute war es also ein Golf. Auch der war mit zwei Insassen besetzt. Nun gut. Hatten sie die Fahrzeuge gewechselt.

Sutthoff war kein Fantast. Er hatte die Möglichkeit, dass die Polizei trotz aller Vorsichtsmaßnahmen über kurz oder lang auf seine Spur stoßen könnte, nie ganz außer Acht gelassen. Jetzt war es geschehen. Er fragte sich, welchen Fehler er begangen hatte. Es gab nicht viele Personen, die seine wahre Identität kannten: Josef und Michail natürlich, und Kulianow. Die beiden ersten schieden als Sicherheitsrisiko aus.

Mit Josef verband ihn eine lange Freundschaft. So etwas war selten in ihrem Gewerbe. Sie hatten sich am Schwarzen Meer kennen gelernt, noch zu Zeiten, als der Eiserne Vorhang Europa in zwei große, verfeindete Blöcke teilte. Im Jahr darauf erkrankte Josefs Sohn lebensgefährlich und Sutthoff hatte die dringend benötigten Medikamente, die in Rumänien nur an hohe Parteifunktionäre abgegeben wurden, in das Land geschmuggelt. Seitdem vermittelte Josef ihm die Leute, die er benötigte. Nein, Josef hatte ihn nicht verraten. Der würde sich eher vierteilen lassen.

Und Michail Müller war quasi sein Partner. Er war tief in die Unternehmungen verstrickt. Zu tief. Kein Richter würde sich auf einen Deal über das Strafmaß einlassen, wenn Müller ihn ans Messer liefern würde. Warum also sollte ihn Michail verraten?

Für einen Moment dachte Sutthoff an Schmidt, verwarf den Gedanken aber wieder. Diese Buchhalterseele hockte einsam in ihrer Wohnung und bangte um Frau und Tochter. Der Apotheker musste unwillkürlich grinsen. Wie einfach es doch war, Menschen unter Druck zu setzen, wenn man ihre Schwächen kannte. Nein, der Kerl würde schweigen wie ein Grab. Außerdem kannte Schmidt seinen echten Namen nicht. Sutthoff war ihm gegenüber immer nur als Hendrikson aufgetreten. Natürlich war es nicht auszuschließen, dass Schmidt ihn zufällig in der Stadt erkannt und unbemerkt verfolgt hatte, aber wahrscheinlich war das nicht.

Blieb eigentlich nur Kulianow. Schließlich hatte er sich von den Bullen erwischen lassen und war für einige Stunden in U-Haft gelandet. Nicht sehr lange, aber lang genug, um zu quatschen. Andererseits – das war bereits vor vierzehn Tagen geschehen. Und die Bullen standen erst seit gestern vor seiner Tür, da war sich Sutthoff sicher. Warum hätten sie mit seiner Verhaftung warten sollen? Außerdem war Kulianow von Josefs Leuten nach seiner Rückkehr ausgiebig ins Gebet genommen worden. Kulianow war sauber und konnte wieder eingesetzt werden, sobald er sich von den Folgen des Verhörs erholt hatte.

Was war mit diesem Anwalt? Er hatte in der Serviceagentur herumgeschnüffelt, war bei *FürLeben* aufgetaucht und die Beschreibung, die ihm Schmidt gegeben hatte, passte zu diesem Deidesheim. Michail hatte einen Riecher dafür, wenn etwas faul an einer Sache war. Und dieser Deidesheim, davon war sein Partner überzeugt, war oberfaul. Schließlich war dem angeblich Kranken nicht aufgefallen, dass die Medikamente, die auf der Liste standen, nur stationär verabreicht wurden. Das war vielleicht nicht wirklich ein Beweis. Viele Kranke konnten sich nicht an die Namen der Arzneien erinnern, mit denen sie behandelt wurden. Wer wüsste das besser als er? Trotzdem war der Apotheker skeptisch. Hatte Esch die Bullen auf seine Spur gebracht? Aber wie? Was konnte er wissen?

Der Apotheker straffte sich. Er ging in die Küche, um sich einen Kaffee zu holen. Als er zurückkehrte, hatte er einen Entschluss gefasst. Er musste herausfinden, was dieser Esch wusste. Und dann galt es, das Leck zu schließen und zu verschwinden. Wenn er mit neuer Identität an anderer Stelle neu anfangen wollte, musste er wissen, auf wen er sich verlassen konnte.

Er warf wieder einen Blick aus dem Fenster. Der Golf stand noch immer da. Entweder erwarteten die Bullen, dass er sie zu weiteren Verdächtigen führen würde, oder sie waren sich ihrer Sache noch nicht ganz sicher. Sonst hätten sie ihn längst festgenommen. Wie viel Zeit ihm wohl noch blieb? Ein oder zwei Tage vielleicht. Er lächelte. Das würde reichen. Schließlich hatte er sich seit langem auf so eine Situation vorbereitet.

60

Heute saßen Brischinsky und Baumann im Golf. Wenn es nach dem Hauptkommissar gegangen wäre, hätte alle zwei Stunden ein anderes Fahrzeug vor der Apotheke Position bezogen, das noch dazu mit jeweils anderen

Beamten besetzt gewesen wäre. Die Gefahr einer Entdeckung hätte sich so deutlich reduzieren lassen. Aber ihm standen nicht mehr Polizisten zur Verfügung. Und auch nicht mehr Fahrzeuge. Also konnten sie sich nur alle fünf bis sechs Stunden ablösen.

Heiner Baumann gähnte, reckte seine steifen Glieder und sah auf die Uhr. Halb neun.

»Ein Kaffee wäre nicht schlecht«, bemerkte er und griff zur Thermoskanne, die ihnen ihre Kollegen vorbeigebracht hatten. Er schüttelte sie. »Leer. Verdammter Mist.« Baumann verzog frustriert das Gesicht. »Ohne Morgenkaffee bin ich die Fleisch gewordene Unzufriedenheit.«

»Das bist du doch immer. Außerdem: Wo sollen wir jetzt Kaffee besorgen?«, fragte sein Chef zurück.

»Was weiß ich. Vielleicht bei dem Kiosk, zu dem Sutthoff gestern gefahren ist? Ich warte hier und du fährst.«

»Und wie soll ich das anstellen? Zwei Becher Kaffee in den Händen balancieren und die Karre fährt sich von allein oder wie?«

»Nimm die Thermoskanne und lass sie auffüllen.«

In diesem Moment öffnete sich die Tür der Apotheke. Ihre Diskussion war schlagartig beendet. Die beiden Beamten rutschten etwas tiefer in ihre Sitze. Brischinsky verstellte den Innenspiegel so, dass er auch nach hinten gute Sicht hatte. Sutthoff betrat die Straße, in der linken Hand ein Reklameschild, welches für Deodorants warb und das der Apotheker vor seiner Schaufensterscheibe platzierte. Dann verschwand er wieder in seinem Geschäft.

Baumann dachte mit Schrecken an den Geruch, den er nach dieser Nacht verbreiten musste. »Wirklich passend«, knurrte er.

»Was meinst du?«

»Ach, vergiss es. Was ist jetzt mit dem Kaffee?«

Sein Chef gab keine Antwort. Baumann war klar, dass er auf sein Morgengetränk verzichten musste.

Zwanzig lange Minuten ereignete sich nichts. Dann näherte sich eine etwa Zwanzigjährige, blond, langbeinig und unverschämt gut aussehend, stieg die drei Stufen zum Eingang der Apotheke hoch und klopfte an der Tür. Sutthoff öffnete und ließ die Frau eintreten.

»Vermutlich eine Angestellte«, sagte Brischinsky. »Bist du dir eigentlich sicher, dass unser Freund nicht ungesehen verschwinden kann?«

»Warum soll nur ich mir sicher sein?« Baumann war ungehalten. Die Folgen des Kaffeeentzugs. »Wenn ich mich richtig erinnere, hast du neben mir gesessen, als Pauly Bericht erstattet hat. Da hast du doch gehört, was er gesagt hat: kein Hinterausgang, keine Fenster an der Rückseite des Gebäudes. Der einzige Zugang zum Garagenhof ist das große Tor da.«

»Was ist mit diesem Hof?« Brischinsky war sichtbar nervös. Sutthoff durfte ihnen nicht durch die Lappen gehen.

»Rundherum Garagen. Zwei Meter hoch. Die sind wie eine Mauer. Ohne Leiter ist da nichts zu machen. Falls Sutthoff eine aus dem Haus schleppt, sollten wir allerdings eingreifen.«

Brischinsky überhörte die Ironie. »Vielleicht hat er im Hof so ein Teil deponiert? Für alle Fälle sozusagen. Wir lassen ihn nichts ahnend den Hof betreten und er verduftet fröhlich über die Garagendächer.«

Baumann war es leid. »Stell dich doch unauffällig vor die Garagen. Da entgeht dir nichts.«

Die ersten Kunden betraten die Apotheke. Es war kurz vor halb zehn. Mit einem lauten Piepen meldete sich ihr Funkgerät.

»Verdammt nochmal!«, schimpfte Brischinsky, drehte den Lautsprecher ab und griff zum Hörer. »Da können wir ja gleich per Megafon verkünden, dass wir hier stehen. Wieso ist das Mistding nicht abgeschaltet?« Er meldete sich, ohne Beachtung der Regeln für den Funkverkehr. »Ja?«

»Weil du das Ding zuletzt benutzt hast«, murmelte Baumann leise.

»Sag das noch einmal! – Wann? – Vor zwanzig Minuten? In Ordnung. – Wann holt er mich ab? – Verstehe.« Er legte den Hörer zurück in die Halterung.

»Mühlenkamp hat heute Morgen die Anwaltskanzlei von diesem Esch heimgesucht und mit einer Pistole herumgeballert. Mühlenkamp ist verletzt, aber nicht lebensgefährlich. Sonst ist anscheinend keine Person ernsthaft zu Schaden gekommen.«

»Er hat was?«

»Mehr weiß ich auch nicht. Ein Streifenwagen holt mich in etwa einer halben Stunde an der Kreuzung da hinten ab. Ich komme so schnell zurück, wie ich kann.«

Baumann brauchte einen Moment, um sich von dem Schock zu erholen. »Es kommt kein Kollege als Ersatz?«

»So ist es.«

»Dann soll ich die Observation hier allein durchführen? Rüdiger, das ist gegen alle Vorschriften, das ...«

»Meinst du, ich weiß das nicht«, blaffte Brischinsky zurück. »Die anderen Kollegen sind noch nicht wieder im Dienst. Und ich kann ja schlecht einen uniformierten Polizeimeister zur Anstellung an deine Seite setzen, oder? Hast du einen besseren Vorschlag?«

Den hatte Baumann nicht. Und seinen Morgenkaffee konnte er jetzt endgültig vergessen.

61

Wie lange er auf der Treppe gesessen hatte, wusste Rainer später nicht mehr. Irgendwann rannten Polizeibeamte an ihm vorbei und jemand sprach hektisch in ein Funkgerät. Esch verstand nur Fetzen der Meldung. Irgendetwas von einer Schussverletzung. Und einem Notarztwagen.

»Sie halten sich zu unserer Verfügung«, rief der Beamte ihm zu. Der Anwalt nickte.

Als er wenig später wie in Trance aus der Tür trat, lief Elke mit tränenüberströmtem Gesicht auf ihn zu.

Sie blieb, am ganzen Körper zitternd, vor ihm stehen und sah ihn einen Moment mit blitzenden Augen an. Dann versetzte sie ihm mit aller Kraft eine schallende Ohrfeige.

»Du ... du ...«, schluchzte sie, stockte und ließ offen, wie ihr Statement enden sollte.

Rainer entschied sich für eine freundliche Variante aller denkbaren Reaktionen, streckte seine Hand aus und ergriff zögernd ihre Schulter. Als Elke keinen Widerstand leistete, zog er sie sanft zu sich heran und nahm sie vorsichtig in den Arm. »Entschuldige«, flüsterte er schuldbewusst in ihr Ohr. »Bitte verzeih mir.«

Sie blieb spröde. Als er sie küssen wollte, drehte sie wortlos ihren Kopf zur Seite. Dann schob sie ihn zurück. »Was wollte dieser Mühlenkamp von dir? Welche Bilder hat er gemeint?«

»Elke, ich schwöre dir ...«

Sie hob die Hand und schnitt ihm das Wort ab. »Keine Ausflüchte, Rainer. Ich will wissen, was los ist. Warum hat uns dieser Verrückte mit einer Knarre bedroht. Also, mach schon.«

Mit gellendem Sirenengeheul näherten sich zwei weitere Streifenwagen und ein Rettungsfahrzeug der Feuerwehr. Sie bahnten sich einen Weg durch die immer größer werdende Menge von Schaulustigen, die sich vor dem Haus eingefunden hatte.

Rainer sah sich um. »Können wir das nicht bei einer Tasse Kaffee ...«

»Vergiss es! Also?« Sie stand mit in die Hüften gestemmten Fäusten vor ihm und wirkte ziemlich kompromisslos.

Ihr Freund atmete tief durch und griff zur zerknautschten Revalpackung. Dann steckte er eine Filterlose an, inhalierte tief und begann seine Beichte. »Eigentlich war alles ein Zufall ...«

Elke verfolgte sein Geständnis mit offenem Mund und wachsendem Unmut. Als er geendet hatte, zischte sie wütend: »Du hast auch Cengiz mit in die Sache hineingezogen?«

»Das muss man anders sehen. Ich habe ihn nicht gezogen. Er ist gestolpert. Im wahrsten Sinne des Wortes in diese Garage hineingestolpert.«

Elke musste wider Willen schmunzeln.

Rainer witterte seine Chance. »Ohne ihn und sein technisches Spielzeug hätte es keine Fotos gegeben.« Er streichelte über ihr Haar. »Ja? Bitte!«

Sie gab nach. So wie sie es immer getan hatte. Rainer war unbekümmert wie ein großer, unvernünftiger Junge. Sie konnte ihm nie lange böse sein – auch wenn sie sich deshalb oft genug über sich selbst ärgerte. Und das nicht nur, weil er der Vater ihres ungeborenen Kindes war.

»Ein für alle Mal: Versprichst du mir, deine Nase zukünftig nur in die Akten zu stecken?«

Rainer strahlte sie an und nickte heftig. »Versprochen.«

In diesem Moment glaubte sie ihm, wollte ihm glauben. Aber tief in ihrem Inneren wusste Elke, dass dieses Versprechen eine Halbwertszeit hatte, die sich kaum in Wochen messen ließ. Trotzdem liebte sie ihn. Vielleicht gerade deswegen. Sie sah ihm lange in die Augen und küsste ihn.

Martina Spremberg war unbemerkt an ihre Seite getreten und räusperte sich lautstark. »Wenn ihr einen Moment Zeit hättet ... Der Beamte hier möchte euch einige Fragen stellen.«

Die erste Vernehmung fand in ihrem Sekretariat stand. Sie hatten sich gerade gesetzt, als die Tür zu Elkes Büro aufging und zwei Sanitäter Mühlenkamp auf einer Trage heraustrugen. Ein Notarzt hielt einen Beutel mit einer Infusionsflüssigkeit hoch.

»Er wird durchkommen«, sagte der Uniformierte, weil er die Betroffenheit in den Augen der drei Kanzleiangehörigen bemerkte. »Vermutlich war es ein Unfall. Falls es doch ein Selbstmordversuch gewesen sein sollte, hat er sich ziemlich dämlich angestellt. Ein glatter Lungendurchschuss. Rechter Flügel. Das Herz sitzt knapp zwanzig Zentimeter weiter links. Vielleicht fehlen ihm aber auch die anatomischen Kenntnisse.« Der Beamte grinste, wurde dann wieder ernst und musterte Rainer. »Was ist denn mit Ihnen? Sie sind ja ganz bleich.«

Rainer registrierte plötzlich ein Pochen zwischen seinen rechten Rippen. Er schob sein Sakko zur Seite und musterte interessiert und ziemlich verwundert den roten Fleck, der sich auf seinem hellblauen Hemd ausgebreitet hatte. Sein Magen rebellierte.

Elke schrie auf.

Der Anwalt erhob sich langsam. »Macht euch keine Sorgen«, sagte er. »Mir geht es blendend.« Dann wurde ihm schwarz vor Augen.

62

Peter Schmidt war sich seiner Sache völlig sicher. Hendrikson würde, sofern ihn die Polizei nicht bereits festgenommen hatte, irgendwann hier auftauchen. Das Postfach war sein konspirativer Zugang zur Welt. Hier gingen die schriftlichen Informationen ein, die er brauchte, um *FürLeben* und seine anderen Aktivitäten zu steuern und zu koordinieren.

Vor einigen Jahren hatte ihm Hendrikson die Existenz dieser diskreten Adresse mitgeteilt, um den Transport von Dokumenten zu beschleunigen. Außer Schmidt kannte niemand dieses Fach, das glaubte er jedenfalls.

Als die Polizei ihn verhörte, hatte Schmidt das Postfach nicht erwähnt – aus einem einfachen Grund: Er hatte schlicht nicht daran gedacht. Erst als er später dazu kam, seine Gedanken zu ordnen, und den Plan fasste, Hendrikson umzubringen, erinnerte er sich wieder an das Postamt in Herne.

Schmidt hoffte inständig, dass er seinen Feind nicht bereits verpasst hatte. Schließlich war es bereits Mittag, als er den BMW auf der Bebelstraße einparkte.

Er stellte den Wagen mit der Schnauze zur Straße in die Parkbucht. So konnte er einerseits den Haupteingang der Herner Post gut im Auge behalten, andererseits war er in der Lage, den Wagen schnell zurück auf den Fahrweg zu steuern.

Schmidt griff zur Mineralwasserflasche, die er halb austrank. Die Sig Sauer hatte er in dem Plastikbeutel verstaut, in dem er die Wasserflaschen vom Kiosk zum Audi transportiert hatte. Zunächst hatte er erwogen, die Waffe in den Hosenbund in seinem Rücken zu stecken, so wie er es aus amerikanischen Kriminalfilmen kannte. Aber mit der Waffe im Kreuz konnte er nicht sitzen.

Er lehnte sich im Sitz zurück und schloss für einen Moment die Augen. Wie von selbst erschien in seinem Kopf das Bild des Mädchens, welches er für seine Tochter Nina gehalten hatte. So, wie es dem Brief aus Resita beigelegen hatte: ein lachendes Mädchen von vielleicht zehn Jahren, mit dunklen, gekräuselten Locken. Tränen stiegen ihm in die Augen. *Sie haben nie eine Tochter gehabt.* Er verscheuchte diesen Gedanken und beobachtete weiter den Eingang zum Postamt. Wann kam der Kerl endlich?

Schmidt stellte das Radio an. *WDR 2* brachte eine Reportage über die so genannte Kakophonie in der Tierwelt und zog ironisch Parallelen zum gegenwärtigen Zustand der Bundesregierung. Der Basta-Kanzler schien angeschlagen. Das Sommerloch ließ grüßen.

Direkt vor seinem Wagen hielt ein Mercedes und versperrte ihm nicht nur die Sicht, sondern auch die freie Ausfahrt. Die Beifahrertür öffnete sich und eine Mittfünfzigerin von beachtlichem Lebendgewicht schraubte sich mühevoll aus dem Sitz. Ungeduldig trommelte Schmidt mit den Fingern auf das Armaturenbrett. Schließlich ließ er die Seitenscheibe herunterfahren. »Geht es nicht noch langsamer?«, blaffte er die Aussteigende an, die erschrocken zusammenzuckte.

»Schneller kann ich nicht«, gab diese kleinlaut und heftig atmend zurück. Der Fahrer, mit einem ähnlichen Kampfgewicht wie die Frau ausgestattet, machte als Antwort eine verächtliche Handbewegung in Schmidts Richtung. Es dauerte nicht lange, dann war der Benz wieder verschwunden. Wann kam Hendrikson?

Schmidt schwitzte und sein Rücken tat ihm weh. Er streckte sich. Aus der Ferne war ein dumpfes Grollen zu vernehmen. Ein Sommergewitter kündigte sich an. Vielleicht brachte das ein wenig Abkühlung nach der Hitze der letzten Tage.

Der Essener suchte zwischen seinen Einkäufen nach den Zigaretten, fand die Schachtel und schob sich eine Kippe zwischen die Lippen.

WDR 2 spielte Sommerhits. Und er wartete.

Als Hendrikson dann endlich auf der Bildfläche erschien, hätte Schmidt ihn beinahe nicht bemerkt. Der hoch gewachsene Mann betrat, von einer Gruppe anderer Kunden verdeckt, das Postamt. Schmidt war wie elektrisiert. Der Moment, dem er so entgegengefiebert hatte, war gekommen. Er griff zu der Plastiktüte und verließ den Wagen. Den Schlüssel ließ er stecken.

Peter Schmidt überquerte die Straße und blieb an der Ecke links neben dem Haupteingang stehen. Er faltete die Arme über der Brust, sodass die rechte Hand in der Tüte versteckt die Sig Sauer hielt und die linke den Beutel stützte. Für einen unbefangenen Beobachter musste es so aussehen, als suche er in dem Plastikbehältnis etwas.

Schmidt zählte die Sekunden, die ihm wie Stunden erschienen. Endlich trat Hendrikson wieder auf die Straße und blieb für einen kurzen Augenblick wie unschlüssig stehen. Der Essener zuckte zurück. Hatte ihn der andere entdeckt? Aber Hendrikson sah in die falsche Richtung. Dann setzte er sich wieder in Bewegung.

Schmidt folgte ihm. Nur noch wenige Schritte. Hendrikson schien nicht zu ahnen, in welcher Gefahr er schwebte. Er blätterte den Stapel Briefe durch, den er im Postamt ausgehändigt bekommen hatte, und beachtete seine Umgebung nicht. Schmidt hatte fast die gewünschte Schussdistanz erreicht. Er wollte sich dem Apotheker bis auf wenige Meter nähern, erst dann die Pistole zücken und ihn anrufen. Er traute sich nicht zu, auf größere Entfernung zu treffen, schließlich war er kein geübter Schütze. Außerdem wollte er die Todesangst in den Augen des anderen Mannes sehen, er wollte, dass Hendrikson wusste, wer sich an ihm rächte.

Als Peter Schmidt den Posteingang passierte, stürmten einige Kinder lärmend die Eingangstreppe herunter, gefolgt von einer aufgeregt rufenden jungen Frau. »Passt auf! Stellt euch alle in Zweierreihen auf, bevor wir gemeinsam über die Straße gehen. Wartet am Geländer.« Die Kids drängten nach vorn, schoben sich zwischen ihn und Hendrikson, der schon auf den Straßenrand zusteuerte. Schmidt zitterte vor Nervosität und Wut. Warum jetzt? Warum ausgerechnet in diesem Augenblick?

Für einen Moment erwog er, die Waffe zu ziehen und abzudrücken. Aber was war, wenn der erste Schuss nicht traf? Möglicherweise war Hendrikson ebenfalls bewaffnet. Skrupel zurückzufeuern hatte er bestimmt keine, trotz der Kinder.

Hendrikson hatte die andere Straßenseite fast erreicht. Schmidt beschleunigte seinen Schritt. Und dann bemerkte er den schwarzen Mercedes der Oberklasse. Das war Hendriksons Wagen, ohne jeden Zweifel. Vor noch nicht allzu langer Zeit hatte ihn Hendrikson in dieser Luxuskarosse in die Innenstadt kutschiert und ihn auf das Nummernschild aufmerksam gemacht: E-KG 111. »Mir kann nichts passieren. Ich habe mein EKG immer dabei«, hatte er damals gescherzt.

Noch fünf, sechs Meter, dann hatte Hendrikson das Fahrzeug erreicht. Dann wäre er unerreichbar für Schmidts Rache. Er musste handeln. Sofort. Schmidt drehte sich um, rannte an der Post vorbei, spurtete über die Bebelstraße und sprang in den BMW. Jetzt kam ihm zugute, dass er nicht erst lange nach dem Schlüssel suchen musste. Er startete den Motor und folgte dem schwarzen Mercedes in die Freiligrathstraße in Richtung Einwohnermeldeamt. Die Ampel an der Behrensstraße stand glücklicherweise auf Rot. Schmidt konnte aufschließen. Zwischen seinem Wagen und dem Hendriksons befanden sich nun zwei weitere Fahrzeuge. Eine sichere Deckung. Gut. Sobald Hendrikson anhielt und den Mercedes verließ, würde Schmidt seine Rache vollziehen.

63

Als Rainer Esch erwachte, blickte er in zwei Gesichter, von denen er eines kannte. Er machte die Augen wieder zu in der Hoffnung, das bekannte Gesicht würde verschwinden oder sich zumindest in Elkes Antlitz verwandeln – vergeblich. Als der Anwalt die Augen erneut aufschlug, schaute immer noch Hauptkommissar Brischinsky grimmig auf ihn herab. Nachdem auch ein zweiter Blinzelversuch ergebnislos blieb, gab Rainer seufzend auf und ließ die Augen offen.

»Wie fühlen Sie sich?«, fragte das unbekannte Gesicht besorgt.

»Gut«, antwortete Esch und registrierte, dass die bärtigen Züge zu einem kräftigen, in grelles Orange gekleideten männlichen Körper gehörten. Rainer lag auf einer Trage in einem Wagen, dessen Inneres aussah wie das Innere eines Rettungsfahrzeugs.

»Sie sind in einem Rettungswagen der Feuerwehr«, bestätigte der Bärtige seine Vermutung. »Ich bin Jürgen Schuller, der Notarzt.«

Rainer richtete sich auf. »Aha. Darauf wäre ich nicht gekommen.« Er versuchte ein Grinsen. »Wie lange war ich, äh, ohnmächtig?«

»Nur wenige Minuten. Sie haben zwischen der dritten und vierten Rippe rechts eine Schussverletzung erlitten. Nur ein Streifschuss, völlig harmlos. Noch nicht einmal eine richtige Fleischwunde.«

Der Doc hörte sich enttäuscht an, fand Rainer und fragte sich im Stillen, wie Schussverletzungen aussehen mussten, um für Notärzte eine höhere Attraktivität als seine zu haben. Reichte ein glatter Durchschuss? Oder musste es noch ein wenig mehr sein?

»Wir haben die Wunde gereinigt. Nähen war nicht erforderlich. Ein Pflaster und etwas Mull genügen. Vermeiden Sie in den nächsten Tagen direkten Wasserkontakt, dann ist schnell alles wieder im grünen Bereich.« Der Doc hantierte mit einem Blutdruckmessgerät. »Haben Sie so etwas öfter?«

»Nein«, antwortete der Anwalt. »In der Regel schießen meine Mandanten nicht auf mich.«

Der Arzt lachte. »Das habe ich nicht gemeint. Ich dachte eher an Ihre Ohnmacht. Probleme mit dem Blutdruck?«

Ja, hatte er. Vor allem dann, wenn er nervende Fragen von Notärzten in Rettungsfahrzeugen beantworten musste. »Nein. Jedenfalls nicht, soweit ich weiß.«

»Dann wollen wir doch einmal sehen.« Der Arzt legte Rainer eine Manschette um den Oberarm, pumpte und ließ dann die Luft wieder ab. Der Mediziner kontrollierte kontinuierlich den Druckanzeiger des Instrumentes. »Hm ... ja ... ja ... hm.« Dabei machte er ein ungemein wichtiges Gesicht. »Alles in Ordnung. Einhundertzwanzig zu achtzig. Ein guter Wert, wenn man die Aufregung bedenkt, der Sie ausgesetzt waren.«

»Das finde ich auch«, antwortete Rainer und setzte sich auf. »Ich kann dann ja wohl ...« Er machte Anstalten aufzustehen.

»Ist er vernehmungsfähig?«, erkundigte sich Brischinsky.

Den hatte Rainer ganz vergessen.

»Sieht ja ganz so aus«, gab der Hauptkommissar sich selbst die Antwort. »Können wir dann, Herr Esch?«

Der Arzt versuchte einen lahmen Protest. »Ich weiß nicht, ob ...«

»Aber ich weiß«, knurrte Brischinsky. »Oder was meinen Sie, Herr Esch?«

Rainer überlegte, ob er wieder ohnmächtig werden und sich Jürgen Schuller ausliefern sollte, entschied sich dann aber doch für Brischinsky. Wer wusste schon, was diese Ärzte während einer Ohnmacht noch alles an Erkrankungen fanden. Da war ihm Hauptkommissar Brischinsky schon lieber. »Vielen Dank für Ihre Bemühungen«, rief er dem Notarzt freundlich zu, als er den Wagen verließ. »Ich komme in den nächsten Tagen im Krankenhaus vorbei. Wegen meiner Krankenkasse.«

»Wollten Sie nicht heute Morgen zu uns ins Präsidium kommen und eine Aussage machen?«, begann der Hauptkommissar noch vor dem Rettungswagen ihre Unterhaltung und verschwieg dabei, dass ein solcher Besuch Eschs ziemlich überflüssig gewesen wäre.

»Stimmt. Das wollte ich. Und zwar um zehn. Wie Sie sehen, ist mir etwas dazwischengekommen. Tut mir Leid. Ehrlich.« Rainer war nicht in der Stimmung, sich von dem Kriminalbeamten irgendwelche Vorhaltungen machen zu lassen. »Im Übrigen wäre Mühlenkamp auch in unsere Kanzlei gekommen, wenn ich bei Ihnen im Präsidium gehockt hätte. Nur mit dem Unterschied, dass ich meiner Partnerin dann nicht hätte helfen können. Alles klar?«

»Jetzt regen Sie sich nicht auf. Ich hätte nur gern eine plausible Erklärung dafür, warum der Bruder eines Ihrer Mandanten, der noch dazu unter noch nicht geklärten Umständen ums Leben gekommen ist, in Ihren Praxisräumen Amok läuft.«

Der Anwalt tastete seine Kleidung auf der Suche nach Zigaretten ab, fand aber keine. »Haben Sie etwas zu rauchen?«, fragte er Brischinsky.

Der schüttelte den Kopf. »Bin dabei, es mir abzugewöhnen.«

»Schwer, was?«

»Mehr als das.« Brischinsky wandte sich, etwas besänftigt, an einen der umstehenden Polizeibeamten. »Raucht jemand von Ihnen?«

Eilfertig griffen zwei Uniformierte in ihre Taschen und boten dem Hauptkommissar ihre Zigaretten an.

»Mit Filter oder ohne?«, fragte Brischinsky Esch, während er das Angebot prüfte.

»Ohne.«

Brischinsky reichte eine Packung an Rainer weiter, der dankend zugriff. Der Hauptkommissar zögerte einen Moment und sagte dann zu dem Besitzer der Filterzigaretten: »Scheiß auf die Gesundheit. Geben Sie mir auch eine?«

Als die Kippen brannten und sich die Beamten wieder entfernt hatten, sagte Rainer: »Ja, ich glaube, ich habe eine Erklärung.«

»Dann lassen Sie mal hören«, erwiderte der Hauptkommissar.

Zehn Minuten später kannte er die ganze Geschichte. Und seine für einige Momente erfolgreich bekämpfte schlechte Laune war zurückgekehrt. »Sie zeigen mir jetzt, wo sich diese Garage Mühlenkamps befindet«, blaffte er Rainer an. »Wissen Sie, Herr Esch, ich hätte nicht übel Lust, Sie anzuzeigen.«

»Weswegen?« Rainer war bereit, sich auf das Duell einzulassen. Auch seine Nerven waren im Moment nicht die besten.

»Was weiß ich. Hausfriedensbruch.«

Der Anwalt grinste schief. »Kein Offizialdelikt, das sollten Sie doch wissen.«

»Dann eben Einbruch.«

»Erstens bin nicht ich gegen die Tür gefallen, sondern mein Freund und zweitens war das ein Unfall. Keine Chance, Herr Hauptkommissar.«

»Wenn sich nicht die Staatsanwaltschaft für Ihr Verhalten interessiert, tut das eben Ihre Standesorganisation«, polterte Brischinsky. »Ich kann mir beim besten Willen nicht vorstellen, dass die Anwaltskammer Ihr Benehmen tolerieren wird.«

Rainer schluckte. Das war wirklich eine Drohung. Die Kammer konnte ihm wegen standeswidrigen Verhaltens die Zulassung entziehen. Zumindest für einige Zeit. Das wäre der berufliche Knock-out.

Auf dem Weg zu Mühlenkamps Garage überlegte Rainer, ob ein Taxifahrer, der längere Zeit nicht als Kutscher gearbeitet hatte, die Prüfung zur Erlangung des Personenbeförderungsscheins wiederholen musste.

64

Als Brischinsky zu Baumann nach Essen zurückkehrte, lag dieser mehr im Fahrzeug, als dass er saß.

»Schön, dich zu sehen«, krächzte er, als sein Chef die Wagentür öffnete. »Hast du etwas Trinkbares mitgebracht?«

Der Hauptkommissar reichte ihm die Mineralwasserflasche.

Heiner Baumann trank mit großen, gierigen Schlucken. »Ich dachte schon, du hättest mich in dieser Steinwüste vergessen. In der Karre herrschen mindestens vierzig Grad.«

Baumann hatte Recht. Im Wagen war es unerträglich heiß.

»Irgendetwas Besonderes?«, erkundigte sich Brischinsky.

»Nichts. Absolut tote Hose. Dieser Sutthoff hat sich nicht aus dem Haus bewegt. Ich habe ihn seit heute Morgen nicht mehr gesehen. Nicht im Laden, nicht davor.«

»Und du bist dir sicher, dass er das Haus nicht verlassen hat?«

»Klar, bin ich mir sicher. Weshalb sonst hocke ich noch hier und drehe Däumchen?«

»Du hast also die Eingangstür ununterbrochen beobachtet?« Brischinsky musterte seinen Assistenten von der Seite.

»Wenn ich es doch sage.«

»Keine Pinkelpause?«

Erregt antwortete Baumann: »Natürlich war ich pinkeln. Was sollte ich denn sonst machen? In die Hose? Aber ich war höchstens eine Minute weg. Ich habe mich dort vorne hinter die Büsche geschlagen. Und bevor du jetzt zu einer Gardinenpredigt ansetzt: Ich habe das Haus nicht einen Moment aus den Augen gelassen. Keine Sekunde, verstehst du.«

»Ist ja gut. Ich glaube dir ja.« Brischinsky holte aus der Brusttasche ein Schachtel HB und schob sich eine Zigarette in den Mund.

»Du rauchst wieder?«, wunderte sich sein Mitarbeiter. »Seit wann?«

»Seit eben«, bekam er zur Antwort.

»Muss das sein?«, maulte Baumann. »Die Luft ist ohnehin schon unerträglich.«

»Ja, das muss sein«, entgegnete Brischinsky in einem Ton, der keinen weiteren Widerspruch zuließ, und nahm einen tiefen Zug. »Ah. Endlich.« Und dann, nach einer Pause, erklärte er: »Weißt du eigentlich, wie viele Kilos ich zugelegt habe, seitdem ich nicht mehr rauche? Zehn! Zehn Kilo in zwei Monaten! Damit ist jetzt Schluss!« Er nahm wieder einen Zug. »Schließlich ist Übergewicht auch ungesund.«

»Aber nicht so sehr wie diese blöde Qualmerei.«

Brischinsky beschäftigte sich weiter mit seiner Kippe und antwortete nicht. Und Baumann fand sich damit ab, dass er ab sofort wieder schlechte Luft atmen musste.

Die nächsten Stunden verbrachten sie mit gleichförmigem stupidem Warten.

Um fünf nach sechs öffnete sich die Tür zur Apotheke und die junge Angestellte, die sie schon am Morgen beobachtet hatten, verließ den Laden. Umständlich hantierte sie mit einem Schlüsselbund.

»Die hatte doch heute früh noch keinen Schlüssel, oder?«, erkundigte sich Brischinsky.

»Nein. Da hat ihr Sutthoff die Tür geöffnet.« Baumann dachte einen Moment nach. »Aber das könnte ja bedeuten …«

»Eben«, meinte der Hauptkommissar, sprang aus dem Auto und spurtete, so schnell es ihm möglich war, über die Straße.

Die blonde Schönheit hatte ihren Versuch, die Ladentür mit dem richtigen Schlüssel zu verschließen, erfolgreich beendet. Sie wandte sich gerade zum Gehen, als ihr Brischinsky den Weg abschnitt.

»Einen Moment bitte«, keuchte er und zeigte seinen Dienstausweis. »Kriminalpolizei. Ist Jürgen Sutthoff noch in der Apotheke?«

»Warum ... ?« Sie schüttelte ihr langes Haar. »Nein, der Chef ist gegangen, schon kurz nachdem wir aufgemacht haben.«

Der Hauptkommissar warf seinem Assistenten einen vernichtenden Blick zu. Baumann bewegte nur verneinend den Kopf und hob die Schultern.

»Bitte öffnen Sie die Tür«, forderte Brischinsky.

»Ich weiß nicht ... Brauchen Sie dafür nicht einen Durchsuchungsbefehl oder so etwas?«, wollte der blonde Engel wissen.

»Brauchen wir nicht«, drängte der Hauptkommissar. »Gefahr im Verzuge. Und nun machen Sie schon.«

Gehorsam öffnete die Angestellte die Tür. Die beiden Beamten stürmten in die Apotheke, gefolgt von der jungen Frau.

»Wohin geht es da?«, fragte Brischinsky und zeigte auf eine Schiebetür weiter hinten im Laden.

»Zum Lager.«

Der Hauptkommissar warf einen flüchtigen Blick in den fensterlosen Raum. Raumhohe Regale, jede Menge Kisten. Er verriegelte die Tür mit dem im Schloss steckenden Schlüssel. »Ein gutes Versteck. Den Raum durchsuchen wir später.« Und zur Blondine gewandt blaffte er: »Die bleibt zu, verstanden?«

Die Schöne nickte folgsam.

»Und die hier?« Baumann war hinter den Verkaufstresen getreten, hatte ein Regal mit Sonnenschutzcremes umgangen, welches als Raumteiler diente, und stand nun vor einer anderen, weiß gestrichenen Tür.

»In den Hausflur.« Die Zwanzigjährige wirkte verwirrt. »Aber warum wollen Sie ...«

»Wo ist der Schlüssel?«, raunzte der Hauptkommissar sie barsch an.

»Am Bund ... Aber ich weiß nicht ...«

»Den Schlüssel!«

»Warten Sie ... Hier, das ist er.« Sie reichte Baumann das Gewünschte über den Tresen.

Der schloss auf und betrat den Flur.

Rüdiger Brischinsky drehte sich zu der Frau um. »Verfügen Sie auch über einen Schlüssel zur Wohnung von Herrn Sutthoff?«

Sie sah ihn verwundert an. »Nein, natürlich nicht. Wie kommen Sie denn darauf?«

Er ließ die Frage unbeantwortet. »Sie warten hier.« Dann verschwand auch er im Hausflur.

Jürgen Sutthoff wohnte im ersten Stock. Erwartungsgemäß öffnete auf ihr Klingeln niemand.

»Hat das Haus nicht verlassen, was?« Brischinsky stand kurz vor der Explosion. »Waren das nicht deine Worte?«

»Rüdiger, ich schwöre dir …«

Sein Chef winkte ab. »Hör auf. Sieh lieber zu, dass du diese Tür aufbekommst.«

Baumann griff zu seiner Geldbörse, holte seine Scheckkarte heraus und schob sie in der Höhe des Türschlosses zwischen Blatt und Rahmen. Ein sanfter Druck, ein Knacken und die Tür sprang auf.

»Deshalb immer verriegeln. Nie nur zuziehen«, murmelte er und trat beiseite, um seinem Chef den Vortritt zu lassen.

Die Durchsuchung der Wohnung blieb ebenfalls ohne Erfolg. Jürgen Sutthoff alias Hendrikson war verschwunden.

Minuten später standen sie wieder im Verkaufsraum der Apotheke. Die junge Angestellte hatte es sich auf einem Stuhl bequem gemacht und nippte an einem Glas Orangensaft.

»Ich habe Feierabend«, schmollte sie. »Und ich weiß wirklich nicht, ob das Herrn Sutthoff recht ist, was Sie hier treiben.«

Brischinsky hatte sich kaum noch unter Kontrolle. »Ihr Feierabend geht mir so etwas von am Arsch vorbei, das können Sie sich nicht vorstellen! Wo hat Sutthoff sein Büro?«

»Hinter dem Lager.«

»Zeigen Sie uns das bitte.«

Die Blondine stand auf, sah Brischinsky fragend an. Der nickte genervt. Die Angestellte öffnete die Schiebetür und trat in das dahinter liegende Zimmer. Die Beamten folgten ihr. Weiter hinten zweigte ein schmaler Gang nach links ab, den Brischinsky bei seiner ersten, oberflächlichen Inspektion nicht bemerkt hatte. Am Ende des Ganges befand sich eine weitere Schiebetür, dahinter ein weiterer Flur, von dem vier andere Türen abgingen.

»Was sind das für Räume?«, erkundigte sich Baumann.

»Die Toilette, das Büro von Herrn Sutthoff, unser Aufenthaltsraum.«

»Und das Zimmer dort?« Der Kommissar zeigte auf eine Tür am Ende des Ganges.

»Dort ist kein Zimmer. Da geht es in den Hausflur.«

Brischinsky und Baumann sahen sich an, als ob sie gerade zu ihrer eigenen Hinrichtung geführt worden wären.

»Was für ein Hausflur?«, fragte der Hauptkommissar gedehnt.

»Na der vom Nachbarhaus. Herrn Sutthoff gehören beide Häuser. Und als der Raum im alten Geschäft zu knapp wurde, hat er, als die Nachbarwohnung frei wurde, einen Durchbruch machen lassen. Durch diese Tür dort gelangen Sie in den Flur und dann nach draußen. Herr Sutthoff benutzt diesen Eingang immer, wenn er mit dem Auto wegfährt. Dort, vor dem anderen Haus, parkt sein Wagen.«

Das Haus war ein Eckhaus. Jetzt verstand Brischinsky. Der Eingang zu dem Nachbargebäude war von ihrem Beobachtungsstandort nicht einsehbar gewesen. Sutthoff konnte kommen und gehen, wie es ihm gefiel. Er hatte ein wunderschönes, potemkinsches Dorf gebaut. Und sie waren darauf reingefallen. Wie Amateure.

»Scheiße«, stöhnte Rüdiger Brischinsky und klopfte seinem Assistenten entschuldigend auf die Schulter. »Verdammte Scheiße.«

65

Nachdem ihn Brischinsky hatte gehen lassen, wollte Rainer nur noch eines: in seiner Wohnung die Füße hochlegen und sich ausruhen. Am Abend war er mit Elke verabredet. Im Moment aber wollte er allein sein.

Er parkte seinen Mazda unter den großen Bäumen, die die Schäferstraße säumten, und schloss das Verdeck des Cabrios.

Als er zum Tor ging, das zum Haus führte, wurde er überraschend von der Seite angesprochen: »Sind Sie Herr Esch?«

Neben ihm stand ein etwa sechzigjähriger, schlanker Mann, den er noch nie vorher gesehen hatte.

»Ja«, erwiderte Rainer etwas irritiert. »Der bin ich.«

Der Ältere schob demonstrativ langsam seine Hand in die rechte Hosentasche. Es sah so aus, als ob darin etwas steckte. »Mein Name ist Hendrikson.«

Esch zuckte zusammen. »Was«, stammelte er, »was wollen Sie von mir?«

»Eine falsche Formulierung. Die Frage lautet vielmehr, was Sie von mir wollen.« Sutthoff lächelte. »Überlegen Sie sich die Antwort genau. Und schnell, wenn ich bitten darf.«

Rainers Gedanken rasten. Sollte er einfach weglaufen? Er war zwar nicht besonders gut in Form, aber ein Wettrennen dürfte er wohl gewinnen. Aber was war, wenn Hendrikson bewaffnet war? Würde er schießen? Zum zweiten Mal an diesem Tag mit einer Waffe bedroht zu werden war keine erbauliche Vorstellung. Sollte er einfach um Hilfe rufen? Aber weshalb eigentlich? Bisher hatte ihm Hendrikson lediglich eine Frage gestellt. Rainer blieb stehen und hielt die Klappe.

»Ich habe nicht vor, ewig zu warten.«

»Eigentlich wollte ich nur in Erfahrung bringen, ob *FürLeben* etwas mit Horst Mühlenkamps Tod zu tun hatte«, antwortete Rainer wahrheitsgemäß.

»Wer ist Mühlenkamp?«, fragte der Apotheker.

»Das wissen Sie nicht?« Rainer war wirklich verwundert. »Einer Ihrer, wie sagen Sie dazu, Kunden.«

Ein BMW fuhr langsam an ihnen vorbei.

»Ich erinnere mich. Sie glauben also ...« Sutthoff lachte laut auf. »Warum sollte *FürLeben* so etwas tun?«

»Eine Not leidende Investition? Schließlich starb Mühlenkamp nicht zum vorhergesagten Zeitpunkt. Im Gegenteil: Er war wieder gesund geworden.«

Der Apotheker machte ein verblüfftes Gesicht. »Wegen ... Was haben wir diesem Mühlenkamp gezahlt?«

»Fünfundzwanzigtausend.«

Ein Mann, der Rainer bekannt vorkam, näherte sich ihnen.

»Wegen einer solch läppischen Summe? Lächerlich.« Sutthoff lachte wieder, wurde dann aber ernst. »Wie sind Sie an meine Privatadresse gekommen?«

»Ihre Privatadresse? Ich habe keine Ahnung, wovon Sie reden.«

»Versuchen Sie nicht, mich an der Nase herumzuführen«, zischte der Ältere. »Sonst ...«

»Hendrikson!« Ein Wort wie ein Pistolenknall.

Der Angesprochene fuhr überrascht herum. Fünf Meter hinter ihm stand Peter Schmidt, die Sig Sauer in den Händen, und zielte auf den Apotheker. Rainer stand zwischen den beiden. Schmidt musste schon ein geübter Schütze sein, um an ihm vorbei Hendrikson zu treffen. Dem Anwalt wurden schon wieder die Knie weich.

»Gehen Sie da herüber.« Schmidt machte eine Kopfbewegung nach links. Dieser Befehl galt dem Apotheker. »Sie halten sich heraus.« Damit war Rainer gemeint.

Langsam folgte Sutthoff der Aufforderung und bewegte sich in Richtung Hauseingang. Rainer schob sich ebenso langsam zur entgegengesetzten Seite.

»Warum haben Sie das getan?«, fragte Schmidt. »Warum nur?«

Sutthoffs rechte Hand rutschte etwas tiefer in seine Hosentasche.

»Lassen Sie das«, befahl Schmidt mit schneidender Stimme.

Der Apotheker fror in der Bewegung ein. »Ich weiß nicht, was Sie meinen. Ich …«

»Halten Sie den Mund, Sie elendes Schwein! Du verdammter Dreckskerl.«

Sie haben nie eine Tochter gehabt. Schmidt hob die Waffe ein wenig. Seine Augen verengten sich zu Schlitzen. Die Gesichtszüge wurden härter.

In diesem Moment erkannte Sutthoff, dass ihn Schmidt in jedem Fall umbringen würde. Er hatte nur eine, wenn auch sehr kleine Chance: Er musste ihm zuvorkommen.

Esch erlebte die folgenden Sekunden wie in Zeitlupe: Der Apotheker riss seine Waffe aus der Tasche, kam aber nicht mehr dazu abzudrücken. Ein ohrenbetäubender Knall war zu hören. Das großkalibrige Geschoss der Sig Sauer traf ihn mitten in die Brust. Er wurde etwa einen halben Meter hoch und zwei nach hinten geschleudert und prallte mit dem Rücken gegen die kleine Mauer, die das Grundstück von Rainers Vermieter zum Gehweg abgrenzte. Langsam rutschte er zu Boden. Es sah aus, als ob sich der Apotheker lediglich hingesetzt hätte. Wenn da nicht das hässliche handtellergroße Loch in seinem Brustkorb gewesen wäre.

Schmidt machte einige Schritte auf sein Opfer zu. Sutthoff war noch nicht tot. Der Apotheker versuchte, seinen rechten Arm mit der Waffe zu heben, aber schon nach wenigen Zentimetern fiel er wieder kraftlos zu Boden. Die Pistole rutschte ihm aus der Hand. Er bewegte die Lippen, so als ob er etwas sagen wollte. Es war aber nur ein unartikuliertes Stöhnen zu hören, das in ein Gurgeln überging. Ein Blutstrahl schoss aus seinem Mund. Mit vor Angst weit aufgerissenen Augen blickte er zu Schmidt hoch, der nun direkt vor ihm stand.

Sie haben nie eine Tochter gehabt. Erneut war ein heftiger Knall zu hören. Der Körper des Apothekers bäumte sich auf. Die Kugel hatte seinen Unterleib zerfetzt.

»Das war für Eva.«

Die Finger von Sutthoffs linker Hand kratzten über das Pflaster, fanden schließlich eine Fuge, verkrampften und verkrallten sich darin. Es schien, als ob sein letzter Halt vor dem Sturz in den bodenlosen Abgrund dieser kleine Spalt wäre. Eine unscheinbare Ritze im Straßenbelag, gefüllt mit Dreck. Nur nicht loslassen. Nur nicht fallen.

»Und das ist für Nina.«

Sutthoff schien sich in das Unvermeidliche zu fügen. Sein Körper erschlaffte. Und Schmidt drückte wieder ab. Der Schädel des Apothekers explodierte. Sein Mörder feuerte weiter. Immer und immer wieder, bis das Magazin leer war und der Schlagbolzen nur noch klickte. Sutthoffs Körper sah aus, als ob er durch einen Fleischwolf gedreht worden wäre. Die Projektile der Sig Sauer hatten ihn regelrecht zerfetzt.

Sie haben nie eine Tochter gehabt. Schmidt ließ den Arm sinken. Die schwere Waffe polterte zu Boden. Er drehte sich langsam zu Rainer um, der der Abschlachtung Sutthoffs mit wachsendem Entsetzen zugesehen hatte.

Es sah so aus, als ob Schmidt lächelte. Jetzt war alles gut. Er hatte seine Ruhe wiedergefunden. Nina war gerächt.

66

Hektisch durchsuchte Rainer Esch den Posteingangs-korb.

»Es ist immer noch kein Schreiben von der Kammer gekommen«, spottete Martina Spremberg sanft. »Mach dir keine Sorgen. Du darfst immer noch so tun, als wür-dest du etwas von der Jurisprudenz verstehen.«

»Sehr komisch«, fauchte Rainer zurück. »Selten so ge-lacht.«

Seit Brischinskys Drohung waren mehr als vier Wo-chen vergangen. Aber entweder hatte es sich der Haupt-kommissar anders überlegt und darauf verzichtet, die Standesorganisation der Rechtsanwälte über Rainers unorthodoxe Berufsauffassung zu informieren, oder die Mühlen des Standesrechts mahlten sehr langsam. Auf jeden Fall fragte sich der Anwalt bei jedem neuen Man-dat, das er annahm, ob es sich nicht um sein letztes handeln würde. Und diese Ungewissheit schlug ihm ziemlich heftig aufs Gemüt.

Esch hatte sich schon mehr als einmal überlegt, Bris-chinsky einfach anzurufen und ihn zu fragen. Sein Stolz ließ es letztlich nicht zu. Er, Kämpfer für den aufrechten Gang und nimmermüder Streiter für die Interessen der Entrechteten und Erniedrigten, würde sich doch nicht einem Büttel der Staatsmacht an den Hals schmeißen und um Gnade betteln. Sollte ihn dieser Bulle doch de-nunzieren. Er würde nicht zu Kreuze kriechen!

»Soll ich nicht doch mit Angela sprechen?« Martinas Freundin arbeitete in einem der größten Notariate der Stadt und ihr Chef war Vorsitzender der Anwaltskam-mer. Da Angela eine Vertrauensposition einnahm, lief der gesamte Schriftverkehr, der sich mit standesrechtli-chen Fragen beschäftigte, über ihren Schreibtisch. An-gela war nicht nur eine gute Freundin Martinas, sie war ihre beste. Und deshalb wäre sie bestimmt bereit gewe-sen, Martina Spremberg den Gefallen zu tun und einen

Blick in den Briefwechsel der vergangenen Wochen zu werfen.

Rainer hatte diesen kleinen Freundschaftsdienst bisher kategorisch abgelehnt. Doch langsam bröckelte sein Widerstand. Er musste einfach wissen, was los war. »Na gut«, sagte er so gelassen, wie es ihm möglich war. »Du kannst sie ja bei nächster Gelegenheit fragen.«

»Das mache ich glatt«, lachte Martina und griff zum Hörer. »Gleich. Ach, übrigens.«

»Ja?«

»Ich habe beim Aufräumen diesen Zettel gefunden. Er hat, glaube ich, in einem der Indianerbücher gelegen, die du diesem Jungen übergeben hast.«

Rainer griff zu dem Papier. »Du meinst die Karl-May-Bände?«

Martina nickte.

Der Anwalt ging in sein Büro und fluchte leise, als er den Berg von Unterschriftsmappen sah, der sich seit gestern gebildet hatte. Mit einem frühen Feierabend gemeinsam mit Elke und dem Einläuten des Wochenendes im *Nils* war nun nicht mehr zu rechnen. Er ließ sich in seinen Sessel fallen, faltete den Zettel auseinander und blickte gelangweilt auf den Wisch.

Es dauerte einen Moment, bis er erfasste, was er da las. Dann aber richtete er sich halb auf und stützte sich mit beiden Händen auf seinem Schreibtisch ab. »Martina«, brüllte er durch die geöffnete Tür. »Wo sind die Kopien von Mühlenkamp?«

»Was?« Martina erschien im Türrahmen.

»Ich hatte dich doch gebeten, die privaten Unterlagen von Horst Mühlenkamp zu kopieren, bevor wir sie der Kripo ausgehändigt haben.«

»Ja.«

»Und wo sind die Klamotten?«

»Keine Ahnung. Ich habe sie dir gegeben.«

»Tatsächlich?«

»Natürlich. Ich vermute, sie liegen entweder irgendwo in dem Gebirge dort ...« Sie zeigte auf mehrere chaotisch geschichtete Papierhaufen von jeweils etwa siebzig Zentimeter Höhe, die Rainer als ›persönliche Ablage‹ bezeichnete. »Oder du hast die Unterlagen im Schreibtisch verstaut.«

»Danke.« Er beugte sich herab und begann mit der Fahndung nach den Kopien.

»Noch etwas«, sagte Martina mit ernster Stimme.

»Ja?«

»Ich habe mit Angela gesprochen.«

Rainer tauchte schlagartig aus der Versenkung auf. »Und?«

»Brischinsky hat tatsächlich einen Bericht über deine Aktivitäten verfasst.«

»Mistbulle!«

»Warte ab. Es waren eigentlich nur die offiziellen Abschlussberichte der beiden Fälle. Und es gab ein Memo, das nur für die Staatsanwaltschaft bestimmt war. Und die haben dann Beschwerde über dich bei der Anwaltskammer eingelegt.«

»Scheiße.«

»Die Kammer hat daraufhin weitere Informationen direkt bei der Kripo eingeholt. Brischinskys Auskünfte waren mehr als positiv für dich. Nun bekommst du nur ein Schreiben, in dem dich der Vorsitzende an deine Standespflichten erinnert, mehr nicht. So eine Art Ermahnung. Angela hat den Brief schon geschrieben. Er wird Anfang nächster Woche eintrudeln.«

Esch atmete tief durch. »Den Wisch rahmen wir ein und hängen ihn dann an die Wand.«

»Das würde ich mir an deiner Stelle gut überlegen.« Elke Schlüter war neben Martina getreten. »Nicht jeder Mandant dürfte das als Werbung für uns auffassen. Was war eigentlich heute Morgen im Knast los? Du warst ja lange weg.«

»Hast du in ein paar Minuten Zeit?«, fragte Rainer zurück. »Ich muß erst noch etwas überprüfen.«

Die Suche nach den Kopien von Mühlenkamps Unterlagen dauerte dann doch noch fast ein halbe Stunde. Und bis sich der Anwalt seiner Sache wirklich sicher war, vergingen weitere dreißig Minuten.

Er steckte den Kopf durch die Tür zu Elkes Büro.

»Zeit?«, fragte er seine Freundin, die gerade einen Schriftsatz diktierte.

Sie winkte ihn herein. »Bin gleich fertig. Noch ein Satz.«

Rainer nahm sich, jedes Mal wenn er ihr Büro betrat, vor, auch in seinem Bereich etwas mehr Ordnung zu halten. Hier gab es keine Berge unerledigter Akten, keine überquellenden Aschenbecher und auch die dickbändigen Gesetzessammlungen dienten anderen Zwecken als dünnere Bücher am Umfallen zu hindern. Außerdem war es bei Elke kühler und die Luft besser. Selbst die Pflanzen in den Hydrokulturen schienen besser zu gedeihen. Das lag vermutlich daran, dass Elke darauf verzichtete, sie regelmäßig mit kaltem Kaffee zu düngen.

Seine Freundin schaltete das Diktafon aus. »Erzähle.«

Vor einigen Tagen waren in ihrer Kanzlei fast zeitgleich zwei Anrufe aus der Justizvollzugsanstalt Krümmede eingegangen. Der eine Anrufer hieß Peter Schmidt, der andere Paul Mühlenkamp. Zu Rainers Überraschung wollten ihn beide als Wahlverteidiger beauftragen. Heute Morgen hatte er sie aufgesucht. Erst Schmidt, dann Mühlenkamp. Die Motive der beiden, ausgerechnet ihm ihre Vertretung anzutragen, waren in etwa gleich. Er sei der einzige Anwalt, den er kennen würde, erklärten ihm Peter Schmidt so wie auch Paul Mühlenkamp, wenn auch natürlich mit anderen Worten. Besonders schmeichelhaft war diese Erklärung nicht. Aber Esch hatte sich schon vor langer Zeit abgewöhnt, in solchen Dingen empfindlich zu sein.

»Das Mandat von Schmidt werde ich annehmen«, begann Rainer.

»Und Mühlenkamp?«, fragte Elke gespannt.

»Warte es ab«, antwortete Rainer verschmitzt. »Also: Schmidt werde ich verteidigen. Obwohl ich den Mordtatbestand wohl nicht vom Tisch diskutieren kann. Er hat vorsätzlich getötet. Und Rache ist eines der Mordmerkmale. Dass Schmidt spontan gehandelt hat, kann ich nicht vorbringen. Nein, der bekommt lebenslänglich. Es sei denn, mir gelingt es, ihm gutachterlich verminderte Schuldfähigkeit attestieren zu lassen. Allerdings weigert sich Schmidt kategorisch, mit einem Facharzt zusammenzuarbeiten. Er sei nicht verrückt, hat er mir erklärt. Er wollte Sutthoff umbringen. Das hat er auch der Untersuchungsrichterin und den vernehmenden Beamten erzählt. Also da ist nicht viel zu machen.«

»Und Mühlenkamp? Du wirst doch nicht …?«

Rainer winkte lächelnd ab. »Keine Angst. Das Mandat werde ich nicht annehmen. Das bin ich seinem Bruder schuldig. Aber Mühlenkamp hat geredet wie ein Wasserfall.« Er griff zur Zigarettenschachtel und sah seine Partnerin fragend an.

»Ausnahmsweise. Aber spann mich nicht so auf die Folter.«

»Er hat mit allem gehandelt, was sich zu Geld machen ließ. Er war Hehler, hat aber auch selbst nicht gezögert zuzugreifen, wenn sich die Gelegenheit bot. Neben dem ganzen Elektronikkram haben die Polizisten in seiner Garage auch Medikamente gefunden.«

»Wie kommt er denn an so was?«

»Von seiner Arbeitsstelle. Mühlenkamp war Hausmeister. Es hat ihn ja nie jemand danach gefragt, wo er seine Tätigkeit ausübte. Möglicherweise wäre er dann viel eher aufgeflogen.« Rainer zog genussvoll an seiner Zigarette.

»Nun mach schon. Wo arbeitete er denn nun?«

»In einem Krankenhaus. Er hatte einen Generalschlüssel für fast alle Räume. Und hat sich bedient, wann immer es möglich war. Schmerztabletten, Betäubungsmittel, halt alles, was sich zu Geld machen lässt. So ist er auch an das *Atracuriumbesilat* gekommen. Eigentlich ein Zufallsfund, wenn du so willst. Um ein Medikament verkaufen zu können, musste er sich über dessen Wirkungsweise informieren. Auf diesem Weg hat er davon erfahren, dass man mit *Atracuriumbesilat,* entsprechende Dosierung vorausgesetzt, auch Menschen umbringen kann.«

»Und warum ...«

»Er seinen Bruder umgebracht hat?«

Elke nickte.

»Er hat ihn gehasst. Sein Bruder war so, wie er selbst auch sein wollte, es aber nie geschafft hat. Studium, eine hübsche Freundin. Dann kam noch die Hypothek auf das Haus dazu. Im Selbstverständnis von Paul Mühlenkamp wurde mit seinem Haus das Studium seines Bruders finanziert. Sein Erbe wurde für etwas verschleudert, was für ihn selbst unerreichbar war. Und dann die große Erleichterung, als bei Horst Leukämie diagnostiziert wurde. Alles würde sich, so hoffte Paul, von selbst regeln. Aber Horst wurde wieder gesund. Da hat Paul dann bekanntermaßen etwas nachgeholfen. Die Kids hatten seinen Bruder an den Baum gefesselt und waren, als Paul auf der Bildfläche erschien, abgehauen. Das war die Gelegenheit, auf die er gewartet hatte. Sein Bruder hilflos am Marterpfahl. Das war kein ausgeklügeltes Vorhaben, sondern er hat einfach den Zufall ausgenutzt. Ganz spontan. Ich glaube sowieso nicht, dass Paul in der Lage ist, so etwas im Detail zu planen. Die Kids haben ihm Horst quasi auf dem Tablett serviert.«

»Rainer!«

»Aber es stimmt doch. Es war so für ihn ein Leichtes, Horst die tödliche Spritze zu setzen. Dann musste er nur noch warten. Die Leiche hat er bei Einbruch der Dunkelheit mit seinem Wagen in die Gegend geschafft, wo er sich auskannte.« Rainer grinste. »Es zeugt nicht gerade von großer strategischer Weitsicht, den Toten am Rand der Teutoburgia-Siedlung zu deponieren. Schließlich unterhielt Paul dort sein Zweitlager. Er hätte sehr leicht erkannt werden können.« Rainer drückte seine Kippe aus. »Na ja. Er ist ja auch so geschnappt worden. Was lernen wir daraus? Geschwister sind sich nicht immer grün.«

»Wusste Horst von den Geschäften seines Bruders?«

Rainer zögerte einen Moment mit der Anwort. »Paul hat zwar dazu nichts gesagt, aber ich glaube, dass Horst eingeweiht war.«

»Wie kommst du darauf?«

Er schob ihr den Zettel, den ihm Martina gegeben hatte, über den Tisch.

»Was ist das?«

»Eine Liste mit Medikamenten, wie sie üblicherweise Leukämiekranken verordnet werden.«

»Und?«

»Eine solche Liste hat Müller auch mir, beziehungsweise Jörg Deidesheim, übergeben.«

Seine Freundin dachte einen Moment nach. »Du meinst ...?«

»Ja, genau das. Ich habe Horst Mühlenkamps Kontoauszüge kopieren lassen und bin sie eben noch einmal durchgegangen. Da gibt es keine Geldeingänge, die von irgendwelchen Aktienoptionsgeschäften stammen könnten. Es gibt im Grunde überhaupt keine Einzahlungen in den letzten Monaten seines Lebens. Sein Konto blieb konstant im Minus. Allerdings hatte er ein Sparbuch. Und auf dieses Konto wurden regelmäßig höhere Geldbeträge eingezahlt. In bar. Gewinne aus Investments werden nicht bar abgewickelt, oder?« Rainer gab sich selbst die Antwort. »Nein, es gibt nur eine Erklärung für den Geldsegen. Auch Horst Mühlenkamp hat mit *FürLeben* Geschäfte gemacht.«

»Er hat also nicht nur sein Leben verkauft, sondern auch sein Sterben.«

»Eigentlich eher vermarktet. Mit jedem Rezept, das er Sutthoff in die Hand gespielt hat, ja.«

Sie schwiegen eine Weile.

Dann fragte Elke: »Wirst du Sabine Schollweg davon erzählen?«

Ohne Zögern antwortete er: »Nein, sicher nicht. Im Übrigen auch der Polizei nicht.«

Elke strahlte ihn an.

Bei allen anderen Gründen, sich in diese Frau zu verlieben, dachte Rainer, reicht allein dieses Lächeln aus.

»Ich habe dir auch etwas zu erzählen.« Sie stand auf, ging um den Schreibtisch herum, setzte sich auf seinen Schoß und umarmte ihn. »Es wird ein Junge«, flüsterte sie.

67

Rüdiger Brischinsky hätte zufrieden sein können. Seine Wunde war mittlerweile verheilt. Sutthoff war tot, Mühlenkamp und Schmidt waren zu langjährigen Gefängnisstrafen verurteilt worden. Nur Michail Müller hatten sie nicht gefasst. Seine Spur verlief sich in Osteuropa. Zwar hatten die dortigen Behörden Müller aufgrund eines internationalen Haftbefehls zur Fahndung ausgeschrieben, verfolgten diese Angelegenheit aber anscheinend nicht mit der Intensität, die sich der Hauptkommissar wünschte. Müller blieb verschwunden.

Und auch an der luxemburgischen Firma *Lichmed* bissen sich die deutschen Ermittler die Zähne aus. Ein Rechtshilfeersuchen der Staatsanwaltschaft Bochum war mit der Begründung abgelehnt worden, die vorgelegten Beweise seien zu dürftig und reichten nach dortigem Recht für ein Ermittlungsverfahren nicht aus. Eine Durchsuchung der Geschäftsräume des Unternehmens oder gar die Durchleuchtung der Geschäftsbeziehungen der *Lichmed* kam also nicht infrage. Eine Sackgasse!

Brischinsky hatte nur den Kopf geschüttelt, als er die Ablehnungsbegründung zur Kenntnis genommen hatte: Jede Kleinigkeit in Europa wurde mittlerweile von der EU-Kommission reguliert, bei der grenzüberschreitenden Polizeiarbeit dagegen achtete jeder Staat penibel darauf, dass seine Kompetenzen nicht tangiert wurden.

Baumann betrat ihr Büro. »Hast du den Bericht des LKA gelesen?«

Das Landeskriminalamt Düsseldorf hatte sie mittlerweile darüber informiert, dass Lehmann und seine Dortmunder Apothekerkollegen nicht die Einzigen waren, die sich durch Rezeptbetrügereien bereichert hatten. Seit gestern lag das Teil auf Brischinskys Schreibtisch. Vor gut einer Stunde hatte der Hauptkommissar die Lektüre beendet. »Ja«, antwortete er knapp.

»Und?«

»Wenigstens bei den Rezeptbetrügereien sind die Kollegen weitergekommen. Das Bundeskriminalamt hat vor einigen Wochen sogar eine Tagung zum Thema Abrechnungsbetrug durchgeführt. In Niedersachsen wurde von der AOK eigens eine Sonderuntersuchungsgruppe eingerichtet, um solchen Vorwürfen nachzugehen. Sechshundertundfünfzig Fälle haben sie bis jetzt ausgegraben.«

Baumann guckte ziemlich unbeeindruckt.

»Aber das ist anscheinend nur die Spitze des Eisbergs. Die Kontrollen der Krankenkassen sind einfach zu lasch. Ohne flächendeckende Untersuchungen fallen zu viele der Betrügereien durch das Raster. Stichprobenkontrollen allein reichen eben nicht.«

»Wer steckt dahinter? Sutthoffs Leute?«

Der Hauptkommissar schüttelte den Kopf. »Diese Pillen wollen viele vergolden. Das Abrechnungssystem lädt ja geradezu dazu ein. Hör dir das an.« Brischinsky griff zum Bericht des LKA. »*Nach unserer Einschätzung haben sich die Betrügereien bereits negativ auf die Beitragssätze der Versicherten ausgewirkt. Dabei sind die Methoden, die angewandt werden, immer ähnlich: Das undeutlich geschriebene L auf dem Rezept, welches als Abkürzung für fünfzig Stück steht, wird als C interpretiert und einhundert Stück werden abgerechnet. Aus NI, der kleinsten Packungsgröße, wird durch einen Strich die doppelte Menge NII oder auch NIII. Statt der verschriebenen Maßschuhe für fußkranke Patienten liefern Orthopädiehäuser Industrieware. Zahnärzte und Dentallabore schieben ihren Patienten Prothesen aus China als deutsche Produkte unter – zu den üblichen Preisen natürlich. Besonders lukrativ sind auch direkte Kooperationen von Ärzten und Apothekern. Auf den Namen ahnungsloser Patienten verschreibt ein Mediziner ohne dessen Wissen teure Medikamente, reicht die Rezepte direkt an die Apotheke weiter und der Erlös wird geteilt.* In diesem Stil geht das weiter. Der Fantasie beim Ausplündern des Gesundheitssystems sind wirklich keine Grenzen gesetzt. Der bisher bekannte Schaden beläuft sich in Hessen auf geschätzte zwei Millionen Euro, in Niedersachsen auf etwa vier. Aber, wie gesagt, das ist vermutlich nur ein Bruchteil der Summe.« Brischinsky stand auf und goss sich einen Kaffee ein. »In Lüneburg hat ein Pharmavertreter einen anderen Trick erfunden. Er hat eine Serviceagentur gegründet ...«

»Wie *FürLeben?*«

»So ähnlich. Nur spezialisiert auf Rezeptvermittlung. Diese Agentur wird beschuldigt, zahlreichen Ärzten eine Provision dafür gezahlt zu haben, dass teure Rezepte für Krebsmedikamente und Ähnliches ausschließlich an eine bestimmte Apotheke weitergereicht wurden. Von dieser Apotheke hat die Firma dann eine Provision kassiert. Siebzig Prozent ihres Gewinns. Ganz schön happig. Der Inhaber der Agentur ist mittlerweile untergetaucht. Er wird verdächtigt, in ganz Deutschland Ärzte und Apotheker angeheuert zu haben. Auch eine interessante Geschäftsidee, oder?« Er erwartete keine Antwort. »Du siehst: Sutthoff und *FürLeben* sind kein Einzelfall.«

»Dann glaubst du also, diese Betrügereien laufen weiter?«

Brischinsky nickte resigniert. »Davon müssen wir wohl ausgehen.«

Epilog

Auf den Tag genau drei Monate nach seiner Flucht aus Deutschland bestieg Michail Müller am frühen Morgen in Bukarest eine Maschine der *Aeroflot*. Nachdem er in Minsk den Flughafen verlassen hatte, suchte er ein Geschäft in der Altstadt auf, das ihm alte Bekannte empfohlen hatten. Die Inhaber, mit denen er schon vor einigen Tagen die Einzelheiten telefonisch besprochen hatte, waren auf sein Kommen vorbereitet. Sie händigten ihm einen braunen Briefumschlag aus. Im Gegenzug wechselten eintausend Euro den Besitzer.

Als Müller die kleine Druckerei wieder verließ, trug er einen handwerklich hervorragend gemachten bundesdeutschen Personalausweis in seiner Jackentasche, ausgestellt auf den Namen Juri Stepanow.

Er nahm sich ein Zimmer in einem der wenigen Hotels, die halbwegs internationalem Standard entsprachen, und ging früh zu Bett. Am nächsten Morgen griff er zu einem weißen, leicht gestärkten Hemd, dem dunklen, penibel gebügelten Zweireiher, band sich sorgfältig die Seidenkrawatte und schlüpfte in die schwarzen Halbschuhe. Dann zog er den schwarzen Wollmantel über, warf einen prüfenden Blick in den Spiegel und schloss zufrieden die Zimmertür hinter sich.

Problemlos passierte er den Ticketschalter der *Lufthansa* und die Passkontrolle. Er kaufte eine Stange Zigaretten, eine Flasche irischen Whiskey und schlenderte dann zum Gate.

Vier Stunden später landete er in Hamburg. Seine gefälschten Papiere hielten der oberflächlichen Kontrolle durch die Bundesgrenzschutzbeamten stand. Die Zollbeamten interessierten sich weder für ihn noch für sein Gepäck. Nicht dass ihm eine Überprüfung etwas ausgemacht hätte. Er war sauber.

Das Wetter war typisch für einen Novembertag in der Hafenstadt: nebelig, leichter Nieselregen, etwa sieben Grad Celsius.

Michail Müller bestieg ein Taxi und nannte dem Fahrer eine Adresse in Hamburg-Harburg, in der Nähe der Technischen Hochschule. Der Wagen hielt vor einem der in den Achtzigerjahren errichteten Hochhäuser. Müller fuhr mit dem Fahrstuhl in die dritte Etage und öffnete die Tür zu dem ZweizimmerAppartement, das Sutthoff vor Monaten angemietet hatte und das immer noch von der *Lichmed* bezahlt wurde.

Er stellte seinen Koffer ab, warf den Mantel auf das Sofa und ging in das Badezimmer. Das kleine Holzregal, das links neben dem Waschbecken hing, war nicht zu übersehen. Im Regal befand sich lediglich ein Nageletui. Müller legte es auf den Rand des Beckens. Dann hob er das Möbel so weit an, dass er es von den Haken lösen konnte, die es an der Wand hielten, und stellte es auf dem Boden ab. Er zählte die Fliesenreihen: neun von unten, drei von rechts. Der Riss in den Fugen war kaum zu erkennen. Müller griff zu dem Etui und schob vorsichtig die Spitze einer Nagelfeile in den Spalt. Etwas Druck und die Fliese, die mit Klettband gehalten wurde, löste sich. Eine Öffnung wurde sichtbar. In dem dahinter liegenden Hohlraum befanden sich mehrere Schlüssel sowie eine grüne, in Plastikfolie eingeschweißte Ausweiskarte. Müller lächelte. Sutthoff hatte an alles gedacht.

Der blaue Opel Corsa stand auf seinem Platz in der Tiefgarage. Die Fahrzeugpapiere lagen im Handschuhfach. Müller hätte es zwar vorgezogen, einen Wagen mit deutschem, am besten Hamburger Kennzeichen zu fahren, aber in einer internationalen Großstadt würde das luxemburgische Nummernschild sicher nicht besonders auffallen. Mit einem der Schlüssel aus dem Versteck ließ sich der Wagen starten.

Müller stellte den Corsa in einem Parkhaus nicht weit von der Filiale der Deutschen Bank entfernt ab. Die letzten Meter ging er zu Fuß.

In der Bank trat er an den Informationsschalter und trug sein Anliegen vor. Wenig später stand er einem Bankangestellten gegenüber, dem er die grüne Karte und den Schlüssel präsentierte. Der Banker begleitete Müller in die Kellerräume, wo sich die Schließfächer befanden. Er ließ sich Müllers Schlüssel aushändigen und öffnete damit das erste Schloss des Faches Nummer 312. In das zweite Schloss passte der Zentralschlüssel des Bankers. Der Mann nahm eine Metallkassette aus dem Fach und stellte sie vor Müller auf einen Tisch.

»Bitte sehr. Wenn Sie fertig sind, rufen Sie mich. Ich warte draußen.«

Als der Mann den Raum verlassen hatte, öffnete Müller die Kassette. Er schob die schwere Handfeuerwaffe beiseite und langte stattdessen zu einem Bündel Einhunderter, von denen er zwanzig abzählte und in die Tasche steckte. Dann griff er sich fünf kleine Zellophanbeutel, die ein helles, fast weißes Pulver enthielten. Die Beutel verschwanden ebenfalls in seinem Mantel. Müller klappte den Kassettendeckel wieder zu und schob das Behältnis zurück in das Fach. Er nickte zufrieden. Alles war so, wie es sein sollte. Dann ging er zur Tür.

Von der Bank waren es nur wenige hundert Meter bis zum Hauptbahnhof. Es nieselte noch immer. Müller griff zum Handy und wählte eine eingespeicherte Nummer. Eine Stimme meldete sich mit dem Namen einer Apotheke. Er verlangte den Inhaber zu sprechen und wechselte einige Worte mit ihm. Dann schlug er den Kragen seines Mantel hoch, zögerte einen Moment und betrat die Straße.

Durch einen Nebeneingang gelangte Müller in das Bahnhofsgebäude, warf an einem Zeitungskiosk einen kurzen Blick auf die Schlagzeile der BILD-Zeitung, die schreiend verkündete, dass es den neunten Drogentoten dieses Jahres in Hamburg gegeben hatte, und erreichte den Haupteingang. Dort musterte er verstohlen die Polizeibeamten, die einen ständigen – und ebenso hoffnungslosen – Kampf gegen Dealer und andere Kleinkriminelle führten. Nach einiger Zeit verschwanden die Beamten und sofort tauchten die jungen Stricher und ihre Kunden wieder auf, die aus sicherer Entfernung das Geschehen auf der Bahnhofsplatte verfolgt hatten und nun ungestört ihren Geschäften nachgehen konnten.

Einer der Stricher, ein Junge von höchstens vierzehn Jahren, hatte Müller schon länger beobachtet und sprach ihn nun an: »Haben Sie Feuer?«

Der Mann lächelte wissend. »Nein. Aber ich möchte dir ein Geschäft vorschlagen.«

Sie verhandelten nur kurz. Dann wechselten zwei Heroinpäckchen den Besitzer. Michail Müller hatte den ersten seiner neuen Mitarbeiter gewonnen.